루이뷰똥

루이뷔똥

초판 1쇄 발행/2002년 10월 30일
초판 5쇄 발행/2003년 12월 20일

지은이/김윤영
펴낸이/고세현
편집/강일우 김정혜 문경미
펴낸곳/(주)창비
등록/1986년 8월 5일 제85호
주소/경기도 파주시 교하읍 문발리 파주출판도시 42블록 5 우편번호 413-832
전화/031-955-3333
팩시밀리/영업 031-955-3399 · 편집 031-955-3400
홈페이지/www.changbi.com
전자우편/literat@changbi.com

ⓒ 김윤영 2002
ISBN 89-364-3669-4 03810

* 이 작품은 2002년 문예진흥원 창작기금을 받았습니다.
* 이 책 내용의 전부 또는 일부를 재사용하려면
  반드시 저작권자와 창비 양측의 동의를 받아야 합니다.
* 책값은 뒤표지에 표시되어 있습니다.

루이뷔똥

김 윤 영 소 설 집

창작과비평사

작가의 말

5년 전인 1997년 12월 어느날 나는 질퍽거리는 논둑길을 걸어 처음 보는 마을회관으로 가고 있었다. 익숙지 않은 시골생활에 조금씩 염증을 느끼기 시작한 때인지라 홍청거리는 선거분위기에 잘 동화되지 못하고 괜히 마땅치 않은 심정이었다.

설마 뭐가 달라지기야 하겠어.

지금까지 모든 걸 바꿀 수 있는 기회가 몇번 있었음에도 모두 무위로 끝났다는 걸 나는 잘 기억하고 있었다.

그런데 그날 밤 예상치 못한 결과가 나왔다. 나는 놀라는 한편으로 어떻게 이런 일이 생겼을까 무척 궁금해졌다. 쉽게 답이 안 나올 것 같았다. 문득 이걸 글로 써서 남겨놓으면 어떨까 하는 생각이 들었고 몇달 후인가 글쓰기에 착수했다. 그렇게 시작된 것이 첫 소설 「비밀의 화원」이었다.

본격적으로 문학수업을 받은 적도 없거니와 대작가가 되고자 염원해본 적도 없었기에 나는 자유로웠다. 나는 단지 역사와 문학의 갈림길에서 그 둘의 행복한 조우를 꿈꾸는 몽상가에 지나지 않았기 때문이다.

정치적 전선이 소멸되자마자 창조적 에너지들을 잃고 씨스템에 흡수되어버린 나의 윗세대를 위무하고 싶었다. 순정은 가졌지만 역사와 단절된 듯한 후배세대와도 대화를 시도하고 싶었고, 이게 아닌데 이게 아닌데 하면서 살아가는 나의 선량한 벗들과 이웃들, 그리고 나 자신을 추스르기 위해서도 나는 글을 쓰고 있었다. 내 소설로 해서 숨통이 트이고 약간이라도 해방의 환각을 맛볼 수 있길 빌었다. 그래서 너무 대중소설 같다는 우려의 소리를 들어도 오히려 그것을 칭찬으로 들으려고 애썼다. 그렇게 방자하지 않고서야 미흡하기 이를 데 없는 글들을 그리 쉽게 발표할 수 없었을 것이다. 언어의 조율사들이나 미문의 고수들의 그것에 비한다면 현격히 차이나는 문재(文才)임을 나 자신이 모를 리 없었다.

그럼에도 불구하고 계속 글쓸 의욕을 고수할 수 있던 것은 미련한 탓이 제일 컸지만 내 주변의 친근한 필자들에게서 고무되었던 탓도 있다. (물론 그들은 나를 모른다.)

경제도 잘 모르는 내가 『한경비즈니스』를 구독하는 것은 정규재 논설위원의 통쾌한 글 때문이고, 『씨네 21』을 펼칠 때면 김혜리 기자의 명문에 감탄하다 못해 기가 죽곤 했으며, 토요일마다 신문을 새로 사는 것은 듀나의 SF칼럼 때문이고, 『키노』가 기다려지는 건 성문영의

록(Rock)칼럼을 읽기 위해서였다. 그리고 '도서출판 이후'의 책이 나올 때마다 사게 되는 것은 내 얄팍한 20대를 조금이라도 돌아보기 위함이었다.

 이런 많은 이들의 글은 내게 용기와 자괴감을 동시에 안겨주곤 했다. 피가 흐르지 않는 관념적 역사의식에 젖어 있던 나로 하여금 이게 아니구나 하는 걸 깨닫게 했다. 갓 잡은 활어처럼 펄떡펄떡 뛰는, 동시대의 맥박과 같이하는 싱싱한 소설세계가 어렴풋이 보이기도 했지만 언제 그 전경(全景)을 볼 날이 올지는 나도 모르겠다.

 무모한 의욕 덕에 여기까지 이르긴 했지만 걱정이 덜해진 것은 아니다. 독자와의 소통은 여전히 고민거리이다.

 해설을 써주신 임규찬 선생님, 나의 영원한 원동력인 혁, 그리고 부모님과 그외 많은 분들께 감사를 드리며 일일이 호명 못한 점 혜량해 주시길 부탁드린다.

 마지막으로, 91년에서 93년 사이 서울 아현동 동화야학에 함께 몸담았던 사람들에게 특별한 경의를 표하고 싶다. 그들을 만나지 않았더라면 나는 지금 더욱 시건방지게 살고 있었을 것이다.

 영혼의 부패와 싸우는 방법을 나는 그때 그곳에서 처음으로 알게 되었다.

2002년 10월
김윤영

차 례

루 이 뷔 똥

루이뷔똥

루이뷔똥

1. 마드무아젤 송

뉴욕 세계무역쎈터 건물이 무너지고 있던 바로 그 시간, 지구 반대편에 있는 빠리에선 세미가 사기를 당했다. 정확히 표현하자면 사기를 당했다는 것을 그때 막 깨닫는 중이었다.

세미가 앉아 있던 곳은 샹젤리제 거리 맞은편에 있는 단골 까페였다. 늦은 점심을 기다리며 멍하니 앉아 있는 그녀에게 까페오레와 크루아쌍을 갖다준 웨이터 뽈이 지나가듯 한마디를 했다.

"들었어? 뉴욕이 불바다가 됐대."

그 말은 자동차 클랙슨 소리에 묻혀 잘 들리지 않았고 세미는 어차피 큰 관심도 없었다. 식은 커피를 꿀꺽 삼키면서 문득 이런 생각을 하긴 했다. 뉴욕이라…… 나도 4년 전에 거기 있었는데…… 그리고 보니 그동안 참 많이도 돌아다녀봤구나, 그런 감회가 새삼 들었다. 뉴욕, 런던, 로마, 쮜리히, 프랑크푸르트, 뮌헨, 빠리 그리고 서울. 그 대도시들의 인상은 거의 비슷했다. 차선이 바뀌고 택시 모양이 바뀌고 경찰 복장이 바뀌고 브렉퍼스트의 메뉴가 조금씩 바뀔 뿐, 구하고자 하는 건 어디서든 다 구할 수 있었다. 돈만 있으면 말이다.

물론, 그렇지 않은 것도 가끔 있었다. 어느 나라, 어느 도시도 여기 빠리에서만큼 루이뷔똥이 흘러넘치진 않는다.

여느때 이 시간이었다면 세미는 점심을 이미 먹고 개선문 앞이나 라데팡스, 오뻬라, 쌩 미셸 거리 등에서 이스트팩이나 쟌스포츠, 가짜 프라다 가방을 멘 누런 얼굴들을 열심히 물색하고 있었을 것이다. 거기서 별 재미를 못 보면 할 수 없이 이 샹젤리제 거리로 돌아오겠지만 요즘은 너무 많은 경쟁자들과 경찰들과 추적반이 뒤섞여 있어 가급적 이 거리는 피하고 있다. 내키면 아침 일찍 샤를르 드골 공항이나 리옹역이나 오스떼를리츠역으로 원정을 나가기도 했다. 처음 프랑스 땅에 발을 디딘 배낭여행객들은 세미가 한국말을 한다는 사실만으로도 쉽게 경계심을 풀었다. 단지 가까운 메트로의 위치를 가르쳐주거나 열장 묶음 까르네를 대신 사주거나 흔하디흔한 메트로 맵을 한장 쥐여주기만 해도 그들 대부분은 오후에 샹젤리제 거리의 맥도널드 앞으로 나오곤 했다. 그들이 꼭 신의있는 젊은이라서만은 아니었다. 말로만 듣던 루이뷔똥 알바가 어떤 건지 궁금하기도 한 한편, 잘하면 몇시간 만에 7~8백 프랑이라는 거금을 벌 수도 있다는 말에 귀가 솔깃해서일 것이다.

세미가 처음 이 일을 시작한 일년 전만 하더라도, 사람들은 대단한 불법이라도 되는 듯 쉬쉬했고 마지못해 따라온 여행객들도 큰 모험이라도 하는 듯 비장해했지만 지금 그런 모습은 거의 보이지 않는다. 자기도 하고 싶다며 자원해서 따라오는 학생들이 있는가 하면, 사례비를 받기도 전에 어디다 쓸까부터 고민하는 학생들도 꽤 있었다. 심지어 자기가 가진 골드카드를 쓰겠다는 대담한 족속도 있었다. 루이뷔똥은 한 매장에서 한 사람당 두 개씩밖에 팔지 않고 그것도 여권 조회를 하기 때문에 손님이 애걸해야 겨우 물건을 내주는 도도한 영업방침으로 유명했다. 그 덕에 루이뷔똥을 대신 사다주는 이 특이한 아르바이트가 성행하게 된 것이다.

교포들의 눈은 좀더 미묘했다. 빠리대사관 영사과나 외환은행 광고판에는 점잖게 나라 이미지를 걱정하는 글들이 즐비했고 한때 대사관에선 루이뷔똥 아르바이트를 금하는 통지문을 민박집에 죄다 보냈다고 한다. 유학생들은 여름을 기다려 민박을 쳤고 사철 민박업을 하는 교포들은 상당수 루이뷔똥업자들과 관련이 있었다. 제 발로 찾아오는 학생들은 그런 민박집에서 유인한 아이들이었다. 빠리에 있는 한인민박 백여 군데 중 알바를 안 시키는 집이 오히려 얼마 안될 거라고들 했다. 거부감을 느끼는 교포들도 많았지만 커미션이 만만치 않다는 사실 역시 이 바닥 누구나 알고 있는 사실이었다.

판수는 세미가 아는 한국 사람 중 가장 과격한 반대론자였다.

"길 가는 사람에게 호객행위를 하다니, 창녀와 다를 게 없잖아?" 하며 삐갈 거리 창녀랑 비교까지 해가며 야비하게 이죽거렸다. 그런 그가 보기 싫어 세미는 불어로 욕을 했다. 판수는 그걸 못 알아들었다. 한국을 떠난 지 육년이 넘었는데도 그는 불어가 유창하지 못했다. 가이아나나 코소보 등지에 나가 있었기 때문이라고 하지만 세미는 정말로 그가 외인부대 출신인지 가끔 의심스러웠다. 남자들의 무용담이라는 게 다 비슷비슷하게 들려서이기도 하지만, 그는 군대가 아닌 감옥에 있다 나온 사람처럼 보였다.

그의 전우였다는 아랍계 장정 둘이 세미와 판수가 사는 집에 놀러 왔을 때, 판수를 까뽀랄 므슈 리라고 반갑게 부르는 걸 보고서야 세미는 비로소 그런가보다 했다. 한명은 희디흰 께삐블랑에 각종 훈장을 주렁주렁 달고 집채만한 더플백을 메고 있었고 두 사람 다 걸음걸이가 판수와 비슷했다. 그들과 함께 판수는 잘하지도 못하는 영어, 불어와 다른 외국어를 섞어가며 밤새도록 싸구려 와인을 마시면서 떠들어대곤 했다. 가끔은 호기롭게 리도쇼를 보러 간다며 밤에 나서기도 했다. 그들의 국적은 기억나지 않지만 '퍽 큐 아메리카'를 입에 달고 있었고 덩달아 판수도 미국을 욕하곤 했다.

판수가 욕하는 나라는 미국만이 아니었다. 오년을 꼬박 몸바쳐서야 겨우 시민권을 얻은 프랑스도 그에겐 고까운 나라였다. 한국을 어떻게 생각하는진 물어본 적 없지만 김대중이 북한을 방문해 김정일과 악수하는 뉴스가 나올 때, 세미는 판수에게 약간 놀랐다. 그는 시금털털하게 웃으면서 이렇게 중얼거렸다. "보기 싫군. 둘 다 콱 망해버려라."

그는 남과 북을 막론하고 꼬레란 나라를 싫어했다. 루이뷔똥을 넘겨줄 때마다 연락해오는 영변댁의 전화를 질색하는 이유도 그래서였다. 그 아줌마는 북한 사람이 아니라 중국 동포라고 그렇게 얘기했건만 똑같은 빨갱이 나라에다 한 핏줄이나 마찬가지니 그게 그거라고 그는 우겼다. 판수가 북한 사람들을 무시하는 이유가 하나 더 있었다. 프랑스 외인부대가 받아주지 않는 나라는 제대로 된 나라가 아니라는 것이다. 판수에게 호오(好惡)의 기준은 그렇게 단순했다. 본 적도 없는 영변댁을 그렇게 싫어하는 이유는, 그 여자의 목소리에선 왠지 구린내가 난다는 점 때문이었다. 그러면서 세미에게 영변댁 여권을 꼭 확인해보라고 했다. 분명히 중국에서 한국인 여권을 갈취하거나 위조해 빠리에 왔을 거라며 대사관에 알아보라고까지 했다. 그리고 아무 대꾸도 안하는 세미에게 판수는 이렇게 으르렁거렸다.

"너같이 편하게 산 여자는 진짜 세상이 어떤지 몰라."

영변댁을 처음 만난 날을 세미는 잊을 수가 없다.

입천장이 까질 정도로 딱딱한 장봉 샌드위치나 베트남 국수에 질릴 때면 세미는 13구에 있는 차이나타운에 들러 볶음밥을 사먹곤 했다. 하필이면 그날, 늘 보던 맘씨 좋은 주인 대신 무뚝뚝한 한 노인이 가게를 지키고 있었다. 그런데 계산이 뭐가 잘못됐는지 그는 계속 중국어로 툴툴거렸고 불어도 영어도 할 줄 모르는 그이가 답답해 세미가 한숨을 쉬자 노인은 화를 내기 시작했다. 바로 그때, 어디선가 튀어나온 중년여자 한명이 재치있게 통역을 해주었고 단돈 2프랑이 모자라서 화를 냈다는 것을 알게 되었다. 가게를 나와서도 '메르씨'를 연발하는 세미에게 그 여인은 이렇게 또박또박 말했다. "괜찮아요. 그쪽도 한국 사람 맞죠?"

영변댁의 억양은 강하지 않았지만 차림새는 조선족다웠다. 이년 전까지 중국 심양에서 살았지만 할아버지의 고향이 평안북도 영변(寧邊)이기에 자기를 영변댁이라고 부른다며, 아가씨도 김소월의 시에 나오는 영변을 아느냐고 물었다. 김소월이라니, 너무도 오랜만에 들어보는 그 이름에 세미가 주춤거리는 사이, 영변댁은 한번 놀러 오라며 연락처를 쥐여주었다. 먼 친척 할머니가 빠리 외곽에서 민박집을 운영하는데 영변댁은 거기서 일을 돕고 있다고 했다. 민박집 이름은

'통일민박'이었다. 영변댁은 김치찌개라도 새로 끓이면 세미를 불렀고 점차 세미는 영변댁이 해주는 칼칼하고 구수한 육개장이나 청국장 맛에 익숙해졌다. 영변댁은 가끔 세미에게 은행심부름을 부탁했고 뭘 믿고 이런 걸 시키느냐고 세미가 물으면, 자기는 사람 보는 눈이 있다며 호탕하게 웃었다. 영변댁은 민박집 밥을 해주는 틈틈이 가방을 수집했는데, 사실 그것이 영변댁의 주업이었다.

그렇게 해서 일은 시작되었다. 영변댁이 들고 온 현금뭉치와 아멕스 수표뭉치를 처음 받던 날, 너무 떨려서 도저히 못하겠다며 도리질을 치는 세미에게 영변댁이 물었다.

"미스 송은 언제까지 그 짐승 같은 남자랑 살 거야? 빨리 돈 벌어서 꼬르동 블뢰(Cordon Bleu)에서 요리를 배우겠다고 하지 않았어? 이걸로 여름 한철이면 5만 프랑은 벌 텐데 왜 주저하지?"

판수를 짐승 같다고 생각한 적은 없었다. 다만 말이 너무 안 통한다고 느꼈던 적이 많았을 뿐이다. 세미는 권위있는 요리학교인 꼬르동 블뢰에 다니고 싶었다. 환상적인 몽블랑 케이크나 꾸스꾸스, 훈제연어 따르따르, 푸아그라, 에스까르고 등등을 척척 만들어보고 싶었던 것이다. 왜 하필 요리를 배우고 싶냐고 묻는다면 특별히 대답할 말은 없었다. 그냥 하고 싶었을 뿐이다. 유학생들에게 불어교습을 하는 것만으로는 생활이 힘들었고 더이상 샤넬이나 구찌 매장에서 일하는 것도 지겨웠다. 서울 집에다 부탁하는 건 더 끔찍했다. 다니던 멀쩡한 직장 때려치우고 빠리로 날아온 세미는 거의 내놓은 자식이나 다름없었다.

그러나 하고 싶다가도 누가 강요하면 움츠러드는 것이 세미의 천성이었다. 학교 다닐 때도 그랬다.

세미야 이 수업 끝나고 잠깐 보자, 학회모임이 있으니 꼭 와라, 오늘 서총련 집회 있는 것 알지? 전학대회가 있으니 빠지면 안된다……

세미의 대학생활은 사람들을 피해다니다 끝났다. 학년이 높아지면서 동기들을 피해다녔고 나중에는 목소리 큰 후배들을 피해다녔다. 졸업하고 나선 동창회나 동문회 근처에도 가지 않았다. 그러다 결국 여기까지 오게 된 게 아닌가, 세미는 가끔 그런 생각을 한다. 좌파떨거지들이 없는 곳을 찾으려고 떠난 것은 분명 아니었는데 말이다.

어느날 에펠탑이 보이는 샤이요 궁 앞에서 바게뜨를 우물거리며 먹고 있는데, 대학시절의 한 선배와 정면으로 부딪쳤다. 이제는 중년의 틀이 박힌 그 선배는 단체관광팀 속에 끼여 있었고 세미를 알아보자 당황해하는 듯했다. 세미는 선배 이름이 기억 안 나서 당황했다. 선배는 세미에게 어떻게 사느냐, 여긴 왜 왔느냐 그런 것은 일절 묻지 않고 자기는 분당에서 부동산을 하고 있고 일행도 같은 업자들이라며 그들을 일일이 소개해주었다. 그러면서 그는 이런 얘기를 했다. 자세히 보니 그의 얼굴은 낮인데도 약간 불콰해져 있었다.

"이런 데서 널 보다니 정말 실감이 안 난다. 하긴 사는 게 다 그렇지. 나도 내가 이렇게 살게 될 줄은 몰랐으니까. 옛날엔 집장사라고 하면 천박한 자본주의 운운하면서 꺼렸겠지. 우린 그때 참 대단했어. 넌 늘 지쳐 보였는데…… 지금은 안 그런 것 같구나."

그때서야 그와 함께 과방 한구석에서 밤을 새며 대자보를 쓰던 기억이 떠올랐다. 그와 친한 사이는 아니었지만 그는 이해심 많은 선배에 속했다. 씨스템에 저항하고 개인에게 엄격했던 다른 선배들은 항상 세미를 다그쳤다. 세미는 늘 한 박자가 느렸다. 남들이 다 맞다고 하는 얘기도 뼛속 깊이 이해하기 전에는 믿지 않았다. 세미가 그 씨스템에 뒤늦게 의문을 품기 시작했을 때 그들은 흩어지고 있었다. 십년 만에 만난 선배와 세미는 어색하게 몇마디를 나누다가 곧 헤어졌다.

며칠 후 세미는 영변댁의 든든한 후원 아래 루이뷔똥 수집상의 길로 들어섰다. 그리고 지금은 그 믿었던 영변댁에게 가진 돈 전부를 사기당했다.

며칠 전부터 영변댁은 핸드폰이 깨졌다며 연락처를 가르쳐주지 않았고 그 많은 사람들 중 누구도 영변댁이 있는 곳을 알지 못했다. 찾아간 '통일민박'은 문을 닫은 지 오래됐다고 했다. 원래 이 계통이 점조직이라곤 해도 영변댁의 자취는 묘연하기만 했다. 자초지종을 들은 사람들은 영변댁이 이미 빠리를 떴을 거라며 세미에게 포기하라고 했다. 사실 세미가 한 일이라곤 이틀 동안 샹젤리제 거리 길목에 지키고 앉아 "아이쿠 미안해, 오래 기다렸지?" 하며 그녀가 나타나주길 기다린 것뿐이었다. 그러나 그녀는 나타나지 않았다.

세미가 문득 정신을 차린 것은 어디선가 불자동차 소리가 시끄럽게 울려서였다. 옆 테이블의 혼혈인지 아랍계인지 확실치 않은 청년들이 미국은 당해도 싸다는 듯 유쾌하게 떠들며 맥주잔을 들어 건배하고 있었다. 어떻게 그런 무지막지한 작전을 짰을까, 그들은 감탄하고 있었고 세미는 그들의 대화를 통해서 펜타곤도 박살났다는 걸 알게 되었다. 타락한 자본주의의 상징, 갑자기 이 말이 머릿속에서 맴돌았고 한국에 있는 좌파떨거지들은 어떻게 생각할까, 문득 궁금해졌다. 최소한 그들은 뉴욕이 불바다가 됐다고 건배를 하고 있지는 않을 것이다.

세미는 50프랑짜리 지폐 하나를 테이블 위에 올려놓고 까페를 나와 천천히 걷기 시작했다. 어디로 가야 할지 막막했다.

다시 판수를 찾아갈 수도 있지만, 그건 너무 뻔뻔한 일이었다. 어디 사는지도 정확히 알지 못했다. 처음부터 그가 옳았는지도 모른다. 영 변댁의 신분을 제대로 알아놓기만 했다면 이렇게 막막하진 않을 텐데…… 판수가 이런 나를 보면 과연 뭐라고 할까 생각하며, 그가 지금 어디서 뭘 하고 있는지 궁금해졌다.

불자동차 소리가 조금씩 멀어져갔다.

세미는 소리가 나는 방향으로 자신도 모르게 걷고 있었다.

2. 까뽀랄 므슈 리

판수가 낮잠을 깬 것은 TV 소리 때문이었다. 한낮에 웬 TV를 켜놨나 싶어 거실로 나가보니 고층건물 두 채가 폭삭 주저앉는 광경이 나오고 있었다. 하숙생 한명이 인터넷을 하다가 우연히 알고 TV를 보게 되었다며 어리둥절해하는 판수에게 자리를 내주었다. 출장온 회사원, 어학연수생, 하릴없는 백수 등 장기체류자들은 이 '서울민박'에서 함께 하숙하는 처지였다. 지금 이들은 다 함께 액션영화를 보는 듯했다.

"역시 팔레스타인은 대단해." "에이, 걔네라는 증거가 아직 없잖아요." "그럼, 미국에 한 맺힌 놈들이 한둘이겠어?" "그런데 저기 깔린 사람들은 대체 몇명이야?" "돈 잘 버는 미국놈들이 저렇게 당하는 날도 다 있군." "무슨 소리, 무슨 죄를 지었다고 사람들을 저렇게 죽여? 천벌받을 일이지."

판수는 처음에 좀 놀라긴 했지만 오죽했으면 저렇게 자살테러까지 했을까 하는 생각이 들었다. 프랑스 외인부대가 아무리 대단하다 해도 미국이 자행하는 것들에 비하면 어림도 없다는 것쯤은 판수도 알고 있었다. 이라크인지 시리아에서 온 부대 동료들은 상상도 못할 놈들이 양키놈들이라며 치를 떨곤 했다. 어차피 돈 많은 나라들은 다 똑같다고 그는 생각했다. 한국도 더 잘살게 되면 그들보다 더하면 더했지 못할 리 없다고 판수는 확신했다.

밥하는 아줌마는 판수를 보더니, 점심을 차려주겠다며 부엌으로 들어갔고 판수는 혼자만 상을 차리게 해 미안했지만 식사하러 들어갔다.

"이씨는 저기 뉴욕에 뭐 아는 사람 없수? 수천명인지 수만명이 깔려죽었다는구만."

"뭘요, 저 같은 놈이 그런 데 아는 사람이 있겠습니까."

들어온 지 얼마 안된 밥하는 아줌마는 인심 좋고 음식도 잘하는데다 조선족치고는 눈썰미가 좋았다. 언뜻 보기엔 서울 사람 같을 정도로 말투가 사근사근했고 조선족 특유의 억양은 아주 가끔 튀어나오는 정도였다. 하숙집 주인 부부와는 한달 전쯤 길에서 우연히 알게 된 사이라는데 먼저 있던 민박집이 문을 닫는 바람에 졸지에 여기로 왔다고 했다. 그러나 여긴 잠시 있을 뿐이고 친척들 사는 남쪽 나라로 곧 떠날 거라고 했다. 그렇게 수다스러우면서도 자기 얘기는 통 하질 않는 이상한 아줌마였다. 아줌만 손이 왜 이렇게 커요, 밥 좀 살살 퍼요 하고 주인여자가 퉁을 놓으면, 아이구 이게 뭐 많이 주는 거라고, 내가 전에 있던 통일민박에선 이 정돈 아무것도 아녔어, 이래가지고 무슨 장사를 한다고, 하며 혼자서 중얼거리는 정도였다.

판수가 이 하숙집에 들어온 것은 겨우 한달 전이었다. 세미가 갑자기 이젠 더이상 같이 살고 싶지 않다고, 자기가 방을 얻어 나가겠다고 말했다. 차라리 내가 나가겠다고 하며 판수가 짐을 싸서 찾아온 곳이 바로 여기다. 술집 보디가드를 할 때 알던 친구가 하숙밥이 싸고 먹을 만하다며 알려준 곳이었다. 하숙을 주로 했지만 여름 한철엔 민박이 더 많았다. 여름이 다 끝나가고 있어서 이제 학생들은 그리 많지 않지만 판수는 그들을 볼 때마다 늘 마음이 불편했다. 세미보고 세상물정 모른다고 혀를 찼지만, 여기 들락거리는 아이들을 보고 있으면 기가 찼다. 저 어린 나이에 유럽여행을 오다니, 도대체 뭐하는 집 자식들인지 궁금했다. 개중에는 착실히 적금 부어 왔다는 여학생이나 막노동해 번 돈으로 왔다는 나이든 복학생도 있어 참 기특하구나 싶었지만, 대부분은 아니올시다였다. 사람들이 줄서서 기다리는 데도 아랑곳없이 한 시간씩 욕실을 쓰는 계집애들, 엄마 준다고 테팔 프라이팬에 은식기까지 바리바리 싸들고 출국하는 애들, 다음 여행코스를 쮜리히로 잡느니 바르셀로나로 잡느니 하며 별것도 아닌 것 갖고 밤새 떠드는 철딱서니없는 사내자식들 등 가지가지였다. 물론 판수는 아무 내색도 하지 않았다.

"고국 애들 등쳐서 가방이나 빼돌리다니…… 개네들 여권번호 다 찍혀서 블랙리스트에 오른다면서? 너는 양심도 없냐?" 하고 세미에게 면박을 줬던 게 바로 얼마 전 일이다. "블랙리스트? 그 수십만명이 다 블랙리스트에 오른다고? 이 세상이 당신 생각처럼 그렇게 다 음모적인 줄 알아? 개네들은 그 비싼 루이뷔똥 매장 구경하는 것만으로도 희희낙락하는 애들이야. 자기 것 산다고 몇천 프랑씩 척척 쓰는 애들도 있어. 구질구질하게 굴지 좀 마." 세미는 그렇게 말하면서도 설마 프랑스 경찰이나 루이뷔똥 본사에서 무슨 해코지를 하진 않겠지, 하는 걱정스런 표정을 감추지 못했다.

판수는 한국으로 돌아가는 게 낫지 않겠느냐고도 설득했지만 세미는 말없이 도리질만 했다. 한국 사람들보다 조선족들이 더 편하다고 했다. 판수는 어림도 없는 소리라고 윽박질렀다. 아닌 사람도 있지만 대부분 배 타고 몰래 밀입국한 그들은 못할 짓이 없었다. 중국 마피아에게 사채로 여권을 사서 다달이 그 이자를 갚느라 등골이 휜다는 조선족들 얘기는 심심찮게 들었다. 절박한 사람들의 심정을 세미가 알 리 없었다. 그리고 세미는 모질지도 못했다. 그건 세미가 할 만한 일이 아니었다.

판수는 이런 말까지 했었다. "내가 돈을 빌려줄게, 그걸로 꼬르동인지 우동인지 하는 학교에 다녀. 그렇게 벌어서 맘이 편할 것 같애?" 꼿꼿하게 도리질만 하는 세미의 마음을 판수도 알고는 있었다. 무식한 판수를 경멸하기는 해도 총대 메고 피땀 흘려 번 돈을 쓸 수는 없다고 생각하는 듯했다. 세미는 그런 여자였다. 남을 등치고 살거나 얼렁뚱땅 넘어가지 못했다.

일년 전 술집에서 처음 만난 날도 그랬다. 판수는 자작하고 있었고 그 옆에서 세미 일행이 술을 마시고 있었다. 그날 판수의 계산서에는 엄청난 액수가 적혀 있었다. 판수가 놀라고 있는 그때 세미가 다가와 조심스럽게 자기 쪽 계산서를 내밀었다. 알고 보니 계산서가 바뀌었던 것이다. 다른 사람이라면 그대로 모르는 척 나갔을지 모르지만 세미는 그러지 않았다.

자기 집에 들어와 살라고 말한 것은 판수였다. 만난 지 석달이나 지난 후였고 방세도 꼬박꼬박 내라는 조건이었지만 세미는 부담스러워했다. 세미는 그때 화장실을 공동으로 쓰는 백년 된 아파트에 살고 있었다. 난방이나 방음이 하나도 안되고 배관시설도 모두 엉망이라 밤

에 화장실 물을 내리면 집주인이 뛰어올라오곤 했다. 변비에 시달리
던 세미는 판수의 집을 보고는 너무나 부러워했다. 판수의 집은 코소
보 내전에서 함께 근무했던 전우가 싸게 넘겨준 것이었다. 외인부대
의 의리는 한국 해병대의 의리보다도 윗길이었다. 그만한 아파트를
판수 같은 이방인이 얻기란 거의 불가능했다. 그런 조건이 흔치 않다
는 걸 알면서도 세미는 주저했다. 세미가 자신의 눈길을 부담스러워
한다는 걸 판수도 모르지 않았다.

　가이아나에서 근무할 때 여자들을 사귀긴 했지만 그건 그저 여자의
몸이 필요해서일 뿐이었다. 아마존의 끈적끈적한 장신의 여자들은 외
인부대원을 다 봉으로 생각했다. 그 여자들에 비하면 세미는 판수에
게 과분했다.

　눈만 감으면 생각나는 남미의 가이아나, 아리앙로켓 발사기지를 지
키던 외인부대 13연대, 영화 「빠삐용」의 무대였다는 그 악명높은 정글
의 기억은, 세미에게 말하는 것조차 끔찍스러웠다. 코소보에서 정찰을
하던 얘기쯤이야 얼마든지 할 수 있지만 가이아나에 관한 이야기는 뭘
어떻게 말해야 될지 몰랐다. 세미 같은 여자는 상상하려 해도 상상이
안될 것이 뻔했다. 그러고 나니 세미에게 별로 할 얘기가 없었다.

　한국에서 판수는 선반공이었다. 부모 덕이 있나 배운 게 있나, 늘
입에 달았던 푸념처럼 그렇고 그런 인생이었다. 여상을 중퇴한 철모
르는 날라리 계집애 하나 꿰차고 살림을 차린 적도 있다. 이게 알콩달
콩 사는 거구나 싶을 때 계집애가 도망가버렸고 술 먹고 싸우다 공장
에서도 잘렸다. 세상 사는 게 다 좆같다고 생각하던 어느날, 판수는
무작정 빠리행 비행기를 탔다. 특별히 빠리행을 택한 이유는 없었다.
정말로 무작정이었다. 그래도 굳이 이유를 단다면, 미국비자 얻기가

너무 힘들었기 때문이다. 빠리에 도착한 초기엔 노동허가증이라도 얻으려고 별별 잡일을 다 했다. 특히 시내 개똥 청소부 일을 제일 많이 했다. 내가 개새끼 똥이나 치우려고 여기까지 왔나 하고 이를 갈던 어느 날, 자신은 결국 수많은 흑인, 아랍인, 베트남인, 러시아인 들처럼 영영 불법체류자로 살아갈 수밖에 없다는 걸 깨달았다. 서울이나 빠리나 다를 게 없구나 싶었다. 그때 누군가가 외인부대 얘기를 해주었다. 죽으란 법은 없구나 싶어 바로 외인부대에 지원했다. 그것도 쉽지 않았다. 불어를 잘 못하는데다 수십가지의 신체검사를 받으면서 판수는 안될 것 같다고 생각했다. 말레이시아에서 온 청년은 한번 골절된 전력 때문에 떨어졌다고 했고 콜롬비아 청년은 마약조직에 연루된 적이 없는지 면접관이 하도 집요하게 묻는 통에 안될 것 같다고 했다. 그런데 판수는 한번에 붙었다. 훈련이 너무 힘들어 관둘까도 생각했지만 결국 이를 악물고 버티기로 했다. 그후 뚝딱 오년이 지났다. 근무연장을 해서 중사까지 해보라는 소리를 듣기도 했지만 판수는 하사에 만족했다. 빨리 바깥세상으로 나가고 싶었던 것이다. 떳떳하게 시민권을 가지고서 경찰을 피해다니지 않아도 되는 그런 세상에서 살고 싶었다. 그러던 차에 세미를 만났다. 새로운 생활이 시작되리란 기대 때문에 사춘기 소년처럼 그의 가슴은 울렁거리기까지 했다.

하지만 세미는 달랐다. 뭘 생각하는지 통 알 수가 없는 이 조그만 여자는 판수를 그런 상대로 보지 않았다. "사랑이라니, 지겨워 그런 말은." 취한 세미는 그렇게 중얼거렸고 판수를 가여운 듯 쳐다보았다. 그때부터였을 것이다. 판수는 자신이 얼마나 악랄해질 수 있는지 알고 스스로도 놀랐다.

루이뷔똥 수집상의 길로 나선 세미를 그렇게 결사적으로 말린 건

특별한 이유가 있어서가 아니었다. 경찰을 피해다녀야 하는 생활이 안쓰러운 것은 사실이지만 거리의 창녀들이 몸을 팔고 웃음을 팔듯이 세미가 나이 어린 여행객들에게 자기를 파는 것 같아 그냥 견딜 수가 없었고, 그렇게 돈을 벌면 곧 자기를 떠날 것 같은 생각이 막연히 들었던 것이다. 그리고 판수의 직감에 의하면, 그런 일은 쉽게 발을 뺄 수 있는 성질의 것이 아니었다. 세상은 마약과 같이 서서히 중독되는 일들로 가득 차 있다. 세미를 그런 세상에 살게 하고 싶지 않았다.

판수는 육개장 한그릇을 쓱싹 비우고 얼른 설거지까지 해치웠다. 새로 온 아줌마는 그럴 필요 없다고 했지만 그냥 나오긴 미안했다. 판수가 거실로 나오니 하숙생들이 한창 뭔가를 떠들고 있었고 그걸 듣고 서 있는 아줌마의 얼굴빛이 어두워 보였다. "글쎄, 이런 일 한번 터지면 여기까지 불똥이 튄다니깐요. 유럽의 중심 빠리 아닙니까. 이제 조금만 이상하고 꾀죄죄한 아랍애들은 밖에 나가기만 하면 검문을 당할걸요. 작년에 제노반가 제네반가에서 무슨 회담을 했을 때도 그랬잖아요. 기차역이랑 공항이랑 쫙 깔려서 오도가도 못하게 하고…… 우리 같은 동양인도 안심 못하죠."

하긴 몇년 전 시내 로커에서 폭탄이 터진 후 아예 로커를 없앤 나라니 그럴 수도 있을 것이다. 판수가 뭐 도와드릴 일이 없느냐고 아줌마에게 물으니 그녀는 무슨 그런 소릴 하느냐며 정색을 했다. 이씨가 담배를 피워, 방을 어질러, 내 손 갈 일도 거의 없는데 뭘 또 도와주느냐며 손사래를 쳤다. 어서 좋은 여자나 만나 정착해야지, 만날 하숙밥이나 먹고 살아서 어떡한대…… 하고 짐짓 걱정하는 듯한 표정이었다.

"웬걸요, 저도 얼마 전까지 한국 여자랑 같이 살았어요. 그런데 이제 제가 싫어졌답니다. 그래서 제가 나왔어요." 판수가 별 생각 없이 흘린 이 말에, 아줌마가 눈시울까지 붉힐 줄은 몰랐다. "아이구 세상에, 이렇게 좋은 신랑감을 빠리 어디서 찾는다고……" 손까지 꼭 부여잡는 아줌마를 보니 왠지 판수는 가슴이 찡했다.

슬며시 자리를 피한 판수는 조심조심 현관 밖 계단을 내려왔다. 그리고 바지 뒷주머니에 찔러넣은 담배 한개비를 꺼냈다. 사람들은 모르고 있었지만 판수는 가끔씩 정원 한구석, 반지하 창고 앞 후미진 구석에서 혼자 담배를 피우곤 했다. 숨기려고 해서 숨긴 것은 아니었다. 어쩌다보니 그렇게 된 것뿐이었다. 오늘따라 창고 문이 빠끔히 열려 있는 게 보였다. 판수가 슬쩍 들여다보았지만 커다란 종이박스들 외엔 어두워서 잘 보이지 않았다. 상자마다 칙칙한 색깔의 비닐뭉치 같은 것들이 그득하게 차 있었다. 식품저장실이 따로 있으니 야채나 과일일 리는 없을 테고 저게 다 뭘까, 하고 고개를 갸웃거리는데 문득 세미가 했던 얘기가 떠올랐다. 세미는 루이뷔똥을 저런 평범한 종이박스에 담아 옮긴다고 했다. 그러나 잠시 후, 쓸데없는 상상이란 생각이 들었다. 그럼, 여기에 그런 게 왜 있을라고…… 판수는 창고를 나왔다. 그리고 담배에 불을 붙이며 며칠 전부터 쭉 고민해오던 일을 떠올렸다. 판수가 집을 나올 때 세미는 제발 얘기 좀 하자면서 판수를 붙잡았지만 판수는 아무런 말도 없이 문을 박차고 나왔다. 후회하지는 않지만 세미를 다시 보고 싶은 마음이 간절했다. 그렇게 끝내서는 안되겠다는 생각도 들었다. 집 문제도 해결을 보긴 보아야 했다. 판수가 다시 찾아가면 세미가 어떤 얼굴로 자기를 맞을지, 여전히 자기가 집을 얻어 나가겠다고 고집을 부릴지 알 수 없었다. 그래도 언젠가는 봐야 한다. 판수는 그걸 언제 해치울 것인지 궁리중이었다.

이제는 루이뷔똥을 사모으는 일도 그렇게 말리지 않을 생각이다.

그래봤자 서로 피곤하기만 할 뿐이고 사실 그 일이 그렇게 위험하거나 흉한 일이 아니란 생각도 슬슬 들기 시작했다. 근거없이 조선족들을 헐뜯고 의심하지도 않을 생각이다. 그들만 순박하길 바란다는 게 말이 안되는 얘기였다. 세미 말대로, 세상엔 좋은 사람들도 많은 법이고 좋은 게 좋은 거지, 하며 살아갈 수도 있는 법이다.

'그래 오늘 찾아가자. 그새 세미 마음도 좀 변했을지 모르지……' 판수는 피우던 담배를 황급히 끄고 일어났다. 세미는 늘 담뱃불을 제대로 끄지 않는다고 그에게 핀잔을 주었다. 불현듯 그 소리가 못 견디게 듣고 싶어졌다. 세미를 봐야 했다. 판수는 얼른 들어가서 옷을 갈아입고 나왔다. 그새 사람들이 모두 나가고 없었지만 주인이 하숙생들에게 하나씩 준 열쇠로 판수는 문을 잠갔다.

골목길을 하나 돌고 나서야 단추 하나가 떨어져나간 셔츠자락이 눈에 들어왔다. 내가 왜 이렇게 들떴을까 하는 생각에 괜히 쑥스러웠다. 다시 들어가서 갈아입고 나와, 아님 말어? 잠시 궁리하는 판수 눈에 어딘가에서 가늘게 피어오르는 흰 연기가 보였다. 저기가 우리 하숙집 쪽 아닌가, 아주 잠깐 동안, 불길한 생각이 스쳤다. 그러나 판수는 다시 돌아섰다. 옷은 무슨, 관두자. 어디서 바비큐라도 하는 거겠지. 판수는 이제 뛰기 시작했다.

3. 영변댁

영변댁이 나갔다 집에 들어왔을 때는 점심때를 넘긴 시간이었다. 영변댁은 그때까지 아무 뉴스도 듣지 못했다. 왜 낮부터 하숙생들이

TV를 보고 있을까, 그게 좀 이상하다 생각하면서 영변댁은 하숙생들이 점심 먹고 난 설거지를 하기 시작했다. 일을 끝내고 거실로 막 나왔을 때, 화면에선 세계무역쎈터라는 건물 두 채가 와르르 무너지고 있었다. 아이고 세상에, 혀를 차면서도 영변댁은 다른 생각을 했다.

영변댁은 이틀 후면 여기를 떠 로마로 갈 예정이었다. 모든 준비가 착착 이루어지고 있었다. 그녀는 조선족이 주도권을 쥐고 있는 로마에서 민박집을 크게 열 계획이었다. 청소부를 할 때 알고 지내던 부부와 함께 가기로 약속하고 기차표까지 끊어놨건만, 저 바다 건너 먼나라에서 벌어지는 일이 자신과 무슨 연관이 있지 않을까 싶어 공연히 불안해졌다.

하숙생들에게 살짝 물어보니 역시 빠리 경비도 삼엄해질 것이며 특히 아랍계는 운신이 힘들어질 것이라고들 했다. 영변댁과 함께 로마행 기차를 타기로 한 그 부부의 이름은 도미니끄와 까뜨린느였다. 하지만 그들은 누가 봐도 전형적인 아랍인의 얼굴을 하고 있었다. 남편 도미니끄는 전에 회교반군들과 관계가 있었다는 얘기를 얼핏 들은 것도 같다. 조선족들 사이에 아랍인들은 그리 평판이 좋지 않았다. 그들을 '낙타'라고 불렀고, 흑인들처럼 무식하고 질이 안 좋다며 무시하곤 했다. 그러나 영변댁은 그런 소문에 개의치 않고 그 부부에게 오랫동안 공을 들여왔다. 로마에 친척이 많은 도미니끄 부부는 영변댁과 동업 형식으로 일을 하기로 약속돼 있었다. 로마에 친한 사람이 없는 영변댁에게 그것은 썩 괜찮은 거래로 보였다. 지금 이 순간까진 말이다. 그런데 하필이면, 아랍 사람들이 표적이 될지 모른다니…… 확실치 않다는 건 아무 도움이 안된다, 뭔가 마음에 걸린다 싶으면 위험한 거다, 다시 한번 생각해보자, 하고 영변댁은 한숨을 내쉬었다.

오늘은 유난히 오전 일진이 좋아 며칠만 더 있다 갈까 행복한 궁리까지 했다. 아침 일찍부터 믿음직한 미끼들을 건진 덕에 단 두 시간만에 루이뷔똥을 열여덟 개나 사들일 수 있었다. 그중 인기있는 모노그램라인의 사각 숄더백과 거북이백이 여덟 개나 되고 하늘의 별따기 같은 그래피티라인의 통자 숄더백까지 하나 건졌다. 사와봤자 별 소용 없는 비인기품목은 하나도 없는데다 핸드백, 남자 서류가방, 지갑 등도 어쩜 그렇게 귀한 것만 구해왔는지 입이 절로 벌어졌다. 개선문 뒤에서 픽업한 여학생들은 나이가 좀 있는 대학원생들이었는데 옷차림도 깔끔하고 썬글라스나 목에 건 카메라나 부티가 나 보였다. 마치 한국 배낭여행객이 아니라 돈 많은 일본 관광객처럼 보였다. 그래서 모두 본점 VIP 매장으로 보냈던 것인데 예상이 적중했다. 한 시간이면 한 매장밖에 돌지 못하건만 그중 몇명은 너무 일찍 사가지고 와 샹젤리제 거리의 또다른 매장이나 갤러리아 백화점 매장까지 원정을 보냈고 거기서도 성공을 했다. 머리들까지 좋아서 영변댁이 한번 보여준 카탈로그의 인기품목들을 콕콕 집어왔다. 나중에 들어보니 원래 한국에서도 프라다나 구찌, 쎌린느, 루이뷔똥 가방을 한번쯤 사봤던 터라 식별이 어렵지 않았다고 했다.

영변댁은 그런 한국의 젊은이들을 볼 때마다 신기하기도 하면서 묘한 감정이 들었다. 어쩜 저렇게 표정들이 밝고 행동에 스스럼이 없을까, 어쩜 저렇게 비싼 것들을 척척 알고 잘도 들고 다닐까. 우리 조선족들이나 동남아 애들은 매장에 들어가 눈총만 받다가 주는 대로 받아서 나오곤 했다. 한국 사람들처럼 점원에게 이것저것 보여달라고 하며 고른다는 건 상상도 못하고 더욱이 VIP 매장 같은 데는 들어갈 엄두도 내지 못했다. 아무리 잘 차려 입어봤자 소용이 없었다. 한국 사람들은 가끔씩 차별을 받았다고 씩씩거리기도 했지만——카탈로그를 보여달라고 했다가 거절당했다거나, 점원이 가방은 안 보여주고 지갑들만 보여줬다거나, 멀쩡한 현금은 안되고 신용카드만 된다며 무시를 당했다거나——워낙 한국인 알바가 많기 때문에 점원들이 고자세로 나오는 건 당연했다. 루이뷔똥 본사는 빠리 시내에 돌고 있는 위조지폐나 위조수표의 근거지라는 오명 때문에 골머리를 앓고 있었고 이것 때문에 경찰들도 들락거렸으니 그럴 만도 했다. 영변댁 눈에는 그런 게 대단한 차별로 보이지도 않았다. 그랬다면 진작에 한국 사람들 사이에 소문이 쫙 퍼져서 알바가 끊어졌을 것이다. 영변댁이 거느린 새끼수집상들도 그 점을 늘 신기하게 생각했다. "얘네들은 어쩜 이렇게 끊이지도 않고 계속 올까요? 무시받았네, 어쩌네 그렇게 말들이 많으면서도 어쩜 이렇게 시키면 다 잘하죠?" 돈 준다면 화약 지고 불 속으로 뛰어드는 사람들이 한국 사람들이라는 말은 틀리지 않은 듯했다.

루이뷔똥을 사들이는 엄청난 돈은 홍콩에서 흘러나왔지만 상품은 대개 몇배 비싼 값으로 일본 여자들에게 팔려나갔다. 그렇지만 이들 사이를 연결해주는 한국 학생들이 없었다면, 이 이상한 밀수는 성사될 수조차 없을 것이다. 젊은 조선족들은 한국 학생들이 자신을 깔보는 것 같다고 분개하는 경우도 있었지만 영변댁은 그런 데에 신경쓰지 않았다. 돈 있는 나라가 없는 나라를 깔보는 건 세상의 이치였다.

영변댁이 만난 한국 사람들은 모두 비열하거나 아니면 숙맥이었다. 빠리에 온 지 한달 만에 영변댁과 그 일행은 한 한국인 사기꾼에게 속아 알거지가 될 뻔했다. 영변댁은 중국에서 한국인 사업가에게 명의를 빌려준 덕에 급조한 여권이 있어서 그나마 별탈이 없었다. 그러나 밀입국의 혐의를 벗을 수 없는 일행 몇은 경찰서 신세를 지다 본국으로 송환됐다. 이제는 지나간 일이라 웃으면서 얘기할 수 있지만 그때는 분해서 이가 바드득 갈렸다. 지금이야, 여기까지 온 자신을 참 대견하다고 칭찬해주고 싶다. 그저, 그런 식으로 살면 되는 것이다. 계속 한국 사람들에게 악감을 품고 상대를 안했다면, 이 정도 기반은 잡지 못했을 것이다. 세미도 나를 못 만났으면 어디 허름한 식당에서 술이나 나르면서 까뽀랄 리인지 깡패 리인지 하는 남자한테서 생전 헤어나지 못했을 것이다. 그 남자를 본 적은 없지만, 그에게 달라붙어 있어봤자 좋을 리 없을 것 같았다. 사람백정 같은 성미에 외인부대원이었다니, 돈은 좀 모았을 것이다. 대체로 무식하고 완고한 남자들일수록 이 일을 싫어했다. 게다가 세미는 더 나은 남자를 만날 수도 있다. 세미 정도의 미모와 불어실력과 매너를 갖춘 젊은 여자라면 가능한 일이다. 그것은 영변댁의 진심이었다. 영변댁도 인간인 이상, 세미를 떠올리면 찜찜하지 않을 수 없었다. 이 이틀 동안 사들인 가방값의 반 정도는 세미의 돈주머니에서 나온 것이었다. 로마로 뜨기 전 크게 한탕하기 위해 영변댁은 긁어모을 수 있는 돈은 다 긁어모았다. 그중 세미의 돈은 큰 밑천이 되었다. 그렇다고 세미에게 많이 미안한 것은 아니다. 어차피 그 돈 있어봤자 세미는 요리학교인가 학원인가에 다 갖다바칠 것이다. 뭣하러 그런 쓸데없는 데에 돈을 쓰려고 하는지 세미를 이해할 수 없었다. 그 비싼 학비도 학비지만, 한국에서 대학을 나와 증권회사까지 다녔다는 여자가 빠리에 와서 과자나 굽겠다니, 어이가 없었다. 그런 돈은 영변댁에게 명백히 눈먼 돈일 뿐이었다. 형편이 어려운 사람의 돈이었다면 양심에 많이 거리꼈겠지만, 세미 같은 경우는 정 안되면 한국으로 돌아가면 되는 것이다. 아마 세미는 자기를 찾아내도 질질 울기나 할 뿐, 경찰서까지 끌고 갈 엄두도 못 낼 것이다. 결국 다 자기가 판 무덤이라고 영변댁은 스스로를 확신 시켰다.

세미를 처음 차이나타운에서 만났을 때가 생각났다. 젊은 동양여자 다 싶어 무작정 뒤를 따라갔다가 마침 시비가 붙기에 얼른 나섰다. 처음에 본 세미의 인상은, 동양여자임에도 퍽 낯설었다. 화장기 하나 없이 머리만 질끈 묶고 있는데도 백인여자처럼 세련된 분위기가 났고 고운 피부나 섬세한 이목구비, 하얗고 긴 팔다리가 왠지 눈에 걸리적거렸다. 투박하고 거칠거칠한 피부를 가진 고향 처녀애들과 다른 세미를 볼 때마다 괜스레 적대감이 느껴지는 것은, 영변댁도 알 수 없는 감정이었다.

한번은 지하철이 파업을 해 길가에서 발을 동동 구르고 있을 때였다. 영변댁이 화가 나 중국어로 욕을 하고 있는데 듣고만 있던 세미가 이상한 소리를 했다.

"그래도 파업할 자유가 있는 나라가 좋은 나라 같아요."

영변댁은 마침 지나가는 거지 한명을 가리켰다.

"그렇게 좋은 나라에 웬 거지가 이렇게 많아?"

"거지로도 먹고살 만하니깐 많은 거겠죠. 사회보장제도가 잘되어 있으면 거지로도 먹고살 수 있어요."

영변댁은 아무말도 안했지만 속으론 코웃음을 쳤다. 거지가 되고 싶어 되는 사람이 어디 있다고…… 세미, 너는 아직도 멀었다. 너는 아직도 세상의 쓴맛을 너무 몰라.

영변댁은 하던 걸레질을 멈추고 오늘의 할일을 다시 떠올려보았다. 지금까지 사들인 루이뷔똥을 박스에 꼭꼭 눌러담아 홍콩으로 부치고 바로 중간업자로부터 돈을 회수해야 했다. 그리고 기차표도 바꾸고 도미니끄 부부에게 연락도 해야 했다. 지금은 이게 더 급한 일이었다. 이미 그들과는 따로 출발해야겠다고 마음을 굳힌 후였다. 할일이 정해지면 힘이 더 났다. 그게 영변댁의 성격이었다.

마침 늦게 일어난 하숙생 한명이 밥 달란 얘기도 못하고 얼쩡거리고 있기에 넉살좋게 말을 건넸다. "이씨는 저기 뉴욕에 뭐 아는 사람 없수? 수천명인지 수만명이 깔려죽었다는구만." 들어온 지 한달쯤 됐다는 이 하숙생은 고향 사람 같은 느낌이 있었다. 죽죽 갈라진 잔주름이나 그을린 피부를 보면 고생깨나 했음직해 보였다. 술이 들어가면 주사가 약간 있는 듯했지만 그렇게 취해도 통 자기 얘기는 안하는 이상한 사람이었다. 언젠가 하숙생들이 모여 군대시절 얘기를 한창 하는데 이씨가 들어오자 번데기 앞에서 주름잡고 있었다며, 이씨에게 뭘 묻는 듯했다. 아프리칸지 남민지 어디 얘기를 해달라는 주문이었는데 이씨는 언제나처럼 빙긋이 웃기만 했다. 그럼 그렇지, 군인이었구만. 그게 외인부대인지 뭔지는 정확히 알 수 없었다. 그래도 혹시 세미와 동거하던 남자를 아는지 물어보려고 하다가 그의 이름을 들어본 적이 없다는 걸 깨달았다. 세미는 늘 '그 사람'이라고만 불렀던 것이다. 이름을 알았다손 치더라도 모르는 척하는 게 낫겠다 싶었다. 사실 영변댁은 군인이라면 무조건 신물이 났다. 중국에 있을 때 툭하면 못살게 굴던 걸 생각하면 진저리가 쳐졌다. 아들애가 그렇게 끌려가서 결국 골병이 들지 않았던가. 빨리 기반을 잡고 애를 데려와야만 한다. 돈, 돈만이 그걸 해결할 수 있다.

집안 하숙생들이 떠드는 품을 보아하니 한시라도 빨리 기차표를 바꾸는 게 낫지 싶다. 주인 부부가 들어오기 전에 얼른 나갔다 올까, 궁리하는 영변댁에게 이씨가 뜬금없이 뭐 도와드릴 일이 없냐고 물었다. 영변댁은 지레 뜨끔해져서, 별소리를 다 한다며 과장되게 손사래를 쳤다. 그러고는 잔소리를 이것저것 늘어놓으며 이씨도 어서 아가씨 한명 꿰차라고 너스레를 떨었다. 그런데 말없이 웃으며 듣고만 있던 이씨가 불쑥 이렇게 말했다. "웬걸요, 저도 얼마 전까지 한국 여자랑 같이 살았어요. 그런데 이제 제가 싫어졌답니다. 그래서 제가 나왔어요."

그 풀죽은 표정을 보는 순간, 영변댁은 터져나오려는 웃음을 참느라 눈가에 힘을 꽉 줘야 했다. '에라이, 이 머저리 같은 놈, 얼마나 못나게 굴었으면 여자한테 쫓겨나? 너도 별수없는 놈이구나.' 너무 눈에 힘을 줬더니 눈물이 찔끔 나오고 말았다. 당황한 건 영변댁이 아니라 이씨 쪽이었다. 어쩔 줄 몰라하는 이씨를 더 놀려먹고 싶어 영변댁은 한층 더 수선을 떨었다. "아이구 세상에, 이렇게 좋은 신랑감을 빠리 어디서 찾는다고……" 그러면서 이씨의 손까지 부여잡고 다독여주다가, 훌쩍이는 척하며 부엌으로 와버렸다. 빠리에 사는 한국 사람들은 왜 저리도 다 못났을까. 영변댁은 마음 약한 사람이 싫었다. 자기까지 공연히 약해지는 것 같아 싫었다. 언젠가 이런 영변댁을 보며 세미가 말했었다. "아줌마는 완전히 한국 사람 같아요. 어쩔 땐 한국 사람보다 더해요." 문득 그 사람과 헤어졌다며 며칠을 질질 짜던 세미의 얼굴이 떠올랐다. 생각하지 말자, 생각하지 말자 하고 영변댁은 되뇌었다. 이런 일만 아니었더라면 계속 곁에 두고 동생처럼 지낼 수 있는 사이였을 텐데…… 생각보다 세미에게 정이 들었다는 걸 영변댁은 인정할 수밖에 없었다. 그러나 이미 물은 엎질러진 후였다. 누구 처지 봐줄 입장이 아니었다.

영변댁은 반지하 창고 안에 가득한 루이뷔똥의 수를 머릿속으로 헤아려보며 박스가 몇 개 더 필요한지를 생각했다. 요번엔 닷새치나 쟁여놨기에 꽤 물량이 많았다. 돈으로 치면 수십만 프랑에 달했다. 저걸 우체국에서 만나기로 한 업자에게 보여주고 돈으로 바꾸면 일은 다 끝난다. 늦기 전에 일 도와주는 동생들을 불러 차에 싣고 가야 하기에 영변댁은 마음이 급해졌다. 다른 때라면 창고에 들어가 문단속을 한 번 하고 나가겠지만 방금 전에 물건을 갖다두고 왔으므로 그냥 나가기로 했다.

근처 여행사에 도착한 영변댁은 로마행 기차표를 다음날 것으로 간신히 바꿨다. 그리고 아랍인 부부에게 전화해 하숙집 주인이 붙잡는 통에 하루만 더 있다 가야겠다며 먼저 가서 친척들과 회포나 풀고 있으라고 할 수 있는 불어를 총동원해 사정을 꾸며댔다. 그러고는 다시 만날 약속을 잡느라고 한참 승강이를 벌였다.

집 앞 골목까지 오면서 영변댁은 이런저런 궁리를 하느라 잔뜩 모인 사람이나 불자동차를 보지 못했다. 그런데 어디선가 매캐한 냄새가 나는 듯싶더니 웅성거리는 소리가 들렸다. 영변댁은 걸음을 멈췄다. 그 순간, 집 앞의 시뻘건 불자동차가 눈에 들어왔고 정신이 번쩍 들었다. 화면이 정지된 것처럼 눈앞이 하얘지더니 자신도 모르게 다리가 후들거렸다.

설마, 설마, 아니야…… 괜히 쓸데없는 생각 하지 말자…… 내가 지금 과민한 거야. 그거 갖다만 주면 다 끝나는데…… 한두번 한 것도 아니고 늘 그래왔는데…… 그럼, 그 집에 사람이 몇인데…… 설마, 불날 일이 있으려고……

불은 거의 꺼진 후였다. 반지하 창고 앞에서 원인 모를 불이 났다고 했다. 사람들은 담뱃불이 아닐까 수군대고 있었다. 하숙집 사람들이 다 나간 후라 발견이 늦었지만 창고와 일층 일부만 탔을 뿐 큰 피해는 없다고 했다.

창고 안으로 뛰어들어가려는 영변댁을 사람들이 붙잡았지만 실신해서 중국말로 울부짖는 그녀는 너무나도 거셌고 아무도 어떻게 해야 될지 몰랐다. 아무도 영변댁의 중국말을 알아듣지 못했다. 집주인은 아직 안 왔느냐며 소방관이 신경질적으로 물어댔지만 아무도 대답하지 않았다. 집주인이 한국 사람인지 중국 사람인지도 다들 잘 모르는 듯했다. 거품을 물고 버르적대는 영변댁을 보다 못해 누군가가 간질 같다며 의사를 부르자고 했고 누군가는 차라리 경찰을 부르자고 했다. 그러자 영변댁이 벌떡 일어나 소리를 질렀다.

"노옹! 장다름므, 농! 장다름므, 농, 농!(경찰은 안돼!)"

영변댁의 서슬 퍼런 기세에 놀라 사람들은 한발짝씩 물러났고 더이상 영변댁에게 다가가지 않았다.

창고 안에서는 그을음이 검게 낀 가방이 수십개 나왔다. 가죽은 쉽게 타지 않는다. 그러나 그을음이 덕지덕지 묻은 루이뷔똥은 더이상 루이뷔똥이 아니었다. 그것은 더이상 명품도 아니었다.

사람들은 차츰 흩어져 집으로 돌아갔고 소방관들만 남았다. 그중 한사람이 영변댁에게 이것저것 물어보았지만 영변댁은 고개만 흔들었다. 그들도 곧 철수하기 시작했다.

왜 늙은 동양여자가 길바닥에 앉아 울기만 하는지 아무도 이유를 몰랐다. 왜 그 여자가 시커메진 가방들을 끌어안고 넋나간 얼굴을 하고 있는지, 그 사연 역시 아무도 알지 못했다.

뉴욕의 무역쎈터가 무너진 바로 그날의 일이었다.

—『창작과비평』 2002년 여름호

ㅇㅠ ㄹ ㅣ ㄷ ㅏ ㅇ ㅁ ㅜ ㄹ ㅇ ㅝ ㄴ

유리동물원

그 여자의 어릴 적 꿈은 마술사였다.

새벽에 문득 잠이 깨었을 때 그 사실이 기억났다. 여자는 비둘기를 사라지게 하거나 모자 안에서 토끼를 꺼내는 그런 마술을 배우고 싶어했다. 언제부터 그런 꿈이 사라지게 된 것인지는 정확히 기억나지 않는다. 여자는 침대에서 천천히 일어나 시계를 보았다. 바늘은 6시 40분을 가리키고 있었다. 보통때보다 15분 정도 일찍 일어난 셈이다. 이제 TV를 켜고 뉴스를 들으면서 냉장고에서 꺼낸 포도즙을 마시고 씽크대를 치운 다음 다 마른 빨래를 개켜놓고 오늘 입을 옷을 고를 것이다. 그러나 건조대에 널린 속옷들은 마르지 않았고 포도즙은 떨어진 지 오래고 개수대엔 밀린 설거짓거리가 가득했으며 입을 옷은 마땅치 않았다. 이러다 7시 20분이 되면 여자는 스쿼시 가방과 화장품 케이스와 핸드백을 메고 집을 나가 8시까지 스쿼시를 한 다음 바로 아래층에 있는 도장에서 8시 40분까지 단전호흡을 하고 그곳에서 화장을 하고 슈트로 갈아입고 바로 출근을 할 것이다. 마을버스를 타고 네 정거장을 가면 삼성역에 도착하고 산업은행 앞에 있는 포장마차에서 토스트와 커피우유를 사먹고 지하도를 건너 6번 출구로 나가 공항터미널 옆 사무실로 향할 것이다. 혹은 지하도 5번과 6번 사이에 있는 밀레니엄 광장을 지나 코엑스몰을 관통해서 나갈 수도 있다. 입구에 있는 외환은행 앞에서 왼쪽으로 돌면 선물가게, 화장품가게들이 즐비하게 나오고 TGI 앞에서 한번 더 길을 꺾으면 현대백화점 지하 출입문을 등진 채 지상으로 올라올 것이다. 그렇게 가면 시간이 약간 더 걸리지만 여자는 그렇게 가기를 즐겼다. 쇼핑몰은 동물원과 같아서 매일 지나가도 별로 질리지 않았다. 어쨌든 사무실에 도착하면 9시 20분이 넘지 않을 것이다.

그러나 지금 여자는 고무장갑을 끼고 설거지를 할 것인지 생식가루를 타먹을 것인지 아니면 블라우스를 다릴 것인지 결정해야 할 것이다. 책상 위에는 정리하다 만 고객들의 신상카드며 홈쇼핑 카탈로그, 내지 않은 각종 고지서, 병원 처방전, 수면제를 모아놓은 목캔디 상자, 뜯지 않은 화장품, 『굿모닝 잉글리시』 7월호, 홀트아동복지 후원회지 등이 널려 있고 책상 밑에는 몇번 사용했던 파워슬라이드, 오래된 민주노동당 소식지들, 역시 먼지가 쌓인 채 놓인 정수기 박스, 안 쓰는 파일북 등이 여기저기 흩어져 있다. 바로 옆 코르크 메모판엔 각종 스티커와 명함들, 팸플릿, 메모 쪽지, 보지 않은 극장 티켓 등이 다닥다닥 붙어 있다. 그런 티켓들은 여자의 책상 두번째 서랍 속에 수십장은 더 있을 것이다. 여자는 책상 앞으로 가서 맨 밑 서랍을 열었다. 티스푼, 컵받침, 볼펜, 핸드폰 줄, 립스틱 등이 수십개씩 꽉꽉 채워져

가지런하게 들어 있다. 여자는 다시 돌아서서 침대 머리맡에 읽다가 놔둔 책을 집어 책장 아무데나 꽂았다. 그리고 설거지를 시작했다. 말라붙은 수프 그릇을 닦다가 여자는 고무장갑을 벗고 다시 책장 앞으로 다가갔다. 방금 꽂아놓은 책을 다시 빼서 책상 위에 올려놓았다. 소로우의 『월든』, 두세 장만 읽으면 끝이므로 오늘 갖고 나가야겠다고 생각했다. 그러다 문득, 세탁소에 맡긴 물방울무늬 원피스와 민소매 재킷이 배달되지 않았다는 걸 깨달았다. 여자는 오늘 꼭 세탁소에 전화를 해야겠다고 생각했다.

우유가 좀 늦게 배달된 것 외에는 별다른 일이 없는 아침이었다.

1. 여기 있습니다. 직원현황카드하고 이력서, 남석희씨에 대한 것은 여기 다 있습니다. 아직도 실감이 안 나는군요. 대체 이게 무슨 일인지…… 멀쩡했던 사람이 왜 갑자기 없어집니까? 남대리, 착실한 사람이에요. 내가 직접 우리 회사로 데려와서 잘 알죠. 한 3년 됐어요. 전에 우리 싸이트 관리해주고 그러다 알게 됐는데 사람이 태도가 차분하고 능률적인 게 뭘 맡아도 잘하겠더라구요. 처음엔 동남아, 중미 이런 델 맡다가 작년부터 유럽팀을 맡겼죠. 일 잘해왔어요. 저번 회식 때였나? 이사님이 이번 가을부터 남대리가 유럽 제2팀 팀장 한번 맡아보라고 그랬죠. 그 대신 이번 여름엔 우리 기록 한번 깨보자고. 남대리요? 당연히 좋아하죠. 우리가 비록 대기업은 아니래도 그 나이에, 그것도 여자가 팀장 맡는 게 어디 쉬운 일인가요, 거의 과장급인데. 그러니까 문제가 하나도 없는 사람이었다 그거요, 내 말은. 딴 사람이면 몰라도. 빨리 좀 찾아주쇼.

2. 제 명함 여기 있습니다. 예…… 저흰 투어컨덕터라고 부릅니다.

다른 데선 여행매니저니 컨설턴트라고 부르기도 하죠. 붙이기 나름이니까요. 예, 예, 제가 연락했습니다. 남대리가 말없이 이렇게 안 나오다니 아무래도 이상하다 싶어서요. 남대리 부모님 댁이랑 알 만한 연락처랑 다 연락해봤죠. 핸드폰은 당연히 끊겼고요. 예…… 사생활이야 뭐 잘 아는 거는 아니지만…… 뻔하지 않겠습니까. 저는 비회원관리팀이라 그렇게 빡빡하진 않은데 남대리 쪽은 다이렉트로 고객들을 상담하니깐요, 아무래도 자기 시간 내기 힘들죠. 여름 성수기엔 잠도 잘 못 자고, 뭐 캔슬되거나 딜레이되거나 현지에서 분실사고나 카드 사고, 이런 별별 일이 다 생기니깐요. 그렇다고 요령이 많아서 남들한테 전가시키거나 그런 일도 없었고, 미련하다고 해야 되나…… 밑엣사람들이 일 좀 배우려면 좀 타이트하게 시켜야 되는데 만날 몸이 안 좋네 뭐네 하고 살살 핑계대면 남대린 싸우기 싫으니까 자기가 다 해버리고…… 그쪽 팀은 남대리 없으면 쓰러지죠. 그 팀만 개별고객 상대라 업무가 디테일했죠. 젊은 고객들이 대부분이라 취향들도 개성적이고 굉장히 하이브리드하고 정보에 밝고 경비는 아끼려고 하고 북적대는 곳은 싫어하고 조금만 방심하면 컴플레인 막 날리고 그러는데, 그 비위를 다 잘 맞추더라구요. 일하는 데 굉장히 성의가 있어요. 저희들은 보면 딱 알죠. 고객 시간 맞추다보니깐 새벽이건 밤이건 통화하고 회사 밖에서 미팅하고 고객이 원하면 공항까지 나가서 배웅해주고. 아, 물론 회사 방침에 그런 것까지 있을 리 있나요. 저희가 회원제를 주로 하는 컨덕트 업체라 좀더 신경을 쓰긴 합니다만, 아, 모르셨나요? 저희는 회원을 선별해서 받거든요. 3년 동안의 연봉 내역하고 이것저것 좀 따져서 회원을 받죠. 그만큼 대우해준다는 겁니다. 어차피 해외여행 한번 하고 말 사람들도 아니니깐요. 예? 글쎄요…… 그것까지는 잘…… 결혼엔 별로 관심이 없는 것 같던데…… 뭐 요새 노처녀들이 그런 거 티내고 그럽니까? 자존심이 있는데…… 서로 그런 얘기는 피하고…… 하여간 어떻게 좀 빨리 해결됐으면 좋겠네요. 지금 그쪽 팀은 난리났을 겁니다. 남대리가 맡았던 고객들을 다 어떻게 하겠어요. 다 자기들이 맡아야죠. 점점 휴가철이 분산되는 추세라 9월 중순까지 예약이 꽉 잡혀 있거든요. 하여간, 남대린 좋은 동료였습니다. 사고가 아니었으면 좋겠군요. 회사 분위기가 영 흉흉해서요. 저희 회산 여름 지나면 보너스 얘기가 꼭 나오곤 하는데, 분위기가 이러면…… 아무래도 좀 힘들지 않을까 싶습니다. 뭐 그게 사람 찾는 거보다 중요하단 얘긴 아니지만요. 월급쟁이들 사는 게 다 그렇지 않습니까? 예…… 저 혹시요, 여행상담 받고 싶으시면 그 연락처로 연락주십시오. 예…… 제가 있는 팀은 비회원 예약업무만 받습니다. 새로 만든 팀이죠. 그럼요, 온라인 오프라인 다 가능하죠. 명함 한장 더 드릴까요?

3. 전요, 아직도 믿기지가 않아요. 이상한 점이라뇨, 그런 게 어디 있겠어요? 그럼 진작에 경찰에 다 얘기했죠. 이틀이나 안 나오고 전화도 안 받길래, 솔직히 저는, 야 이건 남선배한테 무슨 썸씽이 벌어진 거다, 그렇게만 생각했죠. 그리고 저는 미리 알리고 안 나온 줄 알았어요. 예? 아프다뇨, 그런 걸로 결근할 사람이 절대 아니에요. 얼마나 자기관리가 철저한데요. 아침에 그거 한두시간씩 땀 빼고 운동하는 게 아무나 하는 건가요? 왜 그렇게 열심히 운동하냐고 그랬더니, 노처녀가 몸까지 한물갔다는 소리 듣기 싫어서 그런 거라고 하더라구요. 사람들은요, 다 남선배가 성격 좋고 서글서글하다고 그러는데, 뭐 그게 썩 틀린 말은 아니지만요, 그러니까, 아닌 게 또 있더라구요. 뭐랄

까, 감정적이고 고집도 세고 그런 거요. 올봄에 허니문팀으로 옮긴 김 대리라고 있는데요, 사람이 눈치가 없고 말을 좀 막 하거든요. 여자가 말야, 이러면서 좀 고리타분한 소리도 잘하구요. 사람은 좋은데. 그런 데 뭣 때문인지는 모르겠지만 언젠가부터 그치가 남선배 눈 밖에 나 있더라구요. 물론 김대리가 실수가 많긴 했지만 남선배가 그런 거 가 지고 뭐라고 할 사람은 절대 아니거든요. 김대리가 스케줄 잘못 잡아 서 VIP고객 웨이팅이 겹치고 난리난 적이 한번 있었어요. 그거 남선 배가 나서서 다 막아주고 그랬는데 얼마 후에 김대리가 팀을 옮기더 라구요. 그때 전, 남선배 입김이 작용했을 거다,라고 짐작은 했죠. 물 론 사람들한테 말하진 않았지만요. ……예? 제가 아까 그랬던가요? 아니, 결혼 안한 노처녀한테 일어날 수 있는 일이라면 당연히 남자 문 제 아니겠어요? 누가 그래요? 누가 결혼에 관심이 없대요? 비회원팀 의 박대리요? 흥, 그 사람은 쥐뿔도 아는 게 없어요. 어떻게 하면 튀어 볼까 그 궁리만 하면서…… 남대리 석녀 아냐, 그딴 소리 하면서 낄낄 댈 땐 언제고…… 어머, 못 들은 걸로 해주셔야 돼요…… 하여간 제가 보기엔 선배가 너무 눈이 높아서 그렇지, 그리고 여기서 얘기해봤자 사람들이 말 막 하고 그러니까 그렇지, 남자 얘기도 잘했어요, 자주는 아니지만요. 가만, 그러고 보니깐 생각나는 게 있네요…… 가만 있어 보세요. 응…… 별건 아닌데요, 한 삼사주 전인가 됐는데…… 맞아요 월요일날이었어요. 남선배가 유난히 들떠 있고 얼굴에도 홍조가 가시 지 않고 점심도 막 사주고 그러더라구요. 딱 보고 난 알았죠. 저거, 분 명히 남자가 생긴 거다. 보면 다 알아요. 그래서 단도직입적으로 선배 한테 물었죠. 선배님, 뭐 좋은 일 있으신가봐요? 그죠? 그랬더니 아니 라고는 말 안하고 그저 웃기만 하데요. 계속 제가 캐물었거든요. 어떤 사람이냐고, 어디서 만났냐고요. 근데 죽어도 입은 안 열더라구요. 글쎄 그게, 말을 꼭 해야 아는 게 아니라니깐요. 저 입사하고 남선배 얼굴이 그렇게 활짝 핀 건 처음 봤어요. 근데 그러고 나서…… 아무 소리도 못 들었거든요. 선배가 고객 미팅 나간다고 유난히 자리를 자주 비웠던 것 같은 한데, 성수기라 서로 정신없고 하니까…… 며칠 뒤던가? 제가 지나가다 한번 찔러보긴 했어요. 선배님, 요즘 유난히 외근이 많으시네요. 데이트하느라 바쁘신 거 아니에요? 그랬더니, 남대리님이 절 쳐다보지도 않고 땍땍거리는 말투로 이러는 거예요, "신정씨, 나 말하기 싫은 걸 보니깐 철들었나봐." 어머, 웃기잖아요. 뭐 대단한 걸 물어봤다고…… 그래서 제가요, 남대리님, 말 참 이상하게 하시네요, 하고 한마디 딱 하려고 했거든요. 그런데 옆사람들이 다 눈치를 주더라구요. 남대리 오늘 굉장히 저기압이니깐 건들지 말라는 거죠. 저도 시끄러운 건 싫어하는 성격이라 그냥 관뒀어요. 저것도 남자랑 잘 안 풀려서 그런 거라고 제가 그러니깐, 사람들이 다 이러는 거예요. 어딜 봐서 남선배한테 갑자기 남자가 생기겠냐고요. 아니, 사람들 눈이 다 똑같으란 법이 있나요? 다 제 눈에 안경이죠. 뭐 제가 좀 순진한 구석이 있어서 아직도 이런 걸 믿는 건지 모르겠지만요. 전 지금도 남선배가 사랑의 도피행각을 벌인 게 아닐까…… 그렇게 생각하거든요. 뭐 나이들면 사랑도 못하나요?

4. 아, 그 317호 아가씨…… 알지. 근데 어디서 나오셨다고? 어? ……게 뭐하는 덴가? 경찰 같은 덴가? ……사람을 찾아준다고? 하긴, 부모님들도 걱정되시겠지. 글쎄 뭐 나야 얼굴이나 겨우 아는 처지라. 나 여기 들어온 지 얼마 안됐어. 그나마 그 아가씬 기억하는 게 이유가 있지. 저기 보이는 저 2층 냉면집 주인 박가라고 있는데, 배달 왔다

언제 그러더라고. 자기가 며칠 전 어스름할 때 봤대요, 길 건너 슈퍼 총각하고 317호 아가씨하고 가게 밖에서 드잡이를 하고 있는 걸. 박가 말로는 그 아가씨가 냉면을 좋아하는지라 자주 본대요. 그래서 또 일요일인가 배달시켜갔을 때 넌지시 물어봤대지. 그랬더니 그 아가씨 하는 말이, 그 슈퍼 총각이 자꾸 집 앞까지 따라오고 수상한 짓을 해서 조용히 그러지 말라고 얘기하려고 했는데 어떻게 말을 하다가 보니깐 격해졌다고 그랬대. 그러니깐…… 그런 걸 뭐라고 부르는고 하니…… 왜 있잖아, 응…… 스토킹! 그래 바로 그거라는구만. 그래서 어떻게 됐는고 하니…… 그 얘기가 돌고 돌아서 그네 귀에까지 들어갔는데 그 총각은 펄펄 뛰더라는구만. 그 박가가 나중에 또 들었을 때 히덕시그리하게 웃으면서 한마디 하긴 했어. 그 아가씨도 완전히 맹물은 아닌 것 같다고. 사람 겉으로만 봐서는 알 수 없다나. 정확히 뭐랬는진 모르겠네. 그 아가씨야 조신하고 인사성도 바르지. 그 총각은 성마른 데가 좀 있고 배달은 잘하던데…… 난 잘 몰라. 그 아가씨 안 보인다고 신고 들어가고 경찰 왔다가고 그러니깐 동네에서 더 수군대는 눈치더만. 그건 저 밑에 가서 알아보우. 거기 세탁소니 부동산이니 하는 데 가면 다 알 거유. 가서 일봐.

5. 난 잘 모릅니다. 단골은 뭐…… 그런 손님이 수십 명인데…… 아니 아니, 우리 집에 늘 옷을 맡긴 건 맞는데 특별히 뭐 얘기할 만큼 친한 사이는 아니었다 이거죠. 북청냉면? 그럼 그 집에 직접 가서 알아보슈. 뭐요, 휴가 갔다고? 아 맞아. 그 상가 다 그렇지. 그래요, 내가 그 냉면집 주인이랑 가끔 바둑도 두고 그런 사이는 맞는데 그게 왜 궁금하다는 거요? 뭐? 경남슈퍼 총각이 어떻다고? 아…… 그 얘기…… 그 얘기라면 내가 뭐 할 얘기가 있나…… 아니…… 내가 뭐 빼고 싶

어서 빼는 게 아니고…… 남의 얘길 내가 뭐 앞장서 떠들 필요가 있나, 그런 거지. 그건 당사자들한테 가서 직접 물어보시라고. 거기도 문 닫았다고? 참 먹고살기 좋아졌어. 언제부터 남들처럼 휴가 챙기고 살았다고 말야들. 나는 아직까지 암만 더워도 여름에 문 닫고 놀러가본 적이 한번도 없수다. 뭐라고? 그 참…… 질긴 양반이구만. 내 이거 하난 말해주지. 내가 세탁소 한 지 20년이 넘었시다. 자기 옷 맡기고 까먹는 사람들은 수없이 봤지만 그 아가씨는 자기가 맡기지도 않은 옷을 맡겼다고 번번이 우깁디다. 어쩌다 한번이면 그러려니 하지, 올해만 한 서너차례 돼요. 저번주에도, 한 열흘 전인가? 아침부터 전화를 해서는 자기 무슨 원피스랑 옷 내놓으라고 그러는데 정말 돌겠데. 아직도 기억나는구만. 물방울무늬 원피스랑 무슨 민소매옷 내놓으라고. 그것도 꼭두새벽에 말이야. 하도 그러니깐 혹시나 하고 마누라까지 깨워서는 싹 다시 찾아봤지. 그래도 분명히 없는 거야. 그러더니 조금 있다 와서는 한다는 소리가, 빨래통 속에 든 걸 못 봤다고 합디다. 기가 막혀서. 근데 어찌나 표정이 딱해 보이던지 뭐라고 야박한 소리도 잘 못하겠더만. 나 잡아잡수 하는 표정 있잖소. 혼자서 뭐라고 중얼중얼거리면서 땀을 삘삘 흘리는데 말이야. 글쎄 자세한 건 나도 모르지…… 그게 다요. ……이 사람, 진짜 말귀를 못 알아듣는구만. 글쎄 그 문제는 경남슈퍼한테 직접 가서 물어보라니깐. 내가 꼭 누구 편을 들어서 그러는 게 아니야. 그 총각도 열심히 살려고 하는 사람인데 너무 그러지 말라는 거지. 그 아가씨도 말이야, 모르긴 몰라도 가끔 정신 쑥 빼놓고 다니는 것 같던데. 아니 또 막말로 그 총각이 정말로 담판 짓자고 순경이라도 불렀어봐, 모양새 아주 우스워지지…… 뭐라고? 나한테 온 바로 그날 아가씨가 없어졌다고? ……아니, 그게 그래서…… 나랑 무슨 상관이라는 거요…… 듣고 보니 이상하네……
여보슈, 그래서 지금 나한테 따지겠다는 거요 뭐요? 이 사람이 말이
야, 바쁜 사람한테 기껏 말시켜놓고 뭘 뒤집어씌우려고 이러는 거야,
엉. 아 필요없으니깐 이제 그만 하고 나가쇼, 나 일 좀 합시다!

　6. 그래요 석희, 남석희, 맞긴 맞네요. 근데 이게 언제 사진이래요?
네, 저랑 고등학교 동창이에요. 친했죠. 만날 영화 볼 때 같이 가고 일
기 써서 바꿔보고 그랬는데. 그런데 석희는 대학 가고 저는 또 일찍
결혼하고 그러니깐 몇년 동안 못 보고 지냈었죠. 작년인가? 석희가 이
동네로 이사와서 우연히 만났어요. 석희네 원룸아파트랑 우리 집이랑
10분도 채 안 걸려요. 그럼요. 몇번이나 가봤죠. 아휴, 암만 바빠도 여
자 사는 집인데 그렇게 썰렁해서야 원…… 예? 어딜 갔겠냐고요? 전
도무지…… 짐작도 안 가요. 제발 교통사고 같은 게 아니길 바랄 뿐이
죠. 집이요? 글쎄 뭐 특별한 게 있나…… 치우고 사는 거 같긴 한데
커튼 같은 데 슬쩍슬쩍 곰팡이도 슬어 있고 바닥도 진득진득하고 창
문도 안 닦아서 뿌옇고…… 하여간 쓸고 닦지 않으면 집은 팍팍 티가
나요. 여자들 일이 그래서 많은 거라니깐요. 그러곤 뭐…… 아이구,
책은 뭐 그리 많은지 5단짜리 책장이 자그마치 여섯개나 되데요. 벽마
다 빽빽해가지고. 석희 걔가 학교 다닐 때부터 책을 끼고 살긴 했어
요. 전혜린 같은 거 줄줄 외고. 그래서 난 국문과나 그런 데 가서 소설
가 될 줄 알았는데 정치학과인지 정외과인지 그런 델 가데요. 아니 행
정학과던가? 대학 가선 그 얌전하던 애가 데모 같은 걸 막 했다고 그
러대요. 학교도 잘릴 뻔했었다고 누가 그러던데…… 그래서 일년인가
학교를 쉬었다고…… 아니야, 어디가 아팠었다고 그랬던가? 하여간
오죽했으면 석희 같은 애가 그런 걸 했겠어요. ……또 뭐가 있더

라…… 한번은 제가 물었죠. 남들은 대학 가면 거기서 남자도 잘 만나고 그러던데 너는 뭐 없니? 그랬더니 말은 안하고 비식비식 웃기만 하데요. 뭐가 있긴 있었던 건지…… 하여간 사는 걸 둘러보면, 냉장고엔 물도 한통 없고 커피만 줄창 마시고, 그것도 어떻게나 쓰게 먹던지, 커피가 아니라 약이야 약. 그리고 어떻게 직장 다닌다는 애가 화장품이 그렇게 없어요? 그래서 내가 그랬죠. 물이라도 좋은 걸 마시고 얼굴도 신경 좀 쓰고 그러고 살아라. 내가 잘 골라서 갖다줄 테니깐…… 아니…… 내가 그거 좀 팔아서 몇푼이나 남겠어요. 친구 사는 게 하도 그래 보이니깐 그런 거죠. 돈이나 못 벌면 말도 안하지. 그리고 애가 무슨 자잘한 걸 그리 좋아하는지 책상 위엔 갖가지 스푼 모아놓은 게 한 상자, 라이터니 핸드폰 줄 같은 것도 수십개 모아놓고, 아 그래요, 쓰다 만 립스틱 같은 것도 수십개 있더라구요. 책상서랍 속에. 별걸 다 모은다 싶어서 좀 이상하다 싶긴 했죠. ……어머, 서랍 좀 빼서 보는 게 어때서요? 친구 사이에 그것도 못해요…… 아, 그리고 내가 놀란 게 또 있어요. 내가 영어는 잘 모르지만 이건 느낌이 딱 오는 게, 분명 수면제야. 목캔디 통이 하도 여러개 있어서 따봤더니 맨 그 하얀 알약들이더라구요. 그래서 물어봤죠. 넌 잠도 잘 못 자냐. 애가 화들짝 놀라데요. 어떻게 아냐구요. 그러곤 쭈뼛쭈뼛 얘기를 하는데, 동네에 좀 이상한 사람이 있는데 가끔씩 밤에 따라오고 집 앞에서 서성이고 그래서 무서워서 잠을 잘 못 잔대요. 세상에, 그것도 이 동네에서 장사하는 작자라대요. 암만 캐물어도 누군지는 말 안하는데, 그래도 내가 반상회 때 이거 얘기해봐야 되겠다, 하고 생각했죠. 바로 우리 반장님이 세탁소 아저씨거든요. 드라이 맡기러 갔을 때 한번 얘기를 했어요. 동네 치안이 이래서 어디 맘놓고 살 수 있겠냐, 혼자 사는

50

친구한테 동네 무지랭이가 쫓아다녀서 불안해 죽겠단다. 근데 그 아저씨가 좀 무뚝뚝걸랑요. 뭘 그런 걸 가지고 한 동네에서 왈가왈부하느냐고 그냥 그러더라구요. 맞아요! 현대세탁소! 어떻게 아세요? 오호라 석희도 거길 다녔군요. ……네 …… 사설이 길어졌는데요. 애가 요즘 유난히 거칠거칠하고 매가리가 하나도 없는 게 그냥 나이 탓인가보다 하고 넘겼죠. 어떨 때에는 애가 아주 기분이 좋아서 방방 뜨더니만. 네, 언제 한번 집에 갔더니 음악을 크게 틀어놓았는데 무슨 남미인지 아프리카 음악이라나 그런 시끄러운 걸 볼륨을 잔뜩 올려서 듣고 있더라구요, 취미도 이상하지…… 그러더니 저한테, 숙자야, 내가 다음주에 사람 한명 소개시켜줄게…… 이러더라구요. 별일이죠. 지금까진 만날 바쁘고 소개할 사람도 없다고 그러더니만…… 그게 지지난주 일요일이죠. 맞아, 애들이랑 교회 갔다오다 들렀거든요. 그런데 일이 있어서 수요일인가 개 회사 앞에서 만났는데 애가 며칠새 완전히 시들시들해졌더라구요. 정신도 쑥 빠진 것 같구. 그래서 제가 그랬죠. 너 나랑 불가마 찜질방 한번 가자, 일단 한번 가면 아주 개운해진다, 너. 그랬더니 애가 됐다고만 하더라구요. 그때 끌고 갔어야 하는 건데. 아니 그것보단 전에 말했던 그 작자를 확실히 물고를 쳤어야 되는 건데. 생각해보니 그러네…… 혹시라도 그런 놈한테 납치라도 당한 게 아닐까요? 아휴, 무서워라. 세상이 도대체 왜 이런지 몰라, 하여튼 여자들은 젊으나 늙으나 안심이 안돼요. ……다 물어보셨나요? 저기…… 명함 있으면 하나 주세요. 네, 무슨 소식 들으면 연락드릴게. 없으시다고? 아니, 요즘세상에 그런 것도 없어서 어떻게 해…… 그러면 …… 저, 혹시 집에 정수기 있으세요? 없으시죠? 요거 잠깐 보세요. 잠깐이면 돼요. 이게 요즘 새로 나온 건데 단돈 백만원도 안돼요. 청호나 웅진 거는 이삼백 줘야 되는데 이건 그냥 거저죠. 가져가서 한번 보시라니깐요. 요새 정수기 하나 없는 집이 어디 있어요? 안 그래요?

7. 석희씨 알게 된 지는 한 일년 됐어요. 작년 여름 유럽 갔다올 때 석희씨가 담당해줬죠. 남편하고 같이 가는 건데도 초행이다보니 이것저것 걱정이 많이 돼서요, 석희씨 많이 귀찮게 했어요. 호텔에서건 면세점에서건 이건 좀 모르겠다 싶으면 국제전화로 석희씨한테 전화해서 물어보고 그랬죠. 발리 구두가 파리에서 세일중인데 한국하고 가격 차이가 얼마나 나는지 알아봐달라고, 뭐 그런 거요. 돌아올 때도 석희씨 아니었으면 연장하는 거 엄두도 못 냈을 거예요. 처음에 항공사에 직접 전화했는데 도무지 못 알아듣겠는 거예요. 결국 석희씨가 직접 빠리에 있는 에어프랑스로 전화해서 딜레이시켜주고 모든 마무리까지 다 깔끔하게 해줬어요. 다른 직원들이라면 그렇게까지 안해주죠. 그러고 나서 마침 제가 여기 무역쎈터점으로 발령받아서요. 회사가 가까워지니까 자주 보게 되고 친해지게 됐죠. 말도 잘 통하구 하니깐요. 그래도 석희씬, 참 요즘사람 같지 않아요. 나이도 나보다 한살 어린데도 훨씬 속깊고 생각도 많고. 그쪽 사무실 사람들하곤…… 큰 문제가 있는 건 아니지만은…… 그렇게 잘 맞진 않았던 것 같아요. 언젠가 저한테 이런 적이 있어요, 대학 다닐 때 농활 가봤었냐구 묻더라구요. 저희 집은 원래 과수농사해서 방학이면 집에 내려가서 뼈빠지게 일했다고 했죠. 그랬더니 웃으면서 이러더라구요. 자기 사무실에선 농활 얘기 나오면 그거 돈 받고 하는 거 맞죠? 아니면 평화봉사단 같은 건가요? 이런다고요. 미국서 대학 나온 애들이야 그러려니 하지만 94, 96학번 이런 애들은 정말 딴세상 애들 같다고요. 걔네들이 그

런대요, 운동권이나 학생회 애들 지들끼리 알아듣지도 못하는 소리나 하면서 괜히 티내고 고생하고 오는 게 무슨 자랑인지 안다고, 정말 재수없다고 그러더래요…… 빨리 이회창이 정권을 잡아야 할 텐데…… 하고 비는 사람도 있다고…… 김 무슨 대리라나 그런 사람도 있다고 기막혀했었죠. 그러면서 저한테, 딴데도 다 이럴까요, 좀 옮기면 다르지 않을까요, 하고 묻길래 전 아니라고 했죠. 어디나 그런 사람들이 있는 거고 다 비슷하다고. 뭐 사실, 직장 다니면서 만족하는 사람이 몇명이나 있겠어요. 그리고…… 어떻게 보면 석희씬 다른 사람들처럼 결혼이나 자기계발이나 승진이나 돈이나 그런 데엔 큰 관심이 없었던 것 같아요. 그런 게 다 무슨 소용이냐면서, 매일 커피 한잔씩 안 마시면 큰일나는 줄 알고 사는 자기가 가끔 끔찍하게 느껴질 때가 있다고 했죠. 왜 우리 학교 다닐 때 미제의 똥물이라고 커피랑 콜라 마시지 말라고 그런 소리 하고 그랬잖아요. 최루탄 냄새 맡으면서 학교 다닐 때가 엊그제 같은데 지금은 우아한 척 늘 커피향 맡으며 살고 있고 기차 타고 엠티 가는 대신 비행기 타고 출장 다니고 그런 자기가 왠지 어색하다는 거예요. 글쎄 저야 모르죠…… 살아온 게 워낙 다르니까. 저야 그렇게까지 생각해본 적은 없죠. 그리고 요즘 누가 그런 얘길 하나요. 하여간 석희씨가 이런 말을 자주 했어요. 아주 최선을 다해 살던 때가 있었는데 지금은 그때와 너무 멀어진 것 같다고. 참, 그럴 때 보면 자기주장이 강한 사람이었죠. 그래도 전 사람 좀 만나보게 하려고 저희 남편 친구도 한번 소개시켜주고 그랬는데, 사람을 무척 경계하더군요. 그후론 소개시켜준다는 것도 다 피하더라구요. 석희씨의 취향은 알 것 같지만…… 그걸 다 맞춰줄 수 있는 사람이 요즘 과연 있을까 싶고…… 석희씨 얘기로는 말이 통하는 남자면 된다고 하는

데, 말이 통한다는 게 참 미묘하고 포괄적인 말이잖아요. 그래서 의외
로 뜻밖의 사람들하고 맞는 면이 있었던 것 같아요. 저희 회사 사우회
에서 두달에 한번 장애우 방문하고 그러는 모임이 있는데 한번 따라
갔다오더니 저보다 더 열심히 다니더라구요. 거기 애들하고 놀고 씻
기고 같이 있는데 참, 사람이 환하고 달라 보였죠. 그리고 여기 코엑
스몰 근처엔 노숙자들이 아주 가끔씩 나타나는데 그런 사람들한테 다
가가서 말 거는 걸 본 적도 있어요. 맞아요, 바로 이 커피집이었는데
그때가 한 한달 전쯤이네요. 여기가 석희씨 단골집이거든요. 『월든』을
산 지 얼마 안된 때였는데 너무 좋다고 자기 다 읽으면 빌려주겠다고
했었죠. 갖고 다니면서 틈틈이 읽는다고 하더니 그러다 어디 흘렸나
봐요. 저 창가 자리에 앉으면 바로 베니건스가 보이잖아요. 그 앞 돌
로 된 벤치에 늘 앉아 있는…… 뭐 그런 사람이 하나 있었어요. 수염
이 아주 덥수룩하고 키 큰 사람이었죠. 거지 같진 않고…… 뭐랄
까…… 부랑자 같다고 해야 하나…… 저는 카운터 앞에서 커피를 주
문하고 있었는데, 그 사람이 커피집 문을 열고 들어왔나봐요. 카운터
에 있던 주인이 당장 나가라고 소리를 빽 질러서 그때 제가 돌아봤죠.
석희씨는 문 바로 옆자리에 앉아 있었어요. 그런데 그 사람하고 무슨
얘기를 했었던 것 같아요. 확실히 본 건 아닌데. 하여간 그때 석희씨
표정이 참 인상적이었어요. 도대체 무슨 말을 했길래 저런 표정일까
싶더군요. 그 사람은 바로 문을 열고 나가서 늘 앉는 그 자리에 가 앉
데요. 제가 무슨 일이냐고 물었더니 자기 책을 그 사람이 주워서 갖다
줬대요. 그런데 바로 제 핸드폰이 울려서 그걸 받는 동안 석희씨가 밖
으로 나가더라구요. 그 사람한테 가서 한참 뭐라고 얘기하는 것 같았
어요. 제 기억으로 한 20분은 걸린 거 같아요. 그리고 나서…… 저는

집으로 가고 석희씨는 다른 때처럼 사무실로 가봐야 한다고 해서 같이 나왔죠. 그땐 그 사람이 안 보였어요. 석희씨한테 물어볼까 하다가 관뒀는데 그때 그냥 물어볼걸 그랬나봐요. 그렇게 좀 엉뚱한 데가 있었어요. 실종되기 바로 며칠 전인가에는 뜬금없이 저한테 정수기 하나 사라고 그러더군요. 친구 중에 정수기랑 무슨 다단계 판매하는 친구가 있는데 들볶인단 얘긴 전에 들었거든요. 그렇다고 저한테 특별히 권한 적은 없었는데 갑자기 불쑥 그러니 저도 그러마 했죠. 그 친구분이 제 사무실 근처까지 와서 한번 만났어요. ……생각해보니 그날이 석희씨 본 마지막이었네요. 친구분 먼저 보내고 간단히 술 한잔 했어요. 네, 자주 가는 재즈바가 바로 요 안에 있거든요. 그렇죠, 만날 땐데 한번 가보자고 그러면서도 코엑스몰을 결국 못 벗어나요. 하여간 제가 월말 결산하느라 꽤 오래 얼굴을 못 보고 지냈는데 그새 얼굴이 많이 상했더라구요. 어디 아프냐고 물었더니 생뚱맞게 토요일날 본 영화 얘기만 하더라구요. 너무 좋았다면서. 꼭 토요일날 심야프로 두장씩 예매해놓는 게 석희씨 습관이었어요. 꼭 여기 코엑스몰 안의 멀티플렉스 극장에서요. 같이 갈 사람 있으면 같이 보고 없으면 그냥 혼자 보고요. 하도 오래된 습관이라 두장을 안 사면 이제 이상하다고 하더라구요. 근데 그 영화가 뭐였더라? 죄송해요 제가 워낙 영화나 드라마 같은 데 관심이 없어서요. 들어도 기억을 잘 못해요. 이런 건 기억이 나네요. 제가 물어봤어요, 또 혼자 봤냐고. 그랬더니 고개를 저으면서, 이번엔 아니에요, 그러더니 뜬금없이, 윤정씨, 개구리왕자 얘기 알죠? 하고 묻더라구요. ……근데 제가요, 솔직히 그게 뭔지 기억이 잘 안 났어요. 나중에 우리 애 동화책 중에 보니깐 있더라구요. 개구리한테 키스를 했더니 다시 왕자로 변했다는 뭐 그런 얘기잖아요.

하여간 왜 그런 애들 동화책 얘길 꺼냈는진 모르겠는데…… 그리고 석희씨가, 오늘밤 늦게 전화해도 되겠냐고 그러길래 그러라고 했죠. 그런데 다음날 보니까 제 핸드폰이 꺼져 있더라구요. 확인 좀 할 걸…… 아니면 제가 먼저 해봤어야 되는 건데…… 제가 좀더 눈치가 있었으면 고민 털어놓으라고 해서 얘기를 좀더 하고 그랬을 텐데…… 그랬으면 이렇게까진 안됐을지 모르죠…… 스토킹요? 아뇨 그런 소린 처음 듣는데요. 그럴 리가요, 그런 게 있었다면 저한테 얘기했겠죠…… 네? 지금 어디 있을 거 같냐고요…… 이런 얘긴 한 적이 있어요. 자기도 언제 시간 되면 대학생들 배낭여행 하듯이 유럽 구석구석 돌아보고 싶다고요. 그게 지금 이 상황에서 제일 그럴듯하지 않을까요? 그리고 석희씨가 어디로 갔냐가 사실 문제인가요? 전 지금 그 사람이 어떤 상태에 있을지 그게 걱정돼요. 큰일날 리는 없겠지만…… 석희씨, 가끔 뭐랄까…… 밸런스가 안 맞을 때가 있었어요. 그게 불안하죠. ……그런데 ……예 저…… 제가 하나, 여쭤봐도 될까요? …… 혹시 저 언제 뵌 적이 있던가요? 왠지 초면이 아닌 것 같아서요. 아님 저희 회사에 대출 받으러 오셨다거나…… 아 예…… 그렇죠? 제가 사실 사람 얼굴을 잘 기억 못해요, 숫자에만 밝지. 예…… 그럼 수고하시고요…… 석희씨 찾게 되면 저한테도 꼭 연락주세요. 예 안녕히 가세요.

8. 저는 별로 도움이 안되겠네요. 얼굴은 많이 봤지만 얘기해본 적이 없어요, 그 손님은. 혼자 창가 자리에 앉아서 얼른 마시고 휙 가니간, 전 여기서 커피 갈아야 되구요. 뭐 가끔씩 일행이 있긴 있었죠. ……그리고 요 근래에 자주 보긴 했네요. 옛날에는 와도 일이십분 앉아 있나 그랬는데 이상하게 근래에는 한두시간씩이나 앉아 있더라구

요, 손님들도 많은데. 좀 이상하다 싶긴 했죠. 이런 말 해선 안됐지만 이런 장사 오래하니까 사람들 관상이 눈에 좀 들어와요. 그 아가씨 얼굴에 딱 써 있어요, 난 혼자 살 팔잔가봐…… 하고요. 그건 배냇병이에요. 뭐 서른은 한참 넘긴 거 같고 어지간한 대학 나와서 직장도 웬만한 데 다닐 텐데 살맛이 안 나는 거죠…… 예? 누가요? 누가 들어왔다고요? 네 참, 그런 일을 어떻게 다 일일이 기억해요? 하루에 드나드는 손님이 얼만데…… 아하, 그래요…… 그건 생각나네요, 한달인가 두달 전인가 한창 더워질 때였는데 에어컨도 틀기 시작하고. 밖에 있던 거지가 가게 안까지 들어온 거예요. 왜 들어왔겠어요? 구걸하려고 들어왔지. 그때 손님 중 한명이 뭐라고 하면서 돈을 주고 내쫓았죠. 그 손님이 바로 그 아가씨였나? 맞네! 전 나가라고 조용히 한마디 했죠. 바로 문 옆자리에 그 아가씨가 앉아 있었거든요. 그 거지가 무슨 꼴같지 않은 수작을 걸었는지는 모르겠는데 그 거지 표정이 되게 건방졌던 건 확실해요. 요 광장 앞에서 가끔 어슬렁거리는 작자라고 아르바이트하는 애가 알더라구요. 거지가 맞냐구요? 알 게 뭐예요. 행색이 그런데. 무슨 시커먼 윗도리에 시커먼 고무신 신고 더워죽겠는데 무슨 털모자 같은 걸 뒤집어쓰고 수염이 잔뜩 나 있었죠, 얼굴도 잘 안 보이게. 맞아요, 그 수염 때문에 한눈에 정상이 아니란 걸 알 수 있었어요. 한참 알짱대더니 요즘은 통 보이지가 않네. 아마 근처 상인들이 뭐라고 막 했겠죠. 여기 관리비가 얼만데요. 자기 장사하는 데 거지가 떡 버티고 있으면 좋겠어요? 극장에서요? 누가 날 봤다구요? 언제요? 무슨 토요일? 아…… 난 또, 우리 애들 방학인데 심심하다고 난리쳐서 만화영화 보러 간 날이네. 그때 그 아가씨를 봤냐구요? 아니 기억에 없는데…… 날 봤다고 합디까? 팝콘 살 때 인사를 했다구요?

아…… 이런…… 나도 이제 나이를 먹어서…… 그래요 애들이 콜라 흘리고 징징거려서 몇대 쥐어박고 있는데 누가 인사를 하긴 했어요. 큰 소리로 한 건 아니고 가볍게 목례하듯이요. 음…… 그게 그 아가씨 였네. 그래, 물방울무늬 파란 원피스 입고. 그때 옆에요? 누가 있었 나? 그런 것도 같네요. 딱 손님 정도 키에 안경 쓴 남자가 있었던 것도 같아요. 그게 그 아가씨 일행이었나…… 아휴, 그 안이 어두워서 그 아가씨 얼굴도 잘 몰라보겠더만…… 하여간 까맣게 잊고 있었네…… 그런데 그 아가씨도 그 다음에 우리 가게 왔을 때 그런 내색 전혀 안 비쳤는데? 전처럼 말도 없고 우거지죽상으로 앉아 있어서 나도 아예 까먹고 있었죠. 설령 알았다 해도 그런 걸 뭐하러 아는 체해요? 서로 피곤하게. 아 잠깐만요, 계셔보세요…… 네, 캐러멜 까페라떼 라지 하 나요. 다른 거 필요한 건 없으시구요…… 저기, 이제 얘기 끝났죠? 네? 무슨 할 얘기가 있다고…… 정 그러시면 이따 우리 아르바이트 애 오면 걔한테 물어보세요. 걔가 이것저것 참견하길 좋아해서 뭘 좀 알 거예요. 됐죠? ……자 다음 분!

9. 석희 얼굴 본 지는 꽤 됐어요. 애들 땜에 제가 꼼짝을 못하거든 요. 그 대신 전화는 자주 했죠. 그 남자 얘기요…… 글쎄요…… 석희, 전에도 조울증이 약간 있어서 병원 다닌 적 있었어요. 여러가지 원인 이 있었지만 같은 동아리 남자애랑 사귀었는데 안 좋게 끝나서요…… 그러면서 동아리 애들하고 멀어지고…… 사실 잘못하고 나가야 되는 건 남자애 쪽이었는데 오히려 석희가 그걸 못 견디고 나와버려서 말 만 더 무성해지고…… 어떻게 대학가에 전자요 같은 게 그렇게 번졌 는지…… 지금도 이해가 안 돼요. 그거 몇개 더 팔려고 그렇게 기를 쓰고 돈을 모으고 거짓말들을 하고 제 여자친구를 팔고…… 좀 그런

일이 있었어요…… 참 생각할수록 한심한 얘기죠. 그 직후에 석희가 병원 다녔어요. 약 좀 타먹고 그래서 좀 나아지긴 했는데 가끔씩 그게 도지는 게 아닌가 했어요. 그러니깐, 말하기 조금 조심스럽네요. 잠깐만요…… 야! 동생 걸 뺏으면 어떡해, 너 엄마한테 혼나볼래! 여기 이 아저씨한테 땟찌해달라고 그런다! ……죄송합니다 애들이 연년생이라 워낙 잘 싸워요. 그러니까요…… 자기가 원하는 어떤 모델하고 실제 생활이 차이가 많이 나니깐 극단적으로 자기를 몰고 가는 경향이 있었어요 석희한테는. 그래서 가끔씩 공중에 붕 뜨는 것같이 말이 안 되는 부분이 있었죠. 무슨 말이냐 하면요, 전 석희가 어떤 남자를 만나긴 만났었다고 믿어요. 그 실종되기 일주일 전인가 같이 영화를 봤다는 그 사람 말이에요. 그런데 그 상대방이나 만나는 과정이나 거기에 대한 얘기가 도무지, 석연치가 않아서…… 뭐라고 말을 해야 할지 모르겠네요. 처음부터 얘기하죠. 언제인지 기억도 잘 안 나는데 이런 얘기를 했어요. ……책을 잃어버렸는데 어떤 사람이 찾아주었다. 자기가 커피 마시러 갈 때마다 늘 마주쳤던 근처 노숙자가 있었다. 그렇게 망가져 보이는 사람은 아니었고 이상하게 늘 자길 빤히 쳐다보는 것 같더라. 그런데 하루는 자기가 앉아 있던 커피하우스로 들어오더니 이렇게 말하면서 자기가 잃어버린 책을 주더라. 이런 걸 읽으면 행복하냐고. 이상하게도 그 사람 말이 가슴에 와닿는 것 같더라. 그래서 조금 있다 나가서 다시 말을 걸어보았다. 당신 눈에는 내가 어떻게 보이냐,고 물었더니 그 사람 왈, 불행해 보인다고 하더라. 왜 그러냐고 물었더니 또 이렇게 대답하더라. 그건 본인이 잘 알지 않냐고…… 뭐 그 다음은 잘 기억도 안 나는데 무슨 선문답 같은 얘기를 하더라구요. 그래요 그럴 수도 있다고 봐요. 그런 사람들이 다 정신나간 사람들만 있는 건 아니겠죠. 뭐 책을 찾아줬으니깐 다음에 지나갈 때 아는 척할 수도 있다고 생각해요. 그런데 언젠가부터 석희가 이러더라구요. 이상하게 그 사람이랑 얘기하면 마음이 편해진다고, 자기 속을 너무 잘 아는 것 같다고요. 그 사람이 자기 신상도 다 얘기해줬다는데, 뭐래더라? 고대 86학번? 뭐 빵에도 갔다오고 철학과 대학원을 다니다 때려 치우고 대우 다니다 망해서 나와버렸고 부모님은 갑자기 돌아가시고, 그래서 지금 거지꼴로 지내는 게 편하다나? 처음이야 힘들지 신문지 덮고 며칠 밤 자다보면 인생이 이렇게 간단한 걸 한다나? 아니, 이건…… 너무 뻔하잖아요? 얘기만 듣고도 개수작이란 게 딱 느껴지지 않아요? 그래도 전 좀 걸러서 말해줬죠. 전형적인 사기꾼 냄새가 난다, 조심해라, 몇번씩이나 간곡하게 그랬어요. 근데 되레 저보고 이해를 못한대요. 대학 다닐 때라든가 어떻게 살려고 했다든가 그런 얘길 해보면 다 안대요. 절대 사기 치는 게 아니라구요. 만나면 주로 책 얘길 한다고 했는데 아마 그 사기꾼이 어디서 주워들은 건 많았나봐요. 『장길산』서부터 『프랑스혁명사』니 『해방전후사의 인식』이니 라깡, 프로이트, 발리바르, 알뛰쎄르, 기든스까지 막히는 게 없더래요. 그게 더 미친 놈 아니에요? 들으셔서 알겠지만 석희 걔는 영악한 데라곤 약에 쓰려 해도 없는 애예요. 심하게 말하면 철이 안 든 거죠. 아직도 우리가 대학 다니던 20대인 줄 알고 그때 기준으로 생각하고 살려고 하니까요. 그래서 제가 대놓고 이런 적 있어요. 운동한 게 죄는 아니지만 이젠 철 좀 들라고, 그만 좀 하라고요. 어디까지 얘기했죠? 그래요, 그 남자…… 석희가 하도 얘기해서 다 듣긴 했어요. 근데 도무지 감이 안 잡힌다고 해야 되나…… 어떻게 그런 사람이 있을 수 있는지 상상이 안된다고 해야 되나…… 보세요, 아무리 부모님 돌아가시고 빚잔치에 형들이 재산 가지고 싸우고 암만 그래도 동생이 그 지경이 되도록 그냥 놔두겠어요? 그리고 더 말이 안되는 게, 실직한 가장도 아니고 살 만큼 산 중년도 아니고, 대학까지 나왔다면서 어떻게 그렇게까지 될 수 있어요? 사람이 정말 병신이 아니고서야 당연히 자기 살 궁리 찾죠. 겨우 서른다섯이라는데. 제가 이러니까 석희는 절 설득하려고 했어요. 뭐래더라? 그 사람도 조만간 노숙자 생활 청산할 거라나? 그래서 제가, 그럼 그러라고 했죠. 그러니깐 지금말고 그 다음에 만나라구요. 그리고 그냥 전화 끊었죠. 하도 성질이 나서요. 도대체 사람 말을 들어야죠. 석희, 얘가 이렇게 멍청한 애였나 싶기도 하고. 그러고 나서 얼마 후 또 전화가 왔어요. 같이 영화를 봤다는 그 다음날이었을 거예요. 거의 감격해서 자지러지는 듯한 목소리로 이러는 거예요. "은영아, 그 사람이…… 다시 나타났어……" 하구요. 석희가 토요일 밤마다 궁상맞게 혼자 영화 보는 건 주변사람들 다 아는 사실이구요. 그래서 그날도 석희가 예매한 표 갖고 극장에 들어가려는데 멀쑥한 남자 한명이 다가와서 표 한장을 팔라고 하더래요. 표가 매진된 것도 아니고 자기가 두장 끊은 걸 어떻게 알까 싶어서 어리둥절하게 서 있는데 그 남자가 안경을 벗으면서 씩 웃더라는군요. 그러면서 이렇게 수염 깎고 옷 갈아입으니깐 어떻게 보이냐고 묻더래요. 깨끗이 이발하고 콤비 쫙 입고 안경까지 쓴 이가 바로 그 남자였다는 거죠. 그 사기꾼, 홈리스요. 그날 나란히 영화 보고 밖에서 별 보면서 밤 꼴딱 새워 얘기했대요. 그리고 새벽에 돌아왔대죠. ……믿어지세요? 이게 무슨 슈퍼맨도 아니고…… 무슨 개구리왕자 얘기도 아니고…… 그래서 제가, 무슨 소설 같다 얘, 하고 한마디 쏴줬는데도 못 알아듣고 희희낙락이더라구요…… 저도 더 싫은 소리 하기 싫어서 그냥 놔뒀어요. 그런데 화요일날, 바로 3일 후죠, 석희한테 또 전화가 왔는데 그 사람이 없어졌다는 거예요. 월요일 오후에 늘 보던 벤치 앞에서 보기로 했는데 나오지 않았다는 거죠. 몇달이나 거기서 살다시피 한 사람이요. 석희가 이랬어요. "은영아, 넌 내가 미쳤다고 생각하지? 정말 내 얘기가 그렇게 이상하니?" 제가 그랬죠, 내가 언제 너 미쳤다고 그랬냐, 무슨 사정이 있었겠지 핸드폰 번호 줬다면서, 그럼 그냥 기다려봐라, 그렇게만 달래줬죠. 그러고 나선 연락이 없었어요. 이게 다예요. ……조울증이란 게 어떤 건지 아시죠? 전 석희가 자기 증상을 잘 아니깐 상처를 덜 받으려고 뭔가 완충지점을 만들어놓은 게 아닐까, 그래서 이런 일이 벌어진 게 아닐까 생각해요. 자기도 애는 쓰는 거죠. 이 일하고 저 일하고 섞여서 진짜 같은 얘기가 만들어지고 자기도 모르게 그걸 사실처럼 믿게 되고, 그럼 마음도 안정되고 그러다가 그게 정말 사실이 아니란 걸 깨달으면 혼란스러워져서 도망가고…… 그냥 그렇게 믿게 놔둘걸, 하는 후회도 들어요…… 어디로 갔을 거 같냐고요? 그때도…… 아니 그후에도 몇번 그랬는데 석희는 혼자 조용한 데 훌쩍 잘 가요. 배낭 하나 메고 저기 개심사나 운문사 같은 데 며칠 있다 오고 그랬어요. 한참 『월든』인가 그 책 얘기를 하던데 그것도 산속 같은 데 은둔해서 사는 얘기 맞죠? 어디 비구니들 사는 조용한 절이나 가지 않았을까 싶네요. ……참, 그래요 저도…… 참 착잡하고…… 친구라는 게…… 이것밖에 안되나 싶고…… 저희 신랑이 검사예요. 선봐서 결혼했고. 그래서 대학 때 친구들은 은근히 저한테 뒤틀려 있죠. 배아픈 것도 있을 테고. 근데 석희 걔는 제 신랑 갖고 싫은 소리 한번 한 적 없어요. 너도 별수없구나, 소리 한번 할 법한데…… 저도 생전 석희한테 결혼 빨리 해라 그런 잔소리 한 적도 없고 이러구 저러구 해도 남은 친구는 나뿐일 테니 내가 다 받아준다고 생각했는데…… 그래도 그렇게, 사는 게 허전했을까 싶어요…… 남자가 뭐라고…… 이 사태까지 왔을까…… 애들 맡기고라도 좀 봤어야 하는 건데…… 싶어요.

10. 마, 그 아지매 얘기라면 하지도 마이소. 더 듣기도 싫습니더. 내도 살 만큼 산 놈인데 이런 드러븐 꼴은 처음 당했다 아입니꺼. 아가씬지 아지맨지 그건 내 알 바 아이고…… 마, 딱 깨놓고 얘기하겠심더. 우리 가게에서 물건 뿌리고 나가는 걸 내가 두번이나 잡았심더. 처음 잡았을 땐 나도 참 황당했지예. 낮살 묵고 멀쩡해 보이는 아지매가 그러니, 그냥 저도 조용하게 넘어갈라꼬 "계산 안했는데예" 이 한마디만 했심더. 이것저것 사느라 깜빡 잊고 나가는 거야 보면 알지예. 이건 그기 아이고 내 눈치만 빤히 보다가 쪼꼬렛이랑 칫솔 하나 들고 슬그머니 나가려고 했단 말입니더. 뭐냐, 계획적 범죄, 바로 그거라예. 하여간 그랬더니 눈 치켜뜨고 얼굴 빨개져서 암말도 안하더니 쥐 잡아묵은 고양이맨치로 내빼대예. 방귀 뀐 놈이 성낸다고 우쩌겠습니꺼, 보아하니 이 동네 사람 같은데 그냥 넘어가야지예. 그렇게 끝났으면 아무 일도 없었지예. 또 들고튀다가 잡힌 거라예. 목캔디하고 백원짜리 젤리 이런 거 들고 나가는 걸 탁 잡았심더. 이번엔 하도 기가 막혀서 큰소리 좀 쳤지예. "이게 도대체 뭐하는 짓입니꺼? 얼라들도 아이고……" 처음엔 그 아지매도 잘못했다고 빌었심더. 뭐라 캤더라? 자기도 도대체 왜 이런 짓을 하는지 모르겠다고 했나? 그게 말이나 됩니꺼? 그냥 다시는 안 그라겠다고 빌기만 했어도 그거 몇푼이나 한다고 내가 난리를 치겠습니꺼? 그때 날이 하도 더워서 사람들이 요 평상에 자리잡고 맥주 한잔 하고 있었심더. 그 사람들이 빼꼼히 쳐다보고

하니깐 지도 좀 쪽팔렸나보지예. 그럼 쪽팔릴 짓을 왜 했냐 이 말입니더. 하여간 그쪽을 딱 보더니 갑자기 지가 성을 팍 내데예. 뭐 말도 안되는 소릴 해쌌더만, 사람을 왜 이리 귀찮게 하냐는 둥, 자기도 가만 있지 않을 거라는 둥 헛소릴 막 해쌌는데 하도 어이가 없어서 가만히 보고 있으려니깐 돈을 탁 내고 또 내빼려는기요. 그래서 얼른 멱살을 탁 잡고 이게 뭐하는 짓이냐고 다그쳤지예. 그랬더니 내가 뭐 지를 잡아묵을려고 캤나? 얼굴이 갑자기 파래지는데 보는 내가 놀랬심더. 그래서 내가 그랬지예. "단디 들어라이, 좋게 말할 때 다시는 우리 가게 앞에 얼쩡거리지 마소." 딱 그 말밖엔 안했심더. 여기서 끝났으면 욕 좀 봤다 치고 넘어가겠는데 미치고 환장하는 건 그 며칠 뒤라예. 저 상가 이층 냉면집 아저씨가 오더니만 히죽히죽 웃으면서 그 아가씨가 뭐 그리 좋냐고, 내가 중신 좀 서줄까? 이러는 기라예. 내가 지 쫓아다녀서 뿌리치느라 실랑이했다고 그런 거짓말을 했다는 거 아입니꺼? 세상에, 콧구멍이 두개니깐 내가 숨을 쉬제…… 그리고 소문 쫙 퍼지가지고 저쪽 상가 세탁소 아저씨까지, 경남슈퍼 아가 변태라메? 그리 물었다는데 내 여기서 장사할 맘 나겠습니꺼? 마을버스 정류장이 여기서 멀지 않아서 딱 지키면 그 아지매 봅니더. 부글부글 성질나는 거 꾹 참고 그 마 지나갈 때 암말 않고 째려보기만 했심더. 그냥 지나가는 소리로 "콱 신고해뿔까보다" 한 적은 있습니더. 끝난 게 아입니더. 3탄이 또 있심더. 지지난주 언젠가 술배달 간다고 스쿠터 타고 그쪽으로 가고 있는데 앞에 누가 흐느적흐느적 가고 있는 기라예. 비키라고 클락션을 울렸더니만 하필 돌아보는 사람이 그 아지매라예. 근데 그 문디 같은 여편네가 날 보고 뭐라고 그랬는 줄 압니꺼? 대체 왜 자기를 왜 이렇게 괴롭히냐고, 소리를 지르네예. 난 혹시 딴 사람이 있나 싶어서 뒤를 돌아봤더니 아무도 없는 거라예. 근데 그러면서 계속 훌쩍훌쩍거리는데 이 여자가 미친나 싶어서 덜컥 겁이 나데예. 그래서 아예 돌아서갔심더. 그 건물 경비 할배가 그러는데 바로 그 다음날 없어져서 난리났다 그러데예. 실종인지 뭔지…… 하여간 난 잘못한 거 손톱만큼도 없심더. 졸지에 변태돼뿌리고 조사받고 손가락질당하고…… 내가 지금 피해보상을 받아도 시원찮다 아입니꺼. 지는 마, 이렇게 생각합니다. 그 아지매는 무쟈게 앙큼한 게 아이면 정말 미친 기라예. 자, 할 얘기 다 했으니 이젠 그만 돌아가이소.

11. 원칙적으로 환자에 대한 기록은 공개할 수 없습니다만 이번만은 예외로 하죠. 남석희씨의 신변에 예측가능한 이상행동으로 위험한 사태가 발생하지 않기를 비는 심정에서 협조하겠습니다. 네…… 저한테 처음 오신 건 한 일년 전쯤 됩니다. 원래 주기적인 치료가 돼야 하지만 본인 의사가 워낙 강해서 부정기적인 상담과 약물치료만 이루어졌습니다. 7, 8년 전에도 다른 의사한테 치료를 받으셨다고 들었는데 별로 만족스럽지 못했던 것 같습니다. 또 이런 증상은 금방 치유될 성질도 아닙니다. 네…… 미리 듣고 오셨나봅니다만 사실 그건 정확한 표현이 아닙니다. 최근에는 조울증 증세를 보이지 않았습니다. 신경쇠약증과 만성적 우울감이 겹쳤지요. 그에 따른 망상장애와 공황장애, 충동조절장애가 나타났고 이에 따른 건망증, 불면증, 카페인 중독 등이 경미하게 반복되더군요. 글쎄요…… 그런 거까지 다 밝혀야 될지 곤혹스럽군요. 남석희씨가 말한 상대 인물들을 일단 A와 B라고 구별해서 가정해보겠습니다. A는 노숙자라 일컫는 인물, B는 실종 직전에 만났다는 인물이지요. A에 대해서 먼저, 신분이 노숙자라고 해서 교감을 나눌 수 없다는 건 아닙니다만 제가 들은 얘기만으로는 과연

그렇게 깊이있는 교제가 가능했을지, 그건 좀 무리한 예측이라 생각됩니다. 확실한 목격자들이 있던가요? 그렇죠? 대부분의 환자들이 자신의 상황과 비밀을 털어놓고 싶으면서도 억누르려는 내적 욕구가 강하기 때문에 상당히 산만한 방식으로 상담에 임합니다. 그러나 남석희씨 같은 경우, 그 A란 인물에 대해서 아주 논리적이고 구체적인 상황을 제시해가며 설명을 했습니다. 저에게 신뢰를 얻고자 상황상황을 세밀하게 기록해 온다거나 너무 막힘없이 표현하는 그 자세가 오히려 돌출적으로 보였지요. 전 과연 A라는 인물이 실존인물인지부터 면밀하게 검토를 해야 한다고 생각합니다. 또한 지금 문제시되는 B의 경우에는 더 특이한 환각증세의 한 예라고 봅니다. 이는 특수한 모델이라기보다 A에서 유추된 형태로서 남석희씨가 갈구하는 새로운 인간관계의 전형적인 응결체지요. A의 경우에는 환각이나 망상보다 특정 대상에 기반한 착각에 가깝지만 B의 경우에는 전형적인 심인성 기억상실증과 환각, 망상증이 결부된 상태지요. 물론 그에 대해선 좀더 면밀한 분석과 치료가 요구되는데 중단된 상태라 아쉽습니다. 예…… 그것은 또 별개로 보여지기도 합니다만 우울증 환자들 중 드물게 그런 도벽증세가 나타나기도 합니다. 충동조정에 장애가 생긴 거죠. 게다가 남석희씨의 경우 가끔씩 공황증세를 보였는데 그것은 갑자기 숨이 막히고 가슴이 심하게 두근거리는 그런 육체적인 공포를 일컫습니다. 그 공황증세를 극복하려는 와중에 자신도 모르게 남의 물건에 손을 대는 심리가 역작용으로 나타나지 않았을까 생각합니다. 이 병적 도박의 특징은 자신한테 별 필요도 없는 아주 사소한 물건들을 습관적으로 훔친다는 거죠. 만일 눈에 띄지 않고 조용히 넘어가면 스스로 조절될 수도 있지만 남석희씨의 경우 현장에서 주인 눈에 발각이 됐고 여러가지로 좋지 않은 상황을 만났다고 보여집니다. 여기 오시는 분들 중엔 매우 정상적이고 능력있는 사회인으로 비쳐지기 때문에 자신의 증상을 계속 숨기는 분들이 많습니다. 그게 더이상 컨트롤이 안되고 폭발할 경우, 더 심한 발작이나 육체적 물리적 징후를 보일 수도 있으므로 지속적인 관심과 치료가 필요하겠지요. 남석희씨의 지금 상태요? ……그걸 어떻게 예측하겠습니까마는, 최악의 상태라고 말씀하신 그 말 그대로 나쁜 가능성을 배제할 순 없습니다. 원래 우울증 환자들의 자살기도는 놀랄 일이 아닌데다 남석희씨는 실종 당시 불면증과 복합적인 스트레스에 시달렸기 때문에 약에 의한 자의적 자살기도가 가장 유력하다고 봅니다. 이건 어디까지나 좀 전에 말씀하신 대로 최악의 사태를 말하는 것입니다. 네, 다시 말씀드리자면…… 남석희씨는 망상증이 경미한 수위를 넘어서 그 증상을 여러번 보였음이 확실하므로 지금 상당히 불안한 상태에 있을 거라는 게 의사로서의 제 소견입니다. 제 개인적인 느낌은 말씀드리지 않겠습니다. 아까 약속드린 시간이 됐군요. 안녕히 가십시오.

　12. 예, 아까 주인언니한테 얘기 들었어요. 그분 잘 알죠. 저희 집 단골이시고, 늘 에스프레소에다가 바닐라 아몬드향 추가해서 드시고 가끔 지갑 두고 가셨다가 다시 오시구요. 여행사 다니신다고 들었어요. 예, 예…… 그런데 저 하나만 여쭤봐도 될까요? 심부름센터에서 정말 사람도 찾아주나요? 아뇨, 믿지 못해서가 아니고 전 얘기로만 들었지 정말 이렇게 오시니까 너무 신기해서요. ……예? 기억하죠. 그런데 그걸 어떻게 아세요? 아주 오래된 얘긴데. 요 앞에요, 현대백화점 쪽은 워낙 복잡해서 어디 앉아 있기도 힘드니까 꼭 요 앞 베니건스 앞에 놓인 돌 벤치에 그런 사람들이 좀 있었어요. 저희 가게 옆에 크

라운베이커리 아저씨가 막 내쫓은 적도 있었는데 며칠 있다가 다시 오고 코엑스몰 경비원들이 오면 도망갔다가 다시 오고, 계속 그랬죠. 그 사람 기억하죠. 군복 입구요. 왜 개구리옷 있죠? 그거에다 낡은 테니스화 신고 구레나룻 있고 턱밑에도 수염 많고 눈이 나쁜지 항상 찡그리고 있었어요. 털모자요? 더운데 그런 걸 왜 써요? 고무신이 아니라 그냥 테니스화라니까요…… 아닌가? 어쩜 틀릴지도 모르겠네요. 작심하고 본 게 아니라서요. 말씀하신 그날, 그 아저씨가, 아저씨라고 해야 되나, 하여튼 그 사람이 가게 안으로 불쑥 들어왔어요. 저도 놀랐죠. 나쁜 사람 같지는 않았지만 그래도 겁나잖아요. 그때 그 손님이 가운데 테이블에 혼자 계셨거든요. 전 여기 있구요. 아뇨, 원래는 늘 창가에 앉으셨는데 그때 거기는 다 차서 여기 앉으셨죠. 그리고 그 아저씨가 뚜벅뚜벅 걸어오더니 좀 이상하게 쳐다보면서요, 이렇게요, 이렇게 약간 한쪽 입매가 올라가서 비웃는 것처럼 웃으면서요, "당신은 행복한가?" 이러는 거예요. 응…… 연두색인가 쑥색 같은 그런 표지가 달린 책이었는데 그걸 테이블에다 탁 놓으면서요. 그 손님이 놀라서 이렇게 쳐다보다가 한마디 했거든요. "이봐요 당신이 뭘 안다고 그러는 거예요" 하고요. 그제야 주인언니가 그 아저씨를 보고, 안 나가면 경찰 부른다고 소리소리 지르면서 달려나왔어요. 저희 언니가 좀 유난해요. 손님들이, 주인이 더 시끄럽다 얘, 그렇게 막 수군거리고 있는데 그 아저씨는 그냥 조용히 나갔구요. 그리고…… 주인언니가 소금 뿌려야 된다면서 저한테 어디 가서 소금 좀 사오라는 거예요. 시내 한복판에 소금이 어디 있어요? 그랬더니 언니가 요기 코엑스몰 안에 가면 식당 많으니깐 거기까지 가서 얻어오라는 거예요. 말이 되나요. 제가 잘릴 각오하고 버텼죠, 싫다고요. 창피하잖아요. 그리고…… 조금 있다가 그 손님이 따라나갔거든요. 그분은 서 있고 그 아저씨는 앉아 있고 계속 무슨 얘길 하더라구요. 그러고 있는데 같이 온 여자 손님이 있었어요. 그분이 확 나가더니 누가 보면 어떡하냐고 그 손님을 막 끌고 들어오더라구요. 또 그러고 나서…… 한 일이주 뒤인 것 같은데, 그 손님이 저한테 말을 거시더라구요. 혹시 요 앞에 있던 수염 난 그 사람 어디로 갔는지 아냐구요. 생각해보니까 그 며칠 전부터 쭉 보이지 않았거든요. 전 모르겠고 여기 광장 앞 청소하는 아저씨들이 알지 모르겠다고 했죠. 청소차 몰고 다니는 아저씨들 있잖아요. 조그만 붕붕카 같은 거 모는. 아! 그리고 여기 화장실 청소하는 아줌마 한명이, 대걸레랑 쓰레기통이랑 다 한꺼번에 카트에 싣고 다니는 아줌마들 있어요. 그 사람한테 우유랑 빵 사주는 걸 본 적이 있어요. 그런 아줌마들이 보기보다 정이 많더라구요. 우리들한텐 욕만 하면서. 생각해보니까 그 손님이 그때 매일 오셨어요. 마침 그때 그 바로 옆에서요, 이동통신회사에서 나온 여자애들이 춤추고 경품행사하는 거 만날 했었거든요. 걔네들도 그러더라구요. 왜 저 여자는 만날 거기 앉아서 자기들을 뚫어지게 쳐다보냐구요, 기분나쁘다구요. 진짜 매일 창가에만 앉아서 밖만 쳐다보고 계셨어요. 아무것도 안하구요. 어떤 날은 낮에도 오시고 저녁에도 오시고, 와선 두시간도 계시고. 그래도 오래 앉아 있기 미안하니까 커피 한잔 더 주문하시고 그랬어요. 그래서 한번은 제가 이랬죠. 꼭 더 안 시키셔도 되는데요. 그랬더니, 고마워요 아가씨, 하시면서 이젠 오래 있지 않을 거라고 하시더라구요. 제가 주인언니 몰래 커피 리필해드렸거든요. 어머, 저희 가겐 원래 리필이 안돼요. 또 고맙다고 하시면서, 아가씨 나이 때가 참 좋을 때예요, 이 나이 되면 사는 게 지뢰밭 같은데…… 그러시는데요, 왠지 그런 말

들으니까 기분이 좀 이상해지는 거 있죠. 울컥해지는 그런 거 있잖아요. 그러고 나서 하룬가 더 오시다가 쭉 안 보이셨어요. 네…… 너무 걱정돼요. 잘못된 게 아니었음 좋겠는데. 네, 가끔 오시는 같은 회사 분이 말해주셔서 알았어요. 되게 말많고 얌체 같은 여자분 있거든요. 자기 먹은 컵도 잘 안 치우고 얼음물 달라 뭐 달라 만날 그러고요. 남 대리 안 나와서 자기 일 너무 많아졌다고, 어떻게 사람이 책임감이 이렇게 없을 수 있냐고 막 신경질을 내더라구요. 원래 좀 음산하고 사람 깔보는 데가 있었다나? 언젠가는 이런 사고 칠 줄 알았다면서 분명히 남자랑 튄 거라고, 막 큰 소리로 떠들던걸. 어떻게 그렇게 막말을 해요? ……저기요…… 저…… 어떡하죠? 주인언니가 자꾸 눈치를 주는데…… 손님들이 많아질 시간이거든요. 아무래도 저 일어나야 될 거 같아요. 제가 도움이 됐는지 모르겠네요. 네, 그럼 다행이구요. ……저기, 잠깐만요…… 혹시요, 일하시는 사무실이 이 근처에 있나요? 아뇨, 무슨 일이 있어서 그런 게 아니구요…… 너무 낯이 익어서요. 제가 아는 어떤 사람하고 좀 닮은 거 같기도 하고…… 아휴, 아니에요. 말하면 웃으실 거예요. 그래도 처음 봤을 때부터 계속 그 생각이 들더라구요. 세상엔 참 닮은 사람이 많구나…… 그런데 저 혹시…… 전에 수염 기르신 적 있으세요?

13. 기자신가? 내가 알긴 뭘…… 워낙 눈이 안 좋아서 구별도 잘 못한다우. 어디 보자…… 잠깐 그러고 보니 이 아줌씨…… 본 것도 같으네. 그래, 저번에 나한테 와서 요 앞에 있던 털보를 찾던 그이구만. 음 난 그냥 그렇게 불렀다우. 긍께 옷도 잘 차려 입은 아줌씨가 그런 이를 왜 찾나 싶어서, 뭔 봉변을 당했소, 하고 물어봤더니 그건 아니라고 하더만. 하긴 그럴 사람이 아냐. 그래서 여기 경비인지 청원경찰

인지 하는 오씨라고 있는데 지나갈 때 좀 물어봤지. 그랬더니 자기가 저번에 경찰에 넘겼다는 거야. 근데 참 희한한 일도 다 있지. 조 코너 지나면 삼성안경이라고 주인이 젊은 사람 있수. 그이가 그 전 토요일 밤에 술이 만땅이 돼서 구석에 엎어져 자고 있었는데 옷이랑 구두랑 게다가 도수도 없는 안경까지 홀딱 벗겨서 털어갔대요, 그 털보가. 그런데 다음날 새벽에 그걸 돌려준다고 다시 돌아왔다가 바로 오씨한테 덜컥 잡혔다는구만. 삼성안경은 그때까지도 취해서 자느라 아무것도 모르고 있었고 오씨가 깨워서 같이 강남경찰서로 데리고 간 거래. 그래서 어떻게 됐다더라? 금방 훈방인가 뭔가로 나올 수도 있었는데 즉심으로 넘어가서 앰한 판사를 만났대요. 그래서 구류 며칠인가 떨어졌대지, 절도죄라고. 나중에 삼성안경이 그러더만. 지갑에 돈도 그대로인데다 왜 옷을 훔쳐가서 다시 돌아왔는지 암만 생각해도 이상한 일이라고. 자기는 그래서 대충대충 하고 돌려보내줄 줄 알았는데 오씨가 바득바득 우겼대요, 위험인물이라고. 이런 노숙자는 어디 수용소 같은 데 보내버리거나 정신차리게 해야 된다고. 전에 여기서 컨벤션홀인가, 무슨 쎄미나 하러 온 높은 양반들이 지나가다 털보를 봤대나봐. 그래서 관리소장한테 오씨가 한참 깨졌긴 했지. 그래서…… 자세한 건 모르겠는데 경찰서에서 나와서 어디로 끌고 갔을 거라고들 하던데…… 근데 또 희한한 게, 오씨가 그러는데 털보가 수염 다 밀고 머리도 다 쳐서 처음엔 누군지 몰라봤다는구만. 응…… 그래, 나도 궁금하우. 그런 사람치곤 참 점잖았는데…… 무슨 사연이 많은 이 같더만. 정신이 좀 이상한 것도 같고…… 생전 구걸하고 그러는 것도 못 봤어. 돈은 어디서 나는지…… 하여간 노상 빵조각 같은 걸로 때우드만…… 응? 아, 그 아줌씨? 오씨한테 그렇게 얘길 다 듣더니 어깨가

축 처져서 돌아가데. 무슨 사정이 있는진 모르지만 돈 떼먹힌 게 아니면 그럴 일이 있나 싶고…… 아니 근데 요새는 왜 이렇게 없어지는 사람들이 많데…… 뭐라고? 다시 한번 말해봐, 그게 무슨 소리유? 내가 댁을 언제 봤던가? 글쎄…… 통 모르는 얼굴 같은데…… 언제 여기서 일했었수? 저 지하 극장에 있었나? 아냐? 아이구…… 웬 담배를 한 보루씩이나…… 것두 비싼 타임이네…… 이걸 날 준다고? 원…… 맛있게 피긴 하겠는데…… 대관절 영문을 모르겠네. 혹시 우리 큰애 친군감? 맞어? 아니 잠깐만, 여보슈, 나 좀 보고 가, 대체 뉘슈?

14. 셀비어 같은 약초를 가꾸듯 가난을 가꾸어라. 옷이든 친구든 새로운 것을 얻으려고 애쓰지 마라. 헌 옷은 뒤집어서 다시 짓고 옛 친구들에게로 다시 돌아가라. 사물은 변하지 않는다. 변하는 것은 우리들이다. ……그리고 이제 나는 남의 눈에 잘 띄는 곳에서 다른 사람들과 함께 화려하게 과시하며 돌아다니기보다는, 그런 일이 가능하다면 우주를 창조한 분과 함께 거닐어보고 싶다. ……그리고 이 들떠 있고 신경질적이며 어수선하고 천박한 19세기에 사는 것보다는 이 시대가 지나가는 동안 서 있거나 앉아서 생각에 잠기고 싶다.

대체 사람들은 무엇을 축하하고 있는 것인가?

—헨리 데이비드 소로우 『월든』

그 남자는 기억하고 있다. 여자는 마술을 다시 배워보고 싶다고 했다. 프로야구나 주식 얘기를 안 듣고 사는 세상이었음 좋겠다고 했다. 약을 안 먹고도 정신이 말짱했으면 좋겠다고 했고 미쳐가는 학교 같은 이 세상을 조각조각 내서 다시 맞춰보고 싶다고도 했다.

그날, 함께 영화를 보고 나오면서 여자는 몇가지 소망을 더 추가했다. 남자는 그때 그 영화의 팸플릿을 지금도 갖고 있다. 부에나비스따 소셜클럽, 변방의 나라 쿠바의 늙은 음악가들, 구두를 닦고 복권을 팔면서도 궁기 없이 당당하고 아름다운 그 음악들, 여자는 아바나에 가서 직접 그들을 만나보고 싶다고 했다. 담벽에 써 있던 '혁명은 영원하다'는 낙서가 아직도 있는지 확인해보고 싶다고도 했다.

남자는 코엑스몰 광장 앞에 앉아서 쉴없이 쏟아져나오는 사람들을 바라보았다. 여자는 저 쇼핑몰이 거대한 유리동물원 같지 않냐고 했었다. 남자는 하늘을 바라보았다. 여자는 지금 아바나로 가는 비행기 안에 몸을 싣고 있을지도 모른다. 어쩌면 이미 도착했을지도 모를 일이다. 아니면 비구니들이 사는 남도의 암자에서 자기처럼 하늘을 바라보고 있을지도 모를 일이다. 아니면 이 도시 어딘가에서 여전히 에스프레소를 마시고 있을지도 모를 일이다. 아니면 정말 모자에서 토끼가 튀어나오는 마술을 열심히 배우고 있을지도 모른단 생각이 들었다. 남자는 진심으로 그것을 기원했다.

남자는 기다리는 데 익숙해질 거라고 생각하며 광장 앞의 사람들을 바라보았다. 수백명의 사람들이 그 남자를 스쳐지나갔지만 그를 쳐다보는 사람은 아무도 없었다. 아무도.

그 여자는 지금 어디에 있을까.

—『사람의문학』 2001년 겨울호

그때

그곳에선 무슨 일이

일어났나

그때 그곳에선 무슨 일이 일어났나

희완이 그 소식을 들은 것은 저녁 무렵 독서실에서였다.

출출하다 싶어 휴게실로 가 컵라면 물을 받아놓고 앉아 있을 때 아이들이 모여서 쑤군거리는 소리가 들려왔다. 누가 직접 보고 왔다는 둥, 백차가 순식간에 와서 싣고 갔다는 둥, 두서없는 수군거림이었지만 희완은 무슨 얘긴지 대충 알아들을 수 있었다. 아이들은 같은 학교 1학년들이었다. 그렇지 않고서야 황복팔이라는 이름을 입에 올릴 리 없었다. 2,3학년들은 보통 그를 똥독이라고 불렀다. 혹은 씹탱이 똥독이라고 불렀다. 희완은 그에게 계속 수학과외를 받아오다가 최근 학원강사로 바꾸었다. 그러길 다행이란 생각이 들었다. 라면이 다 익은 것 같아 희완은 라면 몇가닥을 후루룩 먹어보았다. 물을 좀 많이 넣었군, 하며 남은 라면 가닥들을 후후 불며 마저 삼켰다. 똥독이 없으면 누가 수학을 맡지, 그 생각이 퍼뜩 떠올랐지만 누가 맡든 어차피 큰 변화는 없을 거라는 생각이 또 들었다.

똥독은 희완의 담임이었다.

호이호이분식 주인 심씨는 이 한적한 일요일날 웬일인가 싶어 얼떨떨한 기분이었다.

학교 담장을 마주보고 있는 이 외진 골목엔 가게도 몇 되지 않을뿐더러 그나마 일요일에 문 여는 데는 심씨네밖에 없었다. 담장 끝 공터에서 시체가 발견되자 가장 가까운 거리에 있는 심씨네로 경찰들이 들이닥친 건 어쩌면 당연한 일이었다. 비명소리 같은 걸 듣지 못했느냐, 가게를 비운 적이 없느냐, 피살자가 누군 줄 아느냐, 그런 취조 아닌 취조를 받으면서도 심씨는 불편한 마음보다 말로만 듣던 살인사건이 코앞에서 일어났다는 게 도무지 믿기지 않았다. 지은 죄도 없는데 몸이 자꾸만 떨렸다. 형사들은 아무 소리도 못 들었다는 게 약간은 의심쩍다는 눈치들이었다.

"이런 가게도 장사가 잘되나? 손님도 없을 것 같구만. 안 그래, 엉?"

나이도 어린 형사가 반말 비스름하게 하는 게 거슬렸지만 심씨는 이런 놈들한테 찍혀서 좋을 게 없다고 생각해 최대한 공손하게 대답했다.

우리 집이 보기엔 이래도 단골이 꽤 많다. 추석이랑 설 빼고 삼백육십일 가게문을 연다. 배달도 꽤 된다. 4시 넘어선가 배달을 한번 갔다오긴 했다. 가까운 데긴 한데 단골이라 좀 노닥거리다보니——정확히는 모르겠지만——한 20분 걸렸으려나? 그리고 그렇게 피범벅인 얼굴을 보고 어떻게 누군지 알겠는가? 하여간 본 적 없는 것 같다.

그렇게 말해놓고 형사들이 간 다음에도 심씨의 마음은 계속 찜찜했다.

그거 참 신기하네. 분명히 요 골목에서 당했다는데 어떻게 아무 소리도 안 들렸지…… TV 소리가 너무 컸나? 그럼 진짜 내가 배달 갔다 온 사이에 그랬나? 아이구 끔찍해라. 가만, 그러고 보니…… 하필 왜 그 시간에 배달을 시켜? 아니지…… 내가 아예 없었던 게 차라리 낫던 거지…… 아이구 생각을 말아야지…… 재수가 없으려니까…… 소금이라도 뿌려야겠네.

김형사와 서형사는 현장에서 아무런 단서도 찾지 못한데다가 목격자도 확보하지 못해 서장에게 볶일 게 은근히 걱정되었다.

"선배님, 저 만두가게 주인, 너무 떠는 것 같지 않아요?"

"너무 쫄아서 그렇지. 위생계에다 뭐라고 찌를까봐 그럴 거야."

김형사의 심사는 약간 복잡했다. 이 작은 도시에서 살인사건이란 아주 드문 일이었다. 강도나 치정에 의한 우발적 사고가 아니라면. 게다가 사건 현장이 바로 학교 앞이란 것도 마음에 걸렸다.

두 사람이 서에 도착하자마자 서장이 그들을 찾았다. 다행히 피살자의 신원은 확보되어 있었다. 예상대로 그는 바로 코앞에 있던 그 고등학교의 선생이었다. 서장은 왜 아무것도 건진 게 없냐고 습관대로 포악을 떨었고, 김형사는 근처 불량배들 탐문해보면 나오는 게 있을 거라고 했다. 하지만 서장은 피살자 부인이 도착하기 전까지 계속 성깔을 부렸다.

서장은 불안했다. 아주 불안했다.

왜 하고많은 사람 중에 하필 황선생이야. 종만이놈 대학 갈 수 있게 해준다고 나한테 뜯어간 게 얼만데…… 골픈지 뭔지 그거 한다고 쏟아부은 게 얼만데…… 그 돈 다 어떻게 되는 거야. 연결시켜준다는 사람들은 코빼기도 못 봤는데…… 가만, 가만…… 지금 돈이 문제가 아니지. 이럴 때가 아냐. 피살자 돈줄 밝히다 내 이름 나오면 그게 더 골치 아프지. 아이구, 내 처음부터 그 선생 인상이 맘에 안 들더라……

바로 그때 피살자 가족으로 보이는 사람들이 도착했다. 정확히 말하면 자지러진 황복팔의 부인을 다른 사람들이 부축해서 데리고 온 것이다. 그녀의 아우성은 요란했다. 당장 범인을 잡아와라, 내가 갈아 마셔주겠다, 어떡하나 불쌍한 우리 남편, 훈장질 20년 한 끝에 이렇게 죽다니, 호강 한번 해보지도 못하고, 이렇게 갈 걸 그렇게 아등바등…… 그녀는 실성한 사람처럼 난리를 떨다가 서장을 보곤 슬그머니 눈길을 돌리는 듯하더니 잠시 후 돌아갔다.

그날 밤 늦은 시각, 대략적인 사망 원인과 정황, 시간들이 나왔다. 김형사의 예상대로 둔기와 칼이 다 사용됐고 사망 시간은 며칠 뒤 더 정확히 나오겠지만 신고한 시간과 그닥 멀지 않은 걸로 추정되었다. 오후 네다섯시 정도. 김형사의 흥미를 끈 것은 전문 깡패들의 소행으로 보이면서도 뭔가 다르다는 느낌을 주는 흔적들이었다. 시체에도 격이 있는 법이다. 솜씨있는 살인자는 급소와 상관없는 곳은 건드리지 않고 최소한의 손놀림으로 시체의 품위를 유지하게 한다면, 이 시체처럼 수십군데를 일관성없이 쑤시고 찔러 피살자의 고통을 극대화한, 품격이 떨어지는 경우도 있다. 이미 숨이 끊어졌거나 충분히 분풀이를 했음에도 어떤 연민이나 자책도 없이 감정이 남아 있는 이런 경우를, 김형사는 거의 보지 못했다.

다음날, 수사는 계속됐는데 알 만한 근처 건달들에게선 단서가 될 것이 도통 나오지 않았다. 전날 다녀간 부인 말대로 특별한 원한관계나 돈 문제도 없어 보였다. 아니, 돈 문제가 없다고 볼 순 없었다. 일개 선생의 명의로 건물과 주식과 채권이 너무 많았다. 황복팔의 부인은 원래 물려받은 유산이 꽤 될 뿐 아니라 황복팔이 재테크에 능하고 쓸데없는 돈은 쓰지 않아서라고 했다.

더 조사를 하려고 하자 서장이 그만하면 됐다면서 다른 쪽을 알아보라고 했다. 김형사는 한마디 하려다가 관뒀다. 서장이 둘째아들 때문에 이 바닥 선생들과 모종의 거래가 있었다는 게 생각나서다. 서장의 둘째아들놈은 공부도 공부지만 아버지 얼굴에 먹칠할 짓만 골라 하고 다녔다. 서장을 보고 있으면 자식 키우는 게 만만치 않은 일이란 생각이 들곤 했다. 김형사의 딸아이는 이제 겨우 여섯살이었다. 서장은 망나니 아들 때문에 심심찮게 학교 선생들에게 돈을 먹여 입을 막고 정학을 막고 소문을 막아왔다.

김형사는 서장 눈치를 봐서라도 황복팔의 재산 문제는 일단 보류해두고 그의 주변인물들을 다시 조사해보리라 생각했다. 신출내기 서형사와 함께 황복팔의 주변을 샅샅이 훑기로 한 것이다. 그렇게 며칠이 흘러갔다.

수사는 별 진척이 없었다. 황복팔은 그 흔한 고향이나 학교 친구 같은 친분관계가 놀랍도록 적은 인물이었다. 그나마 수십년씩 보지 않았다고들 했다. 물려받은 재산이 있다는 것도 새빨간 거짓말이었다. 별볼일 없는 섬마을 편모 밑에서 자란 황복팔은 고학으로 겨우겨우 대학을 나와 시골학교를 전전하다가 10여년 전 드디어 서울에 입성했다고 한다. 그후 목 좋다는 강남에서 화려한 교사생활을 했고 그후는 너무도 바빠 통 사람들에게 얼굴 비출 시간조차 없었다고 한다. 시시한 촌친구들은 까놓고 무시했던 작자라고 사람들은 입을 모았다. 그는 속칭 촌지교사 과외교사였다. 잘나갈 땐 돈을 갈퀴로 긁어모았다고들 했다. 이러한 사실에 대해 황복팔의 부인은 궁색한 변명을 늘어놓다가 입을 다물어버렸다.

더이상 수사에 진척이 없자 김형사와 서형사는 일단 학교를 다시 방문하기로 했다. 사건 다음날 잠깐 들르긴 했지만 워낙 경황이 없었다.

학교로 들어가면서 김형사는 수위실에 들를까 하다가 그냥 지나쳤다. 지난번 수위실에 처음 들렀을 때 김형사는 이렇게 늙은 수위가 무슨 경비를 설 수 있을까 솔직히 놀랐다. 요즘 학교에선 수위 대신 잡일 하는 기사를 둔다고 하던데 이 학교엔 환갑도 넘었을 듯한 늙은 수위가 교문 앞에 떡 버티고 있었다. 그는 사건 당일 분명히 학교에 있었지만 아무 소리도 못 들었다고 퉁명스럽게 대꾸할 뿐이었다. 그때 나눈 대화는 이러했다.

"그래도 뭐 생각나는 일 없으세요?"

"뭐, 늘 그냥 그렇지. 낮에 농구하러 온 애들이 한 댓명 있었고……아 글쎄, 그놈들이 전부라니까, 왜 자꾸 두번씩 말하게 만들어? 학교가 이렇게 변두리에 뚝 떨어져 있는데 뭐 좋다구 애들이 일요일까지 기어오겠어? 그리구 이 학교 선생들은 당직날에도 왔다가 다 일찍 가. 시험 때도 아니고 말야."

"황선생에 대해선 잘 아세요?"

"잘 알긴…… 그 양반, 이 학교에 온 지 얼마 되지도 않았어. 서울서

온 실력있는 수학선생이라나 뭐라나."

"특별히 기억나는 거 없으세요?"

"뭐, 그 양반 인사성은 별로 좋지 않지. 늘 누렇게 떠가지고 종종거리고 다니고 뭐가 그렇게 바쁜지…… 그런데 작년 가을인가, 새로 바꾼 차를 애들이 하도 긁으니까 나한테 좀 뭐라고 하데. 근데 내가 뭐지 차만 볼 수 있나? 그러니까 소주팩 한 박스를 갖다주데. 잘 좀 감시해달라고. 뭐 꼭 그런 걸 얻어먹어서가 아니라, 요즘 애들이 원체 싸가지가 없잖아. 선생 말도 안 듣는 놈들이 내 말을 듣겠수? 그런데 딴 선생들 차는 아무 탈 없는데 꼭 그 양반 차만 유난히 긁히고 타이어 빵구 나고 카바 찢기고 빽미러 깨지고 그러데. 차가 좀 눈에 띄긴 했지. 제일 삐까번쩍하구. 뽑은 지 얼마 안된 것 같더구만…… 그리고 그 선생은 일직 같은 걸 서는 일이 없데. 퇴근도 굉장히 빨라. 원 인사해도 받을 시간이 없는 것 같더라구. 난 더이상 몰라. 나 풀 뽑아야 되니까 그만 물어봐."

김형사는 그날 농구하러 온 애들이 혹시 누군지 기억나냐고 물었지만 늙은 수위는 내가 할일이 얼마나 많은데 그런 걸 다 기억하냐며 벌컥 화를 냈다. 농구대와 수위실이 그리 멀지도 않은데 보면 알지 않겠냐고 하자, 그제서야 두고 다니던 안경이 없어져서 잘 못 봤다고 했다. 그게 전부였다.

김형사가 곧장 교무실로 들이닥치자 선생들은 상당히 긴장하는 눈치였다. 제일 먼저 교감이 달려와 그를 맞았다.

"아이고 수고하십다, 뭐 좀 수사에 진척이 있습니까?"

"뭐 불량배들 소행 같은데 아직 확실히는 모르겠습니다. 다른 것도 수사할 게 많고 해서요. 하여간 시계랑 돈이 몽땅 털린 걸로 봐서는 단순강도 같기도 하고……"

김형사는 교무실 안을 슬쩍 둘러보았다. 황선생 자리라는 곳은 금방 눈에 띄었다. 다른 선생들 책상 위엔 무슨 기록부니 걸어놓은 노트니 프린트니 하는 것들로 수북했지만 황선생 책상엔 흰 국화 한다발만 을씨년스럽게 놓여 있었다. 너무 시들어서 이제 그만 내버려도 될 듯싶었지만 아무도 신경쓰지 않는 것 같았다. 황선생 자리 바로 옆에 앉은 젊은 남자선생이 뭔가 열심히 쓰고 있었다. 그는 김형사를 흘깃 보더니 하던 일에 코를 박고 못 본 척했다. 김형사는 교감에게 슬슬 질문을 던지기 시작했다.

"지난번엔 교장선생님만 잠깐 뵙고 갔습니다. 그래서 교감선생님께 몇가지 더 여쭤볼까 하는데요, 황선생님이 학교에선 어떠셨나요?"

"예, 마 아주 실력있는 훌륭한 선생님이셨죠. 마, 요번 스승의 날엔 도내 '올해의 교사상'도 받으실 예정이었구요. 마 학생의 일을 항상 자기 일처럼 생각하시고 이 시대 참교육을 위해서 열과 성을 다하셨지요. 예? 아 예, 다른 얘기를요…… 마 하여간 황선생님이 우리 학교에 오신 후로 수학 평균이 많이 올랐습니다. 이 시대에 귀감이 될 만한 교육자셨지요."

김형사는 거기서 말을 자르고 황선생과 가까이 지낸 선생을 소개시켜달라고 하면서 자리에서 일어났다.

교감은 김형사를 3학년 주임에게로 데려갔다. 그러면서 교감은 생각했다.

아니 왜 학교를 들락거리는 거야…… 내가 뭐 실수 안했나 모르겠네. 왜 이렇게 가슴이 콩닥거리는 거야…… 나야 황가가 조금씩 준 거 챙긴 거밖에 없지. 가만…… 괜히 올해의 교사상 얘길 했잖아. 내가 황가에게 주려고 교무실서 대판 싸웠던 걸 알게 되면 괜히……

김형사는 3학년 주임선생에게도 이것저것 질문을 했다. 그는 교감과 달리 말수가 적은 인물이었다.

"글쎄요, 저랑 특별히 친하다기보다는 다른 분들과 좀 소원했죠. 들으셨겠지만 새로 오신 선생님들이 워낙 적어서요. 사립학교가 다 그렇죠. 황선생 수학 실력은 전에 가르치던 선생들보다 나았던 게 사실입니다. 학원강의 식이죠. 문제도 잘 뽑고요."

"제가 궁금한 건 황선생님의 인간관계 쪽인데요. 사람들하고 무슨 문제를 일으키거나 원한을 살 만한 그런 일은 없었나요?"

3학년 주임인 박선생은 손수건을 꺼내 이마의 땀을 닦았다. 형사의 날카로운 눈초리가 맘에 들지 않았다. 말은 정중하게 하지만 꼭 자기에게 뭘 캐내려고 하는 게 역력해 보였다. 왜 하필 자기인가? 물론 황복팔은 자기와 죽이 잘 맞는 면도 있었다. 소풍 가기 전날 반장들 모아놓고, 야 늬들 한 반에 양주 두병씩 꼭 챙겨와, 구질구질한 국산은 가져오지 말고. 국산은 영 맛이 안 나…… 이런 소릴 황복팔은 박선생 대신 잘도 해주었다. 그런 사소한 일들로 껄끄럽진 않은 사이였다. 그러다 그 일이 터졌다. 2학년 이과 수학을 담당하는 조선생이 학생들에게 교재를 판 걸 누군가 투서를 넣어 신고한 것이다. 교무실 안에 냉기가 감돌았다. 내놓고 말은 안했지만 모두 황복팔을 의심했다. 그런 일을 할 사람은, 몇년째 한솥밥을 먹는 우리들 중엔 있을 수 없다는 것이다. 조선생이 공공연하게 그러고 다닌 건 사실 꽤 오래된 일이었다. 조선생이 노모의 병원비 때문에 허리가 휜다는 건 교무실에서 모르는 사람이 없었다. 게다가 조선생은 인사성 바르고 특별히 나무랄 데 없는 조신한 사람이었다. 조선생도 먹고살아야지 어쩌겠어, 하고 덮어주는 분위기가 몇년을 이어왔다. 선생들과 아이들까지 진정서를 넣어 조선생은 별탈없이 넘어갔지만 그 일은 박선생에게, 황복팔과 거리를 둬야 할 필요성을 느끼게 했다. 그리고 또 얼마 후, 요섭이 일이 터졌다…… 그러니 황복팔에 대해서 대체 어디서부터 어디까지 말해야 할지 박선생은 아주 난감했다.

박선생이 김형사의 질문에 적당적당히 답하는 도중에 수업종이 울렸다. 박선생은 전 그럼 이만, 하면서 잽싸게 일어났다. 김형사도 얼른 일어나 박선생 앞으로 다가갔다.

"하나만 더 여쭤보겠슴다. 황선생님이 왜 서울서 여기로 온 건지 아십니까?"

"그거야…… 뻔하지 않겠습니까, 문제가 있었겠죠."

그는 정중히 인사하고는 교무실을 나갔다. 김형사는 알맹이도 없는 얘길 근 삼십분 동안이나 들은 게 허탈했다. 교무실 안을 스윽 둘러보니 아까 눈이 마주쳤던 그 젊은 선생이 남아 있었다. 김형사는 그에게로 성큼성큼 다가갔다. 그는 갓 서른을 넘었을 듯한 선병질적인 인상이었다.

"뭐 좀 여쭤보겠습니다."

"전 황선생님에 대해 별로 아는 게 없는데요."

"옆자린데 아주 모르시진 않겠죠."

"자리는 얼마 전에 바뀐 거라서요."

그는 무슨 악보 같은 것을 주섬주섬 챙겨들고 나가려 했다. 김형사는 따라붙었다. 결국 교무실 밖 스탠드에서 그들은 함께 담배를 피웠다. 물론 김형사가 권해서였다. 그 선생은 자신을 음악 담당인 정이라고만 밝혔다. 그는 처음엔 네, 아니오라고만 대답하다가 황선생에 대해 어떻게 생각하느냐는 김형사의 단도직입적 질문에 조금씩 입을 열기 시작했다.

"남들은 선생이란 직업이 굉장히 쉽고 단순하다고 여깁니다만, 세상에 그런 일이 어디 있겠습니까. 하나만 잘하기도 힘든 게 선생이죠. 그런 면에서 황선생은 유능한 교사였습니다. 일단 수업을 잘했으니까요."

"고인에게 실례가 된다고 생각 마시고 좀 솔직히 말씀해주시죠. 그래야 범인을 잡는 데 도움이 됩니다. 실지 그의 평판은 어땠나요?"

그는 잠깐 또 입을 다물었다. 느릿하게 그가 대답했다.

"애들은 그를 싫어했습니다."

"왜죠?"

"여러가지 이유죠. 그건 형사님이 알아보시면 될 겁니다."

"다른 선생님들은요?"

"………"

"교감선생님 말처럼 타의 모범이 될 만한 분이라고 하진 않으시겠죠?"

"그건 솔직히…… 아니, 제가 황선생에 대해서 얼마나 잘 알고 있는지…… 그게 좀 그렇습니다. 그분은 워낙 소문을 몰고 다녔던 분이라…… 어디까지가 사실이고 아닌지, 딱부러지게 말할 수가 없습니다."

"그럼 황선생이 왜 전 학교에서 옮겨왔는지는 아십니까?"

"자세한 건 모릅니다. 하지만 짐작은 갑니다."

"불미스런 일입니까?"

"………"

"알겠습니다. 그건 제가 알아보죠."

저 멀리서 서무과 등을 돌고 나온 서형사가 보이자, 김형사는 오늘은 일단 이 정도로 그쳐야겠다고 생각했다.

"협조해주셔서 감사합니다. 그럼 다음에 또……"

정선생은 김형사가 뒤로 돌아서는 그 순간 입을 열었다.

"얼마 전에 황선생 반 아이 하나가 자살했다는 건 알고 계십니까?"

김형사는 반사적으로 그를 돌아보았다.

"아뇨, 그게 무슨 얘기죠?"

"요섭이라고 아주 똑똑한 아이였죠. 내리 반장만 하고…… 올해는 못했지만. 잘됐으면 학생회장도 될 뻔한 아이였죠."

"황선생과 관련이 있습니까?"

"없다고 할 순 없겠죠. 작년에도 황선생이 담임을 맡았고요. 아주 아까운 애죠. 서울대 특차 추천도 받을 뻔한 애였는데……"

그리고 정선생은 더이상 입을 열지 않았다. 김형사는 고맙다고 말하고 서형사와 함께 교문을 나섰다. 서형사는 서무과에서 시시콜콜한 얘길 좀 얻어들은 것 같았다. 서형사가 신이 나 떠드는 소릴 들으며 김형사는 곰곰이 생각에 잠겼다. 두 사람은 일단 서로 향했다.

그리고 그들이 서에 도착하고 나서 곧 놀라운 일이 벌어졌다.

저녁을 시켜 먹느라 어수선할 무렵, 호리호리하고 창백한 얼굴의 남자애 하나가 불쑥 들어왔다. 요즘 아이들답지 않게 아무 멋도 안 낸 짧은 스포츠 머리에 교복 단추를 끝까지 채운 단정한 모습이었다. 그 아이는 대뜸 자기가 황선생을 죽였다며 자수하러 왔다고 했다. 순간 경찰서 안은 정적에 휩싸였다.

그 아이는 '황선생님 반 김동수'라고 자신을 밝혔다. 계속 식은땀을 흘리며 손을 떨었고 횡설수설하는 게 역력했다. 말을 시키면 시킬수록 아이는 진땀을 흘렸고 결정적으로 아이는 살인의 정황과 방법에 대해서 제대로 말을 하지 못했다. 그냥 혼자 우물거릴 뿐이었다. 그 아이의 자백 아닌 자백을 듣고 난 후, 서형사가 김형사에게 조서를 꾸밀까요 하고 물었다. 김형사는 한심하단 듯이 서형사를 바라보았다. 저놈은 아니야. 서장은 별 애새끼들까지 다 귀찮게 하는구만, 하는 표정으로 알아서 처리하라며 자리로 돌아갔다. 알겠으니 일단 집에 돌아가라고 아이를 달랬지만 그 아이는 자기가 한 짓이 맞다고 버텼다. 결국 전화번호를 물어 부모님을 오시라고 했고 아이의 부모가 헐레벌떡 뛰어왔다. 세상에 이게 웬일이야, 얘는요 파리새끼 한마리도 못 죽이는 애예요, 동수야 너 도대체 왜 그러냐, 하며 아이의 어머니가 울고불고했다. 아버지란 사람이 정신을 차리고 떠듬떠듬 설명하기 시작했다.

"저놈은요, 정신과 치료까지 받는 놈이랍니다. 원래 신경쇠약증세가 좀 있었어요. 3학년이 돼서 부쩍 저러더니, 친한 친구가 죽고 난 다음엔 말도 못 붙일 정도로 심해져서…… 다 죽여버릴 거야, 내가 다 처치해버릴 거야, 만날 그런 소릴 하고 그랬어요. 하지만 쟨 뭘 어떻게 할 애가 절대 아니에요, 믿어주세요 형사님."

"친구가 어떻게 죽었는데요?"

"자살했대죠."

"자살이요? 혹시 그애 이름이……"

"요섭이라구요. 만날 반장만 하고 그러던 앤데 동수가 아주 많이 따랐거든요. 워낙 기집애 같은 애라 친구가 거의 없었는데 그 요섭이란 애가 잘 데리고 다녔어요. 그렇다고 지가 어떻게 친구 따라 죽겠어요. 형사님, 쟨 그날 애들하고 농구하고 왔다고 했어요. 애들한테 물어보세요. 맞을 거예요."

동수의 어머니라는 사람은 그 와중에도 확인해보라며 함께 농구를 했다는 아이들 이름을 불러댔다. 한참을 그렇게 옥신각신하다가 아이는 부모에게 끌려서 겨우 집으로 돌아갔다.

김형사와 서형사는 다시 학교로 가 동수와 농구를 했다는 아이들을 불러모았다. 동수 엄마가 적어준 이름이 있어서 수월한 일이었다.

아이들은 모두 여섯명이었다. 모두 함께 학교운동장에 있었다고 분명히 말했다. 황선생이 죽은 그 시간에 이 아이들은 학교에 있었던 것이다. 농구대가 있는 쪽은 황선생이 죽은 담벼락 근처와 정반대편이었다. 단서가 될 만한 걸 물었지만 나오는 건 없었다. 아이들은 묻는 말에 시원시원하게 대답했고 의심이 갈 만한 점은 없었다. 단지, 선생이 죽었다는데도 너무 아무렇지 않아 보이긴 했다. 3학년들이 공부 안 하고 그렇게 놀아도 되겠느냐는 등 딴소리를 좀 하다가 김형사는 불쑥 아이들에게 물어보았다. 너희 선생님 어땠냐고. 그러자 그때까지 좔좔 이어오던 대화가 뚝 끊겼다.

"너희 선생님, 인기는 좀 없었지?"

아무도 대답을 하지 않았다. 한 녀석이 안경을 한번 추켜올리더니 말했다. 무테안경이었다.

"아무도 선생이라고 안 불렀어요."

"알아, 알아, 우리 때도 그랬어. 이름이나 별명 부른단 얘기지?"

"그냥…… 씹탱이 똥독이라고 불렀죠."

"똥독?"

아이들은 슬금슬금 눈치를 보더니 이야기를 시작했다. 황복팔, 아니 똥독 그는 아이들에게 두려움의 대상이자 경멸의 대상이었다. 심지어 그의 취향까지도 그러한 면에 부합되었다.

"그게 어떤 건데?"

말을 제일 잘하던 그 무테안경이 대답했다.

"경찰 아저씨가 말한 동수 있죠, 걔가 특히 많이 당했어요. 지휘봉으로 툭하면 거길요, 꼭 거길 덜렁덜렁 건드리구요, 어떨 땐 대놓고 손으로 건들기까지 했어요. 그래서 좀 솟으면…… 어쭈 이놈 봐라, 하면서 느물느물 웃는데 재수없으면 한시간 내내 그랬어요. 동수가 1번 타자였죠. 각 반마다 다 있어요. 찍어논 애들이. 그것도 인물이 좀 돼야 해요. 동수는 그놈 언젠가 죽여버릴 거라고 이를 갈곤 했는데 뭐 말이 그렇다는 얘기죠. 그놈 원래 정신이 오락가락해요. 질질 잘 짜구요, 무슨 병원도 다니구 그랬어요."

김형사는 이 기회에 요섭이란 아이 얘기를 물어봐야겠다 싶어 운을 떼었다.

"그럼 말이야, 요섭이란 아이가 자살한 것도 혹시 황선생이랑 무슨 상관 있냐?"

순간, 아이의 눈빛이 안경 너머로 잠깐 변하는 듯싶었다. 그리고 입을 다물었다. 다른 아이들도 이제 가봐야겠다며 딴청을 부리기 시작했다. 뭔가 좀 말을 해보라고 채근하자 그 무테안경은 이렇게 말했다.

"요섭이는 자살한 게 아니에요. 그놈이 죽인 거죠."

그리고 그 녀석은 깍듯이 고개 숙여 인사하고는 아이들을 끌고 사라졌다. 김형사는 멀어져가는 아이들을 물끄러미 쳐다보았다.

김형사는 서형사와 함께 3학년들이 공부하고 있는 도서관으로 올라 갔다. 그리고 황선생 반 아이들을 불러모았다. 감독하던 선생은 언짢은 눈치였지만 그럭저럭 협조해주었다.

김형사는 애들에게 한명씩 얘기를 시켜보았다.

그가 대면한 첫번째 아이는 이런 얘기를 했다.

"똥독은요, 쉽게 말해 싸이코예요. 일일이 다 말하기도 힘들어요…… 요섭이에 대해서는 잘 몰라요. 걔 엄마가 사창가 포주라나 그런 일을 했대요. 우리 앞에서 에미가 그 모양이니 새끼가 오죽해, 그런 소릴 하는 걸 들은 적이 있어요. 똑같은 말을 해도 똥독이 하면 굉장히 더러워요. 존나 재수없어요."

두번째 아이는 다른 얘길 했다.

"글쎄, 저는 선생님들한테 뭘 기대한다는 거 자체가 웃기다고 생각해요. 똥독이 좀 심하긴 했지만 잘 패진 않았거든요. 다른 선생들은 빠따 갖고 패잖아요. 똥독은 괴롭히는 애가 정해져 있어서 거기에만 걸리지 않으면 돼요. 근데…… 그 요섭이란 애는 진짜 안됐어요. 걔 원래 반장이 돼야 하는데 똥독이 지 마음대로 바꿨어요. 반장이 안되니 학생회장에도 못 나가구요. 걔야 우리 학교에서 잘나가는 애였죠. 걔가 춤이 좀 돼요. 공부도 잘하구요. 석호 패거리 같은 애들하고도 친하고요. 걔네가 힘 좀 쓰는 애들이거든요."

세번째 놈의 얘기는 이러했다.

"제 친구가 똥독한테 과외를 받았거든요. 근데 쪽집게 맞대요. 딴 선생이 출제해두요, 귀신같이 찍어준 문제가 나온대요. 좀 바뀌긴 해두요. 걔네 엄마가 그러는데 과외만 선수가 아니라 무슨 체육특기생 될 수 있게 해주는 브로커도 쫙 꿰고 있대요. 미술이나 음악은 그래도 해본 가락이 좀 있어야 하지만 체육은요, 두 다리만 멀쩡하면 된대요. 서울에서 쫓겨난 것도 그것 때문이래요. 돈 받고 입학시켜준다고 했는데 어떤 애가 떨어졌대요. 근데 걔네 집이 장난이 아니었던 거예요. 그래서 돈도 돌려받았는데두 걔 아버지가 똥독을 확 찔러서 학교에서 떨려났대요. 네? 저도 과외했냐구요? 아니라니깐요. 우리 집 철물점 해요. 학원 갈 돈도 없어요. 요섭이요? 걔요? 참내…… 도대체 왜 이런 반에 걸려서 이 야단인지 모르겠네. 모르겠어요, 전 그런 새끼랑 안 친해서요. 뭐 애들 얘기론, 걔가 교육청에다가 똥독을 꼰질렀대요. 그래서 똥독이 들들들 볶았대나? 그렇다고 죽긴 왜 죽어요? 그놈두 배부른 자식이라니깐요!"

네번째 아이는 또 이렇게 얘기했다.

"제가요, 과외선생만 수십명 갈아치워봤는데요, 그렇게 일편단심 돈독이 올라 있는 선생은 정말 첨 봤어요. 그런데 꼴에요, 나중에 자기도 돈 모아서 좋은 일 할 거라고, 뭐 장학사업을 할 거라나? 그런 소리를 하더라구요. 양심은 있으니까 그런 생각을 할 순 있겠죠. 생각은 뭘 못해요? 그리구 이 나라 교육정책은 애초에 글러먹었으니 니들 독하게 맘먹고 서울애들 따라잡아야 들러리되지 않는다구, 혼자 막 열 올리기도 하구요. 하여간 제가 보기에 똥독은요, 애들이나 꼰대들이나 다 싫어하는 것 같았어요. 똥독도 그걸 알았냐구요? 모르시는군요, 똥독은 용가리 통뼈예요. 자기 앞에서만 걸고 넘어지지 않으면 꿋꿋하게 자기 할일만 해요. 누구요? 요섭이요…… 잘 알죠. 걔…… 잘 죽었어요. 나 같아도 그러곤 더 못 살아요. 교무실에 불러서 으르릉대는 걸 한번 봤는데요, 너 이새끼 날 호구로 아냐, 어디 뭐, 서울대 추천? 어림도 없다, 똥통대 원서도 안 써준다, 무슨 밑구녕으로 난 줄도 모르는 새끼가 뭘 잘났다고…… 이러는데, 소름이 끼치더라구요. 요섭이는 저 1학년 때도 반장이었는데요, 선생님들도 무지 이뻐했어요. 그때 담임이 윤희정 선생님이라고 아줌마예요. 화낼 땐 좀 그래도 참 좋은 선생님이에요. 다른 선생들도 인물 좋다고 요섭이 다 예뻐했어요. 근데 작년 요섭이가 똥독 반 되고 나서부터 똥독이 잡아먹지 못해 안달이었다고 그러더라구요. 똥독은 천국 가긴 글렀어요…… 교육자요? 그게 뭐예요, 아저씨…… 저한테 지금 설교하시는 거예요? 저 그냥 들어갈래요. 됐어요, 더 할 얘기 없다니까요!"

몇 아이들의 얘기를 더 듣다가 김형사는 피곤해져서 그만 하기로 했다. 옆에 있던 서형사가 오히려 달뜬 표정이었다.

"선배님, 뭔가 좀 나올 것 같지 않습니까?"

"애들 얘기 듣고 뭘…… 거의 다 쓸데없는 소리지. 반은 뻥이구."

"그래도요…… 좀, 다른 것 같아요. 강도사건이 아니라 무슨 복잡한 게 배후에 있지 않을까요?"

신출내기의 감이 오히려 정확할 때도 있다. 하지만 이건 살인의 문제다. 원한이 있다고 사람을 쉽게 죽이진 못한다. 보통사람들은 그렇다. 김형사가 그런 생각을 하고 있는데 아이들이 웅성거리는 소리가 들렸다. 야간 자율학습 시간중 잠시 쉬는 것 같았다.

만수는 한참을 혼자 끙끙대다가 자리에서 벌떡 일어났다. 그리고 이찬승독해를 붙들고 있는 희완에게로 다가갔다. 쉬는 시간이면 아이들 대부분이 담배 피우러 나가 자리는 거의 비어 있었다. 희완은, 둔해빠진 만수의 얼굴 표정이 지금 좀 심각하다고 느꼈다. 희완과 만수는 초등학교 때부터 친구다. 물론 지금도 변함없는 친구 사이라고 믿는다.

만수가 입을 열었다.

"희완아, 이건 너만 알고 있어야 돼."

"뭔데?"

만수가 머리를 쥐어뜯었다.

"아후, 정말 돌아버리겠네. 씨발…… 그 씨발년이 괜히 만나자고 해서 이런 일만 생기고……"

말은 저렇게 해도 희완은 만수가 여자친구에게 푹 빠져 있다는 걸 잘 안다. 그 여자친구 때문에 요새 공부는 거의 뒷전이다. 만수는 몸도 좋고 주먹도 좀 쓰고 해서 남들이 쉽게 못 건드리는 애지만 의외로 엄청 겁이 많다. 그리고 지능이 점점 퇴화하는지, 점점 단순해져가고 있다고 희완은 생각했다. 이 문제도 그렇다. 만수가 지난 모의고사 때 커닝을 하다가 하필 똥독에게 걸린 게 이 문제와 무슨 상관이란 말인가. 물론 자기에게 과외도 안 받는 만수를 똥독이 곱게 봐둘 리가 없었다. 으름장을 놓으며 부모님 모시고 오라고 하는 속셈은 누가 봐도 뻔했다. 만수가 차일피일 미루자 똥독은 계속 불러 협박을 했을 것이고 비록 공부는 못해도 부모님껜 착한 아들인 만수는 무척 고민을 했을 것이다. 월요일날 꼭 부모님 모시고 오라고 똥독이 마지막 경고를 한 게 바로 지난 토요일, 그리고 일요일 똥독이 죽어버린 것이다. 문제는, 그날 만수가 여자친구와 함께 학교 뒤편의 으슥한 곳으로 가던 중 똥독을 보게 되었다는 것이다. 똥독은 여러 사람에게 둘러싸여 있었고 그들 대부분이 등을 돌리고 있었기 때문에 만수가 그들의 얼굴을 제대로 본 것은 아니었다. 담장 밑이라 나무 그늘까지 드리워져 어두웠고 게다가 만수는 그 광경을 보자마자 얼른 발걸음을 돌렸다고 했다. 약간 심상치 않은 공기가 흐르던 것과 똥독이 그때까지 분명 살아 있었다는 것, 단지 그 정도를 기억한다고 했다. 그래도 만수는 부들부들 떨고 있었다. 내가 말야, 혹시, 나중에 뭔가를 더 기억해낼지도 모르니까, 지금 저 형사들한테 내가 뭘 봤다고 말해야 하지 않나? 그냥 암말 않고 있어도 되는 건가? 그런 얘길 만수는 희완에게 털어놓았다.

하지만 희완은 알고 있었다. 만수가 정말 겁내는 건, 만수가 본 그 누군가가 거꾸로 자길 보았을지 모른다는 상상이었다. 그건 어쩌면, 그럴 수도 있는 일이다. 만수가 본 그 사람들이 누군지, 만수가 누굴 봤다고 믿는 건지 그건 알고 싶지도 않았다. 희완은 짜증이 나는 걸 눌러 참았다. 가뜩이나 똥독 때문에 반 분위기가 술렁거려 집중이 안 되는 와중에 만수까지 이런 문젤 끌어들이다니. 만수는 내 곁에 아무 탈 없이 있어줘야 든든하다. 공부만 하는 재수없는 범생이라고 내게 씨부렁거리는 놈들도 만수 때문에 날 쉽게 못 건드린다. 만수 문제를 해결해줘야 내 마음이 편하다.

희완은 침착하게 만수에게 말했다. 형사들한테 암말도 하지 마라. 넌 아무것도 본 게 없다. 아무에게도 말하지 마라. 그리고 어쩌면 그놈들 때문에 똥독이 죽은 게 아닐지도 모른다. 설사 그렇다 해도 네가 똥독한테 미안할 거 하나도 없다. 넌 너무 선량한 게 탈이다. 그놈은 그래도 싸다. 그 기집애 입단속이나 잘해라. 날 믿어라.

만수는 두 눈을 껌벅거리며 말을 더듬었다. 근데…… 난 말야 자꾸 그런 생각이 드는데 혹시 그놈들이…… 희완은 만수의 말을 막았다. 나한테도 더이상 말하지 마. 그냥 무조건 잊어, 알았어? 만수는 그런 희완의 표정을 전에도 본 적이 있다. 상대방을 질리게 하는 그 위압적인 태도는 만수를 숨막히게 했다. 하지만 희완의 말을 들어서 일이 잘 안된 적은 없었다. 전에 사귀던 여자애가 임신했을 때도 희완이 빌려준 돈으로 겨우 해결할 수 있었다. 만수는 희완을 믿었지만 혹시라도 부모님 귀에 들어갈까봐 늘 조마조마했다. 희완은 만수의 그런 불안을 잘 알고 있었고 만수 역시 그런 희완을 잘 알고 있었다. 만수는 체념했다. 그래 복잡하게 생각하지 말자, 내가 쓸데없는 신경을 쓰고 있는 거야…… 만수는 순순히 희완의 말에 따르기로 했다. 알았어, 그렇게 할게 하고는 자리에 가 앉았다.

희완은 그날 집에 가자마자 집안 분위기를 살폈다. 거실에 있는 아버지의 눈치를 보며 어떤 표정으로 얘길 꺼낼까, 궁리를 시작했다. 희완은 사실 똥독에 대해 이상할 정도로 악감이 없었다. 원래 그랬다. 요섭이 죽었을 때도. 희한하게도 등수를 다투던 아이가 없어져 등수가 올라가게 생겼는데도 아무렇지 않았다. 어차피 그 정도론 대학 갈 문이 넓어지는 것도 아니란 걸 너무 잘 안다. 다만 자신에게 직접적으로 영향을 주는 일이라면 문제가 달라진다. 만수 문제가 바로 그런 케이스다. 부모님도 희완의 공부를 위해서라면 무슨 조치든 취해줄 것이었다. 희완은 아버지에게 다가가, 심각한 얼굴로 학교에서 있었던 일들을 자기에게 일어난 일처럼, 차근차근 얘기하기 시작했다. 최대한 감정을 넣어서.

서형사와 김형사는 다음날, 다른 사건 수사도 있어 하루종일 여기저기 쏘다녔지만 죄 허탕을 쳤다. 특히 서울까지 가서 황복팔이 전에 있던 학교를 찾았지만 차비만 날린 꼴이었다. 기가 막힐 정도로, 아무것도 나온 게 없었다. 그는 정상적인 사회생활을 한 것 같지가 않았

다. 학교와 집과 과외하는 곳만을 뱅뱅 돌며 살았던 모양이다. 몇몇
브로커라든가 동료 선생들도 일 외엔 그와 접촉하지 않았고 그에 대
해 아는 것이 없었다. 그와 알고 지낸 사실 자체를 부인하기 급급할
뿐이었다. 그렇다고 다른 곳에서 뭐가 나왔느냐면 그것도 아니었다.
이미 서에선 지역 깡패들 탐문이 끝나가고 있었는데 예상대로 별 소
득이 없었다.

둘은 허탈하게 경찰서로 돌아오다가 어떻게 하다보니 학교 앞까지
오게 되었다. 둘은 점심도 걸렀다는 걸 깨닫고 뭘 좀 먹을 요량으로
주변을 둘러보았다. 김형사는 문득 만두가게가 생각나 거길 가자고
했다. 주인도 한번 더 만나볼 겸해서였다.

좁은 가게 안은 아이들로 바글바글했다. 장사는 웬만큼 되나보다
하고 있는데 전에 농구를 했다는 아이들 몇이 찐만두를 쌓아놓고 와
구와구 먹고 있는 게 눈에 띄었다. 무테안경은 또 김형사와 눈이 마주
쳤다. 아이들은 얼마 안 남은 만두를 싸달라고 하더니 주섬주섬 일어
날 태세였다. 무테안경은 김형사에게 가볍게 꾸벅 인사하는 시늉을
했다. 가만히 보니 녀석은 또래보다 좀 어른스러워 보였다. 김형사는
땀을 뻘뻘 흘리며 만두를 쪄내는 주인을 불렀다.

"조금 전에 나간 애들 누군지 아쇼? 그 안경 쓴 애랑 같이 있던 애
들 말이요."

"조금 전이라면…… 아, 요기 있던 애들이요? 알다마다요. 석호랑
같이 왔던 애들 말씀하시는구만…… 우리 단골이죠."

"잠깐, 석호?"

김형사가 수첩을 꺼내려는데 주인이 알아서 설명을 해주었다.

"예, 쟤가 좀 날리는 애라고 하데요. 무슨 조직 밑에 있대나, 학교

안에 무슨 써클이 있대나 제법 꼬붕도 있고 그렇다는데, 하고 다니는 건 아주 말끔한 애예요. 저도 처음엔 긴가민가했지요. 주먹 쓰는 애가 맞나 싶어서요. 근데 아주 착실해요. 배달 갈 때 가게도 잘 봐주고 인사성 좋고. 같이 다니는 애들도 착해요. 지금은 없지만 요섭이라고 아주 똘똘한 애가 있었는데 불알친구라고 잘 붙어다니고, 나머지 애들도 다 착실한 애들이죠 아마."

"지금 요섭이라고 했나요? 자살했다는 그 아이?"

"예 맞아요. 그런데 왜 그러시죠?"

김형사는 입에 대려던 만두를 도로 내려놓았다.

김형사는 주인에게 이것저것 더 캐묻기 시작했다. 주인 심씨는 보기보다 수다스러워서 하지 않아도 될 말까지 신이 나 얘기해주었다. 그러면서도 심씨는 왜 경찰들이 애들에 대해서 궁금해하는 걸까 그게 좀 이상하긴 했다.

"그래서요, 애들이 한동안 다 뚱해 있더라구요, 요섭이 죽고 나서. 그 혁진이란 애는 학교도 며칠씩 빠졌다고 하데요. 걔가 요섭이랑 제일 친했죠. 아주 공부 잘하고 똑똑한 앤데 하여튼 한동안 잘 보이지도 않더라구요. 그런데 요전번에 만두를 시켜서 갔더니, 아저씨 저 대학 안 가고 장사나 할까 하는데 만두 기술 배우려면 얼마나 걸려요, 돈은 얼마나 있어야 가게 차려요, 고런 걸 뜬금없이 묻는 거예요. 그래서 내가 펄쩍 뛰었죠. 그 좋은 머리 왜 썩히냐고. 나야 중학교 졸업하고 서울 가서 굴러먹다 이렇게 된 거지 넌 다르지 않느냐, 그렇게 어른된 입장에서 좀 타일러줬죠. 그랬더니 자기도 뭐 깊게 생각해본 건 아니라면서 사는 게 어떻구 한참 얘길 하데요. 애들이 공부하기 싫으니까 별 생각 다 하는구나 싶었죠."

심씨의 얘기를 듣고 난 김형사는 그 아이를 마지막으로 본 게 언제냐고 묻고는 서형사를 재촉해 가게에서 나왔다. 심씨가 혁진일 본 건 사건 당일 바로 그날이라고 했다. 심씨가 유일하게 가게를 비웠던 시간이 바로 그때인 것이다. 심씨는 한 20분쯤 나갔다 왔다고 했지만 실제론 훨씬 더 걸렸을 거라고 속으로 생각했다. 말을 바꾸면 괜한 의심을 받을까봐 심씨는 입을 다물었다.

김형사는 잠시 생각을 해보더니 서형사에게 먼저 가라고 말하고 혼자 학교 안으로 들어갔다. 교무실에 들어가 아이들 생활기록부를 볼 수 있을까 어정거리고 있는데 마침 키가 자그마한 중년 여선생이 들어왔다. 남자고등학교에 여선생은 그리 많지 않다. 김형사는 다가가 말을 걸었다.

"실례하겠습니다. 혹시 윤희정 선생님 아니신가요?"

"맞습니다. 그런데 어떻게 오셨지요?"

오십이 넘은 듯한데도 눈빛은 젊은이처럼 또렷한 중년여인이었다. 누군지 다 안다는 듯 경계하는 낌새였지만 김형사는 아랑곳하지 않고 물었다.

"잠깐 시간 좀 내주셨으면 좋겠는데요."

"보아하니 경찰이신 것 같은데…… 아이들까지 불러 취조를 하셨다면서…… 저한테까지 무슨 볼일이 있으신 거죠? 전 별로 할말이 없는데요."

점잖지만 단호한 태도였다. 하지만 김형사도 끈질겼다.

결국 윤선생은 교사휴게실로 김형사를 데려갔고 커피 한잔을 뽑아 건네주었다. 김형사는 어떻게 말을 시작해야 하나 궁리를 하며 커피

한모금을 넘겼다. 그리고 입을 열었다.

"선생님…… 제가 생각하는 게 맞는지 저도 그다지 자신이 없습니다. 변사하신 분껜 죄송한 말이지만 황선생님은 좀…… 유별난 교사셨더군요."

윤선생은 말없이 커피잔만 바라보았다. 김형사는 가만히 기다렸다. 윤선생은 한숨을 한번 쉬더니 입을 열기 시작했다.

"황선생님이 지탄받을 만한 행동을 안했다는 건 아닙니다. 하지만 대도시였다면 별로 눈에 띄지 않았을지도 모르지요. 여긴 너무 작은 곳이에요. 게다가 이 학교 역시 배타적이구요. 동료로서…… 같은 교사로서…… 민망한 사람들이 이 학교에도 아주 없는 건 아닙니다. 황선생님보다 더 노골적이거나 폭력적인 선생들도 분명 있습니다. 아니, 어느 선생이라도 이렇게 뒷조사를 하고 다니신다면 거기서 자유로울 수 있는 사람은 아마 많지 않을 겁니다. 애들이 교사를 불신하게 된 건 어제 오늘 일이 아니지요. 선생은 아이들에게 상처를 주고 애들은 선생의 권위를 무시하고…… 그러면서 아무렇지도 않은 듯이 그 악순환이 계속되는 이곳은 하나의 전쟁텁니다. 황선생님도 어떻게 보면 이 현실의 피해자구요. 미련한 사람…… 그렇게까지 할 필요가 없었는데…… 자기모멸감을…… 그걸 그렇게 자제를 못했지요. 교직은 자긍심으로 먹고사는 직업입니다. 애들이 황선생님을 대하는 것도, 그것도 폭력적이었습니다. 그것도 일종의 이지메가 아닐까 싶었어요. 황선생님은…… 은퇴하면 자기가 자랐다는 낙도에다 학교를 짓고 싶다고 했었지요. 지금은 이러고 살지만 자기도 좋은 선생들 모셔다가 가난한 섬 애들 공부시켜서 자기 꼴은 나지 않게 하고 싶다구요. 그러면서 명예퇴직 얘기도 했었습니다. 물론 저도 그걸 다 믿지는 않았지만…… 불쌍한 사람이란 생각이 들더군요. 또 황선생님은…… 남들 다 그러려니 하고 넘어가는 것도 가끔 참지 않고 직설적으로 터뜨리곤 했지요. 선생이 무슨 동네북이냐, 교육정책 백년을 바꿔봐라, 교육세 걷어서 죄 딴데 쓰고, 이런 얘길 눈치 안 보고 곧잘 했지요. 그럴 땐 다른 선생들도 은근히 말 잘한다고 고갤 끄덕였을 겁니다."

"조선생님 일에 대해서 제가 좀 들은 얘기가 있는데요. 그분, 꽤 고생하셨다구요. 주변분들도 그 일 때문에 황선생님에 대해 의혹을 가졌을 거라던데요……"

"그건 황선생님이 한 일이 분명 아닙니다. 그 점은 조선생도 확실히 압니다. 조선생이 조금만 더 사려깊었다면, 그게 황선생님의 신고가 아니란 걸 밝혔어야 되는데…… 그냥 입다물고 넘어가더군요. 그래야 맘이 더 편했던 건지…… 부끄럽습니다. 동료가 잘못을 하면 지적을 해줘야 되는데 그냥 싸고 돌기만 하고. 선생이라는 사람들이 그런 보수적인 이기심이 있지요. 교육부장관 갈아치우자, 그런 서명엔 우루루 몰려가 다 도장 찍으면서 정작 자기 교장이나 윗사람한텐 찍소리도 못하죠. 이런 양면성이 교직사회에선 흔한 일입니다. 황선생님도 그런 면이 극명한 분이었죠. 아시겠지만 우리 학교는 사립인데다 워낙 이사장, 교장 입김이 센 곳이죠. 그런데 온 지 얼마 안된 황선생님이, 애들 급식비 걷어서 뭐에 쓰나, 교사휴게실이 이게 뭐냐, 이런 입바른 소리를 곧잘 했지요. 서울선 이러지 않았다는 자부심도 물론 있었겠지만 쉽게 할 소린 아니었죠. 물론 황선생님이 늘 그랬던 건 아니고…… 탐욕스럽기는 교장, 교감에 버금갔죠. 어차피 황선생을 데려온 것도 그 사람들 뜻이었으니 사이가 나빴을 리 없지요. 아무튼…… 간단하게 정의할 수 있는 그런 사람이 아니었어요, 황선생님은."

"황선생에 대해 이렇게 말씀하시는 분은 처음입니다."

"………"

"계속 말씀하시죠."

"요섭이에 대해 들으셨겠죠. 그 아이 때문에 제가 많이 따졌습니다. 황선생님이랑 그 아이는 정말로…… 안 맞았죠. 분명 사람 사이엔 궁합이 안 맞는 경우가 있는 것 같습니다. 부모 자식 간에도 원수지간 같은 사이가 있는데 하물며 피 한방울 안 섞인 사이네 왜 그렇지 않겠습니까. 요섭이는 다른 선생님들과 다른 대우를 하는 황선생님을 견디기 힘들었을 겁니다. 그 아이는 어릴 때부터 유난히 주목을 받고 커왔거든요. 그리고 전…… 부끄럽습니다만 요섭이의 가정환경에 대해 그렇게까지 자세히 몰랐고 또 그애에게 그렇게 당돌한 구석이 있는지도…… 아니, 그렇게 여리고 예민한 구석이 있는지도 확실히 잘 몰랐습니다. 그리고…… 애 성적이 많이 떨어진 건 사실이었구요. 수학만 그런 게 아니었다고 하더군요, 서울대 특차 추천을 꼭 받아야 한다는 강박관념이 있었죠. 객관적으로…… 그 추천은 좀 받기 힘들었습니다. 교장선생님도 그 아이를 잘 아시기 때문에 보내고 싶어했죠. 서울대에 한명이라도 더 보내고 싶지 않은 학교가 어디 있겠습니까. 담임 혼자 막는다고 될 일이 아니었어요. 그렇다고…… 교육청에다 투서를 넣고 메일을 띄우고 한 것이 잘했다곤…… 아니 잘못했다고 나무랄 수도 없는 일이었지요. 황선생님이 먼저 티를 낸 것도 아닌데 윗분들이 알아서 무슨 상을 주겠다고 하면서…… 그건 사실 대단한 상도 아닌데…… 요섭인 아마 단단히 벼르고 있었나봅니다. 하여간 타이밍이 안 좋았지요. 그걸 안 황선생님도 이성을 잃더군요. 그때 그 모습은 정말로…… 그리고 요섭이는…… 무슨 일을 낼까 걱정이 되긴 했는데, 결국 그렇게…… 가고 말았어요. 기가 막힌 일이지요……"

김형사는 무엇을 더 물어봐야 할지 잠시 막막했다. 윤선생도 더이상 입을 열지 않았다. 가느다란 침묵이 흘렀고 마침내 김형사는 자리에서 일어났다. 그는 윤선생에게 정중히 인사를 하고 밖으로 나왔다.

그는 주머니에서 쪽지를 하나 꺼내 보고 큰길로 향했다. 혁진을 만나야겠다고 그는 생각했다.

김형사는 혁진이가 그날 만두를 시켜 먹었다는 학교 앞 사설독서실을 먼저 찾아갔다. 아이는 거기 없었다. 시험 때나 가끔씩 올 뿐이라고 했다. 그는 혁진의 집으로 찾아갔다.

아이는 다행히 집에 있었다. 김형사를 보고도 아이는 별로 놀라지 않는 듯했다. 대문을 열고 들어오라고 하는 아이는 김형사의 생각과 달리 순하고 굼뜬 인상이었다.

"무슨 일이세요."

"너한테 뭣 좀 물어보러 왔다."

혁진은 어깨를 으쓱했다. 독서실에 있는 놈들이 전화를 해줘서 올 거라곤 생각했지만 이렇게 금방 올 줄은 몰랐다. 형사는 듣던 것보단 늙었고 덜 미련해 보였다. 사건 다 해결된 다음에야 들이닥치는 영화 속의 멍청한 짭새들관 달라 보였다. 물론 그래서 달라질 건 없다고 혁진은 생각했다.

"아씨, 아시겠지만 전 고3이고 지금 공부하던 중이니까 간단히 물어주세요. 전 똥독 반도 아닌데 왜 오신 거예요?"

혁진은 마룻바닥에 털썩 앉자마자 그렇게 말했다. 김형사는 당돌한 놈이라고 생각하면서 주머니에서 담배를 하나 꺼내 물고 혁진을 바라보았다.

"네가 요섭이란 애랑 제일 친했다면서. 똥독 아니, 황선생이랑 요섭이하고의 일도 다 알 거 아니냐. 그 얘기 좀 듣자."

"근데 아씨, 남의 집에 와서 왜 묻지도 않고 담밸 펴요? 아이, 됐어요. 그리고 아씨, 똥독 사건 수사하는 거 아니에요? 요섭이 죽은 거 수사하는 게 아니잖아요. 그리고 그걸 왜 나한테 물어요? 아 참, 아씨 정말 형사 맞아요? 왜 경찰 딱지 같은 거 안 보여줘요? 그거 까봐요."

김형사는 혁진의 코앞에다 그걸 들이밀어 보여주었다. 그리고 혁진에게 너도 펼래? 하고 담배 한개비를 내밀었으나 혁진은 싫다고 했다. 군바리예요? 88을 피게, 하면서 방으로 들어가 자기 담배를 꺼내와 피워 물었다. 둘은 나란히 마룻바닥에 걸터앉아 담배 한개비씩을 다 태울 때까지 아무말도 안했다. 혁진이 먼저 입을 열었다.

"빨리 말씀하고 가세요. 저 공부해야 돼요."

"황선생에 대해 얘기 좀 해봐라."

"아실 만큼 아실 텐데 뭘 더 알려고 하세요. 다 그 얘기가 그 얘길 텐데."

"조금 전에 윤선생을 만나고 왔는데 그분 말씀은 좀 다르던데."

흥, 하고 혁진은 콧방귀를 뀌더니 에잇, 이런 걸 펴야 되다니 하면서 김형사가 놓아둔 88갑 속에서 하나를 꺼내 피워 물었다.

"그건 똥독이 약아빠져서 연막을 피운 걸 거예요. 윤선생님은 그런 데 속으실 분이니까요."

"요섭이하고 황선생 간에 도대체 어떤 일이 있었던 거냐?"

흥, 하고 혁진은 다시 콧방귀를 뀌었다. 요섭이 얘기를 이렇게 처음 보는 사람에게 한다는 게 막막했다. 이 사람은 대체 어디까지 알고 있는 걸까.

"윤선생 말로는…… 둘이 서로 아주 안 맞는 상대였다고 하던데……"

"뭐라고요? 상대요? 학교에서 선생이랑 학생이 무슨 상대가 돼요? 아씨, 우리나라에서 학교 안 다녔어요? 학생이 선생들 밥이지 무슨 상대예요?·그래요, 요섭이가 좀 잘나긴 했죠, 그게 죄지요. 똥독이 이 시골 구석으로 쫓겨와서 방심했겠죠. 다 시골무지랭인 줄 알았을 테니깐요. 그런데 요섭이가 자꾸 조목조목 따지고 드니까, 게다가 애나 선생들이나 다 요섭이 요섭이 하니까 뚜껑이 열렸겠죠. 똥독이 어떻게 했는 줄 아세요? 전에 있던 학교에선 만날 그렇게 해먹었으니까 여기서도 먹힐 줄 알았을 거예요. 똥독이 온 다음부터, 수학시험을 보면 요섭이 같은 애가 50점을 받았어요. 다른 애들은 더 심하죠. 서울선 다 이렇게 한다고 딴 선생들까지 꼬셔서 그딴 식으로 하는데, 그래요, 그건 그렇다 쳐요. 왜 지가 과외하는 애들은 다 90점, 100점이냐구요? 평균이 오르긴요? 누가 그딴 소릴 해요? 느이 촌놈들은 어쩔 수 없다면서 무슨 대학 갈 생각들을 하냐구, 돈 없구 과외할 주제 안되면 꿈 깨라구, 똥독은 그러고 다녔어요. 저도 빌빌 기었지만 요섭이도 아무리 해도 수학 60점을 못 넘었어요. 과외 받은 놈들은 당연히 다 올라갔죠. 똥독이 처음엔 요섭일 살살 꼬셨어요. 너도 과외 받으라고. 근데 요섭이가 자긴 안하겠다고 하고 뭐라고 좀 했거든요. 대든 게 아니구요, 그놈은 말 심하게 못하는 놈이에요. 그랬더니 사사건건 시비를 걸기 시작한 거죠. 반장이 그 모양이니 스승의 날 선물이 이 꼴이라는 둥, 내가 가르치는 애들 다 1등급 되고 넌 이제 가망없다는 둥, 딴 선생들한테는 쟤가 아주 보기하곤 다르게 건방진 놈이라고 틈만 나면 헐뜯고…… 요섭인요, 3학년 올라가서 똥독만 안 만나면 나 자신있다, 그랬었는데, 우라질…… 하필 또 똥독 반이 된 거예요. 그래요…… 요섭이가 교육청에다 뭘 넣긴 했어요. 근데 그놈들도 다 똑같은 놈들이에요. 시정할 생각은 안하고 당사자한테 누가 했다고 다 가르쳐주면 어떡해요? 똥독이 요섭이만 남겨가지고, 치사하게 남들은 모르게요, 하키스틱으로 그냥 막 팼어요. 저는 다 봤어요. 요섭이 그때…… 그거에 찔린 건지 넘어지다 어디 모서리에 부딪힌 건지 한쪽 눈이 이상하게 됐어요. 뭐가 어떻게 잘못된 건지 멍멍하고 아프다구 했어요. 요섭이가 엄마한테두 아무한테두 말하지 말래서 말도 못하구…… 아씨, 이게 바로 21세기 대한민국 학교에서 선생이랑 학생 사이에서 일어난 일이에요. 아시겠어요? 한쪽 눈이 날아갔다구요…… 뭐, 완전히 실명한 건 아니지만, 자꾸 눈이 침침하고 보였다 안 보였다 그랬는데 심각한 거 아니겠어요. 문제는 돈이에요. 요섭이 엄마도 남들처럼 해야 되지 않나 걱정했는데 요섭이가 엄마 고생해서 버는 돈, 그런 놈한테까지 줄 필요 없다고 우겼죠. 똥독은 그것까지 맘에 안 든 거죠. 대학 갈 놈이, 그것도 추천받고 싶다는 놈이 왜 성의 표시를 안하는지 똥독 상식으론 이해가 안된 거예요. 요섭이 엄마가 그래도 꿀단지 같은 것도 보내고 2학년 끝날 땐 비싼 넥타이도 하나 들려 보냈어요, 그러니까 아주 안한 것도 아니죠. 근데 그것도 지 눈에 안 찬 거예요. 요섭이 말로는 자기 엄마가 보낸 넥타이, 똥독이 다른 선생한테 줘버리는 걸 봤대요. 자긴 그런 거 많다고, 마치 자긴 그런 싸구려 필요없다는 듯이요. 일부러 요섭이 보란 듯이 그러더래요. 똥독은 애들 부모가 뭘 하고 사는지 귀신같이 알아내는 재주가 있었어요. 그래야 뜯어먹고 사니깐요. 요섭이 엄만 얼마 전까지 부대 근처에서 펨프였어요. 그거 있잖아요, 남자 물어다주는 거요. 거기 여자들처럼 남자랑 그러는 게 아니라구요. 젊을 땐 어쩌셨는지 모르지만…… 내가 그걸 다 어떻게 알아요? 알았어요, 알았으니까 그냥 넘어가요. 근데 하여간 그 씹탱이 똥독 새끼가 요섭이한테 뭐라고 한 줄 아세요? 갈보 자식 같으니라구…… 에미가 그 모양인데 뭐 잘났다구…… 요섭이가 그런 말을 듣고는…… 꼭지가 돌아버렸죠. 아씨 같으면 안 그러겠어요? 그놈은 인간 이하예요. 아니, 그런 말도 과분한 놈이라구요."

혁진은 네개비째 담배를 피워 물었다. 김형사는 그런 혁진을 물끄러미 쳐다보았다. 혁진도 똑바로 그를 쳐다보았다. 당신이 무슨 생각을 하는지 다 안다는 눈빛이었다. 너도 똥독이 죽어서 잘됐다고 생각하냐,고 묻고 싶었지만 김형사는 아무말도 하지 않았다.

혁진은 일어났다. 이제 할말을 다 했으니 가라는 표시였다. 김형사는 피우던 담배를 비벼 끄고 느릿하게 입을 열었다.

"너는 아이들 중 누군가가 황선생을 죽였을 수도 있다고 생각하니?"

혁진은 여유있게 웃었다. 비웃는 표정이라기엔 너무 유쾌해 보였다.

"아씨, 영화를 너무 많이 보셨군요. 실제로 그런 일이 가능하겠어요?"

김형사는 그래, 그렇지 하고 중얼거리며 천천히 일어났다. 대문을 열고 나가면서 김형사는 무심코 뒤를 돌아보았다. 혁진은 그때까지도 웃고 있었다.

다음날 김형사는 그 농구 멤버들을 일일이 다시 만나보았다. 석호와 동수는 빼고.

아이들 말은 거의 일치했다. 누가 몇점을 올리고 언제 덩크슛을 하고 어떤 시비가 있었는지 그걸 다 기억하고 있었다. 일주일이나 지난 일을. 그냥 한 게임 하고 논 것을. 마치 NBA 결승전 실황중계처럼.

서장이 김형사를 부른 것은 사람들이 거의 없는 어느 한적한 시간이었다. 마침 농협에 강도가 들었단 신고가 들어와 모두 출동해 있었다. 서장은 그 전날 받은 한통의 전화를 생각했다. 그리고 차라리 잘 됐다고 생각했다. 원래 물증도 목격자도 없는 이런 사건은 시간만 잡아먹다 끝나는 경우가 비일비재하다. ……어차피 형사들은 다 콜롬보가 아니다.

서장은 간단하게 말했다.

"자네가 만난 아이들 중 하나가, 그게 누군진 말 못하겠고…… 하여간 집에 가서 경찰이 자길 의심한다고 방방 떴다는구만. 걔 큰아버지가 무슨 차관급이야. 수사는 제대로 안하고 증거도 없이 애들을 막 범인 취급한다고 불편하다는구만."

"………"

"이제 대충 종결하지. 할일은 많고…… 자네도 할 만큼 했어."

그리고 그날 오후, 황복팔의 빈 지갑이 분실물로 신고되어 들어왔다. 지문 한점 없이, 꽤 들었을 거란 돈과 금딱지 시계는 행방이 묘연한 채로. 역시 강도였을까요? 그럴까요? 하고 서형사는 상기되어 떠들었다. 김형사는 아무말도 하지 않았다.

김형사는 마지막으로 석호와 동수만 만나보기로 했다.

동수는 여전히 오락가락했다. 자기가 정말 혼자 죽였다며 똑같은 소리만 반복했다. 김형사는 물었다. 그럼 다른 애들은 뭘 했지? 그 소리에 동수는 울기만 했다. 믿어주세요, 정말 제가 했다니깐요. 김형사는 며칠 전 동수 부모가 정신과 진단서를 떼어 경찰서로 갖고 온 걸 떠올렸다. 제발, 저희 애 좀 그만 괴롭히세요. 요즘 부쩍 애가 심해졌어요. 누가 봐도 정상이 아닌 애를 왜 자꾸 닦달하는 거예요?

학교운동장 벤치에서 기다리고 있던 석호는 여전히 깍듯하고 침착했다. 김형사가 몇마디 묻기도 전에 말했다.

"형사 아저씨, 지금 헛수고하시는 거예요. 저희들 암만 추궁해도 나올 거 없어요. ……자꾸 이렇게 나오면 곤란하실 텐데요."

너는 내가 뭔가 안다고 생각하는 거냐고 김형사는 물었다. 석호는 조금도 망설이지 않고 이렇게 대꾸했다.

"조금 아는 사람이나 많이 아는 사람보단 아예 모르는 사람이 나을 수도 있겠죠."

이 세상엔 해결되지 않는 사건들이 얼마나 많을까, 똥독의 죽음도 그중의 하나가 되지 않을까, 하고 석호는 생각했다. 가끔 요섭을 생각했다. 임마, 어떠냐…… 우린 여기서 아직도 이렇게 살고 있다……

김형사는 그런 석호를 쳐다보면서 이 애는 단순히 주먹만 쓸 줄 아는 애가 아니라고 생각했다. 아니, 직접 움직이지 않아도 자기 뜻대로 되게 할 용의주도한 타입이었다. 사람들의 생각과 달리 머리를 쓸 줄 아는 사람은 혁진이가 아니라 석호 쪽이었다. 김형사는 그걸 깨달았다. 단지 그것뿐이었다.

석호는 일어나 운동장 쪽으로 사라졌고 김형사는 멀거니 앉아 있다가 그만 일어났다. 느릿하게 교문 밖으로 걸어나오는데 문득 담벼락 한켠에 걸린 현수막 하나가 김형사의 눈에 들어왔다.

"학교폭력으로부터 우리 학생들을 보호합시다."

김형사는 담배 한개비를 꺼내 물고 그걸 잠시 쳐다보다가 경찰서를 향해 천천히 발걸음을 옮겼다.

사건은 미제로 남았다. 서형사는 처음부터 일반적이지 않은 사건이라 미궁에 빠질 거라고 생각했었다. 그러나 선배인 김형사가 저렇게까지 집착하는 것은 이해가 가지 않았다. 충분히 심증은 있지만 그것이 사실로 드러나는 걸 두려워하는 게 아닐까, 서형사는 그런 생각을 했다. 자기도 비슷한 느낌을 가졌기 때문이다. 그래도 서형사 눈엔 너무 깊게 파고드는 김형사가 과민해 보였다. 그래서 어느날 저녁, 싫다는 김형사를 끌고 동네 포장마차로 갔다.

둘 다 별 할말은 없었다. 서형사도 이상하게 술이 잘 받지 않았다. 둘이 겨우 진로 한병을 비우고 났을 때 한 사람이 들어왔다. 김형사가 학교에서 만났던 음악선생인 정선생이었다. 오랜만이군요, 하고 둘은 서로 인사를 나눴다. 초면이라며 서형사도 인사를 했다. 사건은 어떻게 됐느냐, 범인은 잡혔느냐, 아니다 그냥 흐지부지됐다. 그런 건조한 대화가 오갔고 황선생 유산 중 거액이 시골 무슨 학교와 교회에 기부되어 모두 놀랐다는 소식, 교감이 교사채용 문제로 무슨 징계를 받았다는 소식, 그런 얘기들이 정선생 입에서 흘러나왔다. 선생 노릇 하기 힘드시지요, 불현듯 김형사가 이런 소릴 한마디 했고 정선생은 서로서로 물어뜯으며 사는 게 어딘들 안 그렇겠습니까, 하고 응수했다. 그는 전과 달리 노회한 듯 보였다. 요섭이란 애가 죽었을 때도 아무도 책임지지 않았는데 황선생의 죽음도 아무도 책임을 지지 않는군요,라고 정선생은 말했다. 김형사는 그게 정답이라고 생각했다.

그때 라디오에서 희미하게 저녁뉴스가 흘러나오고 있었다. 의욕적으로 교육개혁을 추진했던 젊은 교육부장관이 경질되고 새 장관으로 원로의원 아무개가 임명됐다는 소식이었다. 아무도 뭐라 입을 열지 않았고 서로 권하지도 않은 채 자기 술잔만 들이켰다. 에잇 시끄러워, 하며 포장마차 주인이 지직거리는 라디오를 꺼버렸고 도마에 칼질을 하다가 뜬금없는 소릴 했다. 왜 그렇게들 축 처져 계세요? 언제 또 무슨 일이 일어났나요?

김형사는 그때 그곳에서 무슨 일이 일어났었는지 자기도 잘 모르겠다는 생각이 들었다.

이 세상은 도대체 어떤 곳인가. 이제 곧 학교에 들어갈 딸아이는 또 어떤 세상을 보게 될 것인가. 그런 생각을 하면서 김형사는 오늘밤 흠뻑 취해보고 싶다고 생각했다. 밤이 깊어가고 있었다.

—『창작과비평』 2000년 봄호

철가방추적

작전

철가방추적작전

A.M. 6:30

꿈자리가 뒤숭숭해서 새벽부터 잠을 설쳤다. 피라미드처럼 쌓인 철가방들이 와르르 무너져서 거기에 깔려 버둥대는 꿈이었다. 30분쯤 더 눈을 붙여도 되겠지만 그냥 일어나고 만다. 더 자긴 글렀다. 이것도 직업병이지 싶다. 애 하나 가출할 때마다 퇴행성신경증인지 뭔지는 더 도지는 것 같고 관절염은 나날이 심해져서 사방이 다 쿡쿡 쑤신다. 이 다리가 내 다리가 아니다. 이 부은 다리로 오늘 또 동네 한바퀴를 돌 걸 생각하니 한숨이 난다. 진동안마기 위에 다리를 걸쳐놓고 부르르 떨면서 한번 생각해본다. 중학교 선생 30년차, 나 봉순자에게 누가 이 길을 가라고 등 떠민 적 없는데 나 혼자 신나서 늘 이짓이다. 작년에는 부산까지 도망간 계집애를 잡아오느라 골병들어서 두달 내내 침을 달고 살았었다. 대충대충 무사안일주의, 공무원 신분에 맞게 그

114

렇게 살아야 되는데 난 왜 그게 안될까. 이참에 확 고등학교로 전출신고를 내버릴까, 하면서 시계를 보니 벌써 30분이 훌쩍 지났다. 얼른 일어나 밥 한술 뜨고 서둘러 옷을 입는데 살이 쪄서 맞는 바지가 없다. 결국 늘 입는 회색 주름치마를 입고 대신 얇은 밴드스타킹을 꺼내 신는다. 두꺼운 양말만 신고 다니니까 노인네 같다는 여론이 비등해서다. 현관에서 또 잠깐 고민한다. 모처럼 토요일이니 얄쌍한 검정구두를 신을까 얼마 전 딸네미가 사준 효도신발을 신을까 궁리하다 아무래도 많이 걸을 테니 편한 걸 신기로 한다. 고민을 해봐도 결국은 똑같다. 선생질 30년이 그래왔듯이.

A.M. 7:30

버스 잡으려고 뜀박질 좀 했더니 아직도 숨이 차고 가슴이 떨린다. 다리가 후들거려서 쉬엄쉬엄 가고 있는데 엘리트교복가게 박씨가 싹싹하게 말을 붙인다. 봉선생님, 오늘은 좀 늦으셨네요. 난 건성으로 목례만 하고 싹 지나친다. 물론 속으로 팩팩거린다. 박씨, 당신 이제 내 눈 밖에 났어. 이 학교 날라리들의 1차 집결장소가 거기라는 건 온 동네가 다 아는 일이구만, 뭐, 끝까지 모른다고 잡아떼? 원래 타고난 거짓말쟁이들 중엔 입 비뚤어진 사람이 많긴 하다. 박씨는 비뚤어진 정도가 아니라 아주 돌아갔지. 교문 앞에 거의 오니 가나다문방구 장씨가 비질을 하며 무뚝뚝하게 고갤 까딱한다. 참, 사람이란 겉으로만 보고는 알 수가 없다. 두꺼운 뿔테안경에 굽은 허리, 한참 굼떠 보이는 이 중늙은이가 만명 중 한명 있을까 말까 한 대단한 정보원이자 목격자라는 걸 사람들은 믿기 어려울 것이다. 그가 쓰는 안경은 변장용이 아닐까 의심이 간다. 정훈이와 철가방들의 접선 광경을 목격하고 시간, 날짜, 장소까지 상세하게 제보해준 이가 바로 장씨였다. 그는 사람 얼굴을 기억하는 데 천부적인 자질을 타고났을 뿐만 아니라 설명할 때도 언어운용이 예리하고 적확했다. 게다가 보안유지도 철저하고 제보에 대한 향응이나 보상을 바라지도 않는 담백한 성품의 소유자였다. 분명히 젊은시절 정보계에 몸담았을 거라고 유추해보며 가볍게 인사를 하고 그 앞을 지나 교문을 통과했다. 꿇어앉은 녀석들 중 다행히 우리 반 애는 없었다. 복장단속, 톰과 제리처럼 반복되는 일상이다. 그러나 하면 뭐하나, 언제 톰이 이기는 거 봤나. 교실 들어가자마자 싸들고 온 바지로 갈아입고 머리에다 온갖 호들갑을 떨 게 뻔한데. 오늘은 또 금쪽같은 토요일 아닌가. 무슨 성불할 일이 있다고 애들이 집에 곧장 가겠는가.

교무실을 거치지 않고 교실로 직행한다. 문을 드르륵 여니 옷 갈아입던 녀석들이 화들짝 놀란다. "야! 너 빤스 보인다." "아후, 선생님! 인기척을 내고 들어오셔야죠!" 그새 다른 녀석들은 온갖 잡동사니를 집어넣고 책을 꺼내는 척한다. 만화책, 게임잡지, 썬글라스, 가발, 귀이개, 손톱깎이, 거울, 농구공, 빗, 무스, 드라이기, 칫솔, MP3 플레이어, 헤드셋, 오징어, 빵, 따조, 개밥, 공깃돌, 판치기용 책받침, 짤짤이용 동전 등 흡사 도떼기시장에 온 것 같다. 더 심할 때도 있다. 밥 비벼먹는다고 김치다라이를 가져왔던 날이 특히 인상적이었다.

교실을 한바퀴 돌면서 몇명을 찔러 나오라고 귀띔한다. 그리고 아무 일 없다는 듯이 나온다. 딱 5분이 지나자 내 사설정보팀이 교무실로 한명씩 들어왔다. 뭘 나온 거 좀 있냐? 별로예요. 뭘 먹었는지 협조들을 안해요. 도대체 점백이가 누군지 알아야 쑤셔보죠. 저희 구역 밖의 일이잖아요. ……애들도 학교 안에선 한가닥하는 애들이지만 역시 한계가 있구나 싶다. 나름대로 조직과 권모술수와 엄살과 후안무치를 자랑하는 정보원들이지만 학교 밖 철가방들 세계와는 크나큰 괴리가 있는 것이다. "그래 수고했다, 그만 가봐라. 조용히 한명씩 들어가, 우르르 몰려가지 말고." 한놈이 우물거린다. "선생님도, 우리가 뭐 한두번 해보나요."

실망하긴 아직 이르다. 어차피 처놈들에겐 큰 기대 안했다. 지난 일주일 동안 정훈이네 집에 잠복수사를 해준 정도로 만족해야 한다. 녀석들이 학교에 간 동안 대신 보초를 서준 녀석의 쫄따구들(다른 학교 날라리 기타 등등)과 동네 부랑아들, 할일 없는 이웃주민들 등 협조원들까지 포함하면 얼마나 광범위한 인원이 정훈이네 집에 투입되었나. 그들에게 내 얼마나 많은 와이로를 먹였던가. 그러나 아무도 정훈이의 그림자조차 구경 못했다고 한다. 집에만 있는 언청이 누나를 봐서라도 한번쯤 올 줄 알았건만 녀석은 치밀했다. 변하지 않은 건 또 있었다. 정훈이 아버지는 어떻디? 하고 물으면 모든 정보원들이 도리질을 했다. 똑같죠 뭐, 술 먹고 누나 패고 정훈이 들어오면 모가질 분지른다고 소리소리 지르고 외상 안 준다고 슈퍼 아줌마랑 싸우고 유리 깨고 쓰레기통 부수고 그러다 주무시고. 도돌이표 같아요. 순서도 안 바뀐다니까요.

별별 학부모들 다 봤다. 자기 애가 가출해도 찾지 않는 부모들은 흔했다. 지지리 부모 속 썩인 놈들일 경우 그렇다. 하지만 정훈이의 경우는 그게 아니었다. 정훈이는 영구임대아파트에 사는 애답지 않게 반듯하고 공부도 곧잘 했다. 근처 수서갑중학교엔 임대아파트 애들이 대부분이지만 우리 학교는 반대로 그 아이들이 한줌도 되지 않았다. 열 평 내외의 게딱지 같은 집에 사는 생활보호대상자인 아이들과 엄마 아빠 차가 한대씩 따로 있는 강남 중산층의 아이들이 한 교실에 앉아 공부하는 곳이 바로 우리 학교다. 평상시엔 같이 밥도 먹고 공도 차고 짤짤이도 하며 아무 위화감 없이 지내는 듯했지만 그 균열은 갑자기 찾아오곤 했다. 도난사건 같은 것이 대표적인 예다. 정훈이가 가출하기 일주일 전, 아이 하나가 졸업앨범비를 잃어버렸다고 징징거렸을 때 반 애들은 정훈이가 바로 그애의 짝이어서가 아니라 자기네처럼 20만원짜리 청바지를 척척 사입는 아이가 아니기 때문에 정훈일 의심했을 것이다. 결국 잃어버린 당사자가 버스 안에서 흘렸다고 실토하는 바람에 그 의심이 오래가진 않았지만 정훈이는 그런 걸 쉽게 잊을 만큼 무딘 아이가 아니었다. 졸업앨범을 안 사겠다고 돈을 내지 않은 아이는 자기밖에 없다는 걸 스스로가 잘 알고 있었다. 물론 그런 1차원적 동기만이 거사를 일으키진 않는 법, 여러 복합적인 동기들이 있었음은 당연한 일이다.

갑자기 정신이 퍼뜩 들었다. 금쪽같은 아침시간이 벌써 꾸역꾸역 흘러가고 있었다. 다음 단계로 넘어가야 한다. 이제 내가 가장 아끼는 정보원 둘을 소개하겠다. 일명 별동대, 학교 내 굴러다니는 온갖 정보들을 수집하는 이 학교의 파수꾼들. 마침 그중 한명이 교무실 앞문으로 막 들어오고 있었다. 그저 살림만 하다 나일 먹었시유, 하는 수줍은 고백과 달리 충청과 전라의 사투리를 자유롭게 넘나드는 범상치 않은 말씨와 상대방을 방심케 하는 어리버리한 제스처, 자신의 정보를 적절한 시간과 장소에 무심히 풀어놓는 타이밍 감각, 이 모든 걸 구사하는 그녀의 공식적 명칭은 두루뭉수리하게도 공공근로 아줌마, 혹은 곰보아줌마였다. IMF 이후 쏟아져나온 공공근로 일자리 중 가장 편하다고 선호하는 학교에서, 남들은 운이 좋아야 몇달 할 수 있다지만 남다른 승부근성과 처신으로 똘똘 뭉친 곰보아줌마는 장장 2년을 이 학교에서 버티고 있었다. 물론 공공근로 감독자리가 내게 떨어진 것을 난 천운이라고 믿고 싶다. 그동안 얼마나 많은 범행들이 아줌마의 제보로 사전적발 예방될 수 있었는가. 온갖 음주가무 모임, 혼숙 모임, '일진'들의 동향, 학년대항 패싸움, 내기도박, 절도, 가출모의 등이 여지없이 아줌마의 귀에 포착되곤 했던 것이다. 가나다문방구 장씨가 천리안의 소유자라면 그에 필적할 청각을 가진 고수가 바로 곰보아줌마인데 한가지 흠이라면 정보의 양이 과대하다보니 가끔 깜박깜박한다는 점이다. 장씨와 달리 논리적 훈련을 거치지 않아서인지 말의 앞뒤가 안 맞거나 하루이틀 뒤에 물으면, 그게 뭐래유? 하는 경우가 종종 있었다. 그럼에도 불구하고 수사망이 좁혀져서 밀착수사가 시작될 경우, 아줌마의 활약은 실로 대단했다. 선생들도 아이들도 아무도 그녀를 경계하지 않았고 그녀가 즐겨입는 꽃무늬 몸뻬바지가 그토록 화려함에도 불구하고, 불가사의하게도 그녀는 사람들 눈에 잘 띄지 않았다. 게다가 기사 아저씨가 담당인 문고리 수선이나 문 따는 일쯤은 혼자서 뚝딱 해치웠고 소리가 거의 안 나는 특이한 걸음새도 프로의 냄새를 풍겼다. 내 짐작에 약간 어두운 과거가 있지 않았나 싶지만, 그게 문제랴. 나와의 파트너십을 계속할 수만 있다면 얼마든지 입다물 수 있었다. 바로 3주 전, 곰보아줌마의 제보를 더 신중히 생각했더라면 오늘의 사태는 어느정도 막을 수 있었을 것이다.

그날도 내가 퇴근을 준비할 때 즈음, 아줌마가 어김없이 스윽 나타났다.

"봉선생님, 철가방들의 동태가 수상혀유."

난데없는 소리였다. 학교를 드나드는 철가방들은 꽤 낯이 익은데다 그중엔 졸업생도 있어서 안다면 다 아는 사이였다.

"뭐가 이상하다는 거예요?"

"글씨유, 딱부러지게 들은 건 아닌디유, 날은 언제 잡느니, 점백이 성한테 연락할 때까지 기다리라는 둥 그런 소릴 해쌓는디 보통 비밀스러운 게 아니구만유. 사람들이 근처에만 가면 입을 꼭 다물고 필요 이상으로 경계를 하는 게, 거 뭐다냐 보통 살벌한 게 아니구유. 특히 그 소룡반점, 그 아가 특히 설치구 다니는디 처음 보는 아들 서이랑 꼭 별관 뒤 으슥한 데서 쏘곤쏘곤거리는디 요즘 부쩍 출입이 잦다니께유. 그 아덜은 키를 봄새 훌쩍하니 큰 게 3학년들 같긴 한데 확실힌 모르겠지라."

임대아파트에 사는 애들은 고교 중퇴가 많았다. 그렇다고 학교 때려치우려고 대단한 일을 하느냐 하면, 물론 아니었다. 돈에 한 맺힌 애들이 간혹 있었다. 여자애들이었다면 술집에 나가고 남자애들이라면 삐끼나 주유소나 철가방행이었다. 소룡반점 철구도 친구 따라 공고 간다는 걸 겨우 인문계 보내났더니 한달 만에 때려치웠다고 들었다. 녀석이 수금한 돈 뗑땅치고 배달집에서 슬쩍슬쩍한 일 때문에 가겔 자주 옮겼단 얘기도 어디선가 들었다. 게다가 졸업한 다른 건달배들과 밀접한 관계가 있다고 소문이 나 있었다. 돈 모아서 뭐할 거니? 하고 물으면, 뭐하긴요? 미끈한 혼다 오토바이 하나 뽑아야죠, 하고 눙쳤지만 그 돈 모으려면 수십년은 걸릴 거라고들 했다. 그럼에도 지금까지 그토록 뻔질나게 학교를 들락거리며 배달을 하면서도 재학생들을 꼬여내는 일만은 하지 않았다. 그러니 아무리 곰보아줌마의 제보에 심증이 간다 해도 그저 손놓고 지켜볼 수밖에 없는 노릇이었다. 문제의 그 재학생들이 누군지도 모를뿐더러 점백이란 인물도 용의선상에 처음 등장한 이름이었기에 더 막막했다. 그러고서 바로 며칠 뒤, 철구를 비롯한 동네 철가방들이 싸그리 짐을 싸 없어졌다는 거짓말 같은 소식을 듣게 되었다. 동네 요식업계가 마비되어 음식을 시켜 먹을 수 없는 상황이 연출되었다. 그 다음주 월요일, 다른 반 두 놈과 함께 정훈이는 자취를 감췄다. 곰보아줌마에게 소풍 때 단체사진을 보여주며 용의자를 지목하라고 했더니 예상대로 철구와 접선한 인물은 정훈이었다. 철구와 정훈이가 아파트 위아래층 사는 각별한 사이란 것도 그때 밝혀진 사실이었다.

시계를 보니 1교시 수업 시간이 다가오고 있었다. 아줌마에게 새로운 정보가 없는지 빨리 확인해야 했다.

"가리봉 아니면 부천이 맞대유."

아줌마는 이 한마딜 툭 던졌다. 그녀는 내 밀착수사 패턴에 이미 익숙해져서 학교에 남아 있는 정훈의 측근들을 철저히 마크해왔다. 그 녀석들을 내가 심문해봤지만 자기들도 깜짝 놀랐다며 하나같이 입을 딱 봉했다. 그러나 아는 사람들은 다 알고 있었다. 임대아파트 애들은 보통애들과 달리 결속력이 대단했다.

강남의 외딴섬, 또는 강남의 음지로 불리는 수서의 임대아파트 단지는 그 큰 규모에도 불구하고 여전히 인근 주민들의 눈엣가시였다. 우리 학교는 그렇다 쳐도 수서갑중학교에 배정되는 일반 단지 애들은 꼭 한번씩 난리를 치곤 했는데 기어이 전학을 시키거나 강남교육청을 고소하는 일도 있었다. 집값 떨어진다고 하는 정도는 불평 축에도 못 꼈다. 임대아파트 애들이랑은 놀지 말라며 문둥병자 취급하는 부모들 중에 박사며 교수며 의사가 있었다. 무시를 당할수록 그곳 애들은 똘똘 뭉쳤다. 어차피 집에 있어봤자 좁기만 하고 컴퓨터도 비디오도 오디오도 게임기도 없고 읽을 책은 더욱 없고 정훈이 아버지처럼 알코올중독이거나 장애인, 노인네들이 집집마다 있어 다들 집 밖으로 뛰쳐나오곤 했다. 돈이 아이들을 움직이는 원동력이었다. 돈 있으면 게임방도 오락실도 갔지만 돈 없으면 모여서 무슨 일인가를 벌였고 그러다보면 학교는 꼭 가야 할 의미가 없는 곳이었다. 그곳 아이들 중엔 중3인데도 책을 못 읽고 알파벳도 식별 못하는 애들이 있었다. 초등학교 때 이미 영어를 마스터하고 벌써 고등학교 수학정석을 풀고 있는 잘난 아이들 곁에서 그 아이들은 수업을 못 따라가 멍청히 듣기만 하다 집에 갔다. 그 아이들은 점점 투명인간이 되어갔다. 선생들은 잘 보이는 애들만 가르쳤고 그래도 된다고 믿게 되었다. 그래서 이 아이들은 다른 꿈을 꾸고 다른 미래를 키워갔다. 자기들 중의 누군가가 탈출을 감행하려 하면 자신은 그럴 계획이 없다 하더라도 기꺼이 도우려 했다. 비록 사전에 아무 얘기도 못 들었다 하더라도 정훈의 지금 위치며 상황을 누구보다도 쉽게 추측할 수 있는 애들이었다. 화장실이나 복도, 매점 한구석에 모여 혹은 정답게 담배를 나눠 피면서 이런 저런 얘기들을 나눴을 것이다. 그리고 곰보아줌마는 그것들을 싹 수렴하여 내게 들고 온 것이다.

"왜 거기라는 거죠?"

"글씨, 초등학교 동창이라는 아덜이 부천 시내 중동인가 하는 데서 삐낀가 미낀가를 한다는구만요, 글구 점백인가 하는 아가 쪼까 밑의 동네를 꽉 잡고 있어서 그 밑으로 숨으면 찾기 힘들 거라고 하구유, 소룡반점 철구가 그쪽에 있다구도 그러구, 가리봉 오거리에서 이 동네 철가방들 죄 끌구 다니는 걸 봤다구두 하더만요."

곰보아줌마는 그 정보를 발설한 녀석들의 명단을 대고 1층 화장실을 손봐야 한다며 유유히 사라졌다. 역시 내 예측이 맞았다. 분명 그쪽이 짚이는 데가 있는데도 정훈의 측근들이 분당이나 대치동 쪽이라고 바득바득 우겨 나를 교란시켰던 것이다.

A.M. 9:00

이왕 조회시간을 넘겼으니 할 수 없다. 망설이다가 얼른 교무실을 나왔다. 별동대의 두번째 정보원인 그녀는 직업의 특성상 기동성이 적다. 게다가 내가 바빠서 며칠 동안 들르지도 못했다. 이 시간에 들이닥쳐야 아이들이 가장 적다. 돌덩이도 소화시킬 아이들이지만 1교시는 지나야 매점에 몰린다. 게다가 그녀는 곰보아줌마와 달리 나와의 접선을 썩 반기지 않았다. 매점아줌마가 정보원이다,라고 소문이 나면 애들 발걸음이 줄 것을 염려해서이다. 또 맨입으론 입을 열지 않았다. 초코파이 하나, 껌 한통이라도 사야 생글거리며 입을 열었다. 20대인지 40대인지 나이를 가늠할 수 없는 두꺼운 화장으로 얼굴을 분장한 이 여자는, 다 그런 게 사람 사는 이치 아니겠어요? 하며 그제서야 봇물 터진 것처럼 얘길 늘어놓았다. 애들의 소문, 카더라 통신이 대부분이라 고급 정보라곤 할 수 없지만 아이들의 흉흉한 민심이나 동향을 파악하고 미궁에 빠진 수사의 실마리를 운좋게 건질 수 있었다. 내 생각엔 말이죠, 하며 자기 의견을 강하게 주장하는 통에 가끔 수사에 혼란을 주고 정보가 조작될 우려가 있는 게 흠이었다. 또 천성적으로 건전한 소문보다 나쁜 소문에만 귀가 밝아 정보의 균형이 안 맞는 것도 문제였다. 타고난 의식구조가 그쪽으로만 발달한 듯했는데 이런 뇌하수체를 가진 인물들은 의외로 많았다. 자연의 신비랄까.

"봉선생님, 어떤 애들은 걔가 땡중을 따라가서 머릴 깎았다고 하구요, 서울역에서 불구로 위장해서 바닥을 기고 있는 걸 봤다는 애도 있던데, 뭐래더라? 그게 용산역이었나? 영등폰가? 아, 숨겨놓은 여자친구가 있는데, 걘 또 고등학생이라대요, 연상인 거죠. 하여간 같이 38선을 넘었을 거라고 했다는 소리도 있더라구요. 저야 당연히 안 믿죠. 그게 어디 말이 돼요? (난 정훈이의 여자관계가 깨끗하다고 답변했다.) 선생님, 속으신 거예요. 걔 그렇게 순진한 애가 아니라고 하더라구요. 뭔가 여자애들하고 관련있어요. 그리고 집 나갈 계획 짠 것도 다 걔구요, 철가방들 끌어들인 것도 다 걔라대요. 원래 그 아파트 애들이 그렇잖아요. 가출하잔다고 그렇게 다 따라가는 애들이 세상에 어디 흔해요? 그리고 뭐, 철구네 돈을 갖고 날라서 철가방들도 사실 걜 찾고 있단 소리도 있던데, 모르죠, 속사정은. 하여간 이게 장장 여름방학 때부터 들먹거린 계획이래요."

매점여자의 제보는 엉뚱한 데로까지 이어졌다.

"봉선생님, 근데 말이죠, 이 얘긴 정말 안하려고 했는데 제가 빈 박스 치우느라 뒤에 나갔다가 얼떨결에 선생님들 얘길 들었는데요, 가출한 애들 다시 나와봤자 기껏 사회봉사나 몇주 하면서 껄렁껄렁 놀 텐데 애들 바람이나 넣는다구, 가망없으면 일찌감치 맘 잘 잡은 건지도 모른다고, 아니 뭐 그렇다고 꼭 안 들어왔으면 좋겠다고 딱 집어서 말하는 건 아닌데 참 듣기 그렇더라구요. 그래도 자기 학교 학생인데."

웬만하면 흥분하지 않는 나 봉순자, 조금 열받아 말이 안 나왔다. 그게 누구였냐고 묻자 목소리만 들어서 남자라는 것밖에 모른다고 했다. 알면 아는 대로 다 부는 이 여자의 스타일로 봐서 모르는 건 사실인 듯했다. 굳이 캐지 않아도 심증은 갔다. 그런 인간이 여지없이 이 학교에도 있었다. 이 부류의 특징은 개성이 없다는 점이다. 저 학교에 있던 아무개와 이 학교의 아무개가 클론처럼 닮아 있었다. 그들의 신념은 단순하고 강직했다. 어느정도 기반있고 될 애들만 밀어주자, 안 되는 애들 고등학교 가도 수업분위기만 해치고 자기들도 속으로 얼마나 볶이겠냐, 대충 중학교 졸업장 쥐여주고 조용히 넘어가는 게 낫지, 이게 다 걔네들 위해서 하는 말이다, 돈 있고 사람 나지, 사람 나고 돈 났나?

옆반 담임 김선생도 그런 신념의 소유자였다. 자기 반 아이가 둘이나 가출했다고 재수 옴붙었다며 팩팩대는 위인이었다.

"아니 자기 부모들도 안 찾는 마당에 봉선생님이 왜 그러세요? 몸 생각 하셔야죠. 억지로 잡아온다고 될 일이 아니에요. 잡아오면 뭐합니까? 또 나갈 텐데. 정훈이 그놈도 제가 보기엔 싹수가 노래요. 내, 그놈만 생각하면 아직도 이가 갈리네."

내 비록 편견없이 살자고 노력하는 사람이지만 그놈의 ROTC 반지 낀 사람들은 영 정이 안 간다. 요즘 젊은 선생들은 잘 안 끼고 다니던데 김선생은 남달리 호연지기가 충만하달까, 꿋꿋하게 끼고 다녔다. 체육시간에 말 안 듣는다고, 몽둥이 없으면 화단 벽돌 집어서 애들 머리통을 찍는 사람이었다. 물론 딱 봐서 뒤탈이 없어 보이는 애들만 골라서 말이다.

1교시 종이 울려서 계단을 올라갔다. 발걸음이 무겁다. 선생이고 애들이고 다 징그럽다. 도대체 닭이 먼전가, 달걀이 먼전가?

A.M. 9:10

1교시는 3반 수업. 복도 창문으로 보니 서 있는 애들이 반 정도 된다. 종이 울린다고 애들이 자리에 앉는다고 생각하면 오산이다. 얼음땡, 말뚝박기, 제기차기, 오징어, 짤짤이, 판치기 등 저런 다양한 놀이들을 저 코딱지만한 교실에서 다 할 수 있는 아이들의 창의력에 난 늘 감탄한다.

애들아 자리에 앉아! 어서 앉아 빨리 앉아 모두 앉아! 거기 껌 뱉어, 걔 어서 깨워. (반장이 일어난다. 아이들이 주섬주섬 책을 꺼낸다. 반장이 차렷을 네번쯤 외친다. 엎드려 절받기다.) 노트도 꺼내야지! (노트를 꺼낸다.) 너, 만화책 집어넣어, 누가 뒤로 돌리래 밑에다 집어넣어, 핸드폰도 집어넣어, 교과서 안 가져온 사람 손들어! (45명 중에 5명이 손든다. 토요일치곤 준수하다.) 너 그 판치기판 안 치울래, 그 돈 다 뺏는다. (그래야 집어넣는다.) 교과서 안 가져온 사람 뒤에 가 서. (우르르 나간다. 나가면서도 장난을 친다.) 자 오늘은 7과, 모두 밑줄 그어……

여기까지 대략 4,5분이 소요된다. 물론 내가 베테랑이니까 이 정도다. 여기서 방심하면 안된다. 이윽고 한 녀석이 입을 연다. 뒤에 서 있는 녀석이다. "선생님, 저 옆반 친구한테 책 빌려줬는데요, 받아올게요." 이런 말에 충격받을 나이는 지났다. 시끄러, 그대로 서 있어, 늬들 조용히하고 10분만 있으면 자리에 앉게 해주지. (서 있는 애들이 모두 입을 다문다. 서 있으면 다리 아프기 때문에 앉고 싶어한다.) 가끔은 너무 떠드는 녀석들을 교실 밖에 나가 서 있으라고 한다. 그럼 대개 신나서 나간다. 내 눈치 안 보고 떠들 수 있기 때문이다. 물론 예외도 있다. 겨울에 가끔 이러는 애가 나타난다. "싫어요 추워요. 안 나갈래요." 애들을 밖에 내보낼 땐 소지품을 검사해야 한다. 나가서 뿌셔뿌셔 까먹다가 지나가는 교장한테 걸려서 나 시말서 쓸 뻔했었다.

시시각각 감시해야 한다. 온 복도 돌아다니다 기어이 가방도 놔두고 교문 밖으로 튀어버리면 이 반 담임한테 두고두고 욕먹는다. 그래서 요샌 밖으로 잘 안 내보낸다. 지금 교실 뒤에 서 있는 녀석들은 순한 편이다. 서 있으라고 했더니 맨 뒷줄 애랑 묵찌빠하고 삼육구 게임하고 노는 애들도 있다. 차라리 앉히는 편이 낫다.

애들이 노트필기하는 틈을 타 출석부를 펴고 결석 체크를 한다. 꽤 노는 반인데도 결석자가 많지 않은 편이다. 어떤 반은 출석부가 울긋불긋하다. 누가 그랬다. 토요일날은 나와주는 애들이 고맙다고.

A.M. 9:30

수업 시작하고 20분이 경과했다. 아직까진 별일 없다고 생각하려는 찰나, 한명이 손을 번쩍 든다. 상습범이라 얼굴이 낯익다. "뭐야?" "화장실이요." 아주 떳떳한 얼굴이다. "곧장 와, 매점 가지 말고." 녀석이 교실을 획 나간다. 부러운 듯 쳐다보는 몇명, 화장실 대기조다. 곧장 오라고 그렇게 일러도 건들건들 돌아다니다 옆반 복도 창문에 붙어서서 손 흔들고 쇼 한판 하고 오는 애들이 있다. 그렇다고 급하다는 애를 못 가게 할 수도 없다. 맘 같아선 깡통 하나씩 주고 여기서 해결하라고 하고 싶다. 언젠간 그럴지도 모른다. 그저 비는 마음이다. 돌아다녀도 좋으니 걸리지만 말아다오. 하지만 애들이 언제 선생 소원 들어주나. 화장실 간 녀석을 계기로 애들이 슬슬 술렁이기 시작한다. 드디어 내 목소리가 애들 소음에 묻혀서 안 들리기 시작하면, 목청을 가다듬고 소리지른다. 칠판을 있는 힘껏 땅땅땅 치면서. "모두 조용히 해!" 신참 선생이 그러면 끽해야 몇십초 잠잠해지겠지만 내가 악을 쓰면 한 5분간은 내 눈치 보며 조용하다. 난 그것만으로도 교사가 되길 참 잘했다고 생각한다. 역시 교직은 내 천직이야, 봐 5분이나 가잖아…… 흐뭇하다. 나이가 들수록 작은 것에 감사할 줄 알아야 한다는게 내 소신이다.

"질문 없니?" 예의상 한번 애들에게 물어본다. 반에서 1, 2등 하거나 선천적으로 말 많은 녀석 몇이 가끔 질문할 때가 있지만 드문 일이다. 수학 가르치는 김선생은 일년 동안 질문 한번 받아본 적이 없다고했다. "신기해요, 그런데도 전에 있던 학교보다 시험은 더 잘 봐요. 분명히 수업시간에는 다 모르는 것 같은데." 당연하지. 집에 가면 과외선생이나 학원선생이 다 가르쳐주는데 뭐하러 학교까지 와서 공부하겠어. 학교에서 할일이 얼마나 많은데. 우리 땐 학교가 공부하는 곳이었다. 지금의 학교는 교우관계를 돈독히 하고 핑클이나 보아 사진을교환하며 부족한 잠과 오락을 보충하는 곳이다.

갑자기 한 녀석이 손을 번쩍 든다. "선생님, 윤봉길 의사가 진짜 의사 맞죠?"

그녀석은 전에도 문익점이 화약을 발명한 사람이 맞다고 박박 우기던 녀석이다. 왜 자꾸 나를 시험에 들게 하는가. 때맞춰 종이 울린다. 마음의 평정을 위해서 얼른 교실을 나와버린다. 화장실 간 녀석은 끝내 돌아오지 않았다.

A.M. 10:05
수업이 없는 시간이다. 어제 하다 만 애들 숙제검사하고 대충 책상위를 치우다 우리 반 모듬일기장에 무심코 손이 갔다. 애들 서로 친해지고 고민을 같이 나누자는 취지에서 해마다 반에 걸어놓는 것인데 올해도 별 반응이 없다. 점점 그렇다. 그래도 몇줄씩 써놓는 녀석들이

기특해 답장도 써주고 불러서 말도 시키고 하지만 그러면 오히려 부담스러워해서 요즘엔 잘 그러지 않는다. 생각해보니 학기초부터 내가 정훈이한테 관심을 갖게 된 건 바로 이 모듬일기장 덕분이다. 물론 우리 반에 한명밖에 없는 생활보호대상자라 눈에 안 띈 건 아니었다. 정훈이 전 담임들이 한마디씩 해주기도 했다. 요즘 애답지 않게 글재주가 있고 생각도 깊은 애라고. 그런데 점점 낯빛이 어두워진다고. 정훈이 1학년 때 담임선생이 그랬다. "세상에, 전요, 걔네 아버지 같은 사람은 정말 보다보다 첨 봤어요. 선생님도 아시죠? 부모가 그러니 애가 어떻게 기를 펴겠어요. 봉선생님도 조심하세요."

정훈이 아버진 학교에서 유명했다. 담당 동사무소에서도 널리 알려진 인물이었다. 담당사회복지사가 생활보호대상자 아이들의 등록금을 계좌에 넣어주면 그걸 찾아 학교에 납부해야 하는데, 그래봤자 1분기 15만원 정도의 돈, 많다면 많은 돈이겠지만, 정훈이 아버진 그걸 다 딴데 쓰고 이 핑계 저 핑계 대고 미루며 여지껏 버텨왔다. 근 3년을 말이다. 다행히 학교운영위원회의 비축금이 여유가 있어서 그걸로 막아왔다. 원칙상으론 문제가 있는 거지만 어쩌겠는가. 낼 돈이 없다는데. 정훈이 2학년 때 남자 담임이 계속 이럴 순 없다며 직접 집으로 찾아갔다가 차마 멱살은 못 잡고 언성만 높이다 왔다고 했다.

또 2학년 땐 ROTC 김선생을 물먹인 일로 강남 일대에 소문이 파다했었다. 어느날, 우리의 김선생은 자기 시간에 애들 머리검사를 한다며 원산폭격을 시켰다. 말이 3센티미터지 그 삭발에 가까운 머리를 누가 하겠는가. 어쩌다 아침에 재수없으면 선도부에게 걸릴 일이지. 게다가 아무도 김선생에게 머리검사를 하라고 시키지도 않았다. 김선생 같은 부류의 특징은 머리는 나쁜데 몸은 부지런해서 큰코다친다는 점

이다. 그는 그 사건 이후로도 반성의 기미가 조금도 없는데 그것이 내
겐 참 신기했다. 하여간 정훈이도 그때 머리가 길다고 불려나왔다. 그
리고 다른 애들하고 똑같이 혼났다고 했다. 김선생 입에서 "돈이 없어
서 이발소에 못 가나?"란 말만 안 나왔어도, 아마 아무 일 없었을지
모른다. 그때만 해도 정훈인 어리고 많이 예민했다. 집에 가서 그 얘
기를 한 즉시, 오라고 오라고 할 때는 오지 않고 아들 등록금으로 술
사먹고 노름하던 우리의 정훈이 아버지는 단거리선수처럼 학교에
달려왔다. 양복에 넥타이까지 빼입고, 그것도 교장실로 직행해서 말
이다.

"못산다고 애 이렇게 괄시할 수 있나요, 교장선생님! 그래요, 우리,
돈 육천원이 없어서 애 머리도 못 깎여요! 선생님들이 애 이발하라고
보태준 거 있어요!"

나는 그 장관을 보지 못했으나 수십명의 증언에 의하면 정훈이 아
버지의 생쇼는 상당히 버라이어티했다고 한다. 밖에서 듣고 있는 선
생들의 가슴이 저릿저릿할 정도로 애절하게 울먹이며 적절하게 구라
를 쳐서, 결국 교장실을 나가는 그의 손에 만원짜리 한장이 펄럭이더
라는 전설이 내려오고 있다. 우리 교장이 워낙 핫바지라 그럴 만도 하
지,라고들 하면서도 자신들이 본 광경을 차라리 믿고 싶어하지 않았
다. 뒤늦게 정신을 차린 교장이 김선생을 불러 한바탕 난리친 건 얘깃
거리도 못 됐다. 김선생이 혼난 게 고소하다 싶으면서도 뒷맛이 씁쓸
했다.

정훈이 아버지에 대한 소문은 퍼도퍼도 마르지 않는 샘물 같았다.
나와도 안면을 트고 지내게 된 젊은 사회복지사는 '도대체 이해할 수
없는 아저씨'라며 혀를 찼다. 칠순 넘은 노인네나 장애인들은 하고 싶

어도 못하는 공공근로일은 줘도 안하고 40대 남자인 그가 취로사업장에만 나오는 이유는, 오직 일이 쉽고 편하다는 것, 그것 때문이라고 했다. 그 일당 만칠천원, 그것도 매일 나오면 40만원 정도를 벌 수 있는데 그는 한달에 반이나 나올까 말까라고 했다. 거기다 한시적 생계보호대상자 보조금 21만원, 이미용료니 뭐니 다 합쳐서 50만원 좀 넘는 돈으로 세 식구가 생활을 하니 목구멍에 풀칠한다는 말이 딱 맞았다. 정훈이 누나는 약간 지능이 모자라고 언청이이기까지 해 고등학교를 안 가고 집에서 종이꽃을 접어 선물가게에 납품한다는데 큰돈이될 리 없었다. 그럼 과연 그 집은 뭘로 먹고사는가. 소문에 의하면 정훈이 아버지는 한때 도박의 귀재였다고 한다. 노름판에 끼여들어 때론 개평을 뜯고 때론 시비를 걸어 뜯어낸 돈으로 '잇쇼드리' 소주 한병을 끼고 들어오는 날, 운이 좋으면 주머니에 지폐가 흘러넘친다고 했다. 한쪽 팔을 잘 못 써서 장애인 혜택까지 받았지만 그것마저 미심쩍은 일이라고 했다. 즉 그는, 폐인 행세를 하는 고도의 야바위꾼이라는 게 정설이었다.

이것을 뒷받침하는 또 하나의 의혹은, 그가 어떻게 그 많은 노인이나 1급 장애인, 영세민들을 제치고 이 영구임대아파트에 입주해 아직까지 버티고 살 수 있느냐는 점이었다. 수서에 특혜 비리니 뭐니 잔뜩 얽혀 선심조로 대단위 임대아파트 단지가 들어서긴 했지만 아직도 8만여 세대가 목빼고 대기중이라는 이곳에 말이다.

나도 학기초에 정훈이네 집을 한번 가보았다. 거기 사는 애들은 가정방문을 죽기보다 싫어하지만 정훈인 의외로 순순히 응했다. 말이 11평이지 셋이 누우면 그만인 구조에다 집안엔 술냄새가 진동했다. 하지만 언청이 누나가 살림을 잘해서인지 담뱃불 자국이 있는 장판만 빼면 집안은 깨끗했다. 그리고 정훈이의 책상에는 책이 꽤 많았다. 동대문 헌책방 거리에 가서 사모았다는 낡은 책들엔 손때가 많이 껴 보였다. 선생님 드시라고 누나가 대추차를 끓여 내왔고 정훈이 아버지는 잔뜩 폼을 잡으며, "제가 그래도 고등학교까지 나왔는데 시방, 여기서 이렇게 썩고 있으니 새끼들 볼 면목이 저도 없습니다" 하며 정훈의 어깨를 다정하게 토닥거렸다. 등록금 삥땅에 대한 예방조치로 내가 얘길 꺼내려 하자 눈치 빠른 그가 이렇게 치고 나왔다. "선생님, 마음 가는 데 돈 가는 거 아닙니까? 말씀드렸다시피 저도 못 배운 놈 아닙니다. 제가 오죽했으면 그랬을까 헤아려주십시오. 저도 하나밖에 없는 아들 신문배달 같은 거 시키고 싶지 않은 사람입니다. 그렇다고 제가 이 나이에 막노동을 하겠습니까? 어쩌고 저쩌고……"

정훈이는 그런 아버지를 부끄러워하면서도 드러내지 않으려고 애썼다. 자존심 때문에 죽고 사는 그 나이에 정훈이의 그런 자제력과 처신은 누가 봐도 칭찬할 만했지만 왠지 내겐 불안해 보였다. 저렇게 삭이는 게 꼭 좋은 일만은 아니라고 생각했다. 정훈은 새벽 신문도 돌리고 치킨이나 족발집 스티커 붙이는 일도 틈틈이 했다. 그리고 여름방학 땐 문제의 철가방 아르바이트까지 시작했던 것이다. 그럼 과연 그돈이 다 어디로 갔을까? 조심스럽게 정훈에게 물으면 녀석은 미리 준비한 모범답안처럼 이렇게 말했다 "누나 언청이수술 시켜줄 거예요."

부모 가려서 태어날 수도 없는 노릇이고, 쯧쯧…… 하는 노골적인 동정의 시선 속에서 해맑아 보이는 녀석의 표정이 난 가끔 징그러웠다. 정훈이는 공부하고 시험 보면 10등, 안하고 보면 30등 하는 아이였다. 기복이 있는 편이었다. 애늙은이처럼 굴다 싶다가도 엉뚱한 소릴 툭툭 던졌다. 『데미안』을 네 번이나 읽고 『무소유』를 읽으며 눈물을 흘렸다던 아이가 『드래곤볼』을 따라 그리느라 수업을 작파할 때도 있었고 판치기의 대마왕이 됐다며 희희낙락하는 날도 있었다. 그런데도 모듬일기장에 써놓은 정훈이의 글을 보면 영락없이 문학소년이 남긴 절절한 어록이었다. 이 복잡하고 조숙한 아이가 자기 아버지를 어떻게 생각할까, 하는 건 너무 통속적인 의문 같았고 계획적인 가출을 하리라고는 상상이 되지 않았다. 아무리 뒷감당 생각 안하고 사고를 치는 게 요즘 애들이지만 정훈이가 그런 무리에 속하지 않으리라고 은연중 믿게 되었던 것도 물론이다.

아, 이러고 있을 때가 아니다. 오늘은 일분 일초가 바쁜 날이다. 나는 모듬일기장을 덮고 수첩을 꺼내 달식의 전화번호를 찾았다. 요즘엔 다 핸드폰이 생겨서 연락 하나는 편해졌다. 벨이 울린다. 녀석이 받았다. "여보세요." "나다." "아, 선생님." "지금 뭐하고 있냐." "뒤뜰에서 담배 피고 있어요." "뭐하는 시간인데?" "그런 게 어딨어요. 토요일이니까 학교 왔다고 흔적이나 남겨놓는 거죠." "철구는 찾았냐?" "아, 그거요? 선생님, 이거 암만 해도 정보가 새고 있는 것 같아요." "뭐시라?" "딱 저번주까지 있다가 다른 데로 옮겼다는데 그게 오리무중이에요. 분명히 선생님 찾는 그 중삐리랑 같이 튄 것 같은데 외상 깔아놓은 것도 없구요, 음식값 쓱싹한 것도 전혀 없대요." "점백이는?" "그게 누군지 알아야 찾죠. 암만 생각해도 이상해요. 분명히 저랑 동갑이거나 한 학년 차일 텐데 그런 별명은 들어본 적이 없거든요. 이름도 성도 모르니 답답하죠. 선생님이 너무 조이니까 새끼들 눈치가 더 빨라지는 것 같아요." "네 놈이 날 가르칠 셈이냐." "아이 참 왜 이러십니까, 선생님. 오늘따라 양장피가 참 생각나네요. 저번주처럼 우동으로 때울 생각 마세요. 저도 스케일이 있지, 그런 것 먹고 정보수집이 안되죠." "너도 많이 컸구나." "제가 이 바쁜 와중에도 응뎅이에서 비파소리가 나도록 뛰어다녔다는 걸 평가받고 싶단 얘깁니다. 쓰는 김에 좀더 쓰세요." "그래 알았다. 이따가 다시 연락하자."

내부에 프락치가 있을지도 모른다고 생각하니 마음이 무거워졌다. 내가 정훈이를 찾고 있다는 건 세상이 다 아는 사실이지만 이렇게 코앞에서 놓치고 있다는 게 바로 수사상의 헛점 아니겠는가. 착잡한 마음에 다른 졸업생 두명에게도 전화를 넣어보았다. 한명은 야간 다녀서 낮에 놀고 한명은 공고에서 실습 나가 전화를 받을 수 있는 애들이었다. 그들에겐 별로 건질 게 없었다. 그렇지, 달식이만한 유능한 정보원이 있을 리 없지. 도둑놈이 도둑놈을 알아본다고, 달식의 후각은 문방구 장씨의 천리안과 곰보아줌마의 청각과 함께 내 원거리수사의 초석을 닦아놓았다고 자평한다. 비록 지난주 토요일엔 거짓 정보에 속아 헛탕을 치긴 했지만 그날도 달식이 함께 있었기에 한결 든든했더랬다.

달식이 녀석은 중학교 2학년 때 담임으로 처음 만났다. 연거푸 2년이나 담임이 되어 관심을 안 가지려야 안 가질 수 없는 녀석이었다. 게다가 녀석의 취미는 자기 똘마니들을 끌고 근처 고급 아파트 단지에 들어가 사고치기였다. 놀이터에서 폭죽 터뜨리기, 어린애들 울리기, 개 훔치기는 약과였고 그중 압권은 보일러실에 잠입해 4박 5일을 합숙하다가 인근 부랑자들과 치열한 구역다툼 끝에 적발된 일이었다. 한 무더기의 본드랑 성인 잡지, 여자애들 몇명이 함께 걸린 건 물론이고, 그 아파트 관리소장에 부녀회장에 동네 파출소장까지 동원되어 난리도 아니었다. 핫바지 물교장도 감사 나오기 직전이라며 펄쩍펄쩍 뛰고 여자애들 부모가 찾아와 질질 짜는 통에, 이 학교 개교 이래 이런 대형사고는 처음이라고 입을 모았다. 그때는 지금과 달리 정학이며 강제전학, 근신 등이 다 있던 시절이었다. 그래서 다른 학교로 전학시키라고 모두 압력을 넣었었다. 녀석이 날 만만하게 봤느냐 하면 그것도 아니었다. 안면있는 파출소 경장이 내게 연락을 해 현장에 출동하자, 나에게 넘기느니 차라리 소년원에 넘겨달라며 징징거리던 녀석의 모습이 얼마나 애절했는지, 보지 않곤 모른다. 지금이야 골다공증에 관절염 때문에 움직일 때마다 쑤시고 결리지만 그때만 해도 펄펄 날았었다. 체벌금지? 내겐 어림도 없는 소리였다. 체벌금지의 할아버지가 온다 해도, 아니 체벌 교사에게 나라에서 단발령을 내린다 해도 나는 매를 들었을 것이다. 자기 맘을 어떻게 잡아야 될지 자기도 모르는 중삐리 녀석들에게 말로만 타이르라는 건 암환자한테 아스피린이나 던져주는 것과 같았다. 어쨌든 달식이 녀석은 2년 동안 나에게 죽도록 맞았다. 어쩜 소년원을 가는 게 녀석에게 더 편했을지 모른다. 부부싸움 끝에 칼부림 난 아비는 황천길 가고 어미는 교도소 간 달식에게 거의 거동을 못하는 할머니 할아버지는 명색이 보호자였고 그때만 해도 밤이 되면 임대아파트 근처엔 사람이 나다니지 않을 정도로 분위기가 흉흉했다. 혼자 사는 장애인 처녀가 어린 녀석들에게 윤간을 당해 자살을 기도했단 얘기가 풍문으로 돌고 있었다.

그러나 거기서 달식은 살아남았다. 비록 인문계를 가서도 진학반이 아니라 직업반에 들어가 일주일에 5일은 직업훈련원에서 기름밥을 먹고 있지만 녀석은 언제 그랬냐는 듯, 똘똘하고 야무지게 살고 있다. 조부모는 이미 돌아가시고 배 타러 나갔던 삼촌이 애를 데리러와 임대아파트에서 나오게 된 것도 녀석에겐 복이었다. 이러고 있는데 3교시 종이 치기 시작했다.

A.M. 11:00

HR 시간이라 가벼운 마음으로 교실을 향한다. 이 시간은 10분이면 끝난다. 게다가 오늘의 주제는 20년 동안 한결같은 '물자절약'이다. 녀석들, 발표하라고 할까봐 필사적으로 회장의 눈길을 피하고 있다. 그래놓고 누가 발표 좀 길게 하면 굉장히 싫어한다. 시간 잡아먹는다고. 이런저런 잔소리로 시간을 때우고 종례한다. 토요일의 종례는 늘 똑같다.

"우리 반 급훈 알지?" "예—" 대답은 잘한다.

오늘도 무사히.

이게 운전기사들만 쓰는 말이라고 생각하나, 절대 아니다. 10년 전부터 내가 써온 우리 반 급훈이다.

청소시키고 옆반도 참견하고 학교 한바퀴 빙 돌다 교무실로 향한다. 토요일 4교시를 금요일 7교시로 옮긴 덕에 토요일이 한결 가뿐해졌다. 다 이게 교장의 밭떼기 덕분이다. 몇년 전 경매로 장만한 농장에 미쳐서 교장은 토요일마다 거기 가서 살고 있다. 누이 좋고 매부 좋은 일이다.

교무실이 어수선해서 상담실로 옮겨가 오늘의 행선지와 수사방향을 찬찬히 점검해보았다. 스타킹이 너무 꽉 껴서 돌돌돌 말아내리고 편하게 자세를 취한 게 화근이었다. 생각이 너무 깊다보니 깜빡 잠이 들었다.

P.M. 1:20

급사 김양이 들어와 잠이 깼다. 입가의 침을 얼른 닦고 책상에 올린

다리도 잽싸게 내렸지만 급사 생활 3년차인 김양의 노회한 눈길을 피할 순 없었다. 더 있기 쑥스러워 스타킹을 다시 올리고 상담실을 나왔다. 교무실에 들어가니 옆자리 선생이 공공근로 아줌마가 나를 찾더라고 전한다. 무슨 일일까? 토요일이면 비호처럼 집에 가는 곰보아줌마가. 아줌마에게 핸드폰이 없으니 내가 찾으러 나갈 수밖에. 현관을 나와 강당 쪽을 무심코 바라보는데 애들 서너명이 날 보는 순간 팍 튀는 것이 포착되었다. 내가 너무 과민한 탓일까. 아니다, 토요일 오후에 이렇게 남아 있는 것 자체가 수상쩍었다. 어차피 애들은 놓치고 별관으로 들어갔다. 음악실, 미술실, 과학실 등을 지나 2층 강당 계단으로 올라가려는데 탕탕탕 하고 문 두드리는 소리가 들렸다. 웅얼웅얼하는 사람소리도 들리는 듯한데 도무지 찾을 수가 없다. 한참 헤매는데 등잔 밑이 어둡다고, 계단 바로 밑 체육비품실을 발견하고 문을 땄다. 자물쇠라고 할 것도 없이 이것저것 쌓아서 막아놓은 문을 여니 나의 일급정보원, 곰보아줌마가 그 안에 갇혀 있는 게 아닌가. "아니 이게 무슨 일이래요?" "들켰슈." "누구한테요?" "모르겠슈. 아까 하도 이상한 얘기를 들어서 선상님께 갔더니만 안 계시더라구유. 그래서 다시 와서 그 아덜 하는 얘길 다시 엿듣고 있는디, 그랑께 아덜이 조위에서 수군거리고 있었고 전 문밖에서 요렇게 듣고 있었는디, 갑자기 내려온 땜시 얼른 숨었드만 그냥 이렇게 가두고 내빼드만유."

아, 곰보아줌마의 정체가 드디어 발각됐구나. 앞으로 수사에 막대한 지장이 오리라 예감되는 순간이었다.

"그런데 도대체 무슨 얘길 들은 거예요?"

"그게유, 전부터 저도 좀 아리까리했던 것이 소룡반점 철구랑 점백이형이랑 어쩌구하던 얘기중에 별안간 물사마귀가 어쩌고 하는 말이 가끔 나왔었는디, 선상님껜 말을 안했었구만요. 정확치가 않아서유. 그란디 아까 갸들이 하는 소릴 잘 들으니까 봉선생님이 하도 쫓아댕겨서 철구형이랑 물사마귀형이랑 아주 피곤할 거다, 뭐 이러는 것이 후딱 짚이는 게 있더라구유. 그래서 그것 좀 더 들어보려다 이렇게 봉변을 당했슈."

아, 이럴 수가…… 물사마귀…… 그렇구나. 나도 늙었다. 내가 왜 그 생각을 못했던가. 정신을 차리자. 정리를 해보자. 3년 전 이 학교를 주름잡았던 도끼파의 부두목 물사마귀. 일진애들과는 달리 그리 튀지 않고 과격하지 않아서 그렇지 임대아파트 애들을 발판으로 야금야금 수서 일대를 평정했던 그 조직의 물사마귀, 그가 정신을 차리고 그 세계에서 손을 씻고 당구장인가 중국집인가를 차렸다는 소릴 들은 게 작년이었다.

교무실로 돌아와 마음을 가라앉힌 다음, 전화를 열 군데쯤 돌리기 시작했다. 뭔가 보이기 시작하는 것 같았다.

P.M. 2:00

예전 물사마귀의 1급 졸개로 있던 녀석과 극적으로 통화가 됐다. 녀석의 설명인즉슨 이랬다. "물사마귀가 온몸에 문신을 했었걸랑요. 그런데 돌팔이 야매를 만나서 자국만 남고 다 지워졌대요. 그런데 신기하게 그 이마빡에 있는 물사마귀 자국에만 검정이 푹 패여서 안 지워지더래요. 그래서 그 다음부터 그쪽에선 점백이라고 부른대죠. 부천 점백이라구요. 그게 더 멋있대나 어쨌대나."

우리의 수사가 한단계 비약하는 극적인 순간이었다. 난 얼른 달식이에게 이 소식을 전했다. 달식이도 점백이가 물사마귀인 걸 안 이상

그놈들 소재를 찾는 건 시간 문제라고 장담했다. 이제 슬슬 부천 쪽으로 이동해갈 시간이 다가오고 있었다.

P.M. 4:00

지난주엔 대치동에서 분당까지 뒤지고 다녔는데 이번주엔 부천이라니. 부천역이 이 동네 중심이라고 해서 역주변 커피숍에 눌러앉았다. 여기 오면서도 계속 아이들 몇과 통화를 했다. 너 계속 이럴래? XX가 다 불었어. 정훈이 여기 있는 거 다 알아. 나 지금 부천에 와 있어. 너희 이러는 거 우정 아니다…… 이런 식의 교란작전을 펼치면 멍청한 녀석들은 횡설수설하면서 확 불었다. 꼭 시원한 대답을 못 얻는다 해도 내가 틀리지 않았다는 건 확신할 수 있었다. 그게 어딘가.

달식이가 다 알아본 후에 연락한다고 했는데 전화가 안 온다.

P.M. 5:00

달식이 드디어 나타났다. 앞코가 뾰족한 에나멜구두며 현란한 색깔의 남방이 영락없이 삼류 건달이다. 지난주엔 더 심했었다. "선생님, 양장피 아시죠?" "걱정 마, 지금 그게 문제냐?" 녀석이 철퍼덕 앉으며 정보를 풀어놓기 시작했다.

"물사마귀, 많이 망가졌데요. 당구장 하던 거 말아먹구요, 사기를 당했다나? 남의 가게에서 결국 철가방 하더라구요. 말이 좋아 재충전이죠. 그렇다고 조무래기들이랑 같은 대우 받진 않지만요. 경력이 있잖아요. 왕년의 프라이드도 있고. 하여간 그랬는데 동네에서 데리고 놀던 중삐리들이 소문 듣고 하나둘 모여들었대요. 철구랑 그 위에 있던 놈들까지 수서에서 다 왔대네요. 메뚜기떼처럼요. 일 끝나면 철가방들끼리 모여서 술 마시고 그냥 그러구 논대요. 선생님이 걱정하는 것처럼 그렇게 심각한 게 아니구요. 그냥 심심하니까 왕년의 꼬붕들 데리고 놀자 그런 거래요. 마침 누구누구 집 나가겠다는 소리 들리니까 그럼 일루 데리고 와라, 같이 있자 그런 거죠 뭐."

내가 질 나쁜 조직들과의 연계설을 강력하게 제기했지만 달식은 아니라며 손사래를 쳤다. "참, 선생님도, 점백이가 옛날의 그 물사마귀가 아니라니깐요. 후까시만 잡지, 순 헛거예요. 오죽했으면 수서에서 다 밀려났겠어요."

P.M. 5:50

달식이 녀석과 실랑이를 하며 오다보니 날이 벌써 어두워졌다. 이 놈의 나라는 왜 이렇게 해가 짧은 거야. 정훈이가 있는 곳은 춘의동이라는 외진 동네라 더 침침했다. 거기도 얼마 전까지 영구임대아파트 단지였다는데 겉모습만 주공아파트로 바뀌었다고 했다. 동네 분위기도 어딘지 수서 일대랑 비슷했다. 꾀죄죄한 노인네들이 어슬렁어슬렁거리고 시키면 장의사가 동네 앞에 떡 버티고 있었다. 보통 동네라면 한가운데 장의사라니, 어림도 없는 일 아닌가.

건들거리며 걷던 달식이가 입을 열었다. "선생님 다리 아프시죠? 거의 다 왔어요." 녀석의 목소리가 갑자기 나긋한 게 영 수상했다. "근데 선생님 뭐 하나 여쭤봐도 돼요?" "뭘?" "애 찾으면 또 어떡하실 거예요?" "뭘 어떡해? 뚜드려 패서라도 학교 나오게 해야지. 겨우 인문계 써서 다 됐는데 이제 와서 나몰라라 하라구?" "애 수학여행비니 졸업앨범비니 또 다 내주셨죠?" "………" "그런 거 좀 내주지 마세요. 사내 녀석들은 그럼 더 엇나가요." "지렁이 어금니 가는 소리 하고 있네. 니가 속사정 알면 그런 소리 못해." "그 동네 집안꼴이 다 뻔하죠. 저처럼 기름밥 먹겠다고 직업반 들어가면 모를까. 인문계 가서 뭐하겠어요. 그래요 머리 좀 좋아서 어디 하나 기어들어간다 쳐요, 대학 다니는 게 한두푼도 아닌데 선생님이 그 치다꺼리까지 하실 거예요? 옛날 그 형들 것도 다 못 받으셨잖아요. 엔간히 좀 하세요." "네놈이 또 날 가르치려 드는구나. 넌 인문계 겨우겨우 붙었지만 앤 달라." "그 래요, 전 머리도 나쁜 놈이 성격까지 나빠요." "너 왜 오늘따라 이렇게 뾰족하게 구니?" "그러지 마세요, 제가 뭐 흉긴가요?"

대학 가면 늬들 마음대로 다 돼,라는 말도 가려서 해야 한다. 임대 아파트 애들에게 대학은 요원한 곳이다. 그런데도 나는 그애들을 부득부득 우겨 인문계로 보내왔다. 공고 보내면 애들도 속편하고 나도 속편하다는 걸 알면서도, 공부랑 인연이 끊어질 것 같은 그 길로 나는 차마 내몰 수가 없었다. 지금도 봐라, 기껏 집 나와서 화끈하게 놀지도 못하고 힘든 철가방이나 나르다니. 화려하고 돈 잘 버는 삐끼도 아니고 오토바이에 여자애들을 싣고 광란의 질주를 하는 것도 아니고, 마약이나 본드에 파묻혀 락까페나 나이트클럽에서 사는 것도 아니고, 시쳇말로 요즘 뜨는 게이머가 되겠다는 것은 더더욱 아니고 그 흔한 연예인이나 백댄서가 되려고 하는 것도 아니면서, 왜 집은 나와 이 고생인가, 못난 놈.

달식이 속을 긁는 바람에 슬슬 독기가 올랐다. 만나자마자 내 이녀 석을 오뉴월 개 패듯 잡아야지,라고 마음을 다잡는데 달식이 소릴 질렀다. 찾았어요. 저기네요 막가반점, 하며 바로 앞의 중국집을 가리켰다. 그리고 갑자기 전화가 왔다며 핸드폰을 꺼내더니, 선생님 저 요 근처에 있을 테니까 다 처리되면 부르세요, 하며 휙 사라진다.

의리없는 녀석, 결정적인 순간에 내빼다니. 부산의 영도다리 밑에서 앨 잡아올 때도 이렇게 떨렸었지. 난 손에 든 핸드백을 불끈 쥐고 갈짓자로 척척 걸어서 가게 안으로 들어갔다. 2층으로 된 제법 큰 중국집인데다 토요일 오후라 장사가 잘되는 듯했다. 중국집 특유의 춘장 냄새가 확 풍기는데 주책없이 배에서 꼬르륵 소리가 났다. 휘익 둘러보니 배달을 나간 건지 정훈이는 보이지 않고 다른 보이들이 음식을 나르고 있고 주인인 듯한 여자가 카운터에 앉아 있었다. 예의상 뭐는 하나 시켜야지, 하며 테이블에 막 앉으려는 순간, 선생님! 하는 목소리가 들려왔다. 정훈이였다. 주방에서 막 나온 듯 손을 행주로 닦으며 녀석이 다가왔다. 어느새 머릴 총천연색으로 물들이고 이상야릇한 잠바때기를 걸친 녀석이 솔직히 낯설어서 당황했다는 걸 밝혀두겠다.
　"아이구, 애가 그렇게 말하던 선생님이시군요." 어랍쇼, 이것들이 선수를 치네. 나이들어 보이는 보이 한명이 다가와 이렇게 실실거리더니 카운터의 여자는 2층이 조용하니까 거기서 얘기하세요, 하는 것이다. 우리 애 내놔! 하며 행패를 부리려던 내 계획은 물거품처럼 사라지고 난 교양있게 녀석을 따라 2층으로 올라갔다. 왜 중국집마다 별실이 있지 않은가. 거기 들어가 앉아 있으려니, 얼굴에 뭐가 잔뜩 난 보이 하나가 군만두랑 물을 갖고 들어왔다. 이게 아닌데, 이게 아닌데 하고 있는데 그 보이가 접시를 내려놓으며 한마디 한다. "선생님 하나도 안 늙으셨네요." 그리고 꾸벅 인사를 한다. 누군가 하고 긴가민가하고 있는데 앗! 저놈이 바로 물사마귀다! 하고 알아차렸건만 이미 놈은 나간 후였다. 분을 삭이고 있는데 정훈이 녀석이 쭈뼛거리며 입을 열었다.
　"선생님."

"………"

"좀 드세요."

솔직히 배가 고팠다. 생각해보니 점심도 거르지 않았던가. 달식의 전화를 받고 부천으로 뛰어오느라 때를 놓치고 말았다. 그러나 여기서 약한 모습을 보이면 안된다. 배에 힘을 꽉 주고 여유있는 듯 한마디 던졌다.

"이렇게 재미있는 곳에서 일한다고 왜 말 안했니?"

녀석이 재깍 대답했다.

"말하면 허락하셨겠어요?"

고얀 녀석! 내 저런 녀석 때문에 이 고생을 하다니. 내 눈에 불이 켜졌는지 녀석이 꼬리를 내리고 슬금슬금 내 눈치를 봤다.

"가자."

"그렇게는 못해요. 여기 소개시켜준 물사마귀형을 봐서두요. 여기 사장님이 얼마나 좋은데요."

"철구는? 다른 놈들은?"

"두 블록 건너 딴 가게에 있어요."

"졸업은 안할 거냐?"

"제가 계산해봤어요. 지금부터 다 빠져도 출석일수 안 모자라요."

기막힌 놈! 내가 졸업장을 무기로 나올 줄 알고 그걸 다 계산해봤다니. 이론상으론 그랬다. 결석일수가 일년에 1/3만 넘지 않으면 졸업은 가능하다.

"여기가 나은 게 뭐냐?"

"아부지가 없잖아요."

"지금까지 잘 참고 견뎠잖아."

"이러는 게 누나랑 아부질 위해서도 나아요. 돈 벌어서 누난 데리고 올 거예요. 말릴 생각 마세요."

"네 공부는?"

"검정고시 볼 거예요. 걱정 마세요. 저 할 수 있어요. 선생님도 아시잖아요."

"그래, 대입검정고시는 그렇다 치자, 너 친구들 대학 갈 때도 여기서 철가방이나 나를래?"

"제 친구 중에 대학 갈 애 없어요."

잠시 난 숨을 골랐다. 그리고 녀석에게 물었다.

"내가 올 줄은 어떻게 알았냐?"

"애들이 아까 전화했어요. 누군진 말씀 못 드려요."

역시, 내부에 분열이 있었다.

"아부지 평생 그 버릇 못 고쳐요. 저도 계속 아부지랑 싸우기 싫어요."

집 나가기 며칠 전, 정훈이가 쥐약을 사가지고 와 모두 죽어버리자고 악다구니를 쳐봤지만 정훈이 아버진 누나가 장판바닥에 꿍쳐놓은 돈 몇만원을 들고 집을 나가버렸다고 했다. 정훈은 눈도 깜짝 않고 말했다. "아버질 죽여버리고 싶지만 그럴 수는 없잖아요. 제가 감옥 가면 우리 누난 어떡해요. 이상한 데에 끌려가서 갇혀 살지 모를 텐데, 그건 안되잖아요……"

녀석이 눈에 힘을 준다. 잘하면 날 치기라도 할 것 같은 살기가 느껴진다. 저렇게 힘준 눈동자를 지난 수십년간 숱하게 봐왔다. 뭐라구 이녀석아? 지금 못하는 말이 없어! 하고 애한테 악악대던 것도, 다 젊은시절 얘기다. 성질을 눌러 참고 조용조용 얘기해본다. 넌 아직 열다

섯살이야. 지금부터 안 그래도 어차피 어른 되면 아등바등 살 텐데, 교실에서 공부할 때가 그나마 나은 거야. 지금까지처럼 조금만 더 참으렴. 여우같이 잘하던 녀석이 왜 이러는 거냐. 네 아버지도 정신차릴 날이 올 거다. 원래 악한 양반이 아니잖니…… 등등의 말이 입에서 흘러나온다. 녀석의 눈에 독기는 풀렸지만 내 말은 먹히고 있지 않다. 이런 순간에 봉착하면 스르르 힘이 빠진다. 나는 할 만큼 했다고 자위하는 기분이 듦과 동시에, 이런 순간마다 나는 선생이 된 걸 정말 후회한다. 녀석이 내 표정을 흘깃거리며 움찔움찔댄다. 녀석도 맘이 약하다. 나는 그걸 노리고 있는 건지도 모른다. 침묵을 깨고 녀석이 조심스럽게 입을 연다.

"선생님, 그리고 이거……"

녀석이 뭘 주섬주섬 꺼냈다.

"제 졸업앨범비 대신 내주신 거 알아요. 저 필요없다는데도 기어이 내주시고…… 돈으로 드리면 안 받으실 것 같아서 이거 하나 샀어요. 언젠간 드리려구요. 벌써 날씨도 쌀쌀하구……"

한눈에 봐도 시장통 양장점에서 산 듯한 칙칙한 포장이었다. 그걸 뜯으니 쥐색 빛깔의 투박한 여자장갑이 나왔다. 나도 모르게 허 참, 하고 웃음이 비어져나온다. 어이구 이놈아, 나도 보는 눈은 있다, 이렇게 조잡한 걸 어떻게 끼고 다니라고……라는 소리가 까딱하면 목구멍에서 나올 뻔했다. 녀석이 내 의중을 아는 듯 몸을 배배 꼬고 있었다.

"선생님, 이건 그냥 싸구려지만요 나중에 백화점에서 정말 좋은 거 사드릴게요. 죄송해요."

녀석은 졸업앨범이 필요없다고 끝까지 우겼었다. 학교를 거의 안 나오는 운동부 애들이나 학년이 같은 쌍둥이 중에 드물게 안 사는 녀석이 있긴 했지만 녀석이 안 사도 되는 이유는 단돈 오만이천원이 없어서였다. 수학여행 때는 내 돈 별로 안 들이고도 한명 정도는 끼워넣을 수 있었지만 졸업앨범비는 워낙 칼같아서 그럴 수도 없었다. 달식이 말대로 내가 내준 앨범비가 그렇게 마음에 걸렸을까. 내가 정말 잘못한 거였을까. 게다가 옆자리 짝이 그 돈을 잃어버려 누명을 쓸 뻔도 했으니 그 오만이천원이 가슴에 박히고도 남았을 것이다.

"이런 걸로 날 무마할 수 있다고 생각하나? 맹랑한 놈."

녀석은 말없이 물컵만 만지작거렸다. 오늘은 아무래도 물건너간 것 같다. 녀석을 사정없이 갈겨주려던 생각도 스르르 사라졌다. 보아하니, 내가 몇번을 찾아온들 난 까딱 안할 테니 날 잡아잡수, 하는 폼이었다.

"철가방해서 돈을 벌어? 은행을 터는 게 낫겠다, 이놈아."

나는 멧돼지처럼 씩씩거리며 자리에서 일어났다. 돈을 번다고? 그러면 나이트클럽 웨이터를 하거나 삐끼를 해야지, 한달에 삼사십밖에 못 받는 이짓을 왜 해? 잘사는 집 애들은 집을 나와도 흥청망청 놀다 들어가는데 어째 너 같은 놈들은 나와서도 이렇게 지지리궁상이냐? 물좋은 데 삐끼는 한달에 이삼백도 번다고 하던데, 그래서 낮에는 할 일 없어 술 마시고 밤에는 손님 잡고 기분내느라 또 술 마시고 그러다 몸 버리고 돈도 못 모은다곤 하지만. 그런 걸 다 아니까 이런 데 온 거겠지만, 녀석의 의뭉함이 또 징그러워져서, 일부러 장갑꾸러미는 못 본 척하고 내려와버렸다.

가게를 나오니 완전히 깜깜한 밤이었다. 따라나온 녀석이 암말 안 하는 게 더 괘씸해서 나도 입을 다물었다. 녀석이 한참 뜸을 들이다가 입을 삐죽이며 말했다.

"선생님 죄송해요. 하지만 전 안 가요."

"잔말 말아. 내 지금 이러고 간다고 착각하지 마. 월요일날 안 나오면 또 올 테니까 주인한테 말해서 짐이나 싸. 다른 데로 또 옮기기만 해봐라. 학교에 남아 있는 니 꼬붕들 다 족칠 테니까 알아서 해."

녀석이 또 말이 없다. 그러더니 불쑥 하는 말, "갈 때 가더라도 이건 갖고 가세요" 하며 장갑꾸러미를 나에게 내밀었다. 난 그걸 확 나꿔채곤 으르렁거렸다. 불독처럼.

"졸업? 누가 졸업을 시켜준대? 고얀 녀석, 선생을 이렇게 물먹이고 너 혼자 졸업을 해? 너 혼자 실컷 해봐라 이놈아!"

그러곤 뒤도 안 돌아보고 홱 돌아섰다. 몸이 무거워 약간 휘청거렸다. 아무렇지도 않은 듯 뒤뚱뒤뚱 몇발자국을 떼려는데 녀석이 뭐라고 소리를 질렀다.

"선생님 조심해서 가세요! 거기 길 아니에요. 오른쪽으로 도세요!"

저놈이 날 놀리는구나라는 생각이 들었지만 사실 별로 화가 난 건 아니었다. 솔직히 밝히건대, 이렇게 될 것 같다는 예감은 늘 하고 있었다. 가출한 녀석들의 생포율은 원래 30%도 안된다. 하여간 다리가 너무 아파서 당장은 아무 생각도 안 났다.

하늘을 보니 별이 총총 떠 있었다. 하루가 이렇게 후딱 가다니. 긴장이 풀려서 발목이 더 쑤시는 건가, 어디 좀 앉을 데가 없나 하고 두리번거리다 조그마한 구멍가게가 보이길래 염치불고하고 그 앞에 가 털썩 앉았다.

"뭘 드릴까?"

늙수그레한 주인여자가 나와서 말을 붙였다. "우유나 하나 주슈."

"그냥 흰우유요?" "예."

이럴 줄 알았으면 고 만두나 좀 집어먹을걸. 달식이한테 전화하는 것도 깜빡 잊었다. 귀찮다. 지 알아서 갔겠지 뭐. 이렇게 늙고 지친 모습을 달식이에게 보이기도 싫었다.

"이 동네 처음 오셨나보죠?" "예." 주인여자도 심심하던 차였나보다. "요즘 보험이 잘 안되죠?" "……예?" "이 동네는 더 안돼요. 사는 게 워낙 뻔해서. 뭘 알고 오셨어야지…… 아는 집은 있어요?" "예? 아 예, 저기 저 막가반점에 아는 애가 하나 있어서……"

천하의 봉순자도 말이 막힐 때가 있다. 어서 뜨자, 생각하며 무심코 들고 있던 장갑을 만지작거렸더니 주인여자가 그걸 또 눈독을 들인다. "아니, 벌써 웬 장갑이래요? 색깔 괜찮네, 점잖고." "이거 예뻐요?" "네, 괜찮네요."

그러고 보니 괜찮아 보이는 것도 같았다. 중학교 선생 30년차 봉순자, 영락없이 보험아줌마로 보이는구나. 그런다고 기죽을 나 아니다. 긴장이 풀려 약간 허탈할 뿐이다.

바람이 차갑다. 녀석이 준 장갑을 양손에 껴봤다. 별로 나쁘지는 않군. 장갑에 녀석의 얼굴이 겹쳐 보인다. 순순히 돌아올 녀석이 아니다. 뭐 할 수 없지, 또 이렇게 쫓아와야지. 한두번 하는 일도 아닌데 뭐. 아, 요 구멍가게 여자를 포섭해놓으면 되겠구만. 그 생각을 하니 힘이 좀 난다. 제대로 된 건 없지만 발걸음은 아까보다 가볍다. 어디서 개가 컹컹 운다. 내가 왜 이런 생고생을 사서 하는 걸까, 자꾸 요런 생각만 든다. 선생이 천직이라 사명감이 어쩌고, 하는 소린 다 개소리다. 안되는 애들은 역시 안되더라구, 하는 걸 인정하기 싫을 뿐이다. 세상이 죄지, 이놈의 세상한테 한판 붙어야지, 그러지 않곤 참을 수가

없다. 이러지 말아야지 말아야지 하면서도 내가 늘 세상에 지는 기분
이다. 바람이 차다. 저놈의 개는 왜 저리 짖는 건가.

P.M. 9:00
토요일 하루가 이렇게 다 갔다. 바람은 차고 갈 길은 멀다.

—『한국문학』 2000년 겨울호

거머리

1

"아주머니 그거 잡숫지 마세요. 떡이 좀 쉰 것 같애요."

"그래? 아이구 도대체 젓가락 갈 데가 없네."

"좀 그렇죠? 그냥 병원에다 맡겨서 그럴 거예요. 가족들이 좀 알아서 해야 하는데……"

"죽은 새댁하곤 어떻게 되우? 친군가?"

"닥터 박하고 저희 신랑하고 잘 알아서요. 뭐 친구라면 친구죠."

"거기 신랑도 이 병원 의사유?"

"아뇨. 그건 아니구요. ……그런데 아주머닌 어떻게 오셨어요?"

"새댁 옆집에 산다우."

"아 예…… 맞아, 신자씨한테 들은 적이 있네요. 옆집 사시는 할머니 계시다고, 근데 생각보다 참 젊으시다, 피부도 너무 고우시고. 저…… 여쭤봐도 되나, 혹시 올해 연세가 어떻게 되세요?"

"환갑상 받아먹은 지도 사년이 넘었구만."

"어머 정말요? 아니 어쩜 그렇게 젊어 보이세요? 신경 많이 쓰시나 보다."

"그냥 타고난 거지 뭘. 이 나이에 설친다고 달라지나."

"어머, 안 그래요. 저희 시어머님도 원래 검버섯이랑 주름살이 짜글 짜글했었는데 이것저것 새로 드시고 바르시고 얼마나 공을 들이시던 지, 그러니깐 한 5년은 젊어 보이시더라구요."

"에그, 늙은이가 그래봤자지."

"정수기 물이 중요해요. 영양크림이랑 레티놀도 꼭꼭 챙겨서 바르 시고 비타민도 드시구요."

상주 외엔 아는 사람 하나 없는 상갓집이라 밥만 먹고 얼른 가려고 했던 것이 홍여사의 원래 계획이었는데 그러긴 그른 것 같았다.

죽은 새댁은 말이 많은 편이 아니었다. 남편을 여읜 지 일년 된 홍 여사가 오히려 고추전이라도 한접시 부치거나 장아찌라도 새로 박으 면 쪼르르 달려가 옆집 초인종을 누르던 처지였다. 새댁은 요새 젊은 여자들답지 않게 몸치장하는 데엔 별 관심이 없고 살림에 관심이 더 많은 듯했다. 최신 가전제품들이 즐비한 건 그렇다 치더라도 부엌이 나 구석방 같은 곳에 세제, 샴푸, 치약, 휴지 등등이 꽉꽉 채워져 있었 다. 그 비싼 대형 김치냉장고를 사놓고도 그 안엔 오이 몇개만 덜렁 굴러다니게 하는 건 좀 이상하다 싶긴 했다. 젊은 사람들이 먹을 것 같지도 않은 비타민, 미네랄류의 건강보조식품들도 박스째 쌓여 있었 다. 아기도 없는 집에 뜯지도 않은 분유박스까지 끼여 있는 걸 보게 됐을 때, 홍여사는 직감적으로 알아차릴 수 있었다. 교회의 젊은 신도들 중에도 저런 여편네들이 있었다. 전쟁 때도 아닌데 항상 쟁여놓고 살면서 물티슈 나부랭이, 수세미 나부랭이 등을 교회에 뿌리고 다녔다. 한번 써보면 다르다나, 그런 희떠운 소리들을 하면서 말이다. 홍여사는 교회에 나오라고 끈질기게 전도하는 열성신자는 아니었지만 얌전한 새댁 한명 정도야 구슬려볼 만하다 싶었는데, 말 꺼내는 게 점점 힘들어졌다. 이심전심인지 새댁 역시, 해볼 만한 사업이 있는데요…… 이런 말같잖은 소린 꺼내지도 않았다. 홍여사도 교회에 나와야 영생을 얻는다는 따위의 얘긴 하지 않았다. 다만 마음이 심란하고 어딘가에 기대고 싶을 때 나랑 같이 나가보자고 슬쩍 내비치기만 했다. 왠지 새댁에게선 알 수 없는 그늘이 보였다. 영화배우처럼 훤칠한 신랑에 비해 그저 수수하기만 한 새댁이 초라해 보인 탓도 있을 것이다. 다리를 약간 저는 것은 그리 티도 나지 않았다.

그 새댁이 갑자기 죽었다. 그리고 알게 된 지 30분도 안된 이 여편네는 자신을 어떻게든 혹하게 하려고 몸이 달아 있었다. 영락없는 망구인 자신에게 아주머니 아주머니 할 때부터 알아봤다. 여자는 쉬지도 않고 조잘거렸다.

"저기 마싸지 한번 받아보지 않으시겠어요? 제가 좀 할 줄 아는데."

"그거 돈 내는 거 아뉴?"

"아니에요. 그냥 제가 좀 배워서 주변사람들한테 서비스해주는 거랍니다. 마싸지 기술은 뭐 대단한 게 없구요, 제가 한번만 가르쳐드리면 혼자서도 하실 수 있어요. 바르는 팩트가 문제죠. 제가 늘 쓰는 제품이 있거든요. 저 아는 어머님은 한 한달 해보시니까 효과가 너무 좋아서 사람들이 수술받았냐고 묻더래요. 화장품은 스위스가 제일 좋은 거 아시죠? 거긴 물이건 뭐건 최고로 깨끗한 것만 쓰잖아요. 거기서만 나는 브랜드를 직수입해 쓰거든요."

홍여사는 시침을 뚝 떼고 말허리를 잘랐다.

"난 애기엄마가 무슨 말을 하는 건지 통 모르겠네."

"그냥 부담 갖지 말고 한번 받아보세요. 제가 댁에 가서 자세하게 설명해드릴게요. 언제쯤 시간되세요?"

"내 조카딸도 그런 거 하다가 몇백을 날렸다우."

"전 그런 거 아니에요."

"난 애들이 쓸 만큼 용돈도 주는데다가 남들한테 아쉬운 소리도 잘 못한다우. 성격이 그래."

"전 뭘 파는 게 아니구요, 정보전달 사업을 하는 거예요. 아이 참, 제가 뭣하러 아주머니를 속이겠어요?"

".........."

"그냥 마싸지 한번 받아보시구요, 싫으시면 그때 말씀하세요. 그럼 더이상 귀찮게 안할게요. 그럼 됐죠? 그쵸?"

여자의 살랑거리는 말솜씨에 넘어가 홍여사는 얼떨결에 약속을 잡고 말았다. 사실 새벽기도나 주일예배 가는 것 외엔 특별한 소일거리도 없었다. 팍팍하기 이를 데 없는 며느리들보단 이 젊은 여자가 편한 맛이 있었다. 속이 뻔히 들여다보이는데도 한시간이 넘도록 수다를 떠는데 전혀 지루하지 않았다. 생각해보니, 요근래에 누구랑 이렇게 오랫동안 얘기를 나눠본 적이 없었다. 그뿐이다. 내가 저런 풋내기한 테 넘어가다니 어림도 없지, 하는 자신감이 홍여사에겐 있었다.

그때 누군가가 유리 엄마, 아니 아영씨,라고 부르는 소리가 들렸고 여자가 고개를 홱 돌렸다. 애 이름이 유리구만, 하고 홍여사가 몇마디

덧붙이려는데 여자가 벌떡 일어섰다. 그리고, 아주머니 여기 계셔야 돼요 저 금방 올게요, 하고 야멸차게 몇마디를 하더니 소리난 쪽으로 냉큼 가버렸다. 나도 이제 가야 되는데…… 하는 홍여사의 읊조림을 여자는 듣지 못한 것 같았다.

2

"언제 왔어요?"

"좀 됐어요."

"………"

"………"

"어떻게 이런 일이 신자씨한테…… 정말 믿기지가 않아요."

"저도 그래요."

"닥터 박 얼굴이 확 상했던데…… 아직도 넋이 나가 있는 것 같고."

"글쎄 말이에요. 산 사람은 살아야 할 텐데. 다음주에 신입회원 미팅 하나 더 잡을 예정이었는데 닥터 박이 저러고 있으니……"

"그게 무슨 얘기예요? 닥터 박은 원래 스피치 잘 안하잖아요?"

"모르셨구나…… 원래 신자씨가 할 예정이었는데 일이 이렇게 됐으니 어떡해요, 마땅한 사람도 없고…… 지난달인가 '성공대학' 프로그램 할 때 닥터 박이 강연한 적이 있었는데 반응이 참 좋았거든요. 그래서 제가 아까 혹시나 하고 한번 여쭤봤어요. 그랬더니 알겠다고 하시던데."

"지금 닥터 박이 제정신이겠어요? 말이 그렇지, 그걸 정말 할 수 있겠어요?"

"왜 이렇게 소릴 지르세요? 그럼 사모님이 해주시겠어요? 어차피 신자씨 업라인이시니깐 뭔가 수습은 하셔야 되지 않겠어요?"

효선은 기가 막혔지만 더이상 말하고 싶지도 않았다. 도대체 이 여자와는 말이 안 통한다. 여기가 빈소라는 건 안중에도 없는 눈치다. 신자씨가 처음 데려온 날부터 그리 썩 좋은 인상은 아니었다. "……나만 몰랐네, 이런 좋은 게 있는 줄은……" 하며 눈을 반짝거리기에 이런 신입도 있구나 싶었다. 그런데 시작하자마자 들었던 보험들을 몽땅 해약했단 얘길 듣게 되었고 그래도 괜찮겠냐고 넌지시 떠봤더니 아영은 이렇게 대답했다. "뭐 좀 고생하면 나중에 몇백씩 들어올 텐데요…… 참, 다이아몬드 보너스는 얼마나 된다고 했죠?" 그때부터 느낌이 안 좋았던 것 같다. 마싸지 과정이며 퀸쿡홈파티며 메이크업파티까지 줄기차게 쫓아다닐 때에도 그 열성이 참 갸륵하다 싶었지만 믿음이 안 갔다. 저러다 잘 안 풀리면 자기 업라인 붙들고 물어내라고 매달리는 그런 광경을 효선은 몇번 본 적이 있었다. 핀업할 때마다 아영이 사재기하는 걸 보고 있으면 저러다 분명 주변에서 욕먹을 텐데 싶었다. 신자도 아영이 저 정도일 줄은 몰랐다며 걱정했지만 아영에겐 도저히 싫은 소릴 못하겠다고 해서 효선이 직접 나서서 주의를 주기도 했다. 물론 아영은 이 물건들 다 소화할 자신이 있다고 큰소리를 치곤 했다. 효선은 저렇게 덥석덥석 물건을 팔려는 사람들 때문에 우리 사업 이미지가 점점 안 좋아진다는 걸 전부터 느껴왔다. 효선은 저렇게 극성스럽게 나서본 적이 없었다. 그저 남편 환자들한테 조용조용하게 소개하거나 차 한잔 마시며 권유할 뿐이었다. 그것도 남들 눈엔 거저 먹는 것처럼 보일지 모르지만 효선도 나름대로 사업 마인드를 구사해온 것이다. 품위를 지키면서 레벨이 올라간다는 게 얼마나 어려운 일인지 보통사람들은 모를 것이다.

효선이 신자를 맘에 들어했던 건 아영과는 정반대 스타일이었기 때문이다. 실적이 좋으면서도 신자는 별로 티를 내지 않았다. 신자와 썩 친한 사이는 아니었다. 남편들끼리 대학 선후배간이라 전부터 알긴 했다. 아니 그전부터 어찌어찌해서 얼굴은 알았지만 너무 오래 전 일이라 첫인상도 희미했다. 다만 정확히 언제다,라고 말은 못하겠지만 학교 다닐 적 신촌거리에서 신자를 우연히 만났던 기억은 아직도 또렷하다. 효선은 데모꾼은 아니었지만 어쩌다 거리로 휩쓸려 나간 적이 있었다. 그때 만난 신자는 남자 군복 비슷한 카키색 잠바를 입고서 토악질을 하고 있었다. 계속 쿨럭쿨럭대며 불편한 다리를 질질 끌고 따라오는 신자가 안쓰럽던 것도 같고 그 몸으로 여길 뭐하러 나왔을까…… 하는 생각이 슬며시 들었던 것도 같다. 그때는 신자가 검정고시로 대학에 들어간 야학 출신이라는 것도 몰랐던 때다. 알고 난 후에도 신자에 대한 감정이 크게 달라지진 않았다. 집안과 인연을 끊는 조건으로 신자와 결혼을 했다는 닥터 박, 즉 민수의 사연은 오랫동안 사람들 입에 오르내렸지만 효선은 거기에 가세해 험한 입방아를 찧은 적이 없었다. 물론 신자의 누런 안색과 불편한 걸음걸이에 대해서도 유치한 뒷공론을 편 적이 없었다. 그저 소리소문 없이 회원을 늘려온 신자의 솜씨가 다소 예상 밖이라 놀라워하긴 했다.

그런 신자에 비해 아영은, 어떤 집이라도 기습방문해 회원가입을 받아내고야 마는 저돌성으로 유명했다. 남들이 무례하다고 느낄까 어떨까 하는 고민 따윈 하지 않는 듯했다. 그렇게 아영이 엮어낸 사람들 역시 똑같은 방식을 답습하곤 했다. 다운이 느는 거야 수익면에선 좋은 일이지만 자신조차 아영 같은 부류와 똑같이 취급받는 것 같아 영 불쾌했다. 게다가 아영은 그렇게 열심히 교육을 받으면서도 아직 사업용어들을 제대로 외우지도 못했다. "저희는 판매업이 아니라 IBO입니다"라는 말을 자꾸 까먹어서 IBM이라고 했고 "무디스에서 발표한 신용등급에 따르면……"이란 말도 후디스에서 발표한 어쩌구라고 잘도 갖다붙였다. 그렇게 흔한 캐시백이라는 용어도 설명할 자신이 없으니까 돈놓고 돈먹기 전략이라고 자기 멋대로 말하고 다녔다. 그런 주제에 슬금슬금 자신에게 맞먹으려 드는 아영을 보고 있으면 효선은 가소롭다 못해 웃음이 나왔다. 지금도 하는 소릴 봐라.

"이제 신자씨 밑의 다운은 사모님이 관리하셔야겠네요."

"뭐 그렇게 되겠죠…… 그런데 꼭 이런 얘길 여기서 해야 되겠어요? 급한 거 아니니까 장례 치르고 나서 천천히 하도록 하죠."

아영의 입이 쑥 나온 걸 보고서야 효선은 딴 이야기를 하기 시작했다.

아영은 생각했다. 역시, 혼자 고상한 척은 다하지. 누군 좋아서 이러는 줄 아나? 신자씨 죽어서 정말 가슴아픈 사람은 나라구, 왜 이래……

아영은 낮게 한숨을 내쉬었다. 이제 서른두셋밖에 안된 젊은 여자가 갑자기 죽었는데 사람들은 돌연사라고만 하며 가타부타 도무지 말이 없었다. 협심증이 있어서 어쩌다 헉헉거리긴 했지만 심장마비라니, 아영은 도무지 믿기지가 않았다. 수면제를 과다복용했다는 것도 아영의 귀에 신통치 않게 들리긴 마찬가지였다. 뭐라고 딱부러지게 말할 순 없지만 뭔가 석연찮은 느낌이 들었다. 게다가 효선은 필요 이상 긴장한 듯했다. 겉으로는 고인에 대한 예의니 뭐니 하며 비통한 척

하지만 가슴 한켠엔 걸리는 게 있을 듯했다.

　신자는 좋은 사람이었다. 그저 일 때문에 만나 억지로 방긋방긋 웃어 보이는 사이가 아니라 믿을 수 있고 마음을 열 수 있는 여자였다. 사람들은 신자가 조용하고 수줍음 많은 사람이라고만 알고 있지만 얼마나 설득력 있고 대단한 말솜씨의 소유자인지는 잘 모르는 것 같았다. 그러면서도 신자는 겸손했고 남을 함부로 무시하거나 하지 않았다. 바로 앞에서 날 가르치려 드는 이 새파란 것과는 근본이 달랐다. 남편이 개업의라고 다 저렇게 으스대진 않는다. 효선처럼 저렇게 노골적으로 눈을 내리까는 여자는 머리털 나고 처음 봤다. 아영의 남편이 비록 의사가 아니라 일개 병원직원이긴 하지만 아영은 이날 이때까지 그렇게 꿀리는 기분으로 산 적이 없었다. 비록 대학도 못 갔고 그리 잘나지도 못했지만 아영은 나름대로 자기 인생에 만족했고 열심히 살았다고 자부했다. 남편, 가족, 친구들도 그런 아영의 진가를 인정해주었고 신자도 그런 사람들 중 하나였다. 어렵게 살아온 사람은 비슷한 처지의 사람만이 그 속을 안다. 특별히 내막을 얘기하지는 않았지만 요즘 신자의 속이 까맣게 타들어가고 있었다는 걸 아영은 눈치채고 있었다. 닥터 박은 신자를 아꼈다. 그건 확실했다. 그럼에도 뭔가 좋지 않은 냄새가 신자의 집에서 풍겨오곤 했다.

　아영은 그 막후인물 중 하나로 효선을 지목하지 않을 수 없었다. 효선, 나이도 나보다 세 살이나 어리면서 사모님, 사모님 불러주면 고마워한다거나 그러지 말라고 사양한다거나 하는 게 세상 사는 이치 아닌가. 좋은 집안 좋은 학벌에 반반한 얼굴까지 갖췄으면서 늘 비비 꼬인 효선의 심보가 아영에겐 도무지 이해가 되지 않았다. 자기 밑의 다운들이 사업하는 걸 격려는 못해줄망정 사사건건 시비를 거는 스폰서란, 정말 말이 안되는 얘기였다. 자기는 고상하게 사는 척 꽤나 유세를 떨었지만 남편이 개업의이고 부부가 직접 강매를 하는데 환자들이 꼼짝 못하는 건 당연한 일이었다. 그렇게 고고하게 살고 싶으면서 애초에 이런 일엔 왜 끼여들었는지 그게 궁금할 정도였다. 또 있었다. 뭐가 아쉬워서 남의 남자들까지 넘보는지, 이 동네에선 효선의 남자 관계에 대한 소문이 심심치 않게 돌았다. 효선은 은근하게 암내를 풍기는 타입이었다. 눈치없고 사람 좋은 효선의 남편만 모를 뿐, 누구누구가 사모님과 드라이브했다더라는 소문은 잊을 만하면 돌아다녔다. 아영은 말도 안되는 억측에 대해선 나름대로 효선의 입장도 변호를 해가며 공정을 기하려고 했지만 그다지 소용은 없었다. 효선의 평상시 행실로 봐선 그 고약한 소문들이 싹 사라질 것 같지 않았다.

그래, 네가 언제까지 그러나 보자, 때가 되면…… 자신에게 꼼짝 못할 날이 오리라고 아영은 믿었다.

"참, 사모님한테 다시 좀 물어봐야겠네. 정확한 사인이 도대체 뭐래요? 전 들어도 잘 모르겠던데……"

"글쎄…… 여러가지 복합적인 원인도 있겠지만 약물과용으로 인한 심장마비라고 하던데…… 닥터 박이나 우리 애기아빠가 어련히 잘 알아봤겠어요. 모르는 사람들이나 괜히 말이 많은 거죠. 도대체 의사들을 뭘로 아나 몰라."

오호라, 이것 봐라.

"신자씨한테 그런 징조가 있기는 했나요?"

"그 사람이 뭐 쉽게 얘기하는 성민가요? 좀 안 좋아 보이기에 그냥 애가 안 생겨서 걱정되나보다 했죠."

아영은 효선이 교묘하게 신자를 무시해왔다는 것도 알고 있었다.

신자만 쏙 빼놓고 의사 와이프들끼리 몰려다니며 쇼핑하고 영화 보고 전시회 가고, 미팅이나 세미나 때 함께 있어도 데면데면 구는 광경을 여러번 봐왔다. 자기는 떳떳한 척 고개 빳빳이 들고 있지만 효선이 조금만 더 신경써줬어도 신자가 그렇게 기가 죽어 살지는 않았을 것이다. "좀 슬쩍 껴달라고 해봐요, 옷도 좀 사입고……" 보다못한 아영이 채근해봤지만 신자는 늘 힘없이 웃기만 했다. "원래 사는 게 다른데 뭐 어쩌겠어요……" 신자의 그 표정이 아직도 아영의 머릿속에 남아 있었다.

"하여튼…… 가까운 사람이 이렇게 죽으니깐 다들 맥이 빠지는 것 같아요. 닥터 박은 이제 어떻게 사나…… 어떻게 한 결혼인데……"

효선은 갑자기 말을 멈추고 새로 들어온 누군가를 뚫어지게 쳐다보았다. 흥, 또 남자군. 아영은 그 남자 역시 놀랍다는 얼굴로 효선에게 다가오는 걸 지켜보았다.

불쌍한 사람, 아영은 신자의 영정을 돌아보며 왜 사진조차 저렇게 우중충한 걸 골랐는지 참 무심한 사람들이라고 생각했다. 신자의 생전 모습은 훨씬 고왔는데 말이다.

3

"이제 보니 너도 나이 먹은 티가 난다."

"고마워."

"칭찬이 아닌데."

"너는, 기분이 어때?"

"어떻긴, 실감이 안 나지…… 아직 시차적응이 안됐나봐. 꿈꾸는 것처럼 어리벙벙해."

"하긴 나도 좀 그래. 혹시 신자가 우릴 놀래주려고 장난치는 게 아닐까, 그런 생각까지 들고."

"자주 보지 않았어?"

"그냥 그랬지 뭐. 어쩌다 전화나 좀 하고."

"신자가 작년 크리스마스 때 카드를 보냈더라. 아마 씨애틀에 살던 후배한테 내 주소를 전해들었나봐. 정말 반갑더라. 원래 신자가 편지 같은 것도 잘 쓰고 남 생일 때마다 꼭꼭 카드 만들고 그랬잖아. 여전하구나 싶었지."

"맞아 그랬지."

"그런데…… 도대체 어떻게 몸이 안 좋았다는 거야? 민수한테 차마 꼬치꼬치 물어볼 수가 없더라."

"수면제 과용에다 심장이 어떻게 겹쳤대."

"왜 수면제를?"

"글쎄, 그건 나도 잘 몰라. 사실은 나, 신자랑 얘기 안한 지 꽤 됐어. 한 일년쯤 됐을 거야. 내 성미가 좀 지랄같잖아. 신자가 하는 일 갖고 내가 한번 뒤집어엎은 적이 있었거든. 다시는 나 찾지 말라고 으름장도 놓고…… 그 다음부터 서로 연락 안했어."

"왜?"

"………"

"도대체 왜들 그런 거야? 신자가 죽었는데 왜 다들 그런 표정을 짓고 있는 거지?"

"진호야, 다들 예전 같을 순 없잖아. 네가 기억하는 시절이 언젠 줄 아니? 자그마치 10년 전, 아니 15년 전이라구."

"그래서 어떻게 됐다는 거야? 그동안 뭐가 어떻게 바뀌었다는 건데?"

진호. 한국을 떠난 4년 전이나 10년 전이나 한결같은 남자. 인숙은 야학 뒤치다꺼리를 하느라 졸업도 계속 미룬 채 퀴퀴한 아현동 회의실에서 먹고 자고 했던 그 시절 진호를 생각해본다. 그리고 진호만큼이나 야학에 매일 출근도장을 찍었던 그 시절 신자를 또 생각해본다.

그때 신자는 우리 야학의 꽃이었다. 말 그대로 없으면 안되는 환한 존재였다. 진호가 야학선생으로 4년이라는 시간을 쏟아부었다면 신자는 6년이라는 시간을 야학과 함께 보냈다고 할 수 있다.

……저, 검정고시를 보고 싶은데 저도 될까요? ……이렇게 말하며 야학 문을 열고 들어와 약간 저는 다리를 감추려고 애쓰던 단발머리 신자와의 첫만남을 인숙은 기억하고 있다. 영리한 신자는 2년 만에 중등, 고등 검정고시를 차례로 붙었고 또 1년을 공부해서 대학마저 붙었다. 조건을 달긴 했지만 그것도 장학생이었다. 놀랄 만한 결과였고 신자는 자랑스러운 야학 선배로서 후배들을 가르칠 수 있었다. 그렇게 3년을 보냈다. 진호와 신자는 떼려야 뗄 수 없는 사제지간이며 동료였다. 다들 둘이 맺어졌으면 좋겠다고 농담반 진담반 떠들어댔지만, 어느 날 민수가 야학에 새로 들어오면서부터 그 소리는 쑥 들어갔다. 민수는 보고만 있어도 함께 즐거워지는 유쾌한 의대생이었다. 그리고 민수는 신자를 쫓아다니기 시작했고 신자는 처음엔 강하게 거부하고 잠적도 하며 매정하게 그를 대했지만 결국 민수의 진심에 감복하고 말았다. 지금 얘기라면, 어떻게 민수가 신자 같은 애를 쫓아다닐 수 있느냐고 반문하겠지만 그 시대에는 사람 눈을 멀게 하는 뭔가가 있

었다. 민수가 특별한 사람이라서 그런 것만은 아니었다. 이것은 전형적인 80년대 스토리였고 그런 이야기의 끝은 당연히 해피엔딩이어야 했다. 민수가 아버지에게 다듬이방망이로 얻어맞아가며 천신만고 끝에 신자와의 결혼을 발표했을 때, 그리고 야학 선후배들과 학생들이 모두 그 둘을 축하해주었을 때, 인숙은 그런 결과를 의심치 않았었다.

하지만 결혼 후 신자를 만날 때마다 조금씩 말라가는 게 눈에 보일 정도였다. 민수는 생각보다 많은 걸 요구한다고 했다. 언젠가부터 민수는 의대 선배들을 따라 유명한 외국 다단계 회사에 가입했고 신자에게도 강권하기 시작했다. 그것은 부부가 같이 하지 않으면 도저히 견딜 수 없는 씨스템이기 때문이라고 신자는 훗날 토로했다. 꼭 돈 때문만은 아니라고도 했다. ……아, 이렇게 더불어 사는 자본주의도 가능한 거구나…… 누구에게도 피해를 주지 않고 오히려 이득이 되는 공급이론이란 게 정말 있었구나…… 하는 놀라움도 컸다고 한다. 민수와 신자는 어느 일요일 오후, 집 앞에 와 있다며 갑자기 인숙의 집을 방문했다. 그리고 강연 테이프와 책 한권과 몇가지 팸플릿을 떠안기며, 공동탁아방을 하느라 늘 쪼들려하는 인숙에게 큰 보탬이 될 거라고 확신에 찬 목소리로 설득해왔다. 기가 막혀 당장 안색이 변한 인숙이 필요없다고 단칼에 거절했지만 신자는 안타까워하며 했던 말을 계속 반복할 뿐이었다.

"……지금이 딱 적기예요. 이런 사업도 때가 있어요. 이건 피라미드 같은 게 아니라, 네트워크 마케팅이라니까요. 선배도 알 만한 사람이면서 왜 그래요? ……아니, 선배는 평생 이렇게 살 거예요?" 신자의 말엔 가시가 있었다. 철거민 동네마다 옮겨다니는 인숙의 생활이 신자에겐 영 껄끄러웠나보다. 선배도 이제 좀 편하게 살아야죠, 하는 소릴 에둘러서 해왔지만 그래도 전에는 걱정과 연민에 찬 말투였지 이런 공격적인 자세는 아니었다. 인숙은 그걸 맘좋게 응수할 만한 여유가 없었다. 그래서 바로 이렇게 대꾸했다. "응, 그래. 난 계속 이렇게 살 거야. 너도 그렇게 네 식대로 잘살아보렴. 안 말릴 테니까." 인숙이 좀더 온건하게 대처해야 했을지도 모른다. 하지만 그러지 못했다. 어서 가라고, 더 길게 말하기 싫으니 빨리 가라는 말에도 신자는 민수처럼 조금도 불쾌한 낯빛을 보이지 않았다. 오히려 자신의 선의를 몰라준다는 듯 안타까움이 가득한 표정이었다. 그때 신자의 그 눈빛은 사실 그전과 조금도 다름이 없었다. 야학을 하는 게 운동을 하는 것과 다름이 없던 그 시절, 나름대로 학습을 하며 수업에 어떻게 반영시킬까 고민하던 그때, 이해가 안되는 사회과학 이론을 억지로 머리에 집어넣으려고 끙끙대던 신자의 모습을 인숙은 기억하고 있다. 이해가 안되면 안된다고 솔직히 털어놔도 되건만, 미싱공 출신인 자신이 프롤레타리아독재론을 이해 못하면 큰일이라도 되는 듯 신자는 초조해했다. 신자는 쎄미나에 빠지지 않았고 발제도 도맡아했을 뿐 아니라 신입 야학교사들의 교육까지 자청할 정도였다. 그렇게 열성적으로 자본론을 공부하던 신자는 똑같은 자세로 다단계를 학습·연마하게 된 것이다. 새로운 것에 대한 매혹은 집착으로, 강박으로 계속 이어졌다. 인숙은 그렇게 해석했다.

민수에 대해선…… 인숙도 잘 모르겠다. 민수는 사회봉사 차원으로 야학을 선택한 소박한 신념의 의대생이었다. 일주일에 두번 정해진 시간 외엔 절대 야학에 나오지 않았고 대학 다니는 6년 내내 그 흔한 농활 한번 간 적이 없다고 했다. 민수는 그저 남들처럼만 살면 된다고 입버릇처럼 말했다고 한다. 쏘나타쯤 되는 차 한대 몰고 여름이면 한

적한 섬나라로 피서를 가고 30평 정도 되는 강남의 아파트에 살 수 있
고 아이들을 네이티브 스피커처럼 만들어준다는 영어 유치원에 보내
는 정도, 그런 것이 민수의 소박한 꿈이라는 것을 인숙은 나중에야 알
게 되었다.

　옛 야학 동료들, 선생들이든 학생들이든 간에 민수와 신자가 찾아
왔었다는 소문이 조금씩 흘러나오기 시작했다. 인숙처럼 독하게 거절
한 사람은 그리 많지 않았다. 한달에 천만원 이상 벌 수 있다거나 자
손 3대까지 일하지 않고 먹고살 수 있다는 말을 다 믿어서가 아니었을
것이다. 그 사실이 인숙을 더 분노하게 만들었다. 해마다 연말이면 조
촐하게 망년회를 겸하던 야학 동문회는 점점 인원이 줄기 시작했다.
물론 그것이 절대적으로 민수와 신자 때문만은 아니란 걸 인숙은 알
고 있었다. 하지만 사람들이 얼마나 그들에게, 아니 신자에게 실망했
는지, 월차를 내면서까지 동문회에 나오던 사람들이 왜 오는 걸 주저
하게 되었는지 그것 또한 인숙은 잘 알고 있었다. 진호는 이 모든 과
정, 지난 3년여 동안의 이 사건들을 모르고 있었다. 일일이 이런 사연
들을 조분조분 설명해줄 사람들이 지금 이 장소에 남아 있지 않았다.
신자의 부고를 듣고 온 옛 동료들은 마치 자신들이 무슨 죄인이라도
되듯 서로서로 눈 마주치는 것도 겸연쩍어하며 분향하자마자 바로 슬
그머니들 사라졌다. 개중에는 축구 얘기나 실컷 하며 밤을 새워준 사
람들도 있긴 있었다. 그리고 그들은 서로에게 남아 있어준 걸 고마워
했다. ……다 살다보면 그럴 수도 있는 거지…… 요즘은 그런 거 많이
들 하잖아? 교수님이나 변호사들도 한다면서? 신자가 우리한테 사기
를 치려고 했겠어, 어쩌다보니 그렇게 된 거지…… 뼈빠지게 한달 일
해서 백만원 정도를 버는 사람들이 한달에 삼사백을 버는 민수와 신

자네를 이해해주자고 했다.

방금 전, 진호는 대학 때 친구였다는 한 여자와 밀린 안부를 묻고 있었다. 인숙은 그 여자를 보았다. 박효선. 바로 그 여자와 그 여자의 남편이 민수와 신자를 끌어들인 장본인들이라는 걸 인숙은 이미 알고 있었다. 사실 그 여자와는 구면이었다. 그때가 91년 5월 어느날, 신촌 그랜드백화점 앞이었을 것이다. 처음 시위에 나와봤다며 주춤주춤 진호를 따라온 한 여대생이 있었다. 진호를 따르는 친한 후배라고 했다. 날렵하게 몸에 딱 맞는 게스 청바지를 입고 갈색 소다 구두를 신은 그 여대생은 거리에 나오자마자 코앞에서 터진 최루탄 때문에 일어나지 못했다. 그때 인숙과 같이 있던 신자가 얼른 효선의 한쪽 어깨를 부축하고 다른 한쪽은 진호가 부축해서 함께 몇 블록을 뛰었다. 그러고 나서 효선은 무섭다며 신자의 품에 안겨 엉엉 울었다…… 아마 그녀는 다시는 가투현장에 나오지 않았을 것이다.

그리고 10년이 흘렀다. 지금 효선은 인숙을 보고도 못 본 척하고 있고 바보 같은 진호는 그때 일을 아예 잊어버린 듯했다. 그리고 인숙은 신자의 시신 앞에서 과거를 반추해보고 있었다. 10년 전 최루탄을 피해 함께 달렸던 그 네명이 다시 한자리에 모이긴 모인 셈이었다……

인숙은 맘속에 있는 얘기를 차마 입밖에 내지 못한 채 진호를 쳐다보았다. 그리고 이렇게 말했다.

"하여간 늦었지만 축하해. 늦어서 공부하느라 힘들었을 텐데. 그래도 박사가 어디냐."

"미순아, 어떡하니? 다 내 탓이야. 내가 그렇게 깽판을 쳐서. 내가 천하의 잡년이지……"

"그만 좀 해. 누가 보면 내가 너 울리는 줄 알겠다."

"병신같이, 그런다고 지가 왜 죽어, 더 악착같이 살아야지, 안 그래?"

"닥터 박은 너한테 뭐라고 하디?"

"쳐다보지도 않더라. 내가 언제 사람 취급받고 살았나 뭐……"

"………"

"어떡하니, 어떡하면 좋니……"

"나 잠깐만 저기 갔다올 테니까 여기 있어봐. 사람들한테 인사 좀 하고 올게."

"너…… 내 얘기 설마 남들한테 하지 않을 거지, 그렇지?"

"알았어. 내가 너니? 진정하고 앉아 있어. 마스카라 다 번져서 꼭 너구리 같다."

"진짜? 어머 진짜네."

은실이한테 화장실을 가르쳐주고 미순은 인숙을 찾았다. 아까 분향하고 있는 인숙을 분명히 보았다. 인숙이라면…… 이 답답한 속이 좀 뚫릴 것 같았다. 마침 인숙이 혼자 멍하니 앉아 있었다.

"이선생님, 오랜만이에요."

"어머, 이게 누구야? 진천에서 여기까지 올라온 거예요? 세상에, 이게 얼마 만에 보는 거야. 야, 하나도 안 변했네."

"이선생님도 그러네요. 결혼했다면서 아직도 선머슴 같고."

"우리 신랑도 그래요. 아들 하나 더 키우고 사는 것 같다고."

"이런 자리에서 보지 않았으면 정말 좋았을 텐데요."

"누가 아니래요. 참 기가 막힐 노릇이지. 뭐 이런 개떡 같은 일이 다 있나 싶지. 난 신자한테 못할 말 많이 하고 산 사람인데…… 이렇게 갑자기 가버리면 어떡하라고 말야……"

"신자한테 선생님 얘길 들었어요. 자기한테 그렇게 툭 터놓고 얘기해주는 사람은 선생님 하나밖에 없었다고…… 신자가 그거 이해 못할 애는 아니었어요."

"………"

"저야 하우스 농사나 짓고 사는 주제에 세상물정을 뭘 알겠어요. 그래도 신자 그게, 좀 돌았었던 건 알죠. 걔 10년 만에 고향 와서 아줌마들한테도 그거 많이 하고 갔어요. 차라리 좋은 물건 싸게 사는 거라고만 했으면 사람들이 인정상 사주고 했을 텐데. 꿈을 다시 설계하자나, 여행이 어쩌구 외제 차가 어쩌구, 이런 이바구만 늘어놓으니깐 사람들이 그러더라구요, 쟤가 서울 가서 잘산다더니 어려운 말만 하고 유식해졌네. 또 무슨 파티라고 사람들을 불렀는데 서양 문화랍시고 식대 같은 걸 다 받고 그러데요. 더치페이라고. 뭐 대단한 돈은 아니었어도 사람들이 기분나빠하죠. 돼지 한마리 잡아도 사람들 다 불러서 같이 먹는 게 시골인심인데 그런 게 먹히겠어요? 저야 신자랑 야학도 같이 다녔고 사정 잘 아는 사이고 하니까 암말 안하긴 했지만…… 저두요 선생님, 신자 걔가 왜 그런 걸 목숨 걸고 하는지 도무지 이해가 안되더라구요. 선생님도 아시겠지만 신자가 얼마나 똑똑한 애예요? 제가 한번은 물었거든요. 너, 먹고살 만하잖아…… 근데, 그거 계속해야 되겠니? 그랬더니요, 자기가 지금까지 살면서 정말 이거다, 싶은 적이 딱 두번 있었대요. 야학 가서 좋은 선생님들 만나고 이렇게 살아야겠구나, 결심했을 때가 그 첫번째고 두번째가 그 사업 시작했을 때래요. 게다가 이거는 남편 되시는 박선생님도 워낙 애착을 갖고 하시니까 지가 더 도와야 한다고 생각하고. 신자가 딸딸딸 외우는 것도 잘하지만 무슨 사명감 같은 것도 굉장히 강한 애잖아요. 저야 워낙 공부랑 거리가 머니깐…… 저 검정고시도 세번이나 떨어졌던 거 기억하시죠? 결국 포기했잖아요. 그냥 꿈은 꿈대로 놔두고 살란다, 중졸이면 어때, 그냥 저는 이러고 말았지만 신자 걔는 꿈이 있으면 꼭 이뤄야 되고 막 노력하고 그러니깐…… 그러니깐 옛날에도 그렇게 독하게 공부했었죠. 그런데 워낙 그 다단계 일이란 게 보람이란 건 없는 일이니까, 아뇨 신자가 직접 말한 건 아니구요, 제가 보기에 그랬다구요. 하여튼 그래서 신자도 시들해진 거예요. 박선생님이 워낙 새 물건을 좋아하신다니깐 액정 TV도 들여놓고 에어컨이랑 김치냉장고도 들여놓고 화장품이랑 정수기랑 세제랑 싹 다 바꾸고 뉴트리 뭔가 하는 그 비싼 영양제랑 약들도 만날 사들이고…… 거긴 새로 사라는 물건들이 엄청 많다잖아요. 그렇게 만날 갖다놓는데 자기는 촌년이라 그런지 통 좋은 줄 모르겠다고, 자기 집에서 제일 싸구려는 아마 자기일 거라고 그러더라구요. 그래서 선생님, 걔 그만둔다는 얘기 한참 전부터 저한테 했었어요. 이젠 한계가 온 거 같다나…… 사람들 찾아다니는 것도 면구스럽다고…… 자기도 알죠."

"정말 그랬어요?"

"예. 몇달 전부터 계속 전화해가지고 그 얘기 했어요. 미순아, 나 관둔다. 나 정말 관둘 거다. 뭐라더라 골든가 금인가 뭐 그런 높은 사람들이 뜯어말리지만 자긴 정말 못하겠다고, 정말 내가 바보였지 내가 왜 그랬을까, 그랬다니까요."

"민수는, 아니 닥터 박은 뭐라고 그랬대요?"

"………"

"그 사람도 그러자고 했대요? 아니죠?"

"글쎄, 그게 좀…… 참 어떻게 말해야 될지 모르겠네…… 물론 부부 간의 일이야 당사자끼리만 아는 거지만 그래도 그렇게 의좋은 부부도 드문데…… 우리 애아빠가 그 반만이라도 다정다감하면 얼마나 좋아, 그렇게 생각했었는데…… 물론 사는 처지가 확 다르니 꿈도 못 꾸지 만요. 박선생님이 관두는 걸 많이 반대하셨던 것 같아요. 그냥 넌 빠 지고 박선생님만 계속하면 되잖아, 했더니 그게 안된대요. 아는 의사 선생님들끼리 딱딱 연결돼 있어서 굉장히 거시기하다고요. 그러잖아 도 자기 땜에 박선생님이 여태 꿀리는 게 많을 텐데 그것까지 못한다 고 하면 박선생님 입장이 좀 그렇다고…… 저번에 한번은 걔가 못하 는 술을 다 하고는 전화를 했었어요. 아, 신자가 한 게 아니라 내가 했 었지…… 아휴, 이런 얘기까지 해야 되나…… 우리 고향 친구 중에 과 부 돼가지고 보험하는 애가 하나 있어요. 근데 혼자 벌어서 살려니깐 애가 좀 그래요. 걔가 신자한테 종신보험 하나 들라고 계속 그러는데 신자가 안 들어줬대요. 박선생님이 안된다고. 그런 다단계하면 보험 들어가는 돈도 아깝다고 한다면서요. 맞아요? 진짜 그런 건지 그냥 싫 으니까 그런 건지, 그런데 걔는 신자네 다단계 가입해줬거든요. 자긴, 그거 보험보다 힘들 텐데, 하면서 끽소리 없이 들어주고 교육장도 가 주고 자기 고객들도 여러명 소개해줬다고, 그래서 걔가 펄펄 뛴 거죠. 서로서로 돕고 살아야지 자기네들은 뭐 그리 좋은 거 한다고 그러냐, 알아보니깐 그거 완전히 구라더라, 돈 버는 사람만 벌고 우리 같은 사람은 다 벗겨먹는 사기고 말이야, 정보사업 좋아하네, 남들이 다 암적인 사업이라고 하더만…… 그러면서 신자한테 한바탕 대거리를 해줬는데요, 신자 그게 좀 살살 달래주지, 입 꽉 다물고 듣고 있다가 싹 일어나서 가버리더래요. 그랬더니 그 미친 것이 확 돌아가지고 박선생님 병원에 직접 찾아간 거예요. 뭐 크게 난리를 친 것까지는 아니고…… 붙들고 막 하소연을 했겠죠. 그래도 박선생님 체면이 뭐가 됐겠어요……"

조금 전 은실은 '그' 얘기는 하지 말아달라고 미순에게 신신당부했었다. 그러면서 벌써 얘기는 몇다리 건너갔을 것이다. 칠칠맞은 것…… 사실 미순은 은실과 썩 친한 사이도 아니었다. 오로지 신자 땜에 십여년 만에 보게 된 처지였다. 가슴몽울이 나올락말락한 열서너 살 때부터 은실은 궁둥이를 흔들고 다니기로 유명했다. 과부가 된 것도 업보라고 사람들이 수군거렸다고 했다. 그러나 친구 남편들과 사고를 친 적은 한번도 없다고 했다. 미순이 보기에도, 또래 건달들이라면 모를까 박선생 같은 사람한테 먼저 꼬리를 칠 정도로 은실은 대담한 족속은 되지 못했다. 그러니 더 기가 막힐 노릇이었다. 박선생 같은 사람이 왜 하필…… 아무튼 미순은 인숙에게 '그' 얘기는 하지 않았다. 은실의 방종한 행실이 친구인 자기에게 득될 리가 없다고 생각했다. 자기까지 도매금으로 넘어가지 않는다고 누가 장담할 수 있겠는가. 똑바른 소리 잘하는 인숙이라 하더라도 가재는 게 편이라고, 민수 편을 들지 모른다. 여러모로 그것에 대해선 입을 다무는 게 낫다고 미순은 생각했다. 그때 인숙이 채근을 했다.

"그래서 어떻게 됐대요?"

"예? 아 그래서요, 그거 땜에 신자네도 크게 싸웠나봐요. 그러잖아도 신자는 관두려고 하고 여러가지 쌓인 게 많았을 테니까. 뭐 우리처럼 냄비 던지고 막 물어뜯고 그런 게 아니라…… 그게요, 참 신자가 좀 취해서 한 얘기라 좀 거시기한데…… 이럴 거면 차라리 죽어버리자고 했다네요, 박선생님이요. 신자는 그냥 갈라서자고 막 악을 썼는데 내가 어떻게 한 결혼인데 네까짓 게 이혼 운운하냐고, 네가 아주 내 인생을 말아먹으려고 한다고, 할 수만 있다면 신자 너나 싹 바꿨으면 좋겠다고, 박선생님이 그런 소리까지 했다네요. 그 친구애는 오늘 와서 계속 질질 짜기만 하구요, 조금 전까지 여기 있었는데…… 자기 땜에 신자가 속병 나서 죽은 거라고…… 걔도 그렇게 나쁜 애는 아니거든요. 하여간 전 뭐가 뭔지 통 모르겠어요."

"………"

"신자한텐 야학이 전부였잖아요. 그런데 사람들하고 다 점점 멀어지니까…… 그게 너무 외롭고 어떻게 해야 될지 모르고 하다보니까…… 말을 안해서 그렇지, 사람들이 얼마나 신자한테 거시기했겠어요. 옛날에 야학에 있을 땐 막걸리에 김치만 있어도 참 사이좋게 나눠먹고 서로서로 어떻게든 도와주려고 애썼던 사람들인데, 몇년 만에 연락한 신자가 떡 나타나서는 그런 사람장사를 했으니…… 그거 사람장사라고 부른다면서요, 선생님도 아시죠? 하여간 신자도 학생이었지만 사실 야학 학생들은 그때나 지금이나 별로 달라진 게 없잖아요. 사는 형편도 그렇고 마음도 그렇고, 그래서 아직도 보면 반갑기만 하고…… 그런데 선생님들은 많이 변하신 것 같아요. 박선생님만 그런 게 아니라……"

미순은 이 말을 하자마자 후회했다. 민수를 겨냥해 한 말이지만 막상 앞에 있는 인숙을 보기가 민망했다. 주제넘은 말이다. 자기 한몸

174

바쳐서 뭣 좀 해보겠다고 애쓰던 대학생들의 얘기는 까마득한 추억이 됐을 뿐이다. 그게 그들의 잘못만은 아닌데……라고 여기면서도 신자가 이렇게 되지만 않았어도 그냥 너그럽게 보아 넘길 수 있으련만, 말을 하다보니 자신도 모르게 욱하는 감정이 치받친 것이다. 미순은 헛기침을 한번 하고 나서 다시 입을 열었다.

"저기, 이선생님이 그렇다는 얘기가 아니고요…… 요 입이 방정이네 오늘 같은 날. 그것도 오랜만에 뵙고서 한다는 말이……"

"아니에요 미순씨. 틀린 말도 아닌데 뭘. 너무 많이 변했지. 만나면 돈자랑 집자랑이나 하고 그래 다, 우리 너무 추해."

인숙은 자기 입으로 말해놓고도 서글펐다. 왜 이렇게 다 추해졌지? 10년 세월이 별건가?

친구가 죽었으니 울어줘야 하지만 눈물이 나오지 않았다. 그런데 추한 자기 자신을 생각하니 눈물이 나올 것 같았다. 자신을 위해 울 순 있어도 남을 위해 못 우는 게 지금 나의 모습이구나. 인숙은 부끄러웠다. 인숙의 눈이 빨개진 걸 보고 선생님 왜 그러세요, 하며 미순도 따라 울먹이기 시작했다. 둘이 그렇게 마주보며 서로 토닥여주고 있을 때 화장실에 갔던 은실이 돌아왔다. 번진 마스카라를 지우고 화장을 싹 다 고친 얼굴이라 달라 보이기도 했지만 유난히 입을 꽉 다물고 있었다.

"미순아, 너한테 할말이 있어. 말하지 않으려고 했는데…… 암만 생각해도…… 사실은 신자가 죽기 전에 나한테 편지를 보낸 게 있어. 바로 이거야."

5

미순이 먼저 읽고 인숙에게 편지를 넘겼다. 인숙은 다 읽고 한숨을 쉬었다. 은실과 미순, 인숙이 모두 할말을 잃고 앉아 있을 때 진호가 불쑥 나타났고 그게 뭐냐고 물었다. 인숙은 그간의 긴 자초지종을 진호에게 차근차근 설명하기 시작했다.

은실은 이제 눈에 물기 하나 안 비치고 말끔한 얼굴로 또박또박 말했다. ……내가 화냥년이라는 게 다 알려질까봐 겁이 났다. 박선생이 신자 몰래 보험 여러개 들어주고 그만 오라고 했는데 계속 들러붙다가 결국 다툰 거였다. 박선생이 우리 얘기 새나가면 재미없다고 누차 경고했었다. 나 역시 간통으로 감방에 가는 게 아닐까 두려워서 편지를 숨기고 있었다. 분명히 박선생은 신자가 우리 관계를 모를 거라고 했고 나도 처음에 신자가 죽은 건 그냥 우연일 뿐이라고 믿으려 했다. 하지만 지금 다시 편지를 읽어보니 신자는 이미 다 알고 있었던 것 같다…… 은실은 담담하게 이런 얘기들을 털어놓았다. 편지 내용 중에는 불륜에 대한 직접적인 언급은 없었다. 다만 이런 구절들이 중간에 있었다.

……은실이 널 용서한다. ……그게 너의 잘못만은 아니란 걸 안다…… 이제 예전으로 돌아가는 건 힘들어 보인다.

진호는 편지 맨 마지막 장을 읽으며 부들부들 떨었다.

그렇게 나랑 살기 싫으면 같이 끝내버리자, 더 살아서 뭐해. 그렇

176

게 얘기하지만 그는 그러지 못할 거야. 한번은 약을 소주에 타서 같이 나눠먹고 나란히 누웠어. 그런데 그이가 먼저 컥, 하고 일어나 뱉었지. 미쳤어, 우린 둘 다 미쳤어! 다신 이러지 말자, 하고 그는 무릎을 꿇고 나한테 빌었단다. 하지만 은실아 언젠가는 또 이런 일이 일어날지 몰라. 같이 약을 먹고 그는 또 뱉어내고 난 영영 깨어나지 못할지도 몰라.

너무 미안해하지 마라. 넌 운이 없어서 우리들 일에 걸려든 것뿐이란다.

가끔 생각해보는데 난 긴 꿈을 꾼 것 같아. 너는 혹시 그런 적 없니, 지금 상황이 잘 믿기지 않을 때 말야.

이런 두서없는 편지를 쓴 나를 이해해주길 바란다. 이 주소가 맞는지 모르겠구나.

2002. 7. 2   신자가

왜 하필 은실에게 편지를 남긴 걸까, 미순은 생각했다. 그렇게 우리는 신자와 멀어진 건가. 저 속없는 은실이 차라리 미더웠을까.

사람들은 모두 말할 기력도 없는 듯했다. 영정 앞에서 서럽게 울고 있는 민수를 물끄러미 바라보고 있을 뿐이었다.

"어떻게 할 거예요? 난 각오가 돼 있다구요. 누구든 말 좀 해봐요!"

은실의 갈라지는 목소리는 꽤 컸다. 주위사람들이 모두 쳐다보고 곡을 하던 민수 역시 흠칫 놀라는 듯했다. 민수가 곧 다가왔고 진호에게 먼저 말을 걸었다.

"형, 와준 것만도 고마운데 뭘 이렇게 오래 있어. 이제 가서 쉬어. 신자도 정말 고마워할 거……"

민수가 말을 끝내기도 전에 진호는 민수의 멱살을 와락 움켜잡았다.

"이 나쁜 놈 박민수, 이것밖에 안되는 놈이었어? 너 왜 이렇게 사는 거야! 불쌍한 신자는 왜 죽였어!"

사람들이 진호를 말렸지만 그는 완강했다. 얼굴의 핏줄이 화락 불거진 채 그는 멱살을 놓지 않았다. 민수는 얼굴이 약간 벌게지기는 했지만 침착했다.

"형, 취했어? 무슨 소리야? 누가 누굴 죽여? 알지도 못하면서 무슨 헛소리를 하는 거야? 미국 가서 또 폐인이 돼서 온 거야?"

사람들이 몰려들었다. 상주한테 이게 무슨 짓이냐고 말리는 사람들 중에 효선이 있었다. 밀고 당기는 와중에 민수가 우발적으로 진호의 얼굴을 주먹으로 갈겼고 진호가 벌렁 나가떨어졌다. 효선이 잽싸게 달려들었다.

"닥터 박 왜 이래요? 같이 홍분하면 어떡해요. 사람들이 다 보고 있는데…… 진호형 괜찮아요?"

효선이 진호를 부축해 일으키자 민수는 팔을 걷어붙이며 여전히 나지막이 이죽거렸다.

"형수님은 상관없는 일이에요. 이 자식은 좀 맞아야 돼요. 몇년 만에 나타나서 기껏 한다는 소리가, 뭐?"

효선이 어떻게든 말리려 했지만 사람들은 그저 구경만 할 뿐이었다. ……상갓집에서 쌈질이나 하다니…… 그때 구석에 있던 은실이 불쑥 입을 열었다.

"난 이 편지 들고 경찰서에 갈 거예요. 다 말할 거예요. 법대로 하겠다구요!"

민수가 천천히 돌아서며 은실을 보고 피식 웃었다.

"뭐라구요? 참 놀고들 있네…… 이봐요 은실씨, 도대체 뭘 듣고 그러는지 모르지만 당신 말을 다 믿어줄 거 같애요? 신자가 죽은 건 사고예요, 사고. 그리고 난 죽은 신자의 남편이라구, 남편! 지금 나만큼 가슴이 찢어지는 사람 있으면 한번 나와보라고 해요! 어서! ……신자가 어떻게 죽었는지는 소견서에 다 나와 있어요. 대한민국 병원 응급실이 그렇게 허술한 줄 알아요? 절차대로 다 끝난 일이에요. 도대체 왜들 이러는 거예요? 난 신자 남편이라고, 남편! 나한테 이러면 어떡해! 신자가 죽어서 다들 어떻게 된 거야!"

효선의 남편과 민수의 선후배로 보이는 몇명이 곧 다가왔고 부탁하지도 않은 설명을 늘어놓기 시작했다. ……고인의 사망엔 의혹의 여지가 없습니다. 이러는 건 고인에 대한 실례죠. 다들 진정하시기 바랍니다……

"글쎄 말이에요. 사람들이 정신이 있는 거야 없는 거야…… 여기가 어디라고…… 진호형, 어머 코피 나네."

인숙과 미순이 진호에게 다가와 뭐라고 말하려고 했지만 효선이 가로막고 앉아 얼굴을 볼 수가 없었다.

"사모님이나 좀 비켜주시죠. 보아하니 무슨 사연들이 있는 것 같은데……"

갑자기 불거진 목소리의 주인공은 아영이었다. 기가 막혀서, 감히 나한테…… 하는 표정으로 효선은 아영을 똑바로 쳐다보았고 아영도 시선을 피하지 않았다. 그 틈에 진호는 얼른 일어섰다.

좀 전처럼 말소리를 높이지는 않았지만 진호와 민수, 인숙, 은실, 미순은 빙 둘러서서 격한 대화를 나누기 시작했다. 가끔씩은 자기 가슴을 치기도 하고 어쩌다 고성이 나기도 했지만 비교적 차분한 분위기였다. 한쪽에선 효선과 아영이 팔짱을 낀 채 역시 옥신각신하고 있었다.

영안실에 있던 사람들은 분위기가 이상해서인지 하나둘 빠져나갔다. 그냥 돌아가는 사람도 있었고 몇번을 봐도 질리지 않는 월드컵 재방송을 보기 위해 휴게실로 몰려가는 사람들도 있었다.

6

홍여사는 아직도 한구석에 혼자 앉아 육개장 그릇을 천천히 비우고 있었다. 영안실 쪽과 약간 떨어져 있어서 이 모든 소동이 잘 보이지도 들리지도 않았다. 원래 홍여사의 청력은 그리 좋은 편이 아니었다.

"아니, 금방 온다던 애기엄마는 왜 안 오는 거야? 나도 이제 가야 되는데."

홍여사는 자신이 왜 아영을 기다려야 하는지 그게 좀 민망하다는 생각이 들었다. 그렇지만 무료한 것보다는 나았다. 혼자 사는 늙은이의 숙명이려니 해야 했다.

목을 길게 빼고 영안실 쪽을 기웃거리고 있자니 꺾어진 벽 사이로 향 연기에 싸인 신자의 영정이 비스듬히 보였다. 어찌 된 일인지 상주나 사람들이 단상 옆에 하나도 보이지 않았고 사진 속의 신자 혼자 쓸쓸히 홍여사를 바라보고 있었다.

……적적한 사람이 저기 또 하나 있구먼…… 새댁, 거기선 재미나게 잘살아…… 나도 곧 갈 테니…… 하고 홍여사가 중얼거리고 있는

찰나, 누군가가 이쪽으로 걸어오고 있는 것이 보였다. 가만히 보니 걷는 모양새가 조금씩 절뚝거리고 있었다. 웃는 건지 우는 건지 알 수 없는 얼굴, 바로 신자였다.

아이고 하나님, 이제 나도 갈 날이 정말 멀지 않았군요…… 홍여사는 가슴에 성호를 한번 긋고는 가만히 그 광경을 지켜보았다. 신자는 사람들이 모여 있는 쪽을 멍하니 바라보다가 홍여사를 흘깃 보고 문밖으로 사라졌다. 그것뿐이었다. 그것도 단 몇초 동안의 일이었다.

사람이 죽는다는 건 별다른 이유가 있어서가 아니고 부르심을 받아 다른 세상으로 가는 것뿐이라고 믿어온 홍여사였다. 그러나 지금은 도저히 자리를 뜰 수가 없었다. 신자가 곧 자기 앞에 다시 나타날 것 같았기 때문이다.

홍여사가 그렇게 우두커니 앉아 있을 때 ……그래 법대로 하자고…… 신자를 살려내…… 넌 원래 그런 놈이었어…… 그런 고함소리가 영안실 안에서 들려오기 시작했다. 뭔가 일이 있나보다 하는 생각이 들었지만 홍여사는 짐작도 할 수가 없었다.

음치클리닉에 가다

역시 TV의 효력은 컸다.

원장이 얼굴을 내민 시간은 기껏해야 5~6분밖에 안됐지만 2주가 넘은 지금까지도 문의 전화가 걸려온다. 원장은 이 여세를 몰아야 된다며 공격적 마케팅, 그 일환으로 신문 전단까지 쫙 배포했다. 원장이 양동이를 뒤집어쓰고 소리지르는 시범을 보이고 있는 장면을 앞면 전체에 크게 박아넣고 드럼 앞에서 강의를 하는 삼류 드러머 같은 사진도 뒷면 곳곳에 박아넣었다. 그리고 원장은 이렇게 큰소리를 쳤다.

"이것 봐 미스 장, 사람들은 사진을 보는 게 아냐. 'SBS「와 음치다」 출연, 기적의 비법 공개, 강촌 예술전문대학 음악실기학과 초빙 교수……' 요런 걸 보지. 뭘 모르는구만."

원장은 아직도 대중과 매스컴의 생리를 모르겠냐며 혀를 찼다. 원장이 우쭐댈 만도 하다. 최근까지 1주 1회 나갔던 백화점 문화쎈터 노래교실의 수강자가 미어터져서 이번부터 주 3회로 바뀐데다 강연료 인상 문제도 만족스럽게 풀렸기 때문이다. 그 문화센터의 경쟁자였던 모 전직가수의 노래교실은 완전히 문을 닫았다는 소문에 원장이 더 흡족해하고 있다는 사실도 소정은 모르지 않았다.

이제 공공연하게 원장은 이렇게 떠벌리고 다녔다. "내 경쟁자는 오직 서수남의 노래교실뿐이다." 가수 서수남 아저씨가 이 업계에 뛰어든 이후 원장은 잠정 고객들을 많이 뺏겼다고 강력하게 주장해왔다. 소정이 보기엔 그것은 말뿐이고 자신보다 더 유명한 가수인 서수남 아저씨의 전력에 평소 심한 콤플렉스를 느껴오던 것 같다. 원장도 앨범을 무려 다섯장이나 낸 전직 가수였다는 사실은, 알 만한 사람은 다 안다. 물론 다섯장 다 알차게 말아먹었고 궁여지책으로 기업체나 노래교실에 강연을 다니면서 이 일을 시작해 아예 클리닉이란 간판을 내걸게 된 것이다. 그때가 IMF 터지기 직전이었고 아는 사람마다 그게 수지가 맞겠냐고 입방아들을 찧어댔다. 그러나 경기가 아무리 곤두박질쳐도 이곳은 확장일로를 걸어왔다는 것이, 소정으로서도 믿을 수 없는 사실이었다.

원장이 얼마나 음치교정에 능한지는, 4년을 보아온 소정으로서도 의문이었다. 하지만 그가 이재에 밝은 것만은 사실이었다. 원장은 그것이 자신만의 '고객만족 마인드'가 있어서 가능한 것이라고 주장해왔다. 원장이 게으르지 않고 항상 분주하게 노력하는 스타일인 것만은 확실하다. 고객층이 넓어지고 고급화되면서 신문을 보는 시간도 많아지고 골프를 배우겠다거나 음악 전문서적을 마스터하겠다고 덤비거나 하는 일도 늘었다.

음치클리닉에 오는 사람들의 직업이 다양하게 확산되는 추세긴 했다. 전에는 동창회나 상가회, 친목회 등에서 노래 못 불러 설움받던 자영업자들——구멍가게 같은 전파사 주인서부터 규모가 있는 카쎈터 사장에 이르기까지——바로 그들이 주요 고객이었지만 이것만은 경기 침체의 영향인 듯 그 수가 많이 줄었다. 주가 900선을 돌파해야 그들이 다시 우리 클리닉을 찾을 거라고 원장은 전망했다. 대신 변호사, 교사, 회계사, 대기업 간부, 고급 공무원, 일반 샐러리맨들이 늘어났고 갓 입사한 신입사원, 대학교 신입생, 갓 결혼한 신혼부부 등이 고통을 호소하며 클리닉에 들렀다. 그러나 뭐니뭐니 해도 꾸준한 수요를 보이는 계층은 바로 현직 의사들이었다. 대학병원, 종합병원이 아니라 대부분 개업의들이다. 왜 의사들이 클리닉에 많이 오는지는 소정도 잘 모른다. 원장 말로는 돈 많고 시간 있어서 그런 거지 딴 이유는 없다고 했다. 의사들이 파업을 시작했을 때 침 튀기면서 그들을 욕했던 이가 바로 원장이었다. 사회적 형평성을 고려해서라도 따끔한 맛을 보여줘야 하고 그것이 사회정의를 이루는 길이라며 일장연설을 하곤 했었다. 그런데 그 파업기간을 이용해 클리닉에 들르는 의사 고객들이 한둘 생기기 시작하자 형평 운운하는 소리는 쏙 들어갔다. 원장은 그런 사람이다. 꼭 그 이유만이 아니더라도 의사들은 클리닉에서 가장 환영받는 고객이다. 열번 스무번 수업해도 안되는 사람들이 있는가 하면 몇번의 수업만 들어도 요령있게 잘 따라와 결과가 좋은 사람들이 있었는데 의사 아저씨들이 바로 이 부류였다. 일단 몸의 구조를 아는 사람들이기 때문에 후두를 자극하는 법이나 복식호흡의 요령, 숨쉬고 멈추는 법 등에 대해서도 이해가 빠른 편이고 음치를 극복하겠다는 집념도 남 못지않기 때문이라고 원장은 풀이했다. 즉, '노래만 빼면 내가 뭐가 모자라서?'라는 나 잘났다는 동기가 워낙 강하기

186

때문이란다. 원장의 주장에 의하면, 머리를 많이 쓰는 사람들이 원래 음치교정도 빠르다고 했다. '대가리가 좋아야 뭐든 된다'라는 원장의 평소 소신은 바로 여기서 기인한 듯했다.

원장이 가장 싫어하는 고객층은 '나이 지긋한 50대 경상도 출신 장사꾼'으로 집약된다. 일단 나이가 이 정도 되면 음역이 굳어져서 힘든 것이고 장사하는 사람들일수록 본전 뽑겠다는 속셈이 워낙 앞선데다 그에 비해 노력은 게을리하기 때문이라고 했다. 게다가 예약시간을 어기는 일도 빈번하고 심지어 만족스럽지 못하다며 환불을 요구하거나 수강료를 떼먹는 경우도 있었기에, 소정도 일면 수긍이 갔다. 하지만 그것보다 소정의 생각에는 그런 고객들일수록 원장에게 선생님, 선생님 하는 횟수가 적기 때문이다. 전문직, 사무직 고객들은 오히려 원장에게 꿈뻑 죽는 시늉을 하며 받들어 모시는 척하지만 장사하다 뛰어온 잠바때기의 늙수그레한 이 아저씨들은 원장을 그렇게 대단치 않게 여겼다. 자기들도 세상물정 다 알고 닳고닳은 이 마당에 '이 새끼 이거 사기 치는 거 아냐……'라는 의심을 노골적으로 품기 때문이다. 내가 어쩌다 오긴 했지만, 여기서까지 저자세일 필요가 있나…… 안 되면 마는 거지…… 기본적으로 이런 식으로 생각하기에 굽실거릴 필요를 못 느끼는 듯했다. 그렇다. 사실 누가 봐도 원장에게선 사기꾼의 냄새가 났다. 정확히 말하면 사기꾼이라기보다 약장수에 가깝다. 영악한 사람들은 이걸 알면서도 짐짓 모르는 척할 뿐이고 아닌 사람들은 그걸 고지식하게 티낸다는 것, 소정은 그 차이라고 생각했다. 어쩌면, 자기가 어떻게 보이는지 모르는 사람은 원장 하나뿐일지도 모른다.

한편, 원장이 경상도 사람들을 피하는 이유는 바로 사투리 때문이다. 워낙 그 언어 자체가 억양이 세고 거칠고 음역이 한정되어 있어

타고난 절대음감이 없는 음치도 많을뿐더러 고분고분하지도 않아서 교정이 어렵다는 것이다. 자기는 잘하는데 원장이 알아주지 못하고 못 가르친다며 되레 성을 내는 경우도 가끔 있기는 하다. 원장의 수업 내용 중에는 물구나무 서서 소리지르기, 어깨를 흔들거나 엎드리거나 심지어 뛰면서 소리지르기 등등이 있는데 "아니 이런다고 목청이 트이나요?" 하면서 수업방식에 강한 의문을 제기하는 경우도 마찬가지다. 과학적인지는 모르겠지만 이 방법들이 클리닉계에서 기본적인 레슨 방법임은 사실이다. 이런 굴욕적이고 힘든 훈련을 통해서 목이 트이고 귀가 트이면서 마침내 눈뜬 봉사처럼 서광이 비치기 시작한다는 것, 스파르타식 훈련을 거부하는 이들은 바로 그런 결과를 상상해본 적도 없고 겪지도 못할 것이다. 또 심한 음치일수록 자신감이 워낙 없고 무기력하기 때문에 지레 겁을 먹고 포기하는 확률도 높다.

이러저러한 이유로 탈락자가 생기면, 원장은 그들을 두고 이렇게 악담을 하곤 했다.

"노래는 아무나 하는 줄 알아? 저러니 만날 음치로 살지. 그러다 평생 마이크도 못 잡아보고 남 박수만 쳐주다 뒈지라고 그래."

원장은 책을 쓰기 시작한 이후 더욱 기고만장해진 것 같았다.

제목: 앵콜은 아무나 받나
부제: 음치탈출, 이 손안에 있소이다! 기적의 해법 전격공개!

이 유치한 제목은 책을 내기로 한 출판사 사장의 머리에서 나온 것이었다. 처음엔 너무 길지 않냐고 갸우뚱하던 원장도 이젠 흡족해하는 눈치였다. 정상적인 사고방식을 가진 성인 남녀라면 차마 집기 힘

든 이런 책제목을 지어내다니, 원장보다 더 나쁘면 나빴지 나을 게 없
는 인간이다…… 소정은 그렇게 생각했다.

그날은 간만에 예약 손님이 적은 날이었다. 원장이 책 좀 써야겠다
고 책상 앞에 몇시간째 앉아 있었지만 "음치 없는 세상에 초석이 되고
자……"에서 한줄도 더 나아가지 못한 채 머리만 싸매고 있었다. 결국
펜을 집어던진 원장이 포기한 듯 일어나더니 TV를 켰다. 원장은 TV를
보다가 뭔가 모르는 게 나오면 소정에게 꼬치꼬치 묻곤 했다. 이때도
원장은 화장실에 가려고 일어선 소정에게 냅다 소리를 질렀다.

"야 미스 장, 지금 소련의 대빵이 옐친이야, 푸친이야?"

"………"

"소련이라고 부르는 거 맞냐? 러시아 뭐든가?"

"원장님은 왜 꼭 그런 것만 물어보세요?"

"야, 니가 나보다 가방끈이 길잖아!"

소정은 대답 대신 문을 열고 홱 나와버렸다.

원장은 속으로 생각했다. '저 쌍년, 지도 모르면서……' 원장은 상고
중퇴한 자신을 소정이 은근히 무시한다고 전부터 느껴왔다. 결혼할
나이가 되면서 콧대까지 점점 높아져 운전사인 박기사 따위는 아예
벌레 취급하듯이 쳐다보곤 했다. 그래도 원장은 소정을 확 자를 수가
없었다. 성깔이 있긴 하지만 일은 꼼꼼하고 야무지다. 고객관리나 원
장의 스케줄 관리나 모든 수입과 지출이 다 소정의 손을 거쳐야 안심
이 되었다. 원장에겐 땍땍거려도 고객들은 싹싹한 아가씨라고 입을
모았다. 마누라 몰래 꼬불친 돈 역시, 소정이 빼돌려줘서야 가능한 것
이었다.

한편 소정은 화장실에서 화장을 고치며 생각했다. '어쩜 저렇게 인간이 빙충맞을까…… 나보고 가방끈이 길다고? 병신……' 소정은 손을 박박 씻고 거울을 한번 더 쳐다보았다. 문득 어제 만난 대환의 모습이 떠올랐다. 그는 여전히 단란주점 벽지 같은 현란한 넥타이며 와이셔츠를 걸치고 나왔다. 머리끝에서부터 발끝까지 신경 안 쓴 데가 없는 완벽한 자신에 비하면 성의가 없어 보일 정도였다. 그도 그걸 아는지 그는 늘 소정에게 황공하다는 듯이 쩔쩔맸다. 소정의 눈에 안 차는 면이 있긴 하지만 그래도 원장같이 무식한 작자에 비하면 훨씬 양반이다. 게다가 그에겐 쌔끈한 새 차가 있지 않은가.

소정이 화장실에서 돌아왔을 때 원장은 한마디 하려다 꾹 눌러참고 TV 리모컨에다 분풀이를 하고 있었다. 이때 침묵을 깨고 들어온 사람이 바로 진선생이었다. 일주일 전에 처음 와 간단한 상담을 받았고 오늘이 본격적인 수업이 시작되는 날이었다.

소정은 그의 얼굴을 흘깃 보면서, 참 까탈스런 인상이라고 생각했다. 그가 작성한 신상명세서를 보면 특이한 점은 없었다.

나이: 35세, 학력: 대졸, 주소: 송파구 방이동, 희망사항: 대중 앞에서 당당하게 노래하고 싶습니다…… 옥수동에서 보습학원을 운영한다는 점이 눈에 띄었을 뿐이다. 저런 인상은 공무원이나 일반 샐러리맨 같은 부류엔 많지 않았다. 소정이 아는 빚대행업자들 중에 저 비슷한 느낌의 사람이 있었다. 언뜻 보기엔 무난해 보이지만 동작에는 빈틈이 없고 듬성듬성한 머리털과 허전한 이마, 냉기와 온기가 교차하는 아리송한 인상이 바로 닮아 있었다.

원장은 진선생을 아주 전형적인 케이스로 느끼는 것 같았다. 뱃심이 약해서 고음 처리가 약하고 가슴에 힘이 너무 들어가 중간중간 괴성이 튀어나오는 그런 증상들은 매우 흔했다. 원장은 진선생에게 몇 가지 테스트를 더 한 뒤 녹음을 해보고 복식호흡을 위해서 평소에도 노력해야 될 점들을 설명하기 시작했다. 직접 배근육 강화운동을 시범해 보였고 그럴듯하게 음정 잡는 법 등을 자세히 가르쳐주었다. 소정은 그 광경을 지켜보면서 '저 아저씬 음치가 아니야, 그냥 과민성일 뿐이지……' 하고 생각했다. 저 정도 음색과 멜로디 감각을 가지고도 음치라면 대한민국에 음치 아닌 사람은 없을 것이다.

원장이 아까 녹음했던 진선생의 노래 테이프를 틀었다. 「사랑은 나비인가봐」였다.

"자 들어보십쇼. 아~아~아 이 부분, 이게 하이라이트 아닙니까. 여기서 뱃심의 안배가 적절치 못하니깐 자꾸 처지기 시작하죠? 그리고 노래 매 소절마다 헐떡거리는 소리도 들리시죠? 복근의 긴장이 그래서 중요한 겁니다. 그리고 들어보니까 혀도 좀 꼬여 있군요. 너무 긴장해서 그렇죠. 노래 잘하려면 혀가 위아래로 활짝활짝 잘 굴러가야 되죠. 자, 그다음 봅시다. 여기, 들어보면 고음 처리가 자신없어지니깐 목소리가 아예 작아지시는구만. 이러면 안되죠. 노래에 대한 공포, 이것만 없어도 반은 먹고들어가는 겁니다. 음…… 또 음정이 이상해지기 시작하네요. 그렇죠? 이렇게 자기 노래를 녹음해서 잘게 쪼개 들어봐야 문제점을 압니다. 음정 박자 그런대로 다 맞는데도 뭔가 듣기 껄끄러운 거, 이거 자기 혼자 암만 들어봐도 모르죠. 자 이제 마지막 소절까지 한번 들어봅시다……"

그때였다. 가만히 원장의 설명을 경청하고 있던 진선생이 원장의 손을 와락 움켜쥐며 이렇게 말했다.

"원장님, 사실은 저한테 더 큰 문제가 있습니다."

원장은 설명을 멈추고 짐짓 여유로운 척 소파 깊숙이 몸을 묻으며 말했다.

"자자, 긴장을 푸시고 마음놓고 말씀해보세요."

소정이 진선생의 절박한 표정에 흥미를 느낀 건 아니었다.

클리닉에 오는 사람들은 모두 저렇게 절박하다. 시아버지 칠순잔치 때 분위기를 못 맞췄다거나, 노래 잘 부르는 동료만 상사가 좋아한다거나, 부부동반 야유회에서 망신을 당했다거나…… 등등의 사연이 나름대로는 심각하겠지만 소정은 그들을 이해하고 싶지 않았다. 그 정도에 좌절하고 살아야 한다면 소정은 살 가치도 없었을 것이다. 자신보다 공부 못하던 친구들이 따라지대학에라도 들어가 대학생 행세를 하고 있을 때 소정은 백화점 마대 코너에서 철 지난 옷들을 팔아야 했다. 남동생이 삼수 끝에 따라지대학만도 못한 지방의 삼류대학에 들어갔을 땐 자신의 적금을 헐어야 했고 이를 거부하자 아버지는 싹이 노란 년이라며 그녀의 코를 부러뜨렸다. 이를 지켜보기만 했던 엄마는, 어디서 쉰도 안된 시부모를 모시고 살아야 한다는 거지발싸개 같은 혼처를 물고 와 닦달을 했다. 소정이 백화점을 나온 것은 방통대 다닐 시간을 조금이라도 벌기 위해서였지만 지금은 거의 포기 상태다. 아무리 수업이 없더라도 제때 시험만은 치러야 하건만 그조차 소정에겐 쉬운 일이 아니었다.

소정이 그간 만난 남자 중에 그나마 대화를 마음에 들어했던 것은, 그가 티뷰론을 몰면서도 너무 잘난 남자가 아니었기 때문이다. 미장공의 아들로 태어나 카쎄일즈 업계에 뛰어들고 판매왕을 연거푸 차지하게 된 그의 이력에서 웬만한 엄살은 발견할 수 없었다. 겨울에는 미나리꽝에서 얼음을 깼다는 투의 무용담들을 그는 하루종일 읊어댈 수도 있었지만 지나치게 궁상을 떨지도 않았다. 모든 사람들이 사는 게 장난이 아니라고 말하지만 그 뉘앙스는 모두가 달랐다. 소정은 억지로 삼켰던 쓴맛이나 신맛 나는 기억들을 말하지 않고도 공유할 수 있는 그런 사람이 있을 거라고 기대하지 않았다. 그러나 지난 주말, 꽃등심에 소주잔을 기울이며 대환은 자기 얘기를 했고 4년제 대학을 못 나온 그의 열패감은 딸려나온 떡심처럼 질깃질깃했다. 한치의 어리광도 붙어 있을 것 같지 않은 고깃점을 씹으며 소정은 그에게 깊이 공감하는 자신을 발견하고, 얼떨결에 씹던 고기를 뱉어냈다. 소정에게 가장 큰 자산은 냉철하게 현실을 저울질하는 감각이었다. 아귀 같은 시부모나 거지 같은 시누이들이 하나도 없다는 조건과 보란 듯이 폼나는 아파트를 장만하기엔 모자라는 그의 능력만이 트레이드 조건이라고 스스로를 다그쳤다.

흔들리지 말아야 돼, 하고 생각하며 소정이 고개를 쳐들었을 때 원장은 진선생의 구구절절한 얘기를 듣느라 짜증을 눌러참고 있는 표정이었다. 그러다 원장의 얼굴에 약간의 호기심이 번지기 시작한 것은 다음의 이야기 직후였다.

"……이 정도에 그쳤다면 제가 여기 찾아오지도 않았을 겁니다. 그렇게 노래방에만 가면 가사가 눈에 들어오기는커녕 입도 못 떼게 되면서부터 노래방은 아예 얼씬도 안했습니다. 하지만 제가 워낙 노래부르는 걸 좋아해서요. 얼마 전에, 도저히 피할 수 없는 자리가 있어서 한번 시도를 해봤습니다. 물론 노래방은 아니었죠. 제 18번이 김상국의 「불나비」거든요. 당연히 아시겠죠? 예, 제가 오래된 노래들을 좋아하는 편입니다. '얼마나 사무치는 그리움이냐 밤마다 불을 찾아 헤매는 사연, 차라리 재가 되어 숨진다 해도, 아 너를 안고 가련다 불나비 사랑……' 그런데 제 노래를 듣고 난 사람들의 표정이 좀 이상한 겁니다. 잠시 있다 선배 한명이 어색하게 웃으면서 제게 묻더군요. '일 그만두고 나더니 그런 노래가 좋아졌나보지?' 처음엔 이 사람들이 날 놀리는가 싶었습니다. 제가 그 노래 좋아하는 건 다 알 만한, 오랜 선배들이었거든요. 그런데…… 저는 정말 딴 노래를 불렀다는 겁니다. 이런 노래입니다. '불을 찾아 헤매는 불나비처럼 밤이면 밤마다 자유 그리워, 하얀 꽃들을 수레에 싣고 앞만 보고 걸어가는 우린 불나비, 오~ 자유여 오~ 기쁨이여 오~ 평등이여 오~ 평화여, 내 마음은 곧 터져버릴 것 같은 활화산이여, 뛰는 맥박도 뜨거운 피도 모두 터져버릴 것 같애……' 모르시겠죠? 근데 이것도 제목이 「불나비」랍니다. 보통사람들에겐 잘 알려진 노래가 아니죠. 그러고 나서…… 그런 일이 또 없었으면 그냥 웃어넘길 일로 끝났을 겁니다. 사람들 앞에서 노래부르는 게 전보다는 힘들지 않았어요. 오히려 노래실력이 늘었다는 소리까지 듣게 되었습니다. 그런데 어떻게 된 일인지, 어떤 노래를 부르려고 딱 마음먹으면 아주 엉뚱한 노래들이 술술 나오곤 하는 겁니다. 더 중요한 건요, 노래를 부르고 있는 중간에는 그걸 전혀 못 느낀다는 거지요. 그러기는커녕, 이번에는 틀릴 리가 없다고 확신을 하고 부르는데도 또 그 노래가 아닌 겁니다. 제가 현숙을 좋아해서요 현숙의 「포장마차」를 가끔 부릅니다. 분명히 머릿속에선 그 가사가 또렷이 떠오르지요. 너도 친구 나도 친구…… 이런 가사가 헷갈릴 건더기가 어디 있겠습니까. 쉬울뿐더러 입에도 짝짝 붙죠. 그런데 제 입에선 또 다른 노래가 나온 겁니다. '……닭똥집이 벌벌벌, 닭다리 덜덜덜, 잔업철야 지친 몸 소주로 달래네, 세상은 삐까번쩍 거꾸로 돈다네 제자리 찾아간다네……' 생소하시죠? 들으셔서 알겠지만 이것도 제목이「포장마차」라는 노래입니다. 물론 전혀 제 취향의 노래가 아닙니다. 제 취향은커녕…… 요건 조금 있다 말씀드리기로 하죠. 그후에도 술 먹다가 다 함께 정수라의「아 대한민국」을 부르는데 저만 혼자 정태춘의「아 대한민국」을 부르고 있어서 낭패를 본 적도 있었습니다…… 제목이 같은 경우만 이런 게 아니었어요. 제가 정훈희의「꽃밭에서」를 부르려구요, 이건 분명히 같은 제목의 노래가 없다 확신을 하고 딱 부르기 시작했는데, 그런데 또 입에선 엉터리 노래가 나온 겁니다. '빨간꽃 노란꽃 꽃밭 가득 피어도 하얀나비 꽃나비 담장 위에 날아도 따스한 봄바람이 불고 또 불어도 미싱은 잘도 도네 돌아가네……' 이건 제목이「사계」라는 노랩니다. 들어보셨다구요? 아, 그렇죠…… 이건 TV에도 나오고 그랬나보더라구요. 하여간, 이게 제가 겪은 일이긴 해도 저조차 믿기지 않을 정도니 남들은 오죽하겠습니까? 제목이나 가사가 비슷하다는 것 외엔 음정이나 분위기가 딴판인 노래를 이렇게 혼동하는 사람이 어디 있겠습니까? 저 스스로도 너무 기가 막히죠. 예…… 아까도 보셨겠지만 저는 노래 가사를 너무 잘 외워서 탈인 사람입니다. 가사 자체를 부분적으로 헷갈리는 수준이 절대 아니랍니다. 한번 시험해보세요. 얼마 전엔 김지애의「남남북녀」를 부르려고 했다가 또 실패를 했습니다. 제가 노래부르기 전에 기억을 더듬어봤죠. 그리고 분명히 이거랑 비슷한 노래는 없다고 안심을 하고 불렀지요. '남자는 남쪽 먼고향에서 날마다 조금씩 잊혀져가고, 여자는 북쪽 서울서울로 날마다 조금씩 멀어져갔네, 키보다 더 높은 그리움들이 남자의 가슴을 때리고……' 그런데 역시…… 또 다른 노래가 튀어나온 겁니다. 그때부턴 한소절만 불러도 틀렸다는 걸 금방 알게 됐습니다. 하도 혼이 나서 그런 거죠.「직녀에게」란 노래가 있습니다. 가사만 보면 좀 비슷하긴 하지만 아주 판이하죠. 김지애 노래처럼 시원시원한 게 아니라 아주 청승맞아요. 이런 가사입니다. '……이별이 너무 길다 슬픔이 너무 길다 선 채로 기대기엔 세월이 너무 길다, 말라붙은 은하수 눈물로 녹이고 가슴과 가슴에 노둣돌을 놓아 그대 손짓하는 연인아……' 이제 노래부르는 것 자체가 공포입니다. 안해야지 안해야지 하고서도 어쩌다 또 술김에 노래를 하게 되면 도저히 끝까지 부를 수가 없어요. 부르는 중간에도 이게 아니면 어떡하나 걱정이 돼서 제대로 부르던 노래도 엉망이 되는 거죠. 물론 처음 생각한 대로 맞게 부르는 경우가 더 많습니다만, 언제 또 실수할까 조바심이 나서 살 수가 없습니다. 아니 남은 모르더라도 당사자인 제가 알지 않습니까? 제 머리가 이상해진 게 아닌가 싶어서 살맛이 안 납니다. 도와주십쇼 원장님."

원장의 눈초리를 보니 이거 또 잘못 걸렸구나 하는 표정이 역력했다. 그렇다, 노래 가사를 뒤죽박죽으로 외우는 사람들은 실제로 많았다. 그러고선 대인공포증이네 목의 구조가 이상하네 정신적으로 문제가 있네 하는 얼토당토않은 변명들을 대며 원장의 진을 빼놓는 부류들이었다. 분명 원장은 저 사람의 말을 다 믿는 것 같지 않았다. 진선생 본인의 말대로 그렇게 황당한 경우란 들어본 적도 없고 믿기도 힘들었다. 원장은, 일단 노래방 화면을 잘 보며 따라하는 습관을 키운 후 차차 자신감을 가지면 극복되리라……는 판에 박은 소리를 했다가 진선생의 강한 반발에 부딪혔다. 진선생은 노래방 화면을 보면 아무리 잘하는 노래도 입에서 잘 떨어지지 않는다고 분명히 말씀드리지 않았냐고 열변을 토했다. 근본적으로 그것은 해결책이 될 수 없으며 사석이나 트인 공간에서 자연스럽게 부르는 노래가 문제라는 것이다. 노래방에서 보고 부를 거면 뭐하러 여기까지 왔겠냐며 거듭 주장했다.

원장은 진선생의 강한 기세에 밀려 그의 가사 암기 능력을 테스트하기 시작했다. 이 곡 아냐고 물어본 후 진선생이 안다고 대답하면 반주를 깔고 한번 해보란 식이었다. 대부분 사람들이 어떤 노래를 안다는 것은, 가사를 외울 수 있는 것이 아니라 들어서 따라할 정도라는 의미이지만 진선생은 달랐다. 그는 안다고 하는 노래의 90% 이상을 따박따박 외우고 있는 드문 인물이었다. 원장이 이건 모르겠지 하고 건성으로 물어본 문주란의 「동숙의 노래」나 조미미의 「서귀포를 아시나요」까지 진선생은 거침없이 불러제꼈다. 물론 음정 박자는 차치하고 말이다. 이제 원장은 약간 질린 듯한 표정이었다. 두시간 동안이나 이 작자한테 매달려 있다니, 시간이 아깝군…… 하는 표정이 스쳐지나간 듯하더니 좀 쉬었다 하자며 차를 시켰다. 매실차로 목을 축이던 원장은 잠시 말이 없었다. 원장의 꼼수를 익히 아는 소정의 귀엔 원장의 잔머리 돌아가는 소리가 득득득 들리는 것 같았다. 원장의 눈치를 슬슬 보며 암말 없이 차만 홀짝대던 진선생의 모습에선 묘한 평정심이 흘렀다. 이젠 내가 얼마나 심각한 줄 알겠지? 하는 득의의 표정도 아니었다. 여러가지 감정의 잔물결이 일렁이며 지나가는 것을 묘하게 참는 듯한 그런 긴장감이 배어 있었다. 소정은 찻잔을 가지러 그의 앞으로 다가갔다가 문득 탁자 밑에 비어져나온 그의 발을 보고 멈칫했다. 그리고 바로 그때 원장이 입을 열었다.

"생각해보니 몇년 전에 이런 분이 한번 온 적이 있었습니다. 대학에 재직하셨던 분인데 학생들이 날이면 날마다 이상한 노래를 부르고 데모를 하는 통에 골머리를 앓고 있다고 했죠. 무슨 학무처장인가 하는 보직을 맡고 있다고 했어요. 어느날인가 노래부를 자리가 있었는데 그분이 「아빠의 청춘」을 불렀다고 해요. 근데 부르다보니깐 중간에 딴 노래가 섞여서 엉망이 되더래요. '원더풀~ 원더풀~ 아빠의 청춘……' 그 부분에서부터 엉기기 시작했댔죠. 그 무렵 한창 학생들이 북한으로 넘어가네 마네 하면서 주리장창 부르던 노래가 있었는데 그 놈의 노래가 「아빠의 청춘」하고 아주 쏙 빼닮았다고 하더군요. 그게 제목이 뭔가 하면…… 얼마 전에 열린음악회에서도 부르던데……"

압니다, 하고 진선생이 말을 막았다.

"그건 「서울에서 평양까지」죠. 택시 요금 2만원이라는 가사가 한때 논란의 대상이 되었죠. 요즘은 얼마라고 하던가…… 하여간 그 두 노래의 음계가 아주 비슷합니다."

원장의 얼굴에 잠시 회심의 미소가 번졌다. 봐라, 나도 일가견이 있다 하는 표정이었다.

"하지만 원장님, 그 두 노래를 헷갈려하는 건 충분히 있을 수 있는 일입니다. 그러니깐 그건 일반인들 얘기죠. 저랑은 차원이 다릅니다. 저는 제목이 똑같거나 가사가 비슷한 노래를 헷갈려하는 것 아닙니까. 보통사람들이 어디 그럽니까? 제가 「아빠의 청춘」을 부를 자리가 있다면 전 절대로 헷갈리지 않을 자신이 있습니다. 내기를 해도 좋습니다. 그리고 지금 원장님이 말씀하셔서 막 생각이 났는데요, 제가 다른 노래를 부르려고 했다가 바로 「서울에서 평양까지」가 튀어나온 적이 있습니다. 현철의 「서울아 평양아」라는 노랩니다. 아시죠?"

원장의 표정을 보니 아니올시다였다. 진선생은 이 시대의 국민가수 현철의 노래임에도 시대를 잘못 만나 잊혀진 명곡이라며, 뒤늦게 원장의 자존심을 세워주려는 듯했다. 그 노래의 가사는 이렇다고 했다.

"눈감고 걸어가도 반나절 거리가 40년을 가는구나 서울에서 평양까지 평양에서 서울까지 오늘이냐 내일이냐 만나볼 그날이, 부르다 목이 메인 한강아 대동강아 만나보자 지금도 늦지 않았다 서울아 평양 아……" 원장은 자기가 모르는 뽕짝까지 죽 꿰고 있는 진선생의 정체 가 비로소 궁금한 듯했다. 어떻게 모든 노래에 그렇게 조예가 깊으시 냐고 물어보자 진선생은 주저하다가 덤덤하게 입을 열었다.

"글쎄요…… 어떻게 하다보니 지금은 동네 코흘리개들이나 상대하 며 살고 있습니다만 이건 시작한 지 몇년 안됩니다. 다른 일을 전전해 보긴 했습니다만…… 이거, 지난 일을 얘기하려니 어떻게 말을 해야 할지 잘 모르겠군요. 세상이 달라졌다고는 하지만…… 아니죠, 그래 서 더 말하기가 어색한지도 모르겠군요. 네…… 그러니까 사실 저 는…… 전에 그저 평범한 일개 공무원이었습니다……"

흥, 역시 저런 스타일이 뒷구멍으로 호박씨를 까는 거야, 하고 소정 은 혼자 낮게 중얼거렸다. 어쩌면 소정은 그가 처음 올 때부터 마음에 안 들었는지도 모른다. 처음엔 그저 딱딱한 인상이라고만 느꼈던 그 를 지금 찬찬히 뜯어보니 나이답지 않게 호리호리하고 피부는 하얀데 다 특히 목이 가늘었다. 또 육각두상이었다. 여러모로 믿음이 안 가는 관상의 집합체였다. 말투 또한 저렇게 느리고 어눌하면서도 설득력 있다는 것, 그 점 역시 마찬가지다. 대형 사기꾼들은 바로 저런 스타 일에 많다고 들었다. 게다가 지금 하는 저 얘기를 들어봐라, 겸손한 척 하지만 저게 어디 평범한 사람의 얘기인가. 결국 그는 짭새였던 것 이다. 국가 무슨 공무원이라고는 하지만, 대학생들 감시하고 허구한 날 뭘 분석하고 사람들 잡아들이고…… 그게 바로 짭새 아니고 뭔가.

눈을 동그랗게 뜨고 듣고 있던 원장이 중간중간에 질문을 했다. 언제부터인가 원장은 그를 선생님이라 부르고 있었다.

"근데 말이죠 선생님, 난 도무지 이해가 안되는 게…… 왜 그 대학생 노래들을 일일이 다 조사한다는 겁니까? 어차피 그런 노래들은 개네들이나 부르고 마는 거 아닙니까?"

"뭐 꼭 그렇지만도 않습니다. 보세요, 김대중이 집권하고 나서 별별일들이 다 생겼지 않습니까? 김정일이랑 악수 한번 하고 그저 좋다고 다 퍼주질 않나, 온갖 불순분자들을 나몰라라 하고 다 풀어주질 않나…… 이거 애국시민들은 어디 불안해서 살 수가 있겠습니까? 전에는 어디 상상이나 했나요? 그 틈을 타서 온갖 불순세력들이 슬금슬금 침투를 하게 되는 거죠. 여하간에 그런 세력들에게 바로 첨병이 되는 수단이 바로 노래랍니다. 흔히 생각하길 그런 노래들은 무조건 과격하다 그렇게 보는데 그렇지만도 않습니다. 물론 선동적이고 비장한 단어들이 많긴 하죠. 자유, 평등, 투쟁, 피, 죽음, 생산, 미제, 파쇼, 해방, 통일, 분단, 깃발, 진달래, 어둠…… 언젠가, 지금은 국회의원이라는 작자 중의 한명이 「결전가」라나 하는 노래 가사를 지었습니다. 걔가 아마 당시에 전대협 의장인가 그랬을 거예요. 나중에 여자로 변장하고 도망 다녔던 아주 비겁한 놈이었죠. 하여간 가사를 보면, 자주민주 통일의 길로…… 어쩌구 나가다가 '돌아오지 않을 화살이 되어' 딱 이 부분이 나오면, 부르던 애들이 다 돌아버려요. 그 다음 가사가 바로 '기쁘게 싸우러 가자'예요. 이게 제정신 가진 놈들입니까? 순진한 애들 칮면 거는 게 나찌랑 똑같은 수법이지 뭡니까. 쇠파이프 들고 규찰하는 애들 강령 보면, 임전무퇴, 이런 것도 있어요. 지들이 뭐 화랑도입니까? ……하여간 그런 노래만 가지곤 그놈들도 한계를 느끼게 됐죠. 시대가 흐르면서, 불순하지 않은 순박한 사람들에게도 먹힐 교묘한 노래가 필요해진 겁니다. 그래서 막 만들어내기 시작했죠. 어떤 거 보면, 걔네들이 만든 노래인데도 아주 잔잔하고 그럴듯하게 들려요. 「가야 하네」「동지를 위하여」「그날이 오면」「전화카드」…… 모르시겠지만 이런 노래들을 들으면 저 같은 사람도 눈물이 핑 돌 정도지요. 그게 90년대 초부터 나온 새로운 수법이었어요. 마침 우리에게 아주 중요한 정보가 흘러들어왔습니다. 우리가 방심할 만한 그런 나긋나긋한 노래들에서 이상한 징후가 발견됐다는 거지요. 그때 그런 노래를 만들고 활발하게 활동했던 합법적 노래운동단체들이 실은 교묘한 위장전술이고 실상은 그들이 과격한 이념을 가진 남한 최대의 지하불법 노래조직을 따로 건설했다는 겁니다. '전국노래운동협의회' 일명 '전노협'이라고 불렀죠. 이런 상황이니 그들이 퍼뜨린 수많은 노래들을 샅샅이 검열해봐야겠단 의심이 생겨나지 않을 수 없었죠. 그래서 한창 수사를 하고 있는 중이었습니다. 그런데 그만……"

"잠깐만요 선생님, 전노협이라고 하면 저도 어디서 들어본 것 같은데…… 무슨 노동자 어쩌고 아닌가요?"

"아, 어떻게 아시는군요. 공돌이들이 만든 작은 조직이 하나 있긴 있었습니다. 그러나 제가 말한 전노협에 비하면 그건 새발의 피죠……"

"예, 그렇군요…… 제가 워낙 무식해서요. 그리고 또 하나 이해가 안되는 게 있는데요, 어떻게 노래에다 암호를 심는다는 거죠? 그게 가능합니까? 그리고 그게 무슨 소용이 있는 거죠?"

진선생이 씨익 웃어 보였다. 자기도 모르게 숨죽여 듣고 있던 소정도 몸을 움찔했다.

"원장님…… 제가 정말 자세히 설명해드리고 싶지만 그럴 수 없는

제 심정을 이해해주시기 바랍니다. 저희들 일이 워낙 보안을 요하는
게 많아서요……"

잔뜩 쫄은 원장의 표정은 정말 가관이었다. 진선생의 얘기는 계속
되었다.

"그러던 중에 문제가 하나 생겼습니다. 핵심분자 몇명을 겨우 잡아
서 차츰 그 불순조직의 정체가 드러나게 되는 찰나에 그만 재수없는
일이 터진 거죠. 수사를 하다보면 말입니다, 손으로 좀 치게도 되고
하도 답답하면 사람이 한대 살짝 갈길 수도 있지 않겠습니까? 고문이
라뇨, 저희 조사실엔 비디오 카메라가 다 설치돼 있어서 그것 때문이
라도 그런 짓은 못합니다. 물론 열혈동료 중에 가끔 문제를 일으키는
경우도 있긴 있었지요. 하지만 그건 아주 드문 일입니다. 꼭 그런 일
들은 늘 실제보다 과장되어 있으니깐 믿으면 안됩니다. 그런데……
아니 왜 그런 눈으로 보시죠? ……제가 이 전직을 말할 때마다 그런
눈초리를 받게 되면 아주 난처합니다. 왜들 그러는지 모르겠어요. 국
가를 위해서 열심히 일한 죄밖에 없는데. ……죄송합니다. 잠시 제가
흥분했군요. 하여간 놈들 중에 한명이, 주로 노래를 작곡한, 아주 악
질 한놈이 있었는데, 피아노를 전공했나 그랬어요. 그만 병신이 돼버
린 겁니다. 고문이 아니었다니깐요, 지가 자해를 한 거죠. 너무 끔찍
해서 말씀드리기도 싫군요. 정말 무서운 놈들이에요. 불기 싫다고 자
기 몸에다 그런 짓을 하다니. 그때 우리 팀 지휘한 검사님이 다 소집
을 했어요. 어쩔 수 없다 우리 한명만 희생하자 그러셨죠. 그분 지금,
저 한나라당에서 맹활약을 하고 계십니다. 정말 제가 존경하는 분이
지요. 제가 정보계에 몇년이나 몸담았지만 그분만한 정보맨은 본 적
이 없어요. 아주 특출나죠. 사람들은 그분을 오해해서 '고문국회의원

정○○을 심판하는 모임'이니 뭐니 해서 쓸데없는 짓들을 하고 그러는데, 그 사람들 반성 좀 했으면 좋겠어요. 그분 아니면 누가 김대중이 빨치산 수법 쓴다고 폭로하겠습니까? 기억나시죠? 얼마 전 국회에서 그런 당찬 소릴 한 게 바로 그분 아닙니까? 그게 아무나 할 수 있는 일인가요? 정보력에다 소신까지 겸비해야 할 수 있는 일 아닙니까. 지금도 폭로의 외길을 걷네, 하면서 그분을 시기하는 사람들이 많은 걸 압니다. ……아 그래서요, 결국 제가 옷을 벗기로 했습니다. 그 당시 제가 제일 젊은데다가 먹여살릴 처자식도 없었고 등등의 이유였죠. 그때 우리 검사님이 그러셨어요. 넌 내가 끝까지 책임져주마…… 정말 화끈하지 않습니까? 그래서 제 직장도 알아봐주시고 대출이니 뭐 여러가지 뒤도 봐주셨죠……"

어쩜 저렇게 허풍이 심할까 하고 소정은 생각했다. 설사 저 얘기가 사실이라 해도 달라지는 것은 없다. 그래서 어쩌라는 건가.

그러나 원장은 생각이 다른 것 같았다. 어쩜 저렇게 비굴한 표정을 지을 수 있는 건지 감탄할 지경이었다.

"그렇게 옷을 벗고 난 후부터죠. 갑자기 어느날부터 그런 건 아니고…… 처음엔 나만 옷을 벗게 됐다는 사실이 잘 적응이 안됐죠. 솔직히 억울한 마음이 왜 없었겠습니까. 그러면서 조금씩 그 증상이 드러나기 시작했습니다. 특히나 그때 같이 일했던 선배들 만나면 노래는커녕 긴장해서 술도 못 먹게 되더라구요. 또 그런 실수할까봐요. 그러다가, 아까 말씀드렸다시피 최근에 와서 부쩍 그 증상이 더 심해진 겁니다."

마침, 예약 손님들이 들이닥치기 시작했다. 그것도 무슨 계모임처럼 단체로 몰려다니는 아저씨 일행이었다. 진선생이 자리에서 일어났고 원장은 여전히 엉거주춤한 자세였다. 원장님만 믿겠다며 다음주에 뵙겠다고 인사를 하는 그의 면전에 대고 원장이 아주 공손하게 물었다.

"근데 저…… 제가 쓸데없는 걸 궁금해하는 성미라 그런데요…… 그때 그 사람은 어떻게 됐죠? 그 자해를 해서 다쳤다는 학생 말입니다."

진선생은 빙긋 웃으면서 이렇게 말했다.

"안됐지만 얼마 전에 죽었다는군요."

문을 열고 나가는 그의 뒤통수를 보며 소정은 생각했다. ……저것도 다 사기 치는 거야. ……뭐 죽어? 결국 자기가 사람을 죽였다는 거야? 흥, 양말이나 똑바로 신고 다니시지……

소정은 아까 본 탁자 밑의 광경을 떠올렸다. 그의 한쪽 발엔 흰 양말, 다른 발엔 검정색 양말이 신겨 있었다. 양말을 짝짝이로 신는 사람이 있다고는 하지만 실제로 보기는 처음이었다.

오늘은 예약 손님이 꽉 찬 날이다. 게다가 예약도 없이 들른 손님들까지 한꺼번에 몰려들어서 북새통을 이뤘다. 소정은 저녁 예약 손님들의 시간을 조정하느라 두시간 내내 전화통을 붙들고 있는 중이었다. 홀에서는 양동이를 뒤집어쓰고 소리를 꽥 지르는 사람들과 러닝머신을 타면서 발성 연습을 하는 사람들, "자 배로 숨쉬고! 더 크게! 더 크게!" 하는 원장의 악쓰는 목소리까지 섞여 귀가 멍멍할 지경이었다.

저녁 먹을 시간이 되자 그나마 숨이라도 돌릴 수 있었다. 소정은 다 식은 볶음밥을 꾸역꾸역 먹으며 한손으론 핸드폰 메시지를 확인해보았다. 오늘도 대환에게선 아무런 연락이 없었다.

지난 일요일, 소정은 대환을 만나 여느때처럼 영화 한편을 보고 초밥을 먹은 후 블러드메리를 마셨다. 대환이 소정에게 그게 무슨 맛이냐고 물었지만 소정은 가볍게 웃기만 했다. 소정도 이 독한 술이 왜 좋은지는 모른다. 그저 이름이 멋있기 때문에 남자들을 만날 땐 이걸 한번씩 시키곤 했다. 이런 얘기 저런 얘기를 하다가 어느 순간 할 얘기가 바닥이 났고 대환은 소정보다 더 말주변이 없었다. 소정에게는 하고 싶은 얘기가 많이 있었지만 그건 대부분 아직은 하지 말아야 될 얘기이기도 했다. 무난한 얘기를 찾던 소정에게 불현듯 진선생의 사연이 떠올랐다. 예상대로 대환은 아주 재미있게 그 얘기를 들어주었다.

"그래서 그 사람은 어떻게 됐죠? 계속 오나요?"

"오지 말라고 할 수도 없죠. 그래봤자 겨우 두번밖에 안 왔구요."

대환은 맥주를 마셔도 촌스럽게 꼭 하이트만 마셨다. 혼자 두병을 비운 대환이 한병을 더 시켰고 지난 두달 동안 만나면서 한번도 하지 않았던 이야기들을 하기 시작했다. 대학은 무슨 대학이냐며 니가 알아서 돈 벌어서 다니라고 등을 돌렸다는 돌아가신 아버지 얘기, 선반공인 사촌형이 몰래 쥐여준 입학금이며 입학하자마자 학생회 선배들을 쫓아다니면서 새로운 세상에 눈을 뜨게 됐다는 얘기, 전경으로 끌려가서 힘들어하다가 복학하자마자 학자투 일하면서 교수들 멱살 잡고 싸웠던 얘기…… 소정은 그의 얘기들을 들으면서 팝콘 접시를 두번이나 비웠고 간간이 맞장구를 쳐주었다. 소정의 기준에선, 대환의 그런 사연들은, 말하고 싶어도 하지 않는 얘기들에 속했다. 언젠가는 알게 될 일이라 하더라도 저렇게 불콰해진 얼굴로 심각하게 토로하는 모습은 그답지 못하다고 소정은 생각했다. 오늘 차 넉대 팔았어요, 하고 지나가듯 아무렇지 않게 한마디 하던 그가 좋았던 것이다.

"……그래서 나 전문대 다니면서 재수없게 운동하게 된 거, 그거 내가 좋아서 그런 거지만 나 아무 대안이 없었어요. 아무것두요. 아버지가 그랬죠, 저보고 분수도 모르는 놈이라구요. 네까짓 게 무슨 데모질이냐고, 창피하지도 않냐면서요. 아까 그 사람 어떻게 됐다고 그랬죠? 아뇨 왜 누가 병신 됐다고 그랬잖아요? 죽었다고 했나요? 하여간 그 사람한테는 사람들이 그랬겠죠. 똑똑한 놈이 참 아깝게 됐다고. 만일 그 사람이 아무렇지도 않게 지금 잘살고 저처럼 재벌회사에서 차 팔고 그러면, 변절했다고 그럴 거예요. 근데 저 같은 놈은 암만 좇나게 돈 벌고 지랄해도 저한텐 그런 소리 아무도 안해요. ……왜요? 소정씨 놀라셨어요? 저도 운동 좀 해본 놈입니다. 저도 사회에 불만 많아요. 아무리 차 많이 팔고 판매왕이 되고 해도, 그런 게 있잖습니까, 사람이 꼭 돈 때문에 삽니까? 저 그때 그런 거…… 후회 안해요…… 소정씨 제 마음 아시겠죠?"

술이 과했다. 소정은 따라달라는 대로 따라준 자신의 무신경이 후회됐지만 그보다는 빨리 이런 분위기를 접고 싶었다. '……난 아예 대학 문턱도 못 넘어봤다. 그래서 이해 못한다 어쩔래?' 하는 말이 목구멍에서 간질거렸지만 소정은 웃음을 잃지 않았다. 팝콘을 더 달라기도 귀찮아서 냅킨을 만지작만지작거리며 소정은 이렇게 한마디를 했을 뿐이다.

"사는 데 그런 게 꼭 필요하나요?"

30분 후에 소정은 대환과 헤어져 집에 왔다. 물론 대환은 여느때처럼 소정을 집까지 바래다주고 손을 흔들어주었지만 소정은 그의 심경을 눈치챘다. 집으로 오는 차 안에서 대환은 조심스럽게 소정에게 몇가지 얘기를 더 했고 소정은, 자기 처지에선 배부른 소리처럼 들린다는 말을 돌려서 하려고 무진 애를 썼다. 차에서 내릴 때에도 키스를 해보려고 어설프게 분위기를 잡거나 다음에 만나면 어딜 갈까요? 뭘 좋아한다고 했죠? 그런 걸 묻지도 않은 채 대환은 돌아갔다. 그리고 잘 들어갔냐는 전화도 없었고. 그후로 닷새 동안이나 단 한통의 전화나 메씨지도 보내지 않았다.

소정은 처음 괘씸한 생각에 전화가 와도 튕겨보리라 마음먹었었다. 그런데 문득 대환이 그리 호락호락한 대상이 아닐지도 모른다는 생각이 들었다. 그날 나눈 대화 내용을 다시 곰곰이 곱씹어보았다. 소정은 오만하긴 했지만 멍청하진 않았다. 복잡한 남자는 싫다. 하지만 20평도 안되는 좁아터진 집구석에 온갖 군식구와 같이 살거나 경차 하나 없이 빌빌대거나 여자네 집이 준재벌쯤 되길 기대하거나 하는, 가지가지의 무능한 남자들보단 낫다. 지금까지 소정이 만나본 남자들은 모두 그 범주에서 벗어나지 않았다. 세상은 역시 뜻대로 굴러가지 않는다. 어쩌면 내가 모르는 이 세상의 벽이 켜켜로 나를 둘러싸고 있는지도 모른다, 그런 생각을 하며 소정이 마지막 남은 양파 조각을 한입 베물었을 때 진선생이 들어왔다.

원장은 그가 예약시간보다 삼사십분이나 늦었지만 별로 개의치 않는 것 같았다. 소정은 황급히 볶음밥 접시를 치우면서 잽싸게 진선생의 발목을 훔쳐보았고 오늘은 제대로 양말을 신었다는 걸 확인했다. 원장이 건성으로 진선생의 노래를 봐주었지만 그는 큰 불만이 없는 듯했다. 마치 저번 교습 때 구구절절이 했던 얘기를 아예 잊은 듯했다.

그때 마침 진선생 다음으로 예약시간이 잡힌 단체 손님들이 평소보다 일찍 들이닥쳤는데 원장은 대놓고 반가워했다. 얼렁뚱땅 진선생을 보내고 싶은 기색이 역력했다. 그 유쾌한 아저씨 일행은 동네 개업의들의 먹자계 비슷한 모임이었다. 음치교정을 받으러 온다기보다는 야유회 오는 기분으로 오는 이들인지라 부담이 없었다.

진선생은 자기가 너무 늦게 와서 시간이 겹친 것 같으니 오늘은 그만 가보겠다며 고분고분하게 자리에서 일어났고 소정은 붙임성있게 한마디를 던졌다.

"저 선생님, 수업료 납부가 아직 안됐거든요. 내일 꼭 확인 좀 해주세요."

아 그렇던가요, 그럴 리가 없는데 하며 진선생이 머릴 긁적거렸다. 그때 소정의 눈에 유난히 긴 그의 손가락이 들어왔다. 왜 지금까지 저걸 못 봤을까 하는 생각을 하고 있는데 진선생이 내일 꼭 입금하겠다며 돌아섰다.

그때 와 있던 일행 중 가장 젊은 의사 한명이 엉거주춤한 포즈로 진선생에게로 다가왔다. 그와 진선생의 시선이 짧게 교차했고 그는 진선생을 보고 당황했고 진선생은 그의 그런 표정을 보고 당황하는 듯했다. 저 혹시…… 하고 말을 걸려는 듯하다가 그가 우물쭈물하자 진선생은 가볍게 그를 스쳐 문을 열고 나갔다. 젊은 의사가 원장에게 물었다. 지금 나간 사람 혹시 이름이 진아무개 아니냐고. 원장이 맞다고 대답하자 젊은 의사는 그가 뭐하는 사람인지 아냐고 또 물었다. 원장이 보습학원 원장이라고 심드렁하게 대꾸하자 그 의사는 "그럴 리가 없는데…… 그 사람이 맞는데……" 하고 중얼거렸다. 곁에 선 일행이 도대체 누구길래 그러냐고 묻자 젊은 의사가 이렇게 말했다.

"군의관 때 만났던 환자였어요. 왜 제가 몇번 얘기한 적 있었죠? 저 국군통합병원 있을 때 제일 처음 담당했던 환자 얘기요. 아주 뚜렷이 기억한다구요."

　그들 사이에 끼고 싶어 눈치를 보던 원장이 자기가 들은 얘기가 좀 있다며 장황하게 진선생의 사연을 들려주었다. 다 듣고 난 그 의사가 이렇게 말했다.

　"그 사람이 안기부 직원이라뇨…… 그게 아니죠. 말도 안되는 소리…… 그때 검사라면 아까 말한 국회의원 정○○이 맞아요. 음대생 하나가 실려왔다고 불려갔을 때 그 사람이 거기 있었거든요. 환자를 보니까, 온몸에 살갗이 다 터지고 붉은 반점이 수백개가 나 있는 게 무슨 통닭 같았어요. 무서워서 물어볼 생각도 못하고 있는데, 말로만 듣던 전기고문 같았어요. 게다가 손가락 몇갠가는 꺾어놔서 허연 뼈가 튀어나와 있고 피오줌을 하도 싸서 고름이랑 냄새는 말도 못하고…… 비위가 상해서 볼 수 없을 정도였습니다. 그러니 신경인들 온전했겠어요? 뇌신경까지 건드려놔서 완전히 정신이 이상해졌지요. 바로 그 환자가 저 사람이었어요. 제가 몇주나 곁에서 지켜봤는걸요……"

　원장이 벌떡 일어나 진선생의 전화번호를 확인해보라고 소정에게 시켰다. 소정이 재빨리 전화기를 들고 걸어본즉슨, 집 전화번호는 결번이었다. 직장 연락처인 학원 전화번호는 다른 집이 나왔고 조회해본 결과 집주소 역시 아예 없는 번지수였다.

　결정적으로, 수업료 납부를 아직 안했다는 사실이 원장을 폭발하게 만들었다. "아니 그런 미친 놈이…… 돈도 안 내고 와서 그 지랄을 떨고 가? 미스 장 너는 뭐했냐…… 야, 다음에 오면 콱 신고해버려, 알았지?……" 원장이 혼자 펄펄 뛰고 있는 동안 의사들은 자기들끼리 수군거리고 있었다. "요양원에서 도망친 게 아닐까?" "가족들이 나몰라라 하면 금방 행방불명되지 뭐." "가족이 아무리 보호를 잘해도 힘들어, 치매랑 똑같지……"

소정은 그저 가만히 앉아 있었다. 아까 머리를 긁는 진선생의 오른손에는 새끼손가락 한마디가 없었다. 손가락이 워낙 길어서 금방 눈에 들어오지 않았지만 소정은 분명히 보았다. 그것만 아니라면 피아노 치는 데 어울릴 섬세한 손이었다.

자기가 사기꾼이라고 믿은 사람에 대한 확신이 이렇게 틀릴 수도 있다니, 소정에겐 정말 충격적인 일이었다. 세상은 정말 양파 같다. 사람들에겐 저마다 사연이 있고 음치들에게도 그만한 사연이 있다.

멍하니 앉아 있는 소정에게 문득, 대환에게 먼저 전화를 해봐야겠다는 생각이 떠올랐다. 무작정 수화기를 들고 잠시 숨을 고르며 할말을 생각해보았다. 소정에게는 하고 싶지만 하지 말아야 된다고 생각했던 얘기들이 아직 많았다. 대환은 소정을 모른다. 소정 역시 대환에 대해 알아야 할 게 많을 것이다.

소정이 버튼을 눌렀고 신호가 가는 소리가 들렸다. 그리고 곧 그의 음성이 들렸다.

—『실천문학』 2002년 여름호

ㅂㅣ ㅁㅣㄹ ㅇ_ㅣ ㅎㅘ ㅇㅝㄴ

비밀의 화원

쟤는 두 돌 때 한글을 다 깨쳤대.

중학교 책도 줄줄이라면서?

애가 너무 별나도 키우기 힘들지. (우리 애는 맹해도 착하거든.)

내가 지나갈 때 아줌마들은 보통 이렇게 수군거린다.

한 소릴 듣고 또 듣고 해서 내 귀에 딱지가 앉은 지 이미 오래다.

난 초등학교 3학년 강정아. 영재학교인가에 들어가야 된다는 엄마의 강경한 주장에도 불구하고 어릴 땐 유난떨지 말고 커야 한다는 할머니와 아빠의 강한 반대로 나는 시시한 학교에서 더 나을 것도 없는 시시한 학교생활을 하고 있다.

그렇다고 내 생활이 그리 따분한 건 아니다. 학교에서 오자마자 책을 읽느라 시간을 다 보내고 가끔씩 고모와 말상대를 하다보면 하루가 간다.

우리 식구는 모두 여섯명. 각자 나름대로 바쁘게 살고 있지만 내 주파수에서 벗어나는 법은 없다. 누군가 꼭 사건을 일으키고 나는 그 과정과 종말을 지켜보며 간혹 그 쟁의조정에 개입하기도 하므로 별로 심심할 틈이 없다.

그런데 콩가루 그 자체인 우리 식구가 몽땅 이상한 기류에 휩싸이게 된 건 바로 대통령선거 때부터다. 식구 모두가 공통된 관심사에 몰입하는 건 흔치 않은 일이었다. 물론 할머니만은 약간 이탈된 행동을 보이긴 했지만. 할머닌 워낙 분방한 정치활동을 해왔기 때문에 난 크게 놀라지 않았다. (할머니는 1번 후보 노인부대의 선봉장이었다. 가족들이 말렸지만 소용없었다. 난 그냥 할머니 사교활동의 연장이거니 생각했다.) 푼돈 챙기는 데 타고난 수단을 가진 할머니가 폭 빠진 것도 그렇고 대학생인 삼촌 역시 물 만난 붕어처럼 설치고 다니고 기타 인물들 역시 입만 열면 선거가 어쩌고 하는 게, 이건 정말 건수구나 싶었다.

그런데 방마다 그득 쌓인 엄마 아빠 삼촌 고모의 책 어디에도 선거라는 게 이렇게 재미있는 것인지 나와 있지 않았다. 가끔 엄마나 삼촌은 별걸 다 본다고 내가 보는 책을 뺏거나 훼방을 놓기도 했는데, 그러면 나는 신문으로 눈을 돌렸다. 게다가 신문에는 똑같은 얘기가 계속 반복되므로 아주 읽기가 쉬웠다. 나는 입맛대로 찾아 읽으며, 나름대로 정계투시도(政界透視圖)까지 만들 수 있었다. 우리 집은 신문을 세 개나 보는데, 할머니 친구들은 배운 사람들만 있는 집이라 다르다고들 하셨다. 그런데 그건 과연 칭찬일까 싶다.

내가 엎드려 책을 읽고 있을 때, 그 책을 밟고 지나가는 유일한 사람은 할머니인데, 할머니는 전에도 책 수십권을 갖다버린 전력이 있었다. 대부분 고모의 책이었다. 내가 용케 살아남은 고모의 책들을 찾아 읽고 있으면 할머니는 그렇게 보란 듯이 밟고 지나갔다. (나는 책을 뺏는 사람과 밟아버리는 사람 중에 누가 더 나은가 잠이 안 올 때면 가끔 생각해본다.) 혁명, 해방, 민중, 변증법, 제국주의, ××의 비판, ××방법론 등의 제목을 달고 있는 고모의 책들은 좀 고리타분했다. 특히 표지를 중요시하는 내게는 정말 최악이었다. 물론 선동적이어서 흥미있기도 하지만 도대체 왜 이런 책이 나온 걸까 하는 의문을 갖게 했다. 하는 일이라고는 멍하니 있다가 밥 먹고 잠만 자는 고모와 그 책들이 어울리는 것도 같고 아닌 것도 같았다. 고모는 나 이외에는 누구와도 거의 말하지 않고 죽은 듯이 살고 있는 사람이다. 식구들은 가끔씩 한숨을 쉬며 걱정들을 했다. 애가 벌써 나이가 서른 중반인데 유학생하고 결혼시켜 내보내는 게 어떨까, 대학원이라도 보내는 게 낫지 않을까요, 누나는 정신과 치료를 받아야 해요, 많이들 그러던데요 등등. 한번은 할머니가 무슨 독일 유학생이라는 아저씨와 맞선도 보게 하고, 엄마는 무슨 비싼 병원에 데려간 적도 있었다. 물론 고모는 그때뿐이었고 다시 말기암 환자처럼 살았다.

고모와 한 방을 쓰는 나는 고모의 유일한 대화상대였기에, 우리 집에서의 내 위치는 남달랐다. 게다가 고모의 하나뿐인 친구인 재연 아줌마와도 나는 거의 동등한 상대로서의 지위를 누렸다. 재연 아줌마는 한달에 한번쯤은 자고 가기도 했는데, 내가 썩 마음에 들어하는 소수 중의 한 명이었다. (아줌마는 요즘 잘나가는 무슨 시민단체에서 일한다는데, 권력의 실세인 조직부장이라고 한다. 역시 힘있는 사람들은 풍기는 게 다르다.) "어이, 천재꼬마 잘 있었나?" 하며 내가 좋아하는 치즈 크러스트 피자 같은 걸 사들고 왔고, 내 얘기를 진지하게 경청하는 성숙한 인품과 식견이 있는 상대였다. 고모도 아줌마한테만은 속깊은 얘기를 함에 분명했지만 내용은 알 길이 없다. (둘은 보안에 아주 철저했다.)

그런 고모조차 대통령선거가 다가오자 텔레비전 앞에서 눈을 반짝이는 날이 많았다. 엄마와도 가끔씩 파를 까거나 할 때, 두런두런 얘기하는 것 같았다. 엄마와 고모는 보통 시누이와 올케 사이 같지 않다고들 했다. 우리 엄마는 다소 변덕스럽고 유난스런 점도 있지만 고모에겐 정말 잘했다. 자기 옷은 동네 시장에서 사입어도 고모 옷은 백화점에서만 사오고 고모가 아주 간혹 뭐가 필요하다고 떠듬거리면 삽시간에 조달해왔다. 엄마는 고모를 가끔씩 안쓰러운 눈길로 쳐다보며, 남들은 그 나이에 애도 있는데 아가씨 같은 사람이 뭐 잘못했다고 이러고 살아요, 하곤 했다.

엄마와 고모가 하는 얘기를 듣고 있으면 소득이 아주 많았다. 아빠는 누구와 대화한다는 즐거움을 별로 못 느끼는 사람이고 삼촌은 괜히 어려운 말로 거창하게 떠벌리는 걸 좋아해 너무 시끄러운 사람이다. 엄마와 고모는 신문에 난 여론조사나 기사들을 읽으며 속닥거리곤 했다. 세상이 좀 달라지긴 하나봐요, 그 사람이 그렇게 지지율이 높을 수가 있나요, 알 수 없죠, 옛날이랑 달라요, 87년 땐 보수야당이라고 그렇게 깨졌는데 그땐 백기완 선생님이 인기가 많아서 그런 거죠, 그렇긴 하지만 또…… 고모는 항상 얘기의 끝을 맺지 못했다. 고모가 더 하고 싶은 얘기는 뭘까. 나는 늘 그 끝이 궁금했다.

삼촌은 노동자 후보라는 어떤 아저씨를 뽑아야 한다고 침 튀기며 (이건 비유가 아니다) 열변을 토하곤 했다. 삼촌 말을 듣고 있으면 저건 누가 다른 사람이 한 말을 그대로 따라 하는 거겠지, 하는 감이 딱

왔다. 물론 그런 삼촌이 아주 가끔 귀여워 보이기도 했다. 우리 위층에 사는 무슨 의대 다니는 아저씨처럼 만날 스키장 다니고, 스포츠신문만 보는 것보단 훨씬 낫다고 생각한다. 이것은 전적으로 우리 식구들의 영향을 받아서이다. 할머니를 제외한 식구들은 그 위층 남자를 아주 한심해했다. 재연 아줌마 말에 따르면 우리 식구들이 남다른 데가 있어서라고 한다. (나는 이것을 수준이 높다는 얘기로 해석한다. 그렇게 말하는 아줌마 역시 수준있는 사람 아닌가.)

선거가 다가올수록 어디 가나 그 얘기가 화제였으므로 나 역시 약간 들떴다.

그러던 어느날, 주로 사건의 뒤처리 담당인 우리 엄마가 집안에 작은 소동을 일으켰다. 사건의 개요는 다음과 같다.

엄마 친구 중 청파동 아줌마라고 있다. 그날 마침 통화가 돼서 여느 때처럼 이런저런 수다를 떨다가 그 유력한 후보 얘기까지 나왔더란다. 그러자 말투가 약간 변하더니 우리끼리 얘기지만 좀 그렇지 않냐고 하더란다. 엄마가 눈치를 못 채고 뭐 대중이도 한번은 해먹어야지 하며 대수롭지 않게 받았더니만(바로 그런 태도가 문제였던 것 같다) 중학교에서 역사를 가르치고 있는 아줌마는 솔직담백하게 나라의 앞날을 걱정하더란다. 뭐 그리 긴 얘기도 아니었다. 원래 생긴 것도 마음에 안 들고 다리 저는 것도 맘에 안 들고 전라도 파는 것도 영 그렇지만 뭣보다도 나라가 이 꼴인데 걔가 되면 영 불안할 것 같다는 그런 정도였단다. (그 말의 속뜻은 아마 이랬을 것이다—— 대중이 근마는 빨갱이새끼에다 다리 빙신 아이가. 나라를 전라도 깽깽이들이 말아먹을 텐데 난 그 꼴 못 본다. 나라 갈라묵자 캐라——그렇다. 아줌마는 숨길 수 없는 경상도 사람이었다.)

사람들이 그 아저씨를 싫어하고 좋아하는 사람들로 쫙 갈린다는 건 나쁜 아니라 코흘리개들도 다 아는 얘기였다. 엄마 아빠도 그 사람을 좋아하진 않지만 그래도 삼촌이 미는 사람과 둘 중에 누굴 뽑을까 고민중이라는 것도 알고 있었다. 문제는 이 나라 교육계에 '학실한' 일익을 담당한다는 사람 입에서 나온 소리가 이처럼 저열하다는 데에 있었다.

게다가 엄마가 그 아줌마를 친구로 여기는지도 확실치 않은데 그 아줌마는 당연히 친하다고 여기고 전화도 막 하고 집에도 막 놀러 오는 무서운 사람이었다. 너 그러면 안된다,라는 강력한 서두로 기선을 제압하고 남 가르치기를 아주 즐기고 보람으로 아는 그 아줌마에게 우리 엄만 확실한 밥이었다.

정아 그대로 놔두면 애 바보 된다, 형편이 좀 안되겠지만 영재학교 보내, 지금도 늦었어, 너 왜 내 말 안 듣니, 네 남편 믿고 살다가 언제 차 사려고 그래? 우리 집 차 바꿀 건데 싸게 가져가라, 누가 팔라고 하는데 네 생각나서 그럴 수가 있어야지, 암말 안하려고 했는데 참 딱하네, 그 나이에 무슨 공부니, 박사 된다고 금줄 두르는 것도 아니고 니네 시어머니도 밖으로 돌면서, 정아 아빠 기도 살려줘야지, 그렇다고 시동생들이 생활비를 보태길 해, 참 시누인 여전하지? 그때 내 말 듣지, 재취면 어때, 요즘세상이 어떤 세상이라고, 그래도 상대가 교순데, 그런 자리 없지.

그렇게 걱정해주는 척하면서 복장을 벅벅 지르고 남 위장에 구멍을 내든 심장을 후비든 그러기 전에 물러서지 않는 고수의 자세를 항상 유지했다. (난 그게 직업병이라고 생각한다.) 그러니 섬세하고 남의 말을 경청할 줄 안다는 데 긍지를 가진 엄마는 주눅이 들어 아줌마한텐 깨갱 소리도 못 냈다. 정작 그 상황에선 말이다. 그러다 좀 시간이 경과하면 괜히 다른 사람들한테 분풀이를 하곤 했다. 특히 늦게 들어오는 아빠가 주요 공격대상이었다.

그런데 그날은 양상이 조금 달랐다. 암팡지게 제대로 지르지도 못하고 버벅대기 일쑤인 엄마가 여느때처럼 걸려온 아줌마 전화를 좀 곱지 않게 받는 듯하더니, 흥분을 억제하는 게 분명한 찢어지는 소리를 내다가, 전화기를 그냥 던져버리는 거다. 내 눈으로 봤다. 말하기 싫으면 한번 물어뜯기나 하고 끊지 전화기가 무슨 죄가 있다구, 한마디 하려던 나는 그냥 입을 다물고 말았다. 엄마 상태가 예사롭지 않았다. 엄마같이 화르르 하는 사람이 암말 안하고 가만히 삭이고 있는 건 위험하단 신호다. 어둑해져 아빠가 퇴근해 들어오시자, 엄마는 그제서야 말문을 열었다. 어떻게 그런 말을 막 할 수 있는 거냐, 내가 그렇게 만만하냐, 영악해도 경우가 있는 애였는데, 학교 다닐 땐 안 그랬는데 왜 그렇게들 사는 거냐, 이렇게 점점 소리가 높아지더니 나중엔 분을 못 이겨 아빠 가슴팍을 팡팡 치기까지 했다.

보통때의 아빠라면 병이야 병, 하고 한마디 툭 던지고 신문 들고 유유자적 화장실로 사라졌을 것이다. 그런데 아빠는 마치 낯선 남자처럼(내 눈엔 그렇게 보였다) 엄마 등을 다정스럽게 토닥여주는 것이다. 그럴 줄 알았다, 내가 뭐랬냐, 끊을 사람은 좀 끊고 살라니깐, 남편이 회계사라고 했던가? 뭐가 아쉽겠어, 이대로 냅두는 게 지들은 좋지, 학교 다닐 때 친구라고 지금도 다 친구냐, 그게 언젯적 얘긴데, 이게 지네 나라지 언제 우리 거였냐 등등.

아빠가 저런 말을 다 할 줄 알다니, 적응이 안되는 상황이었다. 남들은 엄마 아빠가 동갑내기라 친구 같은 부부라고들 했다. 한 써클에 있다가 눈이 맞았다고 했다. 엄마 아빠에 대한 확실한 정보원인 고모가 해준 얘기다. 난 아무 정보나 가까이하지 않지만 고모는 믿을 만했다. 정아야, 네 엄마 아빠는 정말 좋은 사람들이란다. 그 말은 아직 진의가 좀 확실치 않다. 하지만 고모가 말하는 좋은 사람이 뭔지는 알 것 같았다.

그날따라 일찍 들어온 삼촌은 할머니에게 뭔가 전황을 듣더니 빠질세라 또 한마디 했다. 형수님, 그런 여자랑 상종도 하질 마세요, 입만 아파요, 5·18특별법이 그 지경이 된 거 봐요, 다 그런 사람들 땜이잖아요, 나도 디제이 지긋지긋하지만, 할 말 있고 안할 말이 있지, 그 아줌마 뭐하는 사람이에요? 형수님 같은 분이 왜 그런 사람 상대하세요, 무시하세요, 무시!

삼촌이 나불거린 영양가없는 말 몇마디에 엄마는 이미 기분이 좀 풀어진 듯했다. 됐어요 도련님, 용돈 필요하신가보죠? 아뇨, 뭐 제가 그런 거 바라고 말한 건가요, 그래도 주시면야 좋죠.

이런 가족간의 화기애애한 대화가 오가고 엄마는 예전의 나른한 모습으로 돌아가는 것 같았다.

우리 엄마에게 신비한 구석이 있다거나 뭐 그런 건 아니지만 다른 집 엄마들과는 몇가지 다른 점이 있다. 첫번째는 살림에 별 관심이 없다는 거다. 집구석에 뭘 붙인다거나 꾸민다거나 고친다거나, 최소한 먼지라도 자주 털어 가구가 윤은 안 나도 본래 때깔은 확인할 수 있게 한다거나 하는 걸 엄마는 금기시하는 것 같았다. (그래서 엄마는 누가 갑자기 놀러 오는 걸 좋아하지 않는다.) 그러다보니 우리 식구들은 자기 구역은 자기가 다 알아서 치운다. 남이 청소해주면 막 싫어한다. (그게 우리 식구의 특징이기도 하다.) 게다가 엄마는 요리에도 성의가 없다. 아니면 겁이 없는 건지 창의력이 높은 건지 손에 잡히는 대로 갖다가 처음 보는 음식을 만든다. 그것도 아주 쉽게. 분명 내가 알기에 개네들은 족보가 없는 것들이다.

우리 식구들은 식성까지 순해서 주는 대로 먹는다. 어느정도의 항거와 견제가 있어야 민주주의가 발전하는 것 아닌가. (민주주의는 피를 먹고 자란다는 말에, 난 가슴깊이 공감한다.) 게으른 우리 식구들은 식생활 개혁에 아무런 의지가 없다. 파만 툭툭 잘라 넣고 국을 끓인다거나 수프에 누룽지를 말아먹거나 꽁치에 닭고기와 양배추를 넣고 함께 볶아버린다거나 하는 온갖 잡탕 메뉴에 이미 입맛이 길들어졌다. 아빠랑 삼촌은 군대밥 비슷하다며 만성순응 상태이고 고모는 원래 말이 없고 마지막 희망인 할머니마저 요즘엔 기대를 저버리고 있다. 옛날엔 곧잘 직접 나서서 요리란 무엇인지 시범을 보였지만 지금은 그것도 귀찮아하고 심지어 어멈 솜씨도 많이 늘었다며 그런 개밥 같은 음식을 더 달라고 하실 때도 있다. 그럴 땐 할머니도 드디어 늙어가시는구나 싶어 가슴이 참 찡해진다. 내가 만일 가출할 일이 생긴다면 그건 엄마의 이상한 음식솜씨에 상당한 책임이 있다. 하여간 엄마에게 그런 게 중요하지 않다는 건 그럭저럭 이해가 가지만 왜 항상 하는 일마다 만족스럽지 않다고 심드렁한 표정을 짓고 있는지는 잘 모르겠다. 엄마는 대학원도 다녔고 번역도 가끔 하고 학원강사도 하고 재연 아줌마와 같은 사무실에 나간 적도 있었다. 아마 우리 집에서 나 다음으로 책 욕심이 많은 사람도 엄마일 것이다. 엄마는 아직도 무슨 꿈이 있는 것 같다. 엄마 자신도 그게 뭔지는 잘 모르는 것 같지만.

며칠 뒤 놀러 온 재연 아줌마에게도 나는 차근차근 그 전화 사건을 얘기해주었다. 더 냉철한 분석과 코멘트를 듣고 싶었던 것이다. 그런데 아줌마는 에계계 하는 표정으로 있다가 껄껄거리며 웃고는 땡이었다. 뭐 그럴 수도 있지, 단 한마디뿐이었다. 괜히 말했다 싶은 때가 이런 때였다.

선거 분위기가 본격적으로 달아오르자 엄마를 펄펄 뛰게 만든 문제의 '그 아저씨'는 함께 춤추자는 희한한 광고에 계속 나왔고(난 그 노래가 승패에 결정적 영향을 끼쳤다고 확신한다) 그렇게 재미있는 볼거리가 또 없나 하고 텔레비전 앞에서 죽치는 날이 연이어졌다. 내 독서생활에 지장을 줄 정도로 아주 흥미진진한 것들이 넘쳐났다. 어떤 땐 여섯 식구 전부가 일곱 난쟁이처럼 주르르 앉아 함께 텔레비전을 보기도 했는데 그건 참 근래에 드문 일이었다. 아빠는 항상 뉴스만 보고 할머니는 드라마만 보고 엄마는 종잡을 수 없고, 삼촌은 우리나라 텔레비전은 후지다고 욕하면서 쇼프로그램만 봤다. 솔직히 내 취향도 삼촌과 비슷하다. 유치한 건 다 마찬가지지만 임창정이나 양파는 최소한 사기는 치지 않는단 믿음이 있다.

그러고 보니 얼마 전 어떤 미니씨리즈를 보던 때가 생각난다. 깡패들이 나라를 좌지우지하며 아주 본때있게 나오는 드라마였다. (나조차 깡패들이 참 멋있는 분들이구나 하고 느꼈었다. 속은 게 분하다.) 거기서 광주항쟁에 대한 장면이 몇번 나왔다. 엄마는 가슴이 쿡쿡 쑤시는 것 같다면서도 빼놓지 않고 다 보았다. 그땐 엄마가 왜 그런 말을 하는지 솔직히 잘 몰랐다. 군인들이 시민들을 무차별 사격하는 장면들을 자꾸 보니까 그냥 그런가보다 했고 우리 식구가 피 튀기며 욕하는 전아무개가 저래서 욕을 먹는 거군, 하는 정도였다. 한번은 엄마가 어떤 장면에선가 고개를 돌리더니 아예 안 보려는 듯 일어났다. 할머니는 혀를 찼다. 어떤 임신한 아줌마가 한 장면 나오고 초파일 연등이 한번 보이고 군인의 사격장면이 나오더니 그 다음 순간 연등 하나가 퍽 하고 터지는 장면이었다. 그리고 나뒹구는 임산부. (알고 보니 그 드라마는 이미 한번 했던 거라 뭐가 나올지 남들은 다 알고 있었다. 나만 몰랐다.) 웬만한 일에 쉽게 동요하지 않고, 그래서 애가 감정이 메말랐다는 소릴 심심찮게 듣는 내가 그 장면에선 나도 모르게 침이 꼴딱 넘어갔다. 게다가 실제로 저런 일이 있었다고 삼촌이 떠드는 소리를 들으니, 아무리 특출한 지능을 소유한 나로서도 이 세상일을 다 이해할 순 없다는 걸 느꼈다.

하여간 그때 이후 식구들이 텔레비전 앞에 모두 모인 건 가족사에 남을 만한 일이었다.

대통령 후보들이 시계 봐가며 말싸움하는 프로그램일 때 특히 거국적인 분위기였다. 간혹 아빠가 삼촌과 맥주 한잔씩 걸치면 그외 식구들은 안주로 놓인 새우깡이나 김 쪼가리들을 같이 씹으며 한마디씩 해댔다. 식구들의 정치적 성향을 더 정확히 파악할 수 있는 기회는 바로 그런 때이다. 생각해보니 나도 누가 누구를 찍을지 엄청 궁금했던 것 같다. 식구들이 떠드는 소리 중 일부는 적어놓기도 했다. 혹시 나중에 써먹을 때를 대비해서이다. 바로 이런 식의 대화가 오갔다.

"우리도 칠십이 넘어서 저럴 수 있을까?"

"말을 많이 하면 치매가 늦게 온다고 한다."

"'애국심'은 머리띠로 둘러야 더 폼난다."

"아니다, 등짝이다."

"저런 생각을 한 사람은 과연 누굴까? 그것이 알고 싶다."

"근데 왜 자기만 애국심이냐, 다른 놈들은 매국노냐?"

"후까시 잡으려면 최민수를 따라 하지 박정희가 뭐냐?"

"왜 최민수를 박정희랑 비교하는가? 불쾌하다." (이건 나의 발언.)

"시장 염씨네 아들도 대추씨만한데 군대 갔다. 이런 법이 어디 있냐고 염씨는 늘 한탄한다."

"지금 텔레비전 안에 있다."

"아니 우리나라가 민주국가였단 말인가?"

"나라를 망치게 한 3인이 어딨나? 떼거리로 있다."

"부럽다. 저렇게 뻔뻔한 것도 복이다."

"복이라니, 저런 건 내공이다."

물론 주로 떠드는 사람은 삼촌과 할머니이고, 엄마가 가끔씩 가세했고, 고모와 아빠는 듣기만 했다. 아빠는 비록 내 혈육이지만 참 재미없는 사람이라 그의 정신세계는 알기 힘들고 알고 싶지도 않다. 토끼 몰듯이 사람 다그치는 말이 아빠의 특기다. 그래서 가끔씩 나에게 스트레스를 준다. 그래도 고소한 건 삼촌에게 놀기만 한다고 거침없이 말할 수 있는 사람은 아빠뿐이라는 사실이다. (날라리 막내삼촌은 지난 3년 동안 학점이 2점을 넘은 적이 없다고 한다. 난 늘 그 등록금이 아깝다고 생각해왔다. 될 사람을 밀어줘야 한다는 게 나의 정치적 소신이다.) 할머니는 가끔 삼촌을 쪼지만 서로 별로 관심이 없는 거 같다. 하여간 그렇게 무뚝뚝한 아빠와 앵앵거리기 잘하는 엄마가 부부싸움을 할 때 보면, 어떻게 저 둘이 결혼할 생각을 했을까, 하는 내 호기심이 발동한다. 삼촌의 증언에 따르면 아빠가 엄마에게 보낸 연애편지만도 수십통일 거라고 한다. 대학 때까지 포함해 자그마치 7년이나 연애해 결혼했다는 엄마 아빠는 가끔 정말로 살벌하게 싸우기도 하지만 아직까진 가정을 지킬 의지가 있는 것 같다. 그건 참 감사한 일이다. (어른 싸움도 애들 싸움 혹은 개 싸움과 수준에선 별다를 바가 없다. 한번은 말리려고 옆에 있다가 로션병에 맞아 내 이마가 깨진 적도 있다.) 불화가 많은 가정은 인간의 균형있는 성장을 방해한다고 난 믿는다.

그런 아빠도 고모에겐 가타부타 뭐라 얘기하는 법이 없었다. 그냥 고모 앞에 앉아 눈을 한번 치뜨고 끙 하고 한숨도 아닌 이상한 신음소 릴 내다가 다시 똑바로 앉고 고모를 한번 더 쳐다보고, 그런 식으로 시위 비슷한 압력을 준다. 그러면 소 죽은 귀신 같은 고모 또한 심란 한 표정과 한숨을 동반한 반응을 보이고 여지없이 바람 쐬러 나간다 고 일어선다. 이제는 나도 척 보면 알기 때문에 누워서 보던 책에 책 갈피를 끼워놓고 냉큼 일어난다. 그리고 고모보다 앞질러 현관으로 달려나가는데 우리가 가는 곳은 늘 정해져 있다.

우리 집은 우이동의 작은 아파트단지 안에 있는데 바로 뒤엔 북한 산이 있고 썩 훌륭하진 않아도 개울 비슷한 것도 있다. (남들은 또랑 이라 부른다. 근데 이것도 장마 땐 넘친다.) 원래 우리 동네가 강북의 구석동네라 나무도 많고 벌레도 많은데 특히 꽃나무들이 주변에 솔찮 게 있다. 고모가 좋아하는 곳은 개울과 담벼락과 길모퉁이가 희한하 게 삼각구도를 이루는 구석이다. 벚나무가 꽤 우거져서 하나 있는 벤 치를 둘러싸고 있고 그 뒤엔 큰 목련들이 또 몇그루 있다. 재연 아줌 마가 한번 와보고는 '비밀의 화원'이라고 이름붙여준 이곳의 결정적 하이라이트는 바로 가로등이다. 둥그런 등이 벤치 위에 하나 버티고 있는데 그게 나트륨등인지 수은등인지에 대해선 설이 많다. (최고참 경비아저씨도 모른다고 한다.) 사실 이 위치에 가로등이 있다는 건 말 이 안된다. 거기다가 다른 사람들은 우리 아지트에 거의 관심이 없는 듯했다. 가끔 백살쯤 돼 보이는 할머니 한분이 앉아 계실 때 빼고는 얼쩡거리는 사람이 없었다. 사람들은 단지 중앙에 있는 넓은 놀이터 쪽에만 몰려 있곤 했다. 거기엔 햇볕도 잘 들고 벤치도 많고 철봉 같은 운동기구에 커피 자판기까지 있어 아줌마들이 수다떨고 애보기에 적당한 입지이다. 그래서 고모가 주로 바람을 쐬는 이 구석 공간은 우리 둘이서만 안락하게 즐길 수 있었다. 고모는 날씨 좋은 날엔 뭘 갖고 와 읽기도 하는데 그러면 난 찰싹 달라붙어 고모가 넘기는 책장을 눈여겨보곤 한다. (나는 거기서 그렇게 책을 보거나 하진 않는다. 너무 궁상맞기 때문이다.) 이런 고모를 따라다니는 게 지루하다는 건 두말할 필요도 없다. 그런데도 왜 나는 고모 뒤를 졸졸 따라다녀야 하나? 물론 고모를 보호하려는 향단이 격의 사명감 때문이기도 하지만 그건 그리 중요하지 않다. 집에 가면 집안 가득한 책들 속에 파묻혀 독서를 할 때가 난 가장 행복하다. 그러나 도스또예프스끼나 헤밍웨이나 고르끼나 모옴의 소설에서 받는 충격이나 감동도 만만치 않지만 고모와 함께 있을 때 내 마음을 채워주는 그 뭔가도 난 마음에 든다.

사실 고모에게 일어났던 일들이나 고모의 상실감이 뭔지, 내가 다 이해하는 건 아니다. 내가 고모를 믿는 건 고모가 세상에 널린 가짜들과 다르기 때문이다. 있지도 않은 고민이나 욕심을 짜내는 게 아니란 얘기다. 그런 고모가 가끔 무장해제 상태가 될 때, 그 순간들은 나에게 쓸쓸한 인상과 긴 여운을 남겼다. 그것은, 내가 당연히 못 알아들으리라 생각하고 혼자 중얼중얼거리거나 혹은 재연 아줌마와 얘기하는 중간에 갑자기 툭 튀어나왔다. 남이 하면 뻔한 말인데 고모가 툭툭 던지면 가슴에 콕 박히는 말들…… 그래 난 원체 느렸어…… 체질적으로 됐다 싶으면 나만 남아 있더라구…… 너무 겁이 났지…… 어떻게 다 잃지도 않고 잘살까…… 참, 다 당당해…… 나만 예민한 거니?

대통령선거가 다가오자 고모도 생각이 더 많아진 것 같았다. 그게 나아지고 있는 건지는 잘 모르겠지만 고모는 가끔씩 텔레비전을 보다가 눈을 부릅떴다. 무슨 젊은 국회의원이나 보좌관 같은 사람들을 볼 때.

드디어 선거가 있던 그날, 임시 공휴일이라고 덩달아 나도 학교를 쉬고 투표하러 가는 식구들과 동행했다. 엄마, 아빠, 할머니가 나서는데 고모는 안 간다고 버티다가 엄마한테 질질 끌려서 나갔다. 바로 근처에 있는 학교에는 등산복 입은 사람들이 줄을 서서 바글거렸다. 그날 아침까지 절대로 1번 찍지 말라고 삼촌한테 숱하게 닦달을 당한 할머니는 위세도 당당하게 기표를 했는데, 매우 현명하게도 할머니는 5번인지 6번인지를 찍었다고 한다. 식구들은 할머니가 삼촌 말을 들었다는 자체에 안도하면서 그게 몇번인지 알려고 하지도 않았다. 할머니도 그 둘을 갖고 끝까지 고심했다고 한다. (도대체 5번, 6번 같은 사람들은 왜 항상 선거 때마다 나오냐고 비웃는 사람들, 누가 찍어주는지 의아해하는 사람들, 또는 분명히 일가친척 이웃사촌들의 표일 거라 단정하는 사람들은 반성해야 한다. 꼭 우리 할머니가 그래서가 아니라, 함부로 단정하는 버릇은 좋은 게 아니다. 할머니는 자기가 찍은 사람과 아무런 혈연 지연 관계가 없다. 누군지 이름도 기억 못한다.) 엄마 아빠는 개표가 끝날 때까지 말을 안하다가 밤 열한시인가 당선이 확정될 즈음에 3번이 큰일했다고 한마디씩 했다. 고모는 방송을 보면서도 좋지도 싫지도 않은 무표정한 얼굴이었다. 삼촌은 전부터 밀던 민중후보의 당 참관인을 한다고 아예 그날 밤에 들어오지 않는다고 했다. (난 그래도 삼촌이 참 기특하다고 생각하고 있던 참이었는데 할머니가 마침 결정적인 제보를 하셨다. 참관인을 하면 나라에서 돈이 나온다고 해서 간 거지, 걔가 뭘…… 하고 담담하게 정황을 꿰뚫어 보셨다. 할머니의 통찰력이 새삼 빛을 발하는 순간이었다.) 그런데 그날은 역사적인 날이라서가 아니라 우리 집으로선 정말 기억할 만한 날이었다.

모두 얌전하게 투표하고 나와서 할머니가 친구분들과 수다떠느라, 또 엄마도 어디서 노닥거리느라 잠시 대열이 분산된 적이 있었다. 그래봤자 10여분밖에 되지 않은 시간이었는데, 늘 그런 것처럼 고모 뒤에 바짝 붙어 따라다니던 나는 고모와 잠시 떨어지게 되었다. 할머니가 누구를 불러오라고 심부름을 시켜서 고모를 떨궈놓고 부리나케 달려갔다 왔다. 와보니 고모가 없었다. 두리번거리다가 한 블록쯤 건너에 있는 고모를 보았는데 누군가와 얘기를 하고 있는 것이다. 누군진 알 수 없었다. 물론 남자였다. (얼굴은 안 보였지만 그건 확실하다.) 난 이 중요한 건수를 누군가에게 알리고 싶어 식구들을 애타게 찾았지만 개똥도 약에 쓰려면 없다고 아무도 보이지 않았다. 아빠가 가장 가까운 거리에 있었지만 담배를 꼬나물고 뭔가 생각에 잠겨서 불러도 듣지 못하는 것이다.

그렇게 내가 발을 동동 구르고 있을 때 고모가 스윽 나타났다. 여전히 심드렁한 표정이었지만 난 느꼈다. 고모가 여느때와는 달랐다는 걸. 썩 나쁜 징조가 아니라는 게 느껴졌다. 누굴 만나고 오느냐는 내 집요한 질문에도 그저 빙그레 웃고 암말도 안하는 고모가 좀 원망스러웠다. 나는 내 모든 촉각과 지각과 추리를 동원해 고모를 심문했는데 고모는 쓸데없는 답변만 늘어놓았다. 모르겠다, 기억이 안 난다, 같은 치사한 회피가 아니라 상당히 노련한 솜씨였다. 고모는 역시 감옥에서 이런 걸 많이 겪었기에 다르구나 싶어서 순간 쪼끔 가슴이 아팠다. 잠시 입을 다물고(이럴 땐 시간이 필요하다) 학교 교문을 벗어나 식구들을 만나기로 한 문방구 앞으로 어기적거리며 가고 있을 때도 내 머릿속은 바쁘게 돌아가고 있었다. 어떻게 유도심문을 할 것인가 너무 골몰하고 있어서 아뿔싸, 누군가가 내 앞에 등장한 것도 모르고 있었다. 고모에게 전화번호가 적혀 있는 게 틀림없는 쪽지를 내밀고(그것 역시 봐서 아는 게 아니다) 고모가 머뭇거리자 손에 쥐여주고선 그 사람은 사라져버렸다! 한 10초나 걸렸을까. 그러나 내겐 눈 깜짝할 새였고 정신차리고 보니 이 돌발상황이 놀라워 말이 안 나왔다. 그때 고모의 표정은 뭐라 설명할 수 없다. 내 어휘력의 부족 탓이기도 하지만 고모가 너무 뚫기 어려운 정제된 감정과 사고로 무장한 강적이기 때문이다. 그래도 뭔가 시작됐다는 게 느껴졌다. 그게 뭔지는 모르지만. 조금 전 그 아저씨는 도대체 누굴까? 그 아저씨 얼굴이 떠오르자 조금만 지나면 까먹을 만한 아주 흔한 인상이라는 걸 깨달았다. 맙소사, 그는 드라마 속에서 꼭 한명씩 나오는 별 비중없는 조연급 덩치들을 합성한 것 같은 인상이었다. 내가 뚱뚱한 사람들을 혐오하는 건 아니지만 좋아할 이유도 전혀 없다. 찬찬히 생각해보니 그 얼굴을 제대로 보기나 한 건지도 헷갈렸다. 어딘지 고모와 닮은 것도 같았고 덩치에 비해 인상은 그리 우락부락하지 않았던 것 같았다. 이렇게 내가 머리를 쥐어짜면서 그 아저씨의 인상을 조립해가며 끙끙대고 있을 때 고모는 예의 그 무덤덤한 표정으로 되돌아와 고요한 안정을 취한 듯했다. 우리 사이에 뭐 그런 건 묻지 않겠지, 하는 철저한 방어전략이 느껴졌다. 그러는 틈에 식구들이 일시에 등장했고 이왕 가족이 다 나왔는데 '닭한마리집'이라도 가자는 할머니의 강력한 주장과 이를 제지하는 엄마의 공방으로 집에 오는 내내 시끄러웠다.

할머니는 외식을 안한 데 대한 보복인지(거의 확실시된다) 오후에 친구들을 데리고 집으로 들이닥쳐 화투판을 벌였다. 그 통에 나는 엄마가 구시렁거리며 단팥죽을 쑤고 동치미를 내고 하는 걸 도와야 했고 시장으로 뛰어가 찰떡을 공수해오기도 했다. 그러는 짬짬이 아빠 어깨 너머로 텔레비전의 투표현황들을 보느라 고모 일은 까맣게 잊고 있었다. 또 그런 떠들썩한 분위기가 싫지 않았던 것도 같다. 끈질기게 눌러앉아 화투 치는 할머니와 그 일당도 새로 당선될 대통령에 대한 기대와 혐구와 걱정이 범벅이 되어 들뜬 분위기였다. 특히 우리 할머니는 1번 선거운동원이었다는 걸 잊었는지 이 나라도 바뀌어야 한다고 민주투사처럼 핏대를 올렸는데 아마 그때 할머니의 패가 잘 안 풀렸던 것 같다. 할머니는 뭐가 잘 안되면 나라 탓을 하는 성향이 있었다. 한편 아빠는 간만에 줄담배를 피우며 혼자 맥주를 홀짝거렸고 엄마는 가끔씩 부엌에서 나와 어떻게 돼가냐고 물으며 상기된 표정이었다. 그런 혼란을 틈타 나는 아빠에게 슬쩍 물어보았다. 전부터 벼르던 것이었는데 좋은 찬스였다.

"아빠 왜 저 아저씨가 됐으면 좋겠어?"

"내가 언제 그러디?"

아빠는 좀 놀란 거 같았다.

"난 다 알겠는데 뭘. 엄마도 고모도 다 그 아저씨 뽑았을걸."

"………"

"그 아저씨가 왜 좋아?"

아빠는 순간, 아주 복잡하고 힘들어하는 표정을 지었다. 그런데 이상한 건 그런 표정을 지으니 아빠는 열살 밑의 삼촌과 닮아 보였다. (물론 삼촌보다는 훨씬 멀쩡한 눈빛이지만.) 아빠가 날 보며 말했다.

"정아야, 아빠는 그 아저씨를 좋아하는 게 아냐. 그 아저씨가 미워하는 사람들을 오랫동안 똑같이 미워해왔거든. 그렇다고 누구처럼 시너를 뿌린 것도 아니고 맨 앞에 서지도 못하고 기껏해야 술 먹고 욕이나 한 게 전부지만. 그러니까…… 저 사람이 좋아서가 아니라 그건 그냥, 그렇게라도 해야 될 거 같아서야. 또 똑같은 놈들한테 속는 건…… 정말 지겨워서야. 정말 지겨워."

아빠는 취했다. 취하지 않고는 저렇게 인간적으로 말할 수 없다. 아빠가 이렇게 흐트러진 건 오히려 날 어른스럽게 대해서가 아니었을까. 화투 친구들이 가고 난 후 할머니도 맥주를 홀짝거렸고 고모도 아빠가 권한 맥주를 받아 마시며 온 식구가 몽롱하고 나른하게 텔레비전을 지켜보았다. 그러다 나는 잠이 들었다 깼다 했고 엄마와 고모도 들락날락하는 듯했다. 예상을 뒤엎고 아빠 말대로 3번 아저씨의 수훈으로 그 다리 저는 아저씨가 대통령이 되었다. 자정이 넘자 텔레비전에선 만세를 부르고 기뻐 어쩔 줄 모르는 사람들이 비춰지고 그 한밤중에 플래카드를 들고 시가행진을 하는 광주 시내도 비춰졌다.

개표참관인을 한다던 삼촌이 그때쯤 투덜거리면서 들어왔다. 코까지 골며 자던 할머니도 깨어나 다시 집안이 술렁거렸고, 삼촌은 아빠와 할머니를 붙잡고 또 술판을 벌였다. 엄마는 그 깊은 밤에 김치전을 부친다고 집안 가득 기름냄새를 풍기며 부산을 떨었다. 엄마도 기분이 좋은 게 확실했다. 삼촌은 남들도 다 아는 얘길 혼자 신나서 떠들었고 할머니는 이럴 줄 알았으면 그냥 2번 찍을걸 하면서 굉장히 배아파하더니 (절대 후회가 아니다) 남들한테는 자기도 2번 찍었다고 할란다며 식구들의 협조를 부탁했다. 식구들은 할머니의 위상을 존중해 그러마고 했지만 아무도 이 말도 안되는 소리에 신경쓰지 않는 듯했다. 그날 출근해야 하는 아빠는 꾸벅대기 시작했고, 엄마는 아직도 믿어지지가 않는다고 중얼댔다. 엄마에게 물었다. 왜 그리 믿을 수 없냐고. 엄마 말인즉슨, 지금까지 한번도 엄마가 찍은 사람이 당선된 적이 없었고 그것도 얼마 전까지 빨갱입네 아닙네 하던 사람이 대통령이 됐는데 어떻게 믿을 수 있겠냐고 했다. 나도 이해한다고 적극 동조했다. 삼촌은 IMF체제가 준 어부지리라며 자기가 민 민중후보가 안된 게 약간 속상한 듯 보였다. 그럴 때 삼촌은 젊긴 젊구나 싶어 약간 귀여워 보였다. 그러나 쁘띠의 한계니 미국의 신식민지 전략의 역사니 하며 하도 잘난 체를 해대서 도로 정나미가 뚝 떨어졌다. 인간은 역시 쉽게 안 변한다는 게 느껴졌다.

하여간 그날 밤은 마치 내가 태어나기 전부터의 우리 정치사가 한번씩 다 스쳐지나가는 것 같았다. 드문드문 엄마가 자기 대학시절 얘기를 들춰냈고 그러면 삼촌은 주워들은 얘기를 꼭 자기가 본 것처럼 떠들었다. 아빠는 화장실 간다고 깼다가 비몽사몽한 채로 몇마디 거들었다. 계속 잊을 수가 없다는 말을 반복하는 거였지만 그건 물론 아까 한 얘기의 연장이었다. 몸에 시너를 뿌렸다는 아빠 친구의 이야기. 나도 들어본 적은 있지만 젊은시절 아빠에겐 정말 충격이었나보다. 아마 아빠는 그 끔찍한 장면을 멀리서나마 직접 보았기에 그러는 게 아닐까. 아빠는 친구들이 그때 일을 기억하려 하지 않는다고 쓸쓸한 표정을 지었다. 그런 얘길 꺼내면 술맛 잡친다고 하는 놈들, 특히 돈 잘 버는 아무개 아저씨를 욕했고, 엄마는 많이 들어본 소리인 것 같은데도 듣기만 했다. 엄마가 내게 조용조용 얘기했다. 그런 시대가 있었다고. 솔직히 지금의 나로선 상상이 안되는 그런 무용담들이 난무하던, 그런 시대가 정말 있었다고. 전(全)자만 봐도 눈을 돌리고 싶던 시대가. 10여년 전 6월 시내 한복판에서 휴지를 던져주던 사람들의 정겨움과 바로 뒤 대통령선거에서 패배했던 일, 그래서 사람들의 가슴이 만화에서처럼 뻥 뚫린 것 같았던 그런 시절의 얘기들이 계속 흘러나왔다. 전에 가슴으로 와닿지 않았던 그 무언가가 조금은 와닿는 것 같았다. 그 밤, 잔칫날 같으면서도 왠지 처연하고 약간 구질구질하기도 한 넋두리들을 들으며 나는 기분좋게 소르르 잠이 들었다.

문제는 그 다음날 아침에 일어났다. 마루에 엎어져 잠든 식구들이 하나둘 깨기 시작했는데, 아빠가 늦었다고 먼저 튀어나갔고 삼촌도 구시렁거리며 할머니한테 돈을 타서 나갔다. 아빠와 할머니 사이에 끼여 자던 나도 느지막이 일어나 책가방을 챙기려고 내 방문을 열었는데 뭔가 이상하다는 걸 깨달았다. 마루에도 방안에도 고모가 없었다. 설마 하는 생각에 좁은 집 구석구석을 뒤졌지만 양말짝도 아닌 고모가 어디 박혀 있을 리 없었다. 나는 되도록 조용하게 혼자 해결하려고 했지만 학교에 갈 시간이 다가오자 이건 내 능력 밖이라는 결론을 내렸다. 그러고 나서 바로 확대수사에 돌입했다.

돈 안되는 일에는 굼뜬 할머니지만 이럴 땐 정말 민첩했다. 고모의 옷가지와 트렁크가 없어진 걸 발견한 사람도 할머니였다. 할머니는 재연 아줌마에게 전화를 넣고 고모의 전화번호 수첩을 찾으려고 방안을 능숙하게 뒤졌다. 이왕 학교에 늦은 나는 어떻게든 결석을 하려고 버티다가 엄마에게 등짝을 맞고 학교로 보내졌다. 물론 학교에서 공부가 될 리 없었다. (어차피 다 아는 내용들이지만.) 까맣게 잊고 있던 어제 그 아저씨 일이 생각났고, 분위기에 휩쓸려 고모에게 신경쓰지 못한 내 불찰을 깊이 반성했다. 고모가 정상인처럼 될 수 있을까 싶을 정도로 심각했던 게 불과 일년 전 일이었다. 요즘 와서 그래도 많이 밝아졌다고 방심했더니 이런 결과를 낳은 것인가. 바이러스처럼 잠복해 있다가 갑자기 발병해서 식구들을 노심초사하게 만드는 것이라 딱히 예측할 수도 없었다. 언제인가 고모는 먹는 족족 게워내고 한동안 입에 아무것도 못 대던 적도 있었다. (병원에선 아무 이상이 없다고 했다.) 그때 할머니는 뭐가 한이 맺혀 그러냐며, 빨갱이 물 좀 먹는다고 다 너같이 되냐며, 콩밥 좀 먹은 게 뭐 그리 대단하냐며, 니 그 잘난 친구들은 다 뭐하냐며, 누렇게 뜬 고모를 개 잡듯이 팼다. 그때 할머니의 그 끔찍한 살기를 나는 잊을 수 없다. 그리고 알았다. 고모만 병든 게 아니라 우리 집 전체가 같이 앓고 있다는 걸. 세상은 우리 집과 상관없이 잘 굴러가는데도 말이다. 그렇게 굴러가는 세상에 만족도 못하면서 태연한 척 살아가는 사람들, 그게 더 비겁한 거라고 엄마인가 누군가가 말했었다. 나는 비겁한 사람들과 이 세상이 결국 한통속인가 생각해보았다. 내가 타고난 영민함 때문이기도 하지만 남달리 조숙할 수밖에 없는 이유는, 고모를 둘러싼 이 함수관계가 늘 머릿속에서 맴돌았기 때문이다.

수업이 끝나고 집으로 오는데 고모가 오지 않았을 거라는 확신이 들기 시작했다. 나의 입장을 어떻게 정할 것인가 무지 고민됐다. 어제 고모가 만난 그 아저씨 얘기를 하긴 해야겠지만 그게 과연 도움이 될 것인지. 그리고 누구에게 먼저 이 양심선언을 할 것인지. 잘못했다가는 왜 진작 말하지 않았냐며 이 사태의 책임을 몽땅 뒤집어쓸지도 모른다. 특히 두려운 대상은 할머니다. 고모에 대해서만은 할머니도 여느 노인네와 똑같아진다. 나는 죽도록 맞거나 시달리다 못해 가출을 해야 될지도 모른다. 양심선언한다고 쫓겨다니고 유서대필했다고 족치는 나라에서 장장 10년이나 산 내게, 달리 무슨 생각이 나겠는가.

내 처지가 참 기구하다 여겨졌다. 결국 난 입을 봉하기로 맘먹었다. 나서는 게 가만 있는 것만 못하다는 보신주의를 택하기로 한 것이다. 집안 분위기는 역시 흉흉했다. 내가 누구를 봤네 하는 건 별로 도움이 될 성싶지도 않았다. 고모가 옛날에 감옥에 갔다 나오자마자 혼자 여행한다고 나가서 더 골병이 들어 돌아온 적이 있었다. 식구들은 그걸 염려하는 것이었다. 그냥 잠시 바람 쐬러 간다고 말 한마디 하던가 전화를 하던가 재연 아줌마에게 뭐라 전하고 갔다면 많이 달랐을 텐데. 아니, 보통사람들이라면 뭘 하든 그냥 그러려니 하겠지만 고모는 전혀 보통사람이 아니지 않은가. 할머니는 말 그대로 몸져누워버렸다. 재연 아줌마가 와서, 어머님 별일 없을 거예요, 걔도 생각이 있겠지요, 뭐 이런 말로 할머니를 안심시키려고 퍽 애를 쓰긴 했지만.

텔레비전에선 새로 선출된 대통령의 격동 30년을 계속 보여주고 대통령 고향에서 잔치를 한다는 등 별별 것을 보여주었다. 참 세상이 간사하다, 누구는 좋겠네, 뭐 그런 소리를 툭툭 던지긴 했지만 아무도 어젯밤처럼 재밌어하지는 않았다. 재연 아줌마는 우리 시민의식 별로 믿을 수 없다고, 일하면서 더 뼈저리게 느낀다고, 자긴 솔직히 저 양반이 될지 몰랐다며, 에라 먹고 떨어져라 하는 맘에 1번 콱 찍고 나왔다고 농담처럼 얘기했다. 그런 아줌마의 얼굴이 씁쓸해 보였다. 그런 데서 일하니까 되레 사람들을 못 믿게 된 거지,라며 엄마는 응수했다. 그런 엄마의 얼굴도 10년은 늙어 보였다. 아빠는 IMF 아니었으면 그 양반 되긴 글렀을 거라는 회사 아저씨들의 여론을 전해주었다.

그렇지요, 먹고살 만하면 몇달 전 누가 무슨 짓을 해도 그냥 넘어가니까요, 백화점이 무너지고 가스가 폭발해도 소용없지요, 당장 연말 보너스로 뭐하나, 크리스마스엔 뭘 할 건가, 애들 컴퓨터는, 학원비는, TGI가 나은지 베니건스가 나은지, 이번 쎄일 땐 뭘 건질 건지, 이런 게 우선순위가 되면 무슨 단체에 회비 만원도 아까워서 취소하고 봄 되면 꽃구경 가고 여름엔 바다 가고 가을엔 단풍 보고 그런 연례행사들이 더 중요해지고, 몇십년 봐온 DJ니 JP니 얘기만 들어도 짜증나고요. 그렇게 살다가 갑자기 나라가 IMF니 뭐니 결딴난다고 호들갑을 떠니까 정신들 차리고 이게 아닌가 싶어서 고민 좀 했겠죠, 누굴 찍나. 그것도 겨우 2% 앞섰잖아요. 뭐 그렇게 많이 변한 거 있겠어요. 타이밍이 좀 그랬던 거죠.

아줌마는 화가 난 것 같았다. 고모가 말없이 나간 게 화나고 이제서야 대통령이 바뀐 게 화나나보다. 그렇게 낙천적이고 담백해 보이던 아줌마가 저리 배배 꼬인 소리를 할 줄 알다니. 내게 아줌마는 늘 굳건한 사람이었는데. 어쩌면 사람들에게 너그러운 만큼 포기하기도 쉬운 걸까. 아줌마도 참 기구한 사람이다. 학교 선생 하라는 부모님들의 소망을 해마다 들으면서 (아줌마도 선생자격증인가가 있다고 했다) 늘 무참히 꺾어버린다며, 차라리 농촌지도사 시험을 검토중이라고 진지하게 말한 적도 있다. 아줌마가 교단에 선다는 건 내가 상상해도 어울리지 않지만 무엇보다도 국가적 낭비이다.

나는 아줌마를 보면서 다시 숙고하기 시작했다. 분명히 아줌마는 그 아저씨를 알 것 같았다. 말을 할 것인가 말 것인가. 사실 고모의 가출이 그 아저씨와 관계가 있을 거라는 물증은 없다. 그러나 누구보다도 고모를 잘 아는 내 직감과 예지의 나침반에 따르면 그것은 틀림없었다. 질리지도 않고 꿈만 꾸는 체질도 아니고 조국에 한몸 바치겠단 열혈처녀도 아닌 고모는, 그저 상처에 딱지가 앉을 날만 기다리고 사는 위인이다. 상처가 아무는 것에도 본인의 의지가 필요하다. 선거니 뭐니 해서 온갖 과거가 다 들춰지고, 그때 그 사람을 만나고(물론 그 아저씨를 뜻한다), 그게 다 고모에겐 쓰라린 자국들인 것이다. 약간의 좌경사상에 눈떠 주경야독해 새나라 건설의 부푼 꿈을 품었다가, 자연스럽게 그 뜻을 접고 새출발하려는 고비에서 지나간 20대를 그리워하게 된다는 거, 난 그게 정상 코스라고 생각한다. 그런데 이 평범한 코스에서도 벗어나는 유형이 가끔 있는데, 너무 잘났거나 처지거나 생소한 아나키스트들이거나 할 때이다. 냉정히 말해 고모는 그중 처지는 축에 들 것이다. 거기서도 어쩌면 소수에 속할지 모른다. 성깔만 더 있더라도 고모처럼 살지 않을 것이다. 최소한 자기가 떨려난 데 대한 분풀이, 애증, 자기합리화 등이 냉소적이든 희화적이든 드라마틱하든 뭔가 보여야 되는 것 아닌가. 게다가 우리 고모는 창조력이나 상상력이 좀 부족해 보인다. 고모는 딱 동사무소 직원 같은 직업에 어울리는 사람이다. 그런 고모가 반체제로 찍혀서 감옥까지 들락거렸다는 사실이 내게는 잘 믿어지지가 않는다.

고모보다 더 똑똑한 사람들은 그때 뭘 했을까? 고모가 뭐든 열심히 하면서도 더 열심히 못해서 미안해하는 그런 축이었다면 그것 역시 화가 난다. 아니면 고모도 삼촌처럼 목에 힘주고 주변사람들 피곤하게 겁주는 그런 사람이었을 수도 있다. 재연 아줌마도 고모가 한때 되게 뻣뻣했다고 술회한 적이 있다. 융통성이나 상상력이 결핍된 이들에겐 흔한 증상이라 생각한다. 즉, 바탕이 착해도 미필적 고의로 남을 다치게 할 수 있다. 이미 난 고모가 한때 만용을 좀 부렸다 하더라도 지금처럼 초식동물처럼 사는 건 불공평하단 결론을 내린 바 있지만 이번만큼은 당최 산뜻하지가 않다. 어쩌면 고모를 피해자로만 여겼던 걸 재고해봐야 할지도 모른다. 난 더욱더 재연 아줌마에게 자문을 구할 필요성을 느꼈다. 객관적·합리적·총체적으로 상황파악을 하는 것이 이 국면에서 필요하다 싶었다.

재연 아줌마가 간다고 일어서자 나는 엉겨붙었고 비위가 상하긴 하지만 고모 잃은 외로운 아이 흉내를 내면서 하룻밤 같이 있어주길 청했다. 집에 전화 넣고 그러라는 할머니의 적극적 협조가 있어 아줌마는 순순히 응했다. 그러나…… 나는 아줌마가 곰의 탈을 뒤집어쓴 여우라는 사실만 확인했을 뿐, 그날 밤 아무런 소득도 얻지 못했다.

도대체 왜 어른들은 아이들에게 숨기고 싶은 게 그렇게 많을까. 천재꼬마라고 치켜세울 때는 언제고, 고모에 대한 그 많은 궁금점과 한국사회의 모순과 겉다르고 속다른 이 세상의 많은 논제들을 다 피해가고 너도 크면 알게 될 거라는, 가장 성의없는 대답을 어쩜 그리 진지하게 할 수 있는 걸까. 그동안 숱하게 내 견해를 경청하고 격려하고 첨삭해주던 것은 다 뭐였나. 아줌마에게 해명을 요구했으나 아줌마는 또 피식 웃으며, 고모가 너만 같아도 걱정 안한다는 그 마지막 한마디를 남기고 잠들어버렸다.

난 아줌마가 평소 배 째, 배 째라구, 하던 그 말이 심오한 비유와 은유를 함축한 말인 줄 알았는데 바로 이런 황당한 대응을 뜻한다는 걸 그제야 깨달았다. 너무 허탈해 혀라도 깨물고 싶었다. 아, 왜 내 편은 이다지도 없는 걸까. 학교에서도 아이들은 내 말을 못 알아듣고 그래서 당연히 재미도 없고 되레 시비 거는 족속까지 있어 난 늘 피곤하다. (특히 머리도 나쁘면서 착한 아이여야 한다는 주입식 사고가 꽉 들어찬 아이일수록 그렇다. 선생님은 멍텅구리야…… 이런 걸 배워서 뭐하라구…… 놀고 계시네…… 뭐 이런 일상적인 내 촌평에도 놀란 토끼눈으로 쳐다보며, 넌 왜 공손하지 못하니, 넌 왜 그런 말을 하니,

라는 반응을 보인다. 그리고 정아는 좀 이상해, 되게 잘난 척해, 하고
쑥덕거리기 십상이다. 착하면 모든 게 용서되는 세상이라니 끔찍하
다. 하물며 내 우수성을 지도편달해야 될 가족친지조차 내 앞길을 곧
잘 막곤 한다. 자기들도 그렇게 살지 못하면서, 드라마에 나오는 애들
처럼 바둑이처럼 공손하고 수더분하고 잘 까먹고 명랑한 백치성을 내
게 요구하는 것이다.)

　게다가 재연 아줌마는 그 아저씨에 대해 내가 흘린 고급 정보에도
별거 아닌 척 반응했으나 나중에 눈여겨보니 그것은 아줌마의 뛰어난
연기였다. 다른 사람은 몰라도 아줌마까지 그런 권모술수를 익히고
있다니 비통한 현실이다. 세상살이에 닳고닳는 게 이런 거구나 하는
착잡한 심경에, 내 이제 고모 생각이고 뭐고 다시는 어른들에게 흉금
을 털어놓지 않으리, 하는 비장한 결심을 했다.

　그날은 고모의 가출이 겨우 이틀째를 맞이했는데도 식구들은 마치
몇달 된 듯이 익숙해 보였다. 아마 이래서 우리 역사는 그 거지 같은
악순환을 되풀이하는 거라고 난 확신한다. 그런데 기가 막힌 건, 내가
이렇게 비관적이고 염세적인 자세에 익숙해지기도 전에, 즉 사흘째
되는 그 다음날, 고모가 감쪽같은 얼굴을 하고 집에 들어온 것이다.
한 손에는 사과봉지를, 다른 손에는 빈약한 트렁크를 들고서, 정아 안
잤니? 하고 아주 심상한 듯 한마디 툭 던지며 말이다. 뭐 달라진 것도
없었다. 여전히 우중충한 얼굴로, 나 건들지 마 하는 표정을 지으며
말이다. 식구들 역시, 그래 아무 탈 없이 돌아온 것만 해도 다행이다,
하는 아주 예의바른 표정들을 지으며 과일값이 금값이라는 둥, 눈이
올 것 같다는 둥, 엘리베이터에서 냄새가 난다는 둥, 쓸데없는 소리만
늘어놓았다. 하등 쓸데없는 일에 핏대 올리기가 취미이자 생활의 낙

이 되어버린 삼촌이 특히 그랬는데, 엘리베이터 안의 냄새는 어떤 쌔빠질 새끼가 몰래 오줌을 싼 게 틀림없으며 자신의 경험과 추리에 따르면 2시간이 경과되지 않았다는 얘기를 침 튀기며 늘어놓았고 할머니는 그런 놈은 잡아 족쳐도 시원찮을뿐더러 부녀회에선 뭐하냐며 모자간의 질긴 핏줄을 과시했다. 도대체 이 상황에서 이게 지금 합당한 대화들인지 나는 심히 헷갈렸다. 어언 10년 동안 이런 중구난방의 분위기에서 살아왔다는 게 참 새삼스러워졌다. 그리고 휩쓸리지 말아야지, 말아야지, 하고 훗날 생생하게 이 사건을 재현할 수 있도록 정신을 더 바짝 차리려고 기를 썼다. 그런데 너무 긴장을 했던 탓인지 아니면 그날 체육시간에 정신적 혼란을 육체적 단련으로 극복하고자 너무 무식하게 힘을 썼던 탓인지 어처구니없게도 나는 금방 잠이 들고 말았다.

아마 신이 있다면 나를 측은하게 여겨서였을까, 극적으로 정말 다행으로, 역사의 현장 막바지에 나는 눈을 떴다. 새벽 언제인지는 모르겠으나, 요의를 느껴 불시에 잠이 깬 것이다. 불 꺼진 방에서는 두 사람의 은밀한 대화가 오가고 있었다. 그날 얼굴도 못 본 재연 아줌마와 고모였다. 내가 곯아떨어졌음에도 철저한 보안에 단련된 두 사람은 너무나 낮게 소곤대서 못 알아듣는 말도 있었고 터질 것 같은 방광을 다스리느라 집중력이 떨어져 놓친 말도 많았다. 그러나 나는 그 악조건 속에서도 사금파리처럼 빛나는 몇마디들을 겨우 건질 수 있었다. 그것을 토대로 다음과 같은 사실들을 알아냈다.

1. 고모는 구로에서 야학인지 뭔지를 하다가 깽판을 치고 나왔다.
2. 고모는 도저히 잡힐 수 없는 상황에서 국가안보에 여념없는 짭새

아저씨들에게 호의를 품은 누군가의 제보로 잡혔다.

3. 고모와 함께 일했다는 써클 사람들은 익히 알다시피 힘겹게 살고
있다. 늦은 나이에도 글로벌하게 흩어져 과거를 잊고 영화나 무슨 선
진학문 공부에 매진하고 있거나 고시촌에서 추리닝 한벌로 꿋꿋하게
버티고 있다. 그중 압권은 국회의원이나 그 근처에서 서식하는 일부
선배들인데 그들도 갖은 고생 끝에 새 대통령 주변에 포진할 수 있었
고 심지어 정치권의 젊은 인재로 주목받으며 무럭무럭 크는 사람도
있다고 한다.

4. 그나마 고모에게 가끔 연락하는 이들은 전 야학 동료들인데 그중
한명이 내가 본 아저씨였다. 그 둘의 관계는 당사자들이 시원스레 밝
히지 않아 구체적이진 않으나 재연 아줌마는 둘 사이가 범상치 않았
음을 단언했다. 그 아저씨의 덕망은 널리 알려져 있고 의식적으로 선
거날 고모 앞에 나타났을 거라는 추측이 강력히 제기되었다.

5. 대통령이 바뀌어도 누군가의 청춘은 묻혀 지나갔을 뿐이다. 고모
는 감흥이 없다. 열렬한 지지자들과 같은 감정을 느껴본 적이 없다고
한다. 해야 된다고 해서 했을 뿐이었다. 그러나 아줌마는 단호했다.

아줌마의 일축——그건 비뚤어진 비약이다. 오히려 너는 그때 너무
단순하고 열렬해서 남들이 자기와 같지 않은 걸 이해 못하는 애였다.
다른 사람이 '와' 하면 '아'나 '오' 중 하나만 알아들을 줄 아는 편한 신
경을 가져서 너와 말해봤자 입만 아프다고 남들이 피했다.

고모의 자아비판이 이어졌다—— 나 융통성 없는 거 인정한다. 그래
서 철수 같은 애에게 정말 미안했다. (문맥상 철수는 '덩치' 아저씨의
이름으로 추측됨.)

다시 아줌마의 격려가 이어진다——그래도 너 지금은 귀 많이 뚫린

편이다. 너와 이렇게 편한 사이가 될 줄은 정말 몰랐다.

6. 그 다음부턴 내가 줄거리를 요약하기 힘든 대화로 언성이 좀 높아지기도 했다.

고모의 발언——삼류인 줄 알았던 영화가 언제부턴가 컬트가 돼버린 것 같은 느낌이다. 하루아침에 일류가 되었다고 DJ를 지지하는 투항자들 비겁자들은 다 죄가 사해지나.

아줌마의 반박——그런 논리 자체를 폐기해라. 너나 나나 도덕적 우월감, 순결성이나 붙들고 박제가 될지 모른다. 우리도 가해자일 수 있다. 우리와 다르다고 그렇게 다 묶지 마라. 너 빼고 다 변절이라니, 너 진짜 악질이냐? 그게 억울해서 집 나갔었냐?

고모의 주장——모르겠다. 시대가 변하면 나도 변해야 되나. 어느정도 자책하고 죄의식 갖고 괴로워하면 우리의 전사(前史)는 그럴듯하게 포장되니까? 내가 그런 노력을 매도한다고? 가해자라고? 난 공공연하게 그들을 미워한 적도 없는데.

아줌마의 일갈——넌 남에게 관심이 없다. 그건 예전과 변함이 없다. 다른 삶은 관심 가질 가치도 없다고 생각한다. 아무것도 안하면 돌도 안 맞으니까. 무섭게 스스로 최면을 걸어서 그 상태를 그대로 유지하도록, 시간이 멈춰버리도록. 혼자서만 전두환 때 살고 있는 거다. 너 독하다. 그런데 삼류가 일류 됐다고 난리를 치니까 슬슬 겁이 난 거지. 갑자기 최면도 풀리고. 게다가 철수 그 사람이 갑자기 나타나니 그때 기억도 다시 나고. 터질 때가 된 거다. 명순이 애는 벌써 학교에 들어갔댄다. 어떤 세월인지 알겠냐?

고모와 아줌마의 대화는 다투는 듯 투닥거리다가도 다시 도란도란

수다떠는 듯 바뀌어서 참 감잡기 어려웠다. 하여간 난 착잡했다. 어쩌면 나와 교감했던 고고하고 완전한 보루였던 고모는 내 허상일지도 모른다는 생각이 들기 시작했다. 난 고모의 사상은 모른다. 그러나 고모가 이념의 퇴락 때문에 지금 저렇게 된 건 아니라고 본다. 그건 회한이다. 거기에 내가 알 수 없는 플러스 알파가 보태졌을 것이다. 문제는 나 역시 고모처럼 고모를 뺀 나머지 사람을 가해자인 양 취급해왔던 게 아니었을까. 엄마가 보는 비디오의 주인공들을 보면서, 사랑이 그렇게 중요한가, 저렇게 사소한 데 목숨을 걸다니, 물론 대의명분 때문에 목숨 거는 것도 이해 안 가지만, 하고 일찍이 내 입장을 정리한 적은 있지만 사소한 것들로 꽉 찬 아기자기한 생활을 고모가 찾기를 진심으로 바랐던가, 하고 가슴에 손을 얹고 물어보았다. 아니올시다라는 답이 나왔다. 나도 똑같이 고모가 역사의 피해자로서 순교자 내지는 학처럼 늙어 죽는 것이 세상에 복수하는 거라고 동조 내지 격려하지 않았을까. 지금의 고모와 과거의 고모가 영 다른 인물일지도 모른다는 생각이 결정적으로 가슴을 쳤다. 고모가 사람들 말을 종종 잘못 알아듣는 답답한 사람이란 건 이미 느끼고 있었지만 난 그걸 대단치 않게 생각했다. (예를 들면 엄마가 시장에서 어떤 할머니에게 뭘 속아서 샀다고 투덜거리면 고모는 왜 불쌍한 할머니 생각은 못하고 언니 생각만 하냐며 정색을 하고 나무란다. 아주 진지하게. 엄마는 졸지에 이기적이고 싸가지없는 새끼 중산층이 돼버린다. 바가지쓰고 몇 마디 투덜거린 대가로 말이다.) 그러니 고모가 잘나가던 시절, 옳다고 믿으면 물불 안 가리는 게 미덕이던 시대니 어지간히 남들 속을 뒤집어놓았을 거라는 데까지 생각이 미쳤다. 고모가 한번도 나에게 싫은 소릴 한 적이 없으므로 나는 고모의 그런 결점을 잘 실감하지 못했던 것이다.

게다가 난 고모에게 정확히 뭐가 문제였는지를 모르겠다. 사람을 못 믿게 돼서인지 조직적 관점에서 그런 건지 분파주의인지 연애문제 때문인지, 모호하다. 감옥에 가게 된 이유도 그렇다. 꽤 유명했던 노동자 시인이랑 관련된 조직에 있어서란 정도다. 그런데도 난 다른 모든 것처럼 내 판단을 믿었었다. 기억은 경험한 자만의 소산이란다. 그게 아니면 얼마나 더 살아야 이런 게 머릿속에서 술술 풀리게 될까. 난 사실 별로 오래 살고 싶지 않다. 저렇게 늙지 말아야지, 하는 생각을 갖게 하는 어른들이 내 주변 인구의 80%를 차지한다. (내 주변에서 가장 많은 인구가 밀집된 곳은 역시 학교이다. 재고의 여지가 없음을 강조하고 싶다.) 나는 어쩌면 엄마 아빠와 나란히 홍알홍알 늙으면서 끔찍이도 오래 살지 모른다. 그러나 내가 나이를 아무리 먹어도 고모가 살았던 그 시대는 다시 겪을 수 없다. 그저 나보다 어린 아해들에게 나이를 무기로 더 아는 척이나 하게 되겠지. 정말 한시도 방심할 수 없는 세상이다. 그리고 세상은 단순한 사람이 살기 편한 게 확실하다. 이러고도 계속 이런 세상에서 살아야 되나.

이런 착잡함 때문에 밤이 어떻게 지났는지도 모르고 아침이 밝았다. 내 이젠 어른들의 말썽에 더이상 개입하지 않으리. 고모는 뻔뻔하게도 왜 내 얼굴이 반쪽이냐며 살뜰히 고등어살을 발라주기까지 했다. 나는 혼자 생각할 게 좀 있다고 한숨을 쉬며 한마디 했다가 어쩌다 일찍 일어난 삼촌에게, 너 혹시 생리하냐는 헛소리를 들어야 했다. 내가 대체 몇살인데, 저런 밥통 같은 인간이 핏줄이라니…… 눈물이 날 것 같았다. 태어날 때부터 밉상인 사람이 있나보다. 저런 사람은 빨리 졸업시켜 내보내 사회를 막 혼란스럽게 만들어야 한다.

그런데 재연 아줌마 말대로 고모에게 뭐가 터질 때가 되긴 됐나보았다.

그날 저녁 하루종일 방에서 꼼짝 않던 고모는 갑자기 독립을 하겠다는 폭탄선언을 해서 다시 식구들을 경악시켰다. 사실 이해 못할 것도 없다. 서른이 한참 넘은 다른 노처녀들이라면 진작 그런 소리가 나왔을 거고 뭐라 막아도 자기들이 알아서 짐 싸가지고 나갔을 테니까. 몇년을 달팽이처럼 집안에서 뱅뱅거리고 산 고모가 수녀도 아닌 이상 이제 슬슬 다른 패턴으로 바꿀 때도 된 거다. 그래도 놀라운 건 놀라운 거다. 어떻게 갑자기 저런 변혁의 의지가 나왔을까. 이럴 때 식구 중에서 가장 이성적인 아빠가 물었다. 나가는 걸 반대하는 게 아니라 나가서 뭘 할 거냐고. 고모는 일단 혼자 사는 데 의의가 있고 방만 구해주면 먹고사는 건 혼자 하겠다고 대답했다. 여기까진 괜찮았다. 식구들의 반응이 시원찮자, 우유배달이라도 하겠다는 둥 갑자기 수위를 높였더니 금방 반응이 왔다. 이럴 때 가장 감정적인 사람이 할머니이다. 할머니가 늘 하던 말이 마음만 청춘이랬건만 그건 거짓말이었다. 할머니의 순발력과 운동신경은 쇼트트랙 선수와 맞먹었다. 할머니가 별안간 달려들어 고모를 사정없이 깔아뭉갤 때 복도 지지리 없는 나는 옆에 앉아 있던 죄로 고모 밑에 깔려버렸다. 삼촌, 아빠, 엄마가 달려들어 말렸지만 노인네의 괴력은 엄청났다. 게다가 차마 지면에 적을 수도 없는 적나라한 언어구사로 나는 더 정신이 없었다. 내 평생 그렇게 다양하고 리얼하고 리드미컬하고 지저분한 욕들을 한꺼번에 들어본 적이 없다. 모르는 사람은 별로 구미가 당기지 않겠지만 욕의 세계에 조금이라도 눈뜬 사람은 아마 궁금할 것이다. (그래도 난 조금도 말해줄 수 없다.) 하여간 죽을 때까지 할머니 고생시켰다는 할아버지에 대한 분풀이라도 하듯이 할머니는 고모를 피떡이 되도록 팼다. 나중에 엄마는 그때 할머니가 노망이 난 게 아닌가 싶었다고 한다. 보지 않은 사람은 믿기 어려울 광경이었다. 육십 먹은 노인 하나를 남자 둘, 여자 둘(나까지 포함)이 쩔쩔맸으니 말이다. 급기야 할머니는 아빠와 삼촌에게 손과 몸을 잡히자 발로 고모를 걷어찼다. 겨우 정신을 차린 할머니는 내가 너무 오래 살았지, 무슨 부귀영화를 누린다고, 하면서 신세타령을 한참 하고는 술을 갖고 오라고 해 소주 한병을 벌컥벌컥 들이켜고는 뻗어버렸다. 참 할머니다운 장렬한 결말이었다. 고모는 말이 아니었다. 나는 저렇게 사람 몸이 빨리 망가질 수 있다는 걸 직접 눈으로 확인했다. 텔레비전에서 보던 것처럼 살짝 뺨 한번 맞고 피가 나는 게 아니라 개처럼 맞고 입술이 터져 피가 줄줄 샜다. 눈에 안 보이는 타박상은 족히 전치 3주는 될 것 같았다. 그럴 때 꼭 공부 못하는 사람이 티를 내는 법이다. 사태를 수습할 생각은 안하고 무슨 리포트를 써야 되는데 다 버렸다고 짜증을 내며 삼촌은 문을 쾅 닫고 들어가버렸다. 엄마는 소독약이며 솜을 가져와 어떻게 해보려고 했고 아빠는 왜 넌 아직도 안 자냐고 애꿎은 나를 잡았다. 이런 비교육적 상황에서 누가 잘 수 있겠는가. 말도 안되는 억지가 억울했지만 분위기가 너무 살벌해서 난 일단 후퇴했다. 아, 정말 하루가 곱게 지나가지 않는구나. 차라리 집에 들어오지 말걸 하는 생각을 하다가 난 곯아떨어졌다.

그뒤 며칠 동안 집안 분위기는 영 안 좋았고 고모는 일찍 나갔다 늦게 들어왔다. 집안에서 나는 음향의 50%를 점유했던 할머니가 조용하니 집안은 절간 같았다. 여전히 시끄럽고 징징대는 본연의 모습을 꿋꿋이 고수한 건 삼촌이었는데 눈치가 없다기보단 자기 입만 알기 때문이었다.

　조금씩 기운을 차리게 된 할머니는, 고모가 삼촌 못지않게 공부 잘하고 아빠 못지않게 착해서 시집도 잘 가고 제일 잘살 줄 알았는데 무슨 팔자가 이러냐며 고모 팔자를 한탄하다가, 결국은 일본 유학 갔다온 할아버지랑 결혼해서 요모양 요꼴로 고생만 직싸게 하다가 죽는다며, 자기 팔자 타령으로 끝을 맺었다. 할머니 타령을 듣다보면 가장 별볼일 없는 사람은 우리 아빠였다. 눈에 잘 띄지 않는 사람이 아빠란건 나도 인정한다. 결정적으로 아빠는 목소리가 크지 않고 말수까지적다. 게다가 어느 쪽이 더 센지 아는 동물적 감각이나 필요하다고 여기면 남을 깔아뭉갤 줄 아는 소신과 필요없다고 생각하면 까마귀도까치라고 주장할 수 있는 순발력 등이 다 부족한 위인이 아빠이다. 사실 나는 아빠한텐 별 불만도 없고 기대도 없는 편이다. 가끔 아빠가좀스럽다고 느끼긴 하지만 다른 아빠들에 비하면 상당히 양호하다는것도 안다. 그런데 어른들에게 아빠가 별볼일 없는 사람으로 보인다는 게 가만히 생각하니 상당히 억울하다. 왜 아빠는 만년 대리이고 차도 없고 콘도도 없고 항상 겸손한 걸까. 왜 법대 다니는 삼촌은 국문과 나온 아빠한테 늘 뻐기는 걸까. 지는 낙제도 겨우 면한 주제에. 조그만 게 뭘 그렇게 많이 알려고 하냐며 자기 무식을 감추는 아빠들도많은데 우리 아빠는 내 소싯적인 일곱살 때 하드커버 전40권의 세계문학전집과 브리태니커 사전 한 질을 사줬고 그러고도 내가 꼬치꼬치캐물으면 시립도서관 가서 복사까지 해서 갖다준다. 모르면 모른다고솔직히 시인하고 아빠가 공부해서 가르쳐주겠다고 약속도 꼭 한다. (물론 약속만 하고 아직까지 감감무소식인 것도 꽤 된다.) 책값을 내는 건 엄마지만 이런 훌륭한 소일거리를 내게 안겨준 그 자체만으로도 난 아빠에게 참으로 감사해야 할 것이다. 이런 내 나름대로의 평가에 상관없이 나와 정반대의 기준을 갖고 사는 할머니한테는 모두가 못마땅하게 보일 것이다. 마실 온 할머니 친구분들은 할머니도 속병이 들어서 이젠 곪아터진 거라고 자식들을 욕했다. 주범인 고모는 늘 집에 없기 때문에 우리 엄마 아빠만 불효자는 웁니다 흉내라도 내야 했다. 나는 불효자의 새끼니까 함께 곡이라도 하라는 건지. 내가 너무 오래 살았지, 자식 다 소용없어,라는 두 마디는 할머니의 그 방대한 한풀이 메들리를 요약해주었다.

그래도 그렇게 할머니와 고모의 냉랭한 신경전을 견디는 것도 만성이 되어갔고, 전(前) 대통령 아저씨 둘은 신나라 떠들며 감방에서 나왔고, 아빠 월급이 줄어 엄마는 우유와 신문 하나를 끊었고, 나는 작년보단 약간 덜 포악한 담임을 만나 세상살이도 가끔 나아질 때가 있다는 걸 느끼며, 제발 누군가가 별 사고 안 치고 내 유년기를 건들지 않았으면 하는 작은 꿈과 희망을 키워나갔다. 문제는 고모였는데 뭐가 그리 바쁜지 집에 붙어 있질 않았고 방에선 혼자 끙끙대고 뭘 한참 하다가 잠들곤 했다. (내가 볼까봐 늘 가리는 통에 도저히 뭔지 알 수 없었다.) 그러나 그닥 염려할 만한 적신호는 없었기에 안분지족한 나날이었다.

하루는 뜬금없이 고모가 날도 좋은데 어디 놀러 가고 싶지 않냐며, 내 의사도 확인하지 않고 과천 놀이동산에 가자고 했다. 시끄럽고 복작거리는 그런 유흥지가 내 체질엔 절대 안 맞았지만 (게다가 우이동과 과천은 서울의 북극과 남극쯤 된다) 집안에서의 내 위치를 생각해 그 주 토요일 고모와 집을 나서게 되었다. 그때까지만 해도 내 숨은 노력을 인정한 고모의 그 성의에 약간 얼떨떨했지만 감동한 면도 없잖았던 나는, 세상이 역시 만만치 않다는 걸 절감했다. 그날 그 재미 없는 야유회의 주연은 고모와 철수인지 뭔지 하는 그 넙데데한 아저 씨였다. 결국 나는 비중있는 조연에 지나지 않았던 거다. 놀려면 자기 들끼리 갈 것이지 무슨 70년대처럼 내외한다고 나를 끼워넣었을까. 그 주변머리들이 딱할 지경이었다. 악악 소리지르는 원시적인 기구 몇번 타니 나는 정말로 무료해졌고 여기저기서 울어젖히는 꼬맹이들 때문에 거길 떠나고 싶은 생각이 간절했다. 그런 건 어린이날 할머니 땜에 끌려갔다 오는 걸로 족했다. (어린이날의 주연은 우리 집에선 할 머니이다.) 내 뜨악해진 표정을 보고 고모가 그만 갈까 물었고 어느덧 봄이 무르익었음을 확인한 걸로 족하다는 내 답변에 우리 삼총사는 자리를 떴다.

근데, 정말 봄은 봄이었다. 사람들 표정을 보니 봄이 온 것 같았다. 6·25 이후 최대 국난이니 어쩌니 해도 그런 것에 무관한 사람들의 배 부른 느긋함이나 느끼한 여유가 아니라, 계속 구질구질하게 살아야 하는 사람들의 구겨진 가슴을 확 피게 하는 그런 화사한 기운이었다. 내 옆의 인물들도 예외가 아닌 듯했다. 코알라나 팬더나 그런 애들하 고 아주 흡사한 인상을 가진 철수 아저씨가 새삼 맘에 들었고 뭣보다 도 고모처럼 순탄하게 살지 않았을 거란 내 직감도 맞는 것 같았다. 그 아저씨가 옆에 있어서인지, 고모도 몇년 만에 활짝 피는 것 같은 얼굴이었다. 아, 고모가 처녀였지,라는 걸 깨닫고 이 곰 같은 한쌍이 여우 같은 날 데리고 이 화창한 날 뭘 하는 건지 잠시 혼란스러웠다. 집에 오는 길에 오므라이스에 아이스크림까지 먹고, 오랜만에 꽃구경 잘했어요 하고 서로 어쩌고 하다가 못내 뭔가 아쉬워하는 것 같더니 나에게도 관심을 보여, 정아는 너무 조숙해서 재미없었지 (그런데 왜 데려왔냐구요), 그래도 꽃구경 잘했지 등등의 답변 필요없는 질문들을 서로 해댔다. 나는 그 자리에서 내 위치를 다시 상기하며 분위기에 적절한 응답으로 흥을 고취하려 애썼다. 아녜요, 저도 깩깩대는 놀이 좋아해요, 옆사람이 토하지만 않았어도 바이킹은 한번 더 탔을 거예요, 그런데 꽃구경은 솔직히 좀 그래요, 우리 집 주변에도 맨 벚꽃하고 목련이거든요. 꽃구경에 대한 나의 소감은 여러가지 복선을 깔고 한 말이 절대 아니라, 거짓말만 하다보니 한마디쯤 진실도 말하고 싶어서 그냥 튀어나온 말이었는데 반향이 컸다. 아저씨는 기다렸다는 듯이, 그러냐 그럼 가서 한번 봐야겠네, 얼씨구 하는 폼으로 앞장섰다. (이런 순발력이 있다니, 놀라웠다.) 고모가 제지하는 시늉을 안한 건 아니다. 사람 사는 동네가 다 똑같지 볼 게 뭐 있겠냐, 정아는 원래 꽃 같은 데 무덤덤한 애다, 그러려니 하고 이제 그만 각자 가자, 이런 식으로 갈라서려 했다. 둘 사이에 끝나지 않은 얘기가 분명 있는 듯하고 고모는 계속 피하려 한다는 게 장님이 아니면 다 알 수 있었다.

나를 사이에 두고 둘은 우습지도 않은 실랑이를 벌이며 어느덧 집 앞까지 왔다. 벌써 해는 꼴깍 지고 달이 휘영청 떠올랐다. 길바닥에 서서 미적미적거리는 것도 수분, 식자는 이럴 때 괴롭다. 나는 내가 할일이 뭔지 너무 확실히 알기 때문이다. 이 곰 같은 한쌍을 오늘밤 뭔가 근사하게 엮어주어야겠다는 사명감이 왜 또 그 순간 불뚝불뚝 용솟음치는지……

저 멀리서 허연 꽃나무들이 보였다. 내 용단이 필요한 때가 온 거다. 그리고 진한 벚꽃 향기. 인생엔 역시 소도구가 필요하다.

아저씨, 조기로 가면 비밀의 화원이 있어요.

비밀의 화원? 그게 뭔데?

그게 말예요, 어쩌구 저쩌구.

정말 유치하지만 난 알프스 소녀 하이디 같은 대사들을 읊조리며 고모와 자주 가던 그곳으로 둘을 데리고 갔다. 그러고 보니 이맘때 벚꽃이 흐드러지게 피고 나트륨등인지 수은등인지 둥그런 등이 호젓하게 비추는 그 벤치를 오랫동안 난 잊고 있었다. 야, 정말 돈 들여 꽃구경 갈 필요가 없겠구나. 대공원이 시시할 만하다. 정아는 정말 좋겠다. 아저씨는 충분히 내 노고를 치하했다. 날씨는 왜 또 그렇게 포근한지. 바람이 살짝 스치고 지나가니 벚꽃이 눈송이처럼 휘리릭 날리며 그 향기가 불빛에 섞여 이 세상이 아닌 다른 세상 같았다. 정말 이 곰 같은 커플에겐 너무너무 아까운 장소였다. 일부 몰지각한 사람들이 버리고 간 우유갑 나부랭이가 좀 있긴 했지만 붉은색 철제로 된 이 근사한 등에 결 좋은 벤치는 암만 봐도 신기한 조화였다.

그래서일까, 꽃잎에 달빛에 불빛에 싸인 고모가 다르게 보였다. 난 세상을 행복하게 살 자격이 없어, 하던 옛날의 그 고모가 아닌 것 같았다. 이젠 나도 그렇게 살면 안될까? 응? 하고 묻는 듯한 그런 눈빛이었다. 할머니와는 그럭저럭 나아지기는 했지만 그래도 누군가와 힘겨루기하며 사는 듯한 고모는 여전히 딱해 보였다. 아까 환한 대낮에 마냥 화사해 보이던 고모 얼굴이 달빛에선 각지고 꺼칠해 보였다. 진실은 음지에서 더 선연하게 드러나는 법이군, 하면서도 왠지 마음이 썩 편하지 않았다. 늙은 처녀라도 처녀는 처녀인데, 정상적으로 살라고 윽박지르는 환청이 아직도 들린다는 고모는 어느새 저리도 아줌마 같은 피곤한 얼굴이 된 걸까. 달빛 때문에 오히려 더 나이를 종잡을 수 없는 둥글고 훤한 광채를 띤 아저씨는 어쩌면 나와 비슷한 생각을 했는지 고모에게 나지막이 뭐라 그러며 어깨를 다독였다. 팔다리 멀쩡한 남자와 여자가 으르렁거리지 않고 가만히만 서 있어도, 어울리네 그림이 되네 하는 말들을 막 갖다붙이는 이 세상풍조와 수작을 내 비록 경멸해왔지만 저 곰 커플이 나란히 서 있는 정경은 참 푸근해 보였다. 정말 상투적이라 입밖에 내기 싫지만, 전부터 닮았다고 느꼈던 그 무언가가, 바로 서로 어울리기 때문이란 걸 인정해야 될 것 같았다. 아저씨도 고모와 똑같은 부류일 거라는 게 오늘로써 확실시됐다. 그 증거는 몇가지 들 수 있다. 보통 어른들처럼 바쁜 척 거들먹거리지도 않고, 싸구려 옷이나 신발을 창피해하지도 않고, 버스나 길거리에서 애들이 생난리를 쳐도 찡그리거나 애엄마에게 싫은 눈치를 주지도 않고, 할머니나 추레한 아줌마들이 길을 물으면 성심성의껏 가르쳐주고 사람들이 많아도 서두르지 않고, 택시도 싫어하고, 에어컨도 싫어하고, 쨍쨍한 햇볕을 싫어하지 않고, 새우깡을 좋아하고, 말을 할 땐 상대방 눈을 보고 얘기하고 그 눈이 가끔씩은 촉촉이 젖는다는 점 등등이다.

아, 이제 내가 빠질 때가 된 건가, 어쩌나 하고 머리를 굴리는데 둘이 서로 쳐다보고 뭐라 하더니 고모가 흑 하고 흐느끼기 시작한 건 순간적인 일이었다. 달빛에, 흩날리는 벚꽃 사이로 우는 여자를 앞에 두고 안 멋있어질 남자 있으면 나와보라구 해라. 자연스럽게 둘이 밀착되고 토닥이고 그러더니 아저씨는 능란하게 고모 어깨를 싸안는 듯했다. 나와 눈이 마주친 아저씨는 멋쩍은 듯 피식 웃어 보였다. 드디어 내가 퇴장할 때가 됐군. 나는 집에 들어간단 신호를 보내고 무드 깰사 조심스레 발걸음을 옮겼다. 모퉁이를 돌면서 힐끗 보니 누가 보기에도 그림은 그림이었다. (그래서 사물을 멀리서 보는 건 위험하다.)

고모는 어쨌냐고 묻는 엄마에게 아무렇게나 말하고 이불 속으로 기

어들어가니 참, 왜 내가 싱숭생숭한지. 난 할일을 다했다는 안도감에
도 한편으론, 이젠 정말 이 집에서 나가 사는 게 고모에게 더 좋지 않
을까 하는 불온한 생각이 들었다. 잠도 안 오고 고모도 금방 들어오지
않았다. 잠 안 오는 봄밤은 좀 잔인하다.

　저 둘의 역사를 대충 상상해보았다. 분명 사람은 좋지만 투사는 아
닌 철수 아저씨가 호의를 보였을 테고 당시 뾰족했던 고모는 야멸차
게 거절했을 테고, 좋은 시절 다 보내고 학부모 된 친구도 있는 나이
에 멋쩍게 해후해서 믿는 사람들한테 세상한테 뚝뚝 떼인 정 다시 주
워 붙일 수 있을지 고모는 걱정되리라. 하지만 고모도 뭔가 달라지리
라. 그럼 다행 아닌가. 이런저런 생각 속에서 난 잠이 들었다.

　그런데 과천 갔다온 지 바로 얼마 후, 고모는 어떤 만화가의 문하생
으로 들어간다며 짐보따리를 싸서 나갔다. 할머니가 뒤로 넘어가지
않은 게 다행이다 싶었다. 화가도 아니고, 작가도 아니고 만화가라니.
할머니는 이젠 고모에게 두손을 든 것 같았다. 아빠도 고모와 며칠을
얘기하더니 허락하는 듯했다. 삼촌은 그 사람 요즘도 만화 그리냐며
시비를 걸었고, 아빠는 그 만화가가 누군지 생전 처음 들어봤으며, 엄
마는 그 만화가의 그림이 너무 거칠고 아가씨 취향이 아닐 텐데 하고
한마디씩 했다. 그러나 나는 다른 점에서 마음이 걸렸다. 불량만화가
어쩌고 해서 가끔씩 잡지나 신문에서 호들갑을 떨 때 이에 대응하는
열혈분자 중의 한 명으로, 그 만화가의 얼굴을 난 기억하고 있었다.
뭐 고모가 만화를 좋아할 순 있다. 근데 하필이면 왜 그 시끄러운 동
네 중에서도 고런 사부님을 골랐는지, 왜 그렇게 진자리만 골라 가는
지, 문하생은 그렇게 쉽게 되는 건지, 난 다시 정신을 가다듬고 생각
해보았다. 혹시 고모가 다시 맛이 간 게 아닐까, 한번 냉정하게 따져

보자. 정말로 고모가 그림에 소질이 있는가 (내가 보기엔 아니다), 만화를 자주 보는 편이었나 (아니라고 본다), 만화를 좋아했나 (싫어하지는 않았다), 그래서, 왜, 꼭 만화가여야 하는가 (그건 모르겠다), 이렇게 난 입에서 단내가 나도록 걱정을 하는데 고모는 어쩜 그리 여유 낙락한지, 이때까진 고모에게 깊은 뜻이 있으리라 생각하지 않았다. 불안할 뿐이지.

식구들의 그런 의심과 회의의 눈초리를 뒤로한 채 고모가 불쑥 철수 아저씨를 데려와 인사를 시킨 건 바로 며칠 뒤였다. 이건 무슨 깊은 뜻인가. 남들처럼 살겠다는, 더이상 걱정하지 말라는 강경한 표현인가. 둥글둥글 느물거리는 아저씨는 아주 정상적으로 보이기 때문에 좋은 방패막이 될 것 같긴 했다. 특히 할머니는 말 그대로 입이 딱 벌어졌고 표정 관리에 다소 능숙한 엄마는 익히 들은 적이 있다며 복스럽고 털털한 아저씨의 인상을 경하했으며 아빠도 특별히 나쁘진 않은 것 같았다. 이미 오래 전부터 알고 지낸 사이라는 점 때문에 안심이 돼서일 것이다. 나가 노느라 그 자리에 없었던 삼촌은 자기 없을 때 불렀다고 막 열을 냈고, 무슨 그래픽디자인 회사에 다닌다는 등의 몇 마디 신상명세서를 듣더니, 뭐 시시하겠구만, 그럼 그렇지, 이런 식으로 또 초를 쳤다. 이때만은 할머니도 삼촌의 남 잘되는 꼴 못 보는 꼬인 심보를 그냥 넘기지 않았다. 무슨 버르장머리냐며 날 잡은 양 삼촌을 족쳤다. 아무도 말리지 않았다. 나는 너무 고소해서 눈물이 날 지경이었다. 내 생전 저렇게 할머니가 멋있어 보인 적은 처음이었다.

그리고 일은 일사천리로 진행됐다. 고모가 들어간다는 그 만화가의 화실인가로 할머니는 엄마를 동반하고 정찰을 다녀오더니 그 다음부턴 밑반찬 같은 식량들을 계속 실어 날랐다. (아직도 정신 못 차린 삼촌은 피난 가냐며 비아냥거렸다.) 나도 엄마를 따라 몇번인가 들락거렸는데 마흔이 넘었다는 그 만화가 아줌마는 잡지에서 본 사진보단 덜 재미있게 생겼고, 고모말고도 문하생이란 아줌마들이 세 명이나 더 있다는 게 인상적이었다. 또 나름대로 깔끔한 고모가 거길 들어가고 난 후 청결에 대한 관념이 심하게 모호해졌다는 게 약간 충격적이었다. 하여간 그게 고모의 직업인지 아닌지 좀 모호하지만 일단 뭘 시작했으니 나쁘진 않은 것 같았다. 게다가 할머니가 그렇게 전폭적인 지지를 할 줄 미처 몰랐고 할머니가 그렇게 화끈한 성격인 줄도 미처 몰랐다. (할머니는 원래 예술 계통에 관심이 많긴 했다. 할머니는 춤·노래·만화를 모두 한 장르로 파악했다.) 할머니가 그런지라 자연 집안 분위기는 활기가 돌았다. 그런 기대에 부응하겠다는 듯이 고모는 철수 아저씨와 틈나면 집에 같이 와 괜히 부산을 떨다 갔다. 그것도 생각보다 그리 닭살 돋는 일은 아니었다. 할머니는 가끔 눈물까지 흘리셨다. 더 죽치지 말고 빨리 식을 치르면 더 바랄 게 없을 텐데, 지금도 늦었으니 애 생각을 해야지, 하며 바라는 것도 여전히 많으셨다. (애라니, 난 처음에 아저씨에게 딸린 자식이 있다는 말인 줄 알았다.)

그렇게 니네만 좋으면 뭐하나, 나라가 다 난린데, 하며 굴하지 않는 용기의 상징, 삼촌이 어쩌다 깐죽거리긴 했다. 비록 삼촌 말이지만 맞는 말이었다. 엄마는 뉴스 보기가 겁난다고 했다. 입 가진 사람은 다 정리해고니 명예퇴직이니 떠들었다. 아빠가 대기업에 다녀 그나마 다행이라고 어른들은 말했다. 그러나 아빠 직장에서도 여러 사람이 내몰렸다고 했다. 물론 아빠에겐 아무 일 없었다. 언제나 톡톡 튀고 의협심 있는 사람들이 위험하지 있는 둥 마는 둥 하는 사람은 오히려 살아남는 법이라고 아빠는 말했다. 특히 아빠와 퍽이나 친했던 강대리 아저씨가 퇴직당하고 난 후 한동안 아빠 늦게 오는 날이 많았다. 그 아저씨는 언젠가 술이 떡이 된 아빠를 집에 데려다주고 갔다. 엄마는 그 아저씨에게 뭐라고 말할지 굉장히 난처해했다. 그 아저씨는 편의점을 개업한다고도 했고 주택관리 뭔가 하는 시험을 준비한다고도 했는데, 언제부턴가 아빠는 그 아저씨가 뭘 하고 있는지 말하지 않았다.

삼촌은 도서관은 전쟁터 같고 과외자리도 모두 끊겼다며, 괜히 군대를 일찍 갔다왔다고 투덜거렸다. 또한 아버지가 부도를 내 길거리에 나앉게 된 친구를 며칠씩 데려오기도 했다. 할머니는 금모으기 할 때 좀 냈으면 지금 나라에 보탬이 되지 않았겠냐는 매우 애국적인 자세를 보였다. (삼촌은 저건 다 쇼라고 할머니를 말렸고 엄마 아빠도 이건 좀 아니라고, 해봤자 금값만 내린다고 반대했다. 하지만 내가 보기에 할머니는 애초부터 낼 마음이 전혀 없었다.)

그렇게 봄은 기울고 있었다.

고모는 만화가가 되러 들어간 게 아니라 식모로 들어간 것 같았고 그래도 가끔은 악, 으앗, 하는 대사 옆의 번쩍거리는 배경 같은 비중 있는 작업을 맡기도 했다. 그러나 그런 실력이 빛을 발하기도 전에 고모는 거기서 또 짐을 싸야 했다.

고모의 사부님인 만화가 아줌마의 새 만화가 누구 마음에 안 들었는지 형법 242조에서 244조, 미성년자보호법 2조 2항, 그리고 국가보안법과 맞먹는 청소년보호법 등에 골고루 걸려 난리가 났다. 죄목이 음란물 제조 혐의라느니, 원래 찍힌 사람이었다느니, YMCA인지 YWCA인지 무서운 아줌마들이 한몫했다느니, 이제 그 만화가는 끝이라느니, 하는 많은 얘기들이 쏟아져나왔다. 고모가 그 만화를 집에 들고 와 삼촌에게 보여주고 물었다.

"야하디?"

삼촌 왈,

"날 뭘로 보는 거야?"

(참고로 다른 이들의 반응은 이랬다. 엄마 왈, "에계계……" 아빠 왈, "무협지구만." 할머니 왈, "웬 만화에 글씨가 그렇게 많아?")

보기만큼 엉덩이가 무거운 그 만화가 아줌마는 소환에 응하지 않고 버티다가 결국 강제소환됐다고 한다. 그러자 곧 한떼거리의 만화가 아저씨·아줌마·오빠·언니 들은 검찰청사 앞에 몰려가 항의시위를 하고 YWCA 앞에 가 시민단체들과 한판 붙고, 그런 통에 만화인의 한 사람인 고모 역시 머리띠 두르고 선봉대 제일 끄트머리나 플래카드 뒤편 같은 핵심적 역할을 맡았고 언제 벌써 한통속이 됐다고 철수 아저씨까지 묻혀서 몰려다니는 것 같았다. 난 다른 건 몰라도 나 보호해 달라고 한 적 없는데 왜 그런 보호법 만들어 이 법석을 떨게 만드는지 그게 불쾌했다. (나도 엄연히 청소년의 일원이다.)

쌈은 싱겁게 끝났다. 성격까지 화끈한 그 만화가 아줌마가 당장 절필을 선언하고 잠적해버린 거다. 내가 그 아줌마에게 무슨 감정이 있을 리 없지만 솔직히 그 아줌마 걱정은 하나도 안됐다. 단지 고모가 거창한 권력이나 정부와의 싸움을 잊고 새출발하려는 이 역사적 시점에서, 교육적이고 온건하고 소신있는 체하는 나름대로 끔찍한 시민단체 같은 데와 왜 또 적이 돼야 하는지, 왜 그렇게 고모를 가만 안 놔두는지 그게 울화통이 터졌다.

봄은 그렇게 끝나갔다.

식구들은 고모에게 더 뭐라 말할 게 없었고, 철수 아저씨는 회사에서 잘린 건지 자기가 나온 건지 하여간 150만 실업자 중의 한명이 되어 고모와 또 행동을 같이했는데, 무슨 꿍꿍이가 있는 것 같았다.

그때 눈치를 챘어야 했는데. 만화가 한다고 설칠 때와 달리 뭔가 음모적인 냄새가 폴폴 풍겼지만 난 그게 애인과 붙어다니는 종족들의 필연적인 현상이라 생각했다. 하여간 고모는 이미 예전의 그 고모가 아니었다. 특히 고모가 내 눈길을 피하는 것처럼 느껴질 때, 뭔가 막연한 불안감이 뭉게뭉게 피어오르곤 했다. 나에게도 설명 못할 깊은 뭔가가 도사리고 있다는 것, 난 그 느낌을 지우려고 애를 썼다.

그런 낌새를 전혀 못 챈 할머니는 그 꿍꿍이가 결혼과 관련된 걸로 당연히 알고 좋은 날짜를 받는다고 온갖 철학관들을 순례했다. 엄마는 고모 결혼시킬 돈 때문에 머리카락이 더 빠지는 것 같다고 했고 삼촌은 IMF에 무슨 결혼이냐며 그냥 그대로 각자 살지, 하고 남보다도 못한 소릴 눈 하나 깜짝 않고 해댔다. 아빠는 항상 피곤에 절어 늦게 들어왔고 청파동 아줌마는 다시 엄마에게 들러붙어 나라가 이 꼴 될 줄 알았다며 또 엄마를 긁곤 했다.

그런데 고모는 영영 나와 길을 달리하기로 작정을 한 걸까.

드디어 여름방학이 시작되고 슬슬 뭘 좀 해볼까 하며 삼촌의 컴퓨터를 이용, 도서목록을 찬찬히 뽑아보고 있던 어느날, 철수 아저씨가 안 입던 양복 입고 특대형 케이크까지 사들고 들이닥쳤다. 평소라면 고모보다 조금도 나을 것 없는 옷차림에 순대나 복숭아 통조림 같은 토속적인 음식물을 달랑 들고 왔을 텐데. 게다가 이상스레 식구들의 눈치를 살피고 뜸을 들이고 특히 서로에게 뭔가 미루는 듯한 그 폼에서, 나는 뭔가 올 게 왔다는 걸 직감했다.

할머니는 이제 다 아는 처지에 청혼이 뭐 그리 어렵냐는, 할머니 딴엔 상당히 완곡하며 어른스런 여유를 보이면서, 그러면서도 급한 마음에 본론으로 들어가려 했다. 본론은 본론이었다.

아저씨와 고모는 입을 모아 얘기했다. 함께 떠나겠다고.

일요일이라 종일 자다 깬 아빠는 아직도 약간 몽롱해서 잘못 들은 줄 알고 다시 물었다.

떠나다니?

아저씨보다 훨씬 더 눈치없는 고모가 얘기하기 시작했다.

철수의 사촌들이 프랑스에 있다, 빠리 외곽이라 물가가 그리 세지도 않고 일단 어학연수하며 아르바이트로 돈 벌어 2년 안에 학교 들어가겠다, 우리가 다 알아봤고 허가서도 받고 곧 비자도 나온다, 비행기삯만 대주라, 우린 미성년자가 아니고 나이도 먹을 만큼 먹었으니 우리 결정을 이해해달라.

다 듣고 난 식구들은 아무말도 안했다.

확실히 잠이 깬 아빠가 물었다.

결혼은?

원하신다면 혼인신고하고 가겠다, 식은 안하려 한다, 어른들껜 죄송하지만 그만한 비용 들이는 게 아깝다, 그냥 우리 가진 걸로 시작하겠다.

원하신다면,의 의미는? 이번엔 할머니가 부르르 떨며 물었다.

아저씨를 제지하고 고모가 나섰다.

결혼을 꼭 해야 하는가, 둘이 같이 의지하고 사는 걸로 충분하지 않나, 결혼으로 인한 부담감을 서로 갖고 싶지 않다, 또 내가 오빠네 얹혀 산 것도 얼만데 결혼까지 시켜달라는 건 말도 안된다, 그렇다고 내가 돈이 있나, 철수도 그닥 많이 모으지 못했다, 지금은 이렇지만 우리도 생각이 차츰 변하고 기반이 잡히면 그때 식 올리겠다.

도대체 언제? 어디서?

이번엔 엄마가 공격에 나섰다.

둘의 대답. 기약할 수 없다.

그날의 일은 더이상 서술하고 싶지 않다.

그래도 난 많은 것을 느꼈다. 사람 늙는 게 정말 한순간이라는 것도 말이다. 불과 몇달 전만 해도 계모임·화투판·춤판·노인대학 등등 공식 비공식 가리지 않고 각종 연회·집회에서 맹렬한 청춘을 자랑하던 할머니는 갑자기 살 낙을 잃으신 것 같았다. 고모가 말기암 환자 같던 그 시절, 12월 17일날 갑작스런 증발, 독립하네, 만화 그리네 하던 온갖 해프닝에도 꿋꿋했던 할머니가, 외동딸 시집갔네 소리 한번 들으려고 살아온 사람처럼 망가져버렸다.

차라리 옛날처럼 온 동네를 쑤시고 다니던 그 모습이 그리웠다. 심지어 삼촌마저 그랬다. 그 딸자식이 뭐 그리 대단해서 이 야단이냐, 차라리 화투나 춤 쪽에 인생을 걸어라, 제가 뭔데 집안을 들었다 났다 하냐, 그 자식도 그렇게 뒤통수칠 줄 알았다. 이런 험구로 꼭 끝을 맺었지만 말이다.

난 고모와 거의 말을 안했다. 아빠가 가끔씩 뭘 준비중이냐, 도와줄 거 없냐 물어보았고, 엄마는 못해준 것도 없지만 옛날같이 굴지도 않았다. 엄마도 고모가 야속한 듯했다. (암말 안한다고 모르는 게 아니다.) 그런 집안 분위기에 아랑곳없이 고모는 점점 더 생기있어지고 동작이나 표정이나 말씨에도 윤기가 흐르는 것 같았다. 그렇다고 식구들 눈치를 안 보는 건 아니었다. 특히 할머니와 엄마에겐 할 만큼 했다는 거, 나도 안다. 고모는 어울리지 않다 싶을 정도로 곰살맞게 굴었다. 세 여자는 그렇게 그냥 풀어지는 것 같았다. 하지만 난 아니었다.

　난 내 감정이 참 더러운 감정이라는 걸 알고 있었다. 나 아니면 아무것도 못할 것 같던 고모가 저렇게 된 건 잘된 일이다. 그것도 아주 잘된 일인지 모른다. 그런데도, 그래도, 이 얄미운 감정, 배신감은 뭔가. 왜 하필 유학인가, 불어도 못하면서, 월드컵도 끝났는데, 유학간 사람들을 같이 욕했으면서, 비자가 그렇게 빨리 나오나, 도대체 언제부터 준비를 한 건가, 고모는 빠리지엔느랑 하나도 안 닮았는데, 나한테 더 어울릴 텐데, 흥.

　그러나 난 마음의 준비를 시작해야 된다는 걸 모를 만큼 미련하진 않았다. 내 감정이 어떻건 고모의 그 싸움이 이제 어떻게든 보상받을 수 있다면 그건 고마운 일인 것이다. 고모의 그 비실비실한 싸움 자체도 난 존경했기 때문이다.

　그래도……

　시간은 더뎠다. 그 지긋지긋한 여름이 그렇게 지나갔다. 어느덧 고모가 떠날 날이 다가왔다.

　재연 아줌마가 놀러 와 같이 짐 싸면서 슬슬 동정을 파악하더니 뻔한 소릴 떠들어댔다. (참 친구란 좋은 거다.)

　어머니, 잘된 거라 생각하고 얼굴 좀 펴세요, 죽으러 가는 것도 아닌데 한시름 던 거죠, 언니도 애쓰셨잖아요, 섭섭하시죠? 어쩌겠어요, 짝 만나 가는 게 다행이죠.

　물론 나에 대한 배려도 잊지 않았다. 정아가 제일 섭섭하겠네, 고모도 정아 많이 보고 싶어할 거야, 고모 잘되길 빌어주자.

　그날 저녁, 앞으로 못 먹을 테니 많이 먹으라고 엄마와 할머닌 온갖 음식을 지지고 볶아 고모 앞에 한상 차려주었다. 엄마와 할머니는 가끔씩 친모녀같이 보일 때가 있는데, 이때가 그랬다. 고모가 고생할 게 걱정돼 죽겠다는 얘기를 경쟁하듯이 하며, 힘들면 철수 믿지 말고 당장 연락해라, 아니면 당장 오든가, 뭐 그런 명령을 철수 아저씨 앞에서 막 해댔다. 삼촌은 예의 그 건방진 태도로 서양놈들이랑 바람피우지 말라는 국수주의적 발언을 해 찬물을 끼얹었었다.

고모는 말 한마디 없이 꾸역꾸역 먹기만 했다. 그러다 눈물을 흘리며 울기 시작했다. 할머니를 꼭 껴안고.

엄마 미안해, 정말 잘살게. 오빠 언니 정말 잊지 않을게요, 저한테 해주신 거.

우리 민족은 눈물에 약하다는 거, 아무도 욕할 수 없다. 언제 대기발령 날까봐 잠도 잘 못 자는 아빠는, 지금까지 들어본 말 중 가장 아빠답지 않은 희한한 격려사를 했다. 세상은 꿈꾸는 자의 것이라고.

게다가 몇년 묵은 썰렁한 농담들을 늘어놓으며 고모를 웃기려 하더니, 아무럼 여기보단 낫지 않겠느냐, 나도 수틀리면 따라갈 테니 기다려라, 그런 농담인지 진담인지 알 수 없는 소리까지 해댔다.

나도 마음이 흔들리기 시작했다. 왜 그렇게 어른들은 쉽게쉽게 잘 잊고 사는 건지, 그냥 그렇게 고기 굽는 연기 속에 다같이 날아가버리는 건지, 내 고까운 감정들도 그 속에 섞어 날려보내야 하는 건지 결단을 내릴 수 없는 가운데, 덕담과 덕담이 오가며 밤은 깊어갔다.

재연 아줌마가 간다고 일어서자 고모는, 정아야 같이 나갈래? 하고는 뭉그적거리는 날 잡아끌고 밖으로 나왔다. 오랜만에 거기나 한번 가보자, 아줌마가 앞장서 비밀의 화원으로 성큼 발을 옮겼다.

목련도 벚꽃도 다 지고 벤치는 군데군데 녹슬고 모기만 앵앵거리는 그곳은 원래 봄이 아니면 별볼일 없었다.

아줌마가 계속 뭐라뭐라 말했다.

장마 때문에 저 개울이 넘칠 뻔했다지? 못사는 동네는 개울도 안심이 안돼. 그만하길 다행이지.

고모는 계속 내 손을 꼭 잡고 있다가 날 보지도 않고 혼자 중얼거렸다.

여기 와서 그냥 멍하니 앉아 있다 가고 그랬는데. 그때가 참 좋았던 것 같애. 정아가 같이 있어서 그랬겠지. 정아가 아니었으면 난 정말 힘들었을 거야. 정아 땜에 그 힘든 시절 보낼 수 있었어.

그러다 고모는 고쳐 앉고 날 똑바로 쳐다보았다.

정아야, 고모 이해해주고 미워하지 마라.

날 보는 고모 눈이 촉촉해 보였다.

정아야, 고모가 나중에 잘돼서 그때 만나자. 이 답답한 데서 기죽지 말고 조금만 참으렴. 기다리지 않고는 오는 게 없단다. 그럴 수 있지 정아야?

난 말없이 고개를 끄덕거렸다.

참아야지, 울면 안돼, 내가 왜 울어 하고 이를 악물면서.

우는 건 보여줄 수 없어, 난 달라. 그래도……

이젠 고모한텐 괜찮다고 분명히 말해야 될 텐데, 내가 좀 틱틱거렸지만 지금은 아니라고 해야 할 텐데, 근데 씨, 왜 자꾸 눈물이 나냐.

고모가 나를 안아주었다.

정아야, 예쁘게 잘 커 있어라. 그때 다시 올게.

그 재미없던 시절을 같이 보낸 건 나도 고모한테 고마워해야 되는데, 고모가 내 제일 친한 친구였는데.

나는 결국 아무말도 못했다. 고모 품에서 몰래 눈물을 훔치기만 했다. 재연 아줌마는 모른 척 웃고 있었다.

내가 진짜 어른이 되면 그땐 고모한테 다 얘기할 수 있겠지. 뭐 더한 것도 참았는데, 시간이야 금방 가니까.

아까 아빠의 그 말이 생각났다. 세상은 꿈꾸는 자의 것이라는.

그러면 지금까지 난 고모 옆에서 고모의 꿈을 훔쳐본 거였을까. 아니면 고모의 꿈은 아직도 진행중인 걸까.

잘 모르겠다. 난 아직도 내 꿈이 뭔지도 잘 모르겠는걸.

바람이 내 젖은 볼을 스치고 지나갔다. 상큼했다.

그러고 보니 벌써 가을이었다.

—『창작과비평』 1998년 겨울호

풍납토성의 고무인간

풍납토성의 고무인간

1

마니마니만예만만예……

오늘도 나는 엄마의 염불소리에 잠이 깼다. 엄마는 새벽 5시면 일어나 다라니경을 다섯번씩 외웠다. 그러고 나서 내 방에 들어와 나를 깨우고 자잘한 집안일들을 이것저것 시키고는 바로 가게로 나갔다. 나도 오늘은 일찍 나가야 되는데…… 하고 엄마 눈치를 슬슬 살폈지만 엄마는 내 말을 콧등으로 흘려들을 뿐이었다. 망할 것, 남들은 딸년들이 중국관광이다 뭐다 시켜주고 난린데 넌 언제까지 늙은 어미한테 얹혀살 거냐…… 웬수 같은 것……

나는 고무장갑을 끼고 화장실 욕조를 솔로 벅벅 문지르면서, 엄마의 잔소리도 예전 같진 않다고 생각했다. 욕조와 바닥, 세면대, 거울

등을 차례차례 닦고 마지막으로 변기 청소를 하려고 변기솔을 찾고 있자니 하필이면 세탁기 뒤로 넘어가서 손에 잘 닿지 않는 곳에 있었다. 그걸 꺼내려고 낑낑대다가 문득, 오빠가 있다면 쉽게 꺼내줄 텐데 하는 생각이 들었다. 오빠가 집안일을 잘 도운 건 아니지만 내가 싫어하는 화장실 청소는 곧잘 기분좋게 해주곤 했다.

언제던가, 오빠가 한창 혈기왕성하던 그 어느날, 아마 재작년쯤인 것 같다. 오빠는 화장실 바닥을 씩씩하게 닦으면서 마치 휘파람을 불듯이 내게 말했다. 그때도 나는 변기를 닦고 있었다.

"우영아."

"왜?"

"요즘은 하루하루 사는 게 즐거워."

오빠의 목소리는 수줍은 듯했지만 경쾌했다. 나는 담담히 대꾸했다.

"그럼 됐네."

"난 이렇게 행복하면 안되는데."

"그런 말이 어딨어, 누구나 행복할 권리가 있잖아. 지금이 어떤 세상이라고……"

이 시대의 위상과 신자유주의시대가 어쩌구 하며 내가 말도 안되는 소릴 늘어놓는 동안, 오빠는 날 지그시 바라보고 있었다. 그때 오빠 눈가의 굵은 흉터들이 실룩거렸다. 박사과정까지 마친 아이라 참으로 유식하구나, 하는 눈빛은 절대로 아니었던 것 같다. 오빠는 내 얘기를 들으면서 호스로 바닥에 물을 뿌리기 시작했다. 그리고 한마디 했다.

"우영아, 변기나 마저 닦아라."

화장실 청소를 하는 오누이의 대화치고는 좀 심각했던 것도 같다. 사실 우리는 격의없는 대화를 나눌 만큼 친근한 사이가 아니었다. 대화다운 대화를 나눈 지도 퍽 오래간만이었다. 지금 생각해보면, '즐겁다'라는 낯간지럽고 추상적인 말이 오빠 입에서 튀어나왔다는 것이 놀랍다.

나는 변기를 다 닦지도 않고 나와서 거실 구석에 있는 카세트를 틀었다. 정태춘의 오래된 노래가 흘러나왔다. 정태춘을 좋아해서가 아니라 그냥 있기에 튼 것뿐이었다.

2

왜 하고많은 전국의 공사장들 중에서, 그것도 서울특별시 송파구 풍납동에서, 게다가 우리 집 바로 코앞에 있는 공사장에서 백제 유물들이 나왔냐 말이다. 그것도 왜 352상자나 되는 유물 및 유구들이 그렇게 한꺼번에 쏟아져나왔냐는 말이다. 폭 40미터 높이 9미터, 길이는 무려 3.5킬로미터나 되는 어마어마한 토성의 흔적까지 함께 발굴된 사실에 대해선 더이상 할말이 없다.

전국의 고고학 관련자와 고대사학자들을 흥분의 도가니로 몰아넣은 2000년 봄, 바로 그 시점부터 오빠는 바쁘게 쏘다니기 시작했다. 오빠는 회색 마스크를 하고 새로 산 청색 게스 모자를 쓰고 국방색 사파리를 펄럭이며 나가 밤늦게 돌아왔다. 그동안 지하실에 처박아놨던 야삽과 괭이가 마당 한켠에 굴러다니기 시작했고 카메라니 지도니 나침반 같은 것들도 부쩍 눈에 띄기 시작했다. 새롭게 내 눈길을 끈 것은 오빠방 구석에 세워놓은 꼬질대였다. 엄마는 이게 웬 쇠꼬챙이냐고 물었지만 나는 대체 이 귀한 것을 어디서 구했는지 은근히 궁금했다. 내 비록 고고학 전공은 아니지만 그것이 도굴꾼의 필수품인 탐침봉이란 건 알고 있었다. 그래서 은근히 이런 생각도 했다. ……아, 오빠가 도굴을 해서 우리 집 빚을 다 갚으려나보다…… 그래서 요즘 병원에도 꼬박꼬박 잘 나가는구나……

이 사태가 처음이라곤 할 수 없었다. 5년 전 이미 전조가 있었다. 원체 이 풍납동이라는 동네는 자고 일어나보면 바로 집 앞에 아파트 한 채가 뚝딱 지어져 있는 곳이었다. 하루가 멀다하고 아파트 재개발이라는 명목으로 헐리고 짓고 부수고 하는 이 동네에선 공사장에서 뭐가 나왔다더라, 하는 소문은 그리 진귀할 것도 없는 얘기였다. 풍납여고 앞 떡볶이장사 할머니가 백제시대 삼발이술잔 하나를 주워서 팔자를 고쳤다더라, 누구누구는 하수도 공사하다 빨간 구슬, 노란 구슬을 주워서 진품명품쇼에 나가보려고 꿈에 부풀었건만 그냥 관뒀대더라, 하는 소문들이 출처도 모호한 채 돌아다녔다. 그중 압권은, 물난리로 유명한 이곳의 지정학적 특성을 잘 살린 야담들이었다. 특히 지척에 있는 대형 종합병원의 지하 시체안치실에 툭하면 물이 차올라 시체들이 둥둥 떠다닌다는 얘기가 돌곤 했는데 그 병원 소유주인 H그룹 J회장이 시체 둥둥 어쩌고 하는 보고에 노발대발하여 그참에 이 동네 하수도 공사를 싹 다 해치웠다는 소문은 기정사실처럼 회자되었다. 그 후 H건설 공사장에서 혹 유물들이 나와도 신고는커녕 슬쩍 덮어버리고 공사를 재개하건만 국가보다 더 확실하고 신속한 수방대책을 마련해준 그 회사에 보은하는 의미로 동네 주민들 중 누구도 시청 건설과나 문화재국에 찌르지 않는다는 얘기 또한 부록처럼 따라다녔다.

그때가 97년 정초 무렵이었을 것이다. 문제의 H건설 아파트가 또 한채 올려지고 있는 공사장에서 나와 오빠는 운명적인 만남을 갖고야 말았다. 그때 왜 내가 오빠와 함께 하필 그곳을 지나갔는진 기억도 나지 않는다. 하여간, 인부들도 안 보이는 한적한 공사장 구석에 어떤 남자가 혼자 낑낑대며 땅을 파고 있는 광경이 눈에 들어왔고 그 사람과 오빠의 시선이 마주쳤구나, 하는 동시에 오빠는 그쪽으로 몸을 돌렸다. 그때부터 조짐이 심상치 않았다. 대부분의 사람들이 오빠의 얼굴을 보는 동시에 얼굴을 돌려버리는 것과 달리, 그 아저씨는 오빠를 보자마자 손짓을 하며 아주 반갑다는 듯이 말을 붙였다. "이봐, 잠깐 와서 나 좀 도와주지 않겠어?" 그러자 오빠 역시 전혀 거리낌없다는 표정으로 "그러죠 뭐, 어르신" 하며 냉큼 달려갔고 마치 전부터 알던 사이처럼 도란도란 정답게 대화를 나누기 시작했다.

일은 그렇게 순식간에 이루어졌다. 엉겁결에 따라간 나는 흙더미가 일으키는 먼지를 뒤집어쓰며 오빠 곁에 쪼그리고 앉았다. 여기서 무얼 찾으시는데요? 하는 나의 질문에 그 아저씨는 설명을 해주었다. 요약하자면, 아차산 근처에서 풍납동에 이르는 이 구간은 분명히 초기 백제의 도읍이었고, 특히 삼국의 역사를 바꾸고 삼국사기를 뛰어넘을 만한 대단한 사서(史書)가 묻혀 있을지도 모른다는 이야기였다. 이미 이곳이 고대 뽐뻬이를 능가하는 어마어마한 유적지라는 사실은 학계에서도 인정받고 있다는 이야기를 덧붙였다. 그 아저씨는 자기가 지방 모대학의 신모라는 교수라고 했는데, 오빠는 그 아저씨가 맘에 들었던 것 같다. 그 아저씨는, 아니 그 교수는 오빠의 두서없고 속사포 같은 질문에도 일일이 친절하게 대답을 해주더니, 해가 져서 오늘은 그만 하고 내일 다시 여기서 보지, 하며 씩 웃으면서 일어났다. 역시 보통사람은 아닌지 축지법을 쓰듯 몇걸음만에 휙 사라졌다.

그리고 오빠는 바로 그 다음날부터 그 공사장에 출근하다시피 했다. H건설의 갖은 협박과 회유에도 굴하지 않고 공사장을 두더지처럼 누비던 그 교수가 마침내 손가락만한 백제 토기조각 몇점과 성내 집 자리 현장을 발견해내고 쏜살같이 신고함으로써, 그 아파트 공사는 즉각 중단되었다. 삼국의 역사를 바꿀 만한 발견은 아니었어도 그 정도의 의미는 있었나보다. 오빠가 그 기간 동안 '가방모찌'처럼 그 교수 뒤를 졸졸 따라다녔음은 말할 것도 없다. 또 오빠는 내게 종로에 있는 중앙지도사까지 가서 1/5000 지형도와 1/12000 지형도를 사오라고 시키는가 하면 등산용 실바 나침반을 구해달라고도 했고 모아둔 돈을 탈탈 털어 광각계 줌렌즈를 장착한 고급 카메라를 사들이기도 했다. 집에 들어올 때 깜빡 잊고 줄자를 목에 그냥 걸고 오는 날도 있었고 뭘 잔뜩 넣은 비닐팩이나 배낭꾸러미를 쥐고 들어오는 날도 있었다. 흙투성이 땀투성이가 되어 옷을 다 버렸다고 엄마에게 한소리 듣는 날도 종종 있었다.

그렇게 몇주가 지났다. 그 교수는 자신은 할일을 다했다며 오빠에게 작별을 고한 후 지방에 있는 모교로 돌아갔다. 그 교수가 인이 박이도록 오빠에게 강조한 사실은 다음과 같았다. 1. 여기는 분명 한성백제의 도읍지였으므로 깊이 파내려가기만 하면 숱한 유물이 나올 것이다. 2. 야사에 의하면, 한성백제가 망할 때 학식있는 재상 한명이 사서(史書) 한권을 써서 남겼다고 하는데 그 재상의 성은 진(眞)씨임이 분명하다. 3. 그 책을 찾으면 대박이다.

이미 문화재연구소인가 무슨 대학 발굴단에서 본격적인 발굴에 들어갔고 오빠는 그 사람들에게 별 환영을 못 받는 눈치였다. 오빠는 가끔씩 교수님을 뵙고 온다며 집을 비우곤 했다. 그러다 점점 연락이 뜸해졌고 직접 찾아갔지만 만나지 못하고 돌아온 날도 있었다. 세상 인심이 원래 그런 거라고 나는 진즉 말해주고 싶었지만 오빠가 꽤 낙심한 듯해서 입을 다물었다. 발굴은 일년을 넘게 끌면서 지지부진한 듯했다. 오빠도 전처럼 관심을 갖지 않는 것처럼 보였다.

그렇게 3년이 흘렀다. 2000년 봄, 그 봄에 그 많은 유물들이 한꺼번에 발굴되기 전까진 말이다. 오빠는 97년 바로 그 당시처럼, 아니 그때보다 더 열성적으로 다시 발굴현장에 나가기 시작했다. 전과 달리 엄마에게 용돈을 많이 받아서는 몇주씩 집에 안 들어오기도 했다. 집에 들어올 때에는 고고학, 고대사, 백제사, 문명사, 고미술사, 서지학, 인류학 등의 책을 한가득 사서 날랐고 내게는 뜬금없이 무슨 전문용어인 듯한 외국어를 열거하며 아냐고 묻기도 했다. 한편으론 국제전화를 수십통 걸어서 한달 전화세가 십여만원이 나온 적도 있었다. 무슨 고미술상 주인들에게 전화가 오기도 했고 엄마에게 요구하는 용돈의 액수나 횟수도 점차 늘어갔다. 그제서야 엄마는 도대체 뭣 때문에 돈을 쓰고 다니냐며 채근했다. 늘 그렇듯이 오빠는 가타부타 설명도 없이 죄송하다고만 하며 입을 다물어버렸다. 셈이 빠른 나는 오빠가 엄마에게 그 몇달 동안 우려낸 돈만 해도 수백만원에 이른다는 계산에 이르렀다. 오빠는 그때도 여전히 회색 마스크에 청색 게스 모자를 쓰고 국방색 사파리를 걸친 채 열심히 쏘다녔다.

만일 우리 집이 풍납동의 이 낡은 단층집으로 이사오지 않았다면 아무 일도 일어나지 않았을지 모른다. 그전까지 우리는 풍납동에서 차로 10분 거리인 둔촌사거리 건너 올림픽아파트에서 살았다. 그러니까 88년도의 일이다. 그해 오빠는 대학에 들어갔고 악착같이 땅을 사모았던 엄마의 노력이 빛을 발해 천정부지로 뛴 땅값을 움켜쥐고 엄마는 급기야 올림픽아파트로 이사하는 대모험을 감행했다. 대출을 끼고 들어간 집이래도 엄마의 자긍심은 대단했다. 그러면서 이게 다 오빠가 순조롭게 대학에 붙어줘서 쫙쫙 잘 풀리는 일이라며 잘난 아들을 들먹거렸다. 생각해보면, 우리 집의 거주지 변천사는 오빠의 삶의 궤적과 일치한다. 오빠가 수석으로 파주중학교에 입학한 82년, 우리 가족은 파주를 떠나 서울 현저동의 달동네로 이사했다. 오빠가 역시 우수한 성적으로 고등학교에 입학한 85년에는 근처 지상 1층의 다세대 주택으로 이사갈 수 있었다. 그리고 88년, 드디어 올림픽아파트로 이사했고 그로부터 8년 후인 96년 우린 한번 더 이사를 해야 했다. 빚더미에 깔린 엄마는 아파트를 내놓을 수밖에 없었다. 주식투자로 쓴맛을 보기도 했고 무리하게 확장한 생갈비집이 영 장사가 안됐던 것도 원인이었지만 무엇보다도 오빠의 병원비를 감당할 수 없었기 때문이다.

그해 몇개월 동안 오빠에게 들어간 수술비와 입원비가 4천만원이 넘었고 이후 받아야 될 교정수술, 흉터수술, 피부확장기수술 등 최소한 네번 이상의 수술비와 보험이 안되는 소소한 약값까지 계산해보면 약 3천만원 정도가 순차적으로 필요했다. 이미 오빠는 그동안 크고 작은 수술을 예닐곱번이나 받으면서 지쳐 있었다. 그렇다고 다른 환자들처럼 가족을 힘들게 하진 않았다.

엄마는 오빠가 충격을 받을까봐 거울도 못 보게 했지만 어느날 오빠는 밥그릇 뚜껑을 벗기다가 거기에 비친 자기 얼굴을 보게 되었다. 그리고 아무말도 하지 않았다. 피부뿐만이 아니라 목, 어깨, 팔, 왼손 일부분은 관절이 마비되어 잘 움직일 수 없었다. 심하게 녹아내린 상처는 아물면서 차츰 일그러져갔다. 붕대를 푼 얼굴 윤곽은 알아보기 힘들었고 살은 부분부분 벌겋고 한편으론 쭈글쭈글해졌다. 왼쪽 귀는 자국만 남았고, 입술은 뒤집어진 것 같은 모양이었다. 눈썹을 심고 녹아내린 콧대와 콧방울을 세우는 수술은 곧 가능하다는 의사 얘기에 엄마는 수술을 종용했지만 오빠는 그래봤자 크게 달라지지 않는다며 완강히 버텼다.

억척스럽고 무뚝뚝한 엄마가 끝내 울음을 터뜨렸던 것은, 처음 병원에서 오빠를 봤을 때도 아니고, 온종일 걸리는 수술이 끝났을 때도 아니고, 바로 하루에 한번씩 소독치료를 받는 시간이었다. 마치 뜨거운 사포로 한꺼풀 벗겨진 살갗을 다시 좍좍 긁어내는 듯하다는 소독치료는, 이 세상에서 들을 수 있는 가장 끔찍한 비명소리들이 터져나오는 시간이었다. 오빠는 퇴원 후까지 포함하여 자그마치 일년을 거의 매일 그 치료를 받았다. 내가 보는 한, 오빠는 비명은커녕 으윽 이상의 신음소리조차 내지 않았다. 너무 이를 악물어 아랫입술이 찢어져 피가 난 적은 있었다.

땀구멍이 없어져 가려움증도 굉장했을 텐데 다른 환자들은 그것만으로도 울고불고 난리를 쳤지만 오빠는 가렵다는 말조차 잊어버린 듯한 표정이었다. 화상의 고통은 무덤까지 간다고 했는데 오빠는 화상이 의료보험이 안된다는 사실만이 고통스러운 듯했다. 엄마가 어떻게 모은 돈인데 이렇게 까먹다니…… 하는 표정으로, 한알에 몇만원 하는 고가의 진통제는 아예 먹지도 않고 버텼다. 남들은 그걸 안 먹고는 하루도 버틸 수 없다고들 했다.

왼쪽 새끼손가락이 불에 타 두마디가 없어졌는데 그것 때문에 코를 후빌 수가 없다고 오빠가 투덜거렸다. 내가 들은 유일한 불평이었다.

오빠는 태연한 듯했지만 세상의 반응은 그렇지 않았다. 오빠는 목욕탕, 식당, 택시, 약수터, 백화점 등에서 한번씩 쫓겨났다. 오빠가 집 밖에 나가는 횟수는 점차 줄어들었다.

컴퓨터 앞에 매달려 삼국통일을 수십번씩 해대거나 프리셀을 몇날 며칠 하거나 만화책 수십권을 수북이 쌓아놓고 후루룩 독파하면서 시간을 보냈다. 그러다 언젠가부턴 비디오만 보면서 시간을 보냈다.

그러던 어느날, 오빠는 폐업하는 가게에서 희귀한 영화를 구해왔다면서 빈둥대고 있던 내게 같이 보자고 권했다. 나는 영화 자막만 봐도 잠이 오는 체질이지만 그냥 곁에 앉아 보는 척했다. 한참을 졸고 있는데 오빠가 낄낄거리며 나를 깨웠다.

"우영아, 저 외계인들 꼭 나랑 닮지 않았니?"

나는 부스스한 눈을 비비며 화면을 보았다. 외계인들과 지구인들의 처절한 대결이 펼쳐지는 광경을 보면서 오빠는 여전히 낄낄거리고 있었다. 내가 오빠에게 저 영화 제목이 뭐냐고 물었다. 오빠는 나를 돌아보지도 않고 대답했다. 「고무인간의 최후」라고 말해주면서 정말 깨는 영화라고 덧붙였다.

지구를 둘러싼 전쟁에서 외계인들은 패했다. 전멸했다. 고무장갑을 뒤집어쓴 듯한 우스운 외계인들의 머리가 터져나가고 살점이 사방으로 튀면서 지구인들이 승리의 포옹을 나눌 때 영화는 끝났다.

엔딩 크레딧이 올라가는 걸 보면서 오빠가 뭐라고 또 낄낄거렸지만 나는 오빠의 얼굴을 제대로 쳐다볼 수가 없었다.

3

사람들은 80년 광주나 김현식, 혹은 리버피닉스나 너바나를 잊을 수 없다고 하지만 나는 오빠와 시체놀이를 하던 그 시절을 잊을 수 없다. 정확히 말하면, 누가 더 오래 시체처럼 숨 안 쉬고 견디는가 하는 파주 지방 전통놀이의 최강자였던 오빠와의 어린시절이다. 오빠는 정말 참을성이 강했다. 비현실적일 정도로 숨을 꾹 참고 누워 있는 오빠를 보면서 저러다 정말 숨이 넘어가는 게 아닐까, 하고 나조차 속곤 했다. 왜 그런 걸 하고 놀았느냐고 물으면 할말이 없을 것 같지만 시장에서 순대국 장사를 하던 엄마에게 경제적 부담을 최소화시키려는 기특한 남매의 효심이 근본 동기였다는 걸 강조하고 싶다. 점보 지우개, 왕자표 크레파스, 요술 책받침, 2단 필통, 심지어 최고가의 자동연필깎이가 걸린 이 놀이에서 나는 주로 호객과 홍보를 맡았었다. 내기 도박의 세계에 좀 일찍 눈을 뜬 셈이었다. 그리고 그 전리품들은 거의 내 차지였다. 내가 먼저 하자고 한 적은 한번도 없었다. 나는 오빠가 하자는 대로 따랐을 뿐이다. 만일 좀 멍청한 위인이 오빠였다면 어림도 없었을지 모른다.

그 시절 우리 오누이는, 찰떡같이 붙어다니는 짝꿍 같은 존재였다. 장사하느라 바쁜 엄마는 곧잘 약숫물을 떠오라며 집채만한 물통을 던져주곤 했다. 우린 다정하게 손을 잡고,까진 아니지만 나란히 물통을 이고 지고 걸으며, 아 인생이란 도대체 어떤 건가…… 어디서 시작해서 어떻게 끝나야 잘사는 걸까…… 등을 함께 얘기하곤 했다. 내 기억으론 그렇다.

그러던 어느날이었다. 그 전전날인가 부자 친척 아저씨가 극장에서 영화 한편을 보여주었고 오빠는 내내 그 영화의 감동에 젖어 있는 눈치였다. 난 조느라 거의 본 게 없었지만 그 영화가 「사운드 오브 뮤직」이라는 것은 지금도 확실히 안다. 10분도 보지 않은 그 영화를 내가 이렇게 기억하는 이유가 있다.

모든 약수터 가는 길이 그렇듯 우리의 목적지도 개울 몇개를 건너야 도착했다. 그 산중턱쯤의 개울 하나를 건너다가 우연히 오빠는 무엇인가를 발견했다. 하얀 꽃이 조롱조롱 달린 그것을 나는 잡초라고 불렀다. 그러나 수준 높은 영화의 감동에서 헤어나지 못했던 오빠는 돌연 그것에 대해 입장을 바꿨다. "저건 분명 에델바이스야! 지금까지 우리가 몰랐던 거야!"

오빠는 순했지만 고집이 셌다. 물론 나이가 들면서 그 증상은 더 심해졌다. 꽃은 너무 멀리 있어서 오빠가 주장하는 대로 '종 모양'인지 아니면 '박 모양'인지도 확실치 않았다. 내려가서 꺾기엔 길이 너무 가팔랐고 개울가의 좁은 하수도 통 안으로 기어들어가면 겨우 근처까지 갈 수 있었다. 오빠는 내게 그 안으로 들어갔다 올 것을 부탁했지만 나는 콧방귀를 뀌며 거부했다. 오빠가 흥정을 하면 못 이기는 척 '쇼부'를 볼 용의도 있었건만 오빠는 금방 포기하고 자기가 직접 내려갔다. 물론 나는 말렸다. 필사적으로 말리진 않았지만 뭐하러 그러냐며 빈정거렸던 것이 기억난다. 오빠는 끝끝내 내 말을 듣지 않고 돌무더기 사이로 내려가다가 이런 얘기의 끝이 흔히 그렇듯, 발을 헛디디고 굴러떨어졌다. 그리고 일어나지 못했다. 그때 내가 놀란 것은 둘째치고 만일 오빠가 죽으면 어쩌나, 하는 생각에 금세 눈앞이 캄캄해졌다. 친구들 중엔 오빠를 미워하는 애들이 많았다. ……엄마 아빠는 나만 미워하고 맛있는 것도 오빠만 주고…… 오빠는 매일 때리기만 해……

잘난 나라 대마왕, 없어졌으면 좋겠어…… 등등. 하지만 나는 꿈에라도, 상상만이라도, 행여라도, 단 한번도 그런 생각을 해본 적이 없었다. 만일 오빠가 없으면 그 많은 숙제를 누가 다 해주나…… 그 많은 집안일도…… 하는 생각에 나는 부리나케 달려가 근처에 있는 어른들을 불러왔다.

오빠는 누군가에게 업혀 동네 병원으로 옮겨졌다. 장사를 하다 뛰어온 엄마는, 네가 또 오빠를 꼬셔서 무슨 짓을 한 거지, 하고 나를 다그쳤지만 나는 평상시처럼 바락바락 대들지 않고 정말 내 탓이오 하듯이 아무말도 못했다. 동네 의사는 오빠의 뒤통수를 열 바늘쯤 꿰맸고 별탈없을 거라고 말했다. 부분 마취에서 깨어난 오빠가 엄마를 보며 괜찮다고 했다. 그리고 고개를 돌려 나를 쳐다보더니 빙긋 웃으며 이렇게 말했다.

"우영아, 그건 분명 에델바이스가 맞아, 그렇지?"

나는 한 이백번쯤 고개를 끄덕거렸다. 그러지 않으면 오빠가 당장 병원을 뛰쳐나갈까봐 겁이 났다.

그때까지 나는 한번도 오빠와 한 핏줄인 것을 의심해본 적이 없었다. 그런데 그날 처음으로 오빠가 나와 많이 다를 뿐만 아니라 여느 사람들과도 좀 다르다는 것을 깨달았다. ……어쩜 지구인이 아닐지도 몰라…… 세상에, 그런 잡초 따위에 목숨을 걸다니…… 저것 봐, 어쩜 저러고도 바나나가 목에 넘어가?

또 하나, 난 아직도 에델바이스가 어떻게 생긴 꽃인지 모른다. 본 적이 없기로는 오빠도 마찬가지일 것이다.

오빠의 비범함은 태몽부터가 달랐다. 황금으로 된 두꺼운 책 한권

278

이 하늘에서 뚝 떨어져 엄마가 그걸 낑낑대며 끌고 왔다는 것이 엄마의 주장이었다. 그에 반해 내 태몽은, 집 주위에 붉은 구름이 쫙 깔렸다는 것, 단지 그것뿐이라고 했다.

내가 대학원을 가지 않았다면 평생 그게 어떤 의미인지 모르고 살았을지도 모른다. 석사 2기 고대사 강독 수업시간에, 나는 비로소 홍운의 의미를 알게 되었다. 한 국가에 매우 상서롭지 못하고 불길하고 위험한 일이 있을 예고가 바로 홍운이란 것이다. 나는 나의 이런 비극적 탄생설화에 좌절할 만큼 섬세하거나 한가한 성격의 소유자가 아니었으므로 대범하게 웃고 넘겼다. 알량한 대학원이랍시고 들어온 내가 죄지, 내 태몽은 죄가 없다고 나는 믿고 싶었다.

지금 나는 한 대학을 12년째 다니고 있다. 12년, 참 지겨운 세월이다. 왜 내가 박사과정까지 고스란히 밟으며 학교에 남았는지 그 계기에 대해서는 차후에 설명하겠다. 가슴이 아파 얘기할 수가 없어서가 아니라 그 생각을 하면 그저 화가 나기 때문이다.

그동안 학교를 10년 넘게 들락거렸으니 못 볼 꼴을 참 많이도 봤다. 그간 정문 수위 아저씨는 다섯번이 바뀌었고 중앙도서관 수위 아저씨는 여섯분이 바뀌었고 한분은 돌아가셨다. 과교수님 중 세분이 퇴직하셨고 두분이 새로 들어왔다. 인문대 제1건물 5층 여자화장실 담당 청소부 아줌마는 여덟명에서 열두명가량 바뀌었고 나는 과조교를 도합 6학기나 해먹었다. 도서관에 가도 시간의 흐름은 느낄 수 있다. 예전의 고시생들이란, 잘 씻지도 않고 늘 똑같은 옷만 입고 구석에서 햇볕이나 쬐며 노는 불우한 무리란 인식이 지배적이었지만 지금은 그들이 학교의 주인이 되었다. 요즘의 과학생회란, 심심하면 갈아치울 수 있는 핸드폰 줄보다 못한 신세다. 요즘의 대학생들이란, 체 게바라나

레이지 어게인스트 더 머신(RATM)은 좋아하지만 계급 따위는 절대 믿지 않는다. 대학은 여전히 진보적인 곳이다,라고 누군가 주장한다면 재작년 총학생회 슬로건인 '좆같은 게 좆같은 거지'를 음미해보라고 권하고 싶다. 5·18기념일이면 이런 말을 하기도 한다. "남의 아버지 제삿날이 우리랑 무슨 상관이야?"

  90년대 내내 정치적 무뇌아처럼 살았다고 내 입으로 떠벌리고 다닌 것은 사실이었다. 읽기도 힘든 『자본론』과 『사·사·방』을 겨우 떼고 나니 시대가 변했다며 알뛰쎄르, 발리바르, 그람시, 칼리니코스를 읽으라고 했다. 곧 문화와 문명 충돌의 시대가 온다는데 그럼 헌팅턴 하나만 읽어도 충분한 걸 무얼 또 읽으래, 하고 투덜거리면서도 다 따라 읽긴 했다. ……말은 그렇게 해도 넌 여전히 그때가 자랑스럽지 않냐고 누군가가 순진한 유도심문을 하더라도 나는 넘어가지 않을 것이다. 이런 젠체하는 포즈 속에 흔히 그런 아련한 그리움과 자부심이 들어 있다고 생각하기 쉽지만, 나는 말 그대로, 그 시대가, 정말로, 지겨웠다…… 그리고 그렇게 믿음으로써 남은 생이 더 진부해지고 있다는 사실을 애써 무시해왔다.

  ……하지만 오빠가 불구덩이 속을 뚫고 데굴데굴 굴러나왔을 때, 내 자신이 너무 섬뜩하게 느껴졌다. 마치 불구경에 몸을 판 창녀 같았다. 나는 창녀다,라는 관념은 내 90년대 후반을 관통했다. 화상으로 일그러진 오빠는 이제 어떤 결혼식이나 돌잔치나 회갑잔치에도 초대받지 못한다. 물론 불러도 가지 않고 스스로를 고립시키는 부류도 가끔 있긴 하다. 불구덩이 앞까지 갔다가 돌아왔던 사람들, 그 속에 윤 선배가 있었다.

단도직입적으로 말해서, 한때 나는 윤선배와 사귈 뻔했었다. 윤선배는 우리 과 학생회장이었고 나는 비권과 운동권을 시계추처럼 왔다 갔다하는, 친구의 여동생이었다. 윤선배와 오빠는 절친했고 나를 교화시키려 애썼고 나는 그 둘의 마수에서 벗어나려 애썼다. 따라서 윤선배와 나는 맺어질 수 없는 슬픈 운명이었다.

91년 5월 그 이후, 썰물처럼 빠져나간 선배들 속에서도 윤선배는 남아 있었고 오빠는 그해 경상대 학생회장이었음에도 얼굴 보기도 힘들었다. 조직사건 명단에서 오빠 이름을 발견하게 됐을 때, 나는 비로소 오빠의 별명이 바꾸닌이라는 것도 알게 되었다. 맑스와 대립해 인터내셔널에서 축출될 정도의 급진적 무정부주의자라는 바꾸닌은 내가 보기엔 '루저' 그 자체였다. 어쨌든 오빠는 2년 이상이나 수배를 피해 도망다녔다. 그사이 윤선배는 간신히 졸업을 했고 학점 때문에 취직을 못하더니 결국 나처럼 대학원에 진학했다. 그때 이미 오빠는 병원에서 수술과 치료를 지겹게 반복하고 있었다.

윤선배는 가끔씩 학교에서 나와 마주쳤는데, 나를 보면 오빠가 자동연상돼서인지 딱딱하게 굳어버렸다. 그러면서도 입만 열면 극우보수를 저주하고 김대중을 까고 386국회의원들을 씹었다. 윤선배는 박물관 조교로 일하고 있었다. 가끔씩 나는 거기 가서 노닥거렸다. 고분에서 막 출토된 냄새나는 유의도 만지작거리고 필름이나 유물 카드 작성하는 것을 거들기도 했다. 도굴꾼들이 갖고 다닌다는 탐침봉을 구경하게 된 것도 바로 그곳에서였다. 언제부터인가 선배 몸에서는 수장고에서나 맡을 수 있는 푸미케이션 가스 냄새가 솔솔 풍기기 시작했다. 선배도 이젠 골동품이 돼가는군요, 하고 이죽거렸지만 어쩐지 서글픈 기분이었다.

생각해보면, 내 인생 사이사이에 윤선배는 책갈피처럼 간간이 끼여들었다. 부전공으로 교직을 이수한 내가 경쟁률 높은 서울을 피해 경기도에서 중등교사 임용교시를 보고 떨어졌을 때에도 윤선배가 곁에 있었다. 나는 경기도 교육청의 보안심사에 걸려 떨어졌다. 이 시점에서, 우리 집안에 대한 이야기를 잠깐 하고 넘어가야겠다. 우리 아버지는 남로당이었다, 같은 거창한 얘기라면 억울할 것도 없겠지만 아버지는 술 좋아하고 노름 좋아하는 대한민국 표준 한량일 뿐이었다. 곁에 늘 술친구가 많았다. 그중 한명이 고기 잡으러 나갔다가 납북되었고 그가 우리 아버지의 신세를 망쳤다. 몇년 후 정보기관에서 아버지를 불러 그 친구와 회합통신했을 뿐만 아니라 북한을 고무찬양한 사실을 대라고 족쳤다. 집안 내력에도 독립운동의 그림자 비슷한 것도 없는 덜떨어진 집안이건만 그들은 일본에 사는 얼굴도 모르는 총련계 친척 이름을 대며 아버지의 반국가 전력을 종용했다. 아버지는 끝까지 부인하다가 과연 그 처리가 어떻게 됐는지도 불분명한 채 풀려났다. 아버지가 돌아가신 후, 높은 곳에서 일한다는 엄마의 친구의 사돈의 팔촌에게 부탁해 알아본즉슨 아버지는 무혐의였다는 답변이 돌아왔다. 오빠가 소싯적 몇번의 파출소 타격 투쟁으로 구류를 살다 나오고 기어이 국보법에 걸려 수배중이었다는 사실은 앞서 밝혔다. 그 시점에서, 경기도 교육청은 내 태생을 문제삼았다. 아버지와 오빠가 모두 반국가단체에 깊은 관련이 있으므로 내 국가관도 당연히 문제가 있을 거라고 그들은 판단했다. 아버지에 대한 부분은 사실이 아니라고 거듭 탄원서를 올렸지만 소용이 없었다. 그때 윤선배는 헌법소원을 내면 승산이 있다면서 나를 부추겼다. 하지만 난 그러지 않았다. 임용고시를 깨끗이 포기하고 곧장 대학원 진학을 준비했다. 윤선배는 그러지 말라며 나를 말렸다. 난 듣지 않았다. 윤선배는 나보고 너무 나약하다며 다그쳤다. 그래도 난 듣지 않았다. 윤선배는 기어코 이런 소리까지 했다.

"오빠가 너 이렇게 된 걸 알면 얼마나 가슴아프겠니? 너도 여기서 나름대로 열심히 싸워야 되지 않겠니?"

나는 코웃음을 치면서 이렇게 말했다.

"싸우다뇨? 왜 싸워요? 내가 뭣 땜에요?"

……빌어먹을 사구체, 좌파떨거지들…… 나는 속으로 욕을 했고 잔뜩 뒤틀려 있었으며 한동안 윤선배를 보지 않았다.

항상 삶의 지혜란 지나가고 난 후에 깨닫는 법, 난 윤선배에게 애꿎은 화풀이를 했다는 걸 뉘우쳤다. 그래도 달라진 건 없었다. 오빠가 잡히기 전까지는.

어느날, 경찰병원에서 연락이 왔다. 오빠가 좀 다쳤으니 그렇게 알고 있으라는 내용이었다. 전화한 여경의 목소리는 아주 상냥했다. 오빠가 형사에게 잡혀 이송되던 중 도주하여 근처 파이프 공장의 화학 약품을 뒤집어써서 자해를 했다는 사실을 구체적으로 알려준 사람은 바로 윤선배였다. 선배는 부들부들 떨면서 이 이야기를 했다. 무덤덤한 사람은 나였다. 사실 그게 어떤 일인지 감이 안 잡혔다. 오빠는 그렇게 내 인생에 깊숙이 개입했다. 온몸이 반쯤 탄 오빠를 보고 온 엄마는 미친 사람처럼 하루종일 벽만 보고 반야심경이나 다라니경을 중얼중얼 읊었다. 슬금슬금 소문을 듣고 병문안을 온 사람들은 적잖이 놀라면서도 다행이라고들 말했다. 그리고 그들과 오빠는 차츰 연락이 끊어졌다. 오빠도 별로 아쉬워하지 않는 듯했다. 그들에게 바꾸닌은 더이상 필요없었다.

4

오빠는 풍납토성 발굴 이후 늘 어딘가를 돌아다니다가 몇주에 한번씩 집에 돌아오곤 했다. 이번에는 거의 두달 만의 귀가였다. 오빠는 그렇게 나가 있을 때에도 이틀에 한번씩은 전화를 걸어 엄마를 안심시켰다. 뭐하고 돌아다니는지는 모르지만 전화라도 꼬박꼬박 걸어주는 게 어디냐면서 엄마는 그저 고마워했다. 다른 때 같았으면 나도 뭘 캐묻거나 하지 않았을 텐데 이번에는 오빠가 소중하게 안고 나타난 물건의 정체가 궁금해서 좀이 쑤셨다. 오빠는 흔하디흔한 자줏빛 보자기에 싸인 네모난 보따리를 책상 위에 모셔놓고 매우 뿌듯하게 바라보았다. 자랑하고 싶어 견딜 수 없다는 표정이었다.

오빠는 원래 표정이 풍부한 사람이 아니었다. 그러나 화상으로 이목구비가 뭉개지고 난 후엔 이상하게도 표정이 과장되게 보였다. 솔직히 말한다면, 5년이 넘도록 난 오빠의 얼굴에 적응할 수가 없었다. 웃고 있다는 걸 알면서도 징그러워 견딜 수 없었고 조금 불편해하는 기색이 스칠 때에는 대단히 흉칙해 보였다. 나는 조금씩, 오빠와 눈을 마주치지 않으면서 얘기할 수 있는 기술을 터득했다. 아무말도 하지 않을 때의 오빠의 표정은 더 무서웠다. 상처 입은 도베르만처럼 처연한 살기 같은 것이 느껴졌다. 기분좋을 때의 표정도 때에 따라선 가늠이 안되었는데, 그날의 경우가 그랬다. 보통사람의 눈빛은 표정을 따라가게 마련이지만 오빠는 흥분을 자제하려는 표정에 비해 유독 눈빛만은 그것을 감추지 못하고 붉게 번들거렸다. 그것이 나를 자극했다. 나는 아무렇지도 않은 척하면서 오빠에게 보따리의 정체를 물었다. 오빠는 기다렸다는 듯이 히죽 웃었다.

"오빠, 대체 그건 뭐야? 훔치기라도 했어? 그래서 그렇게 기분이 좋은 거야?"

"넌 풍납토성에 별 관심이 없지?"

"고대사 전체에 관심이 없지. 대체 그게 뭐냐니깐?"

"넌 방금 지나온 어제도 권태롭다고 여기지?"

"………"

"모두들 과거를 잊으려고 애쓰는데 1500년 전 유물은 발굴해서 뭐하나 싶고?"

"………"

"우리가 사는 이곳이 백제 첫 왕성이었다는데…… 그 시대는 거의 잊혀졌잖아. 그게 너무 부당하다고 생각되지 않니?"

"………"

"넌 명색이 역사를 전공하는 애가 어떻게 그렇게 무관심할 수 있니?"

"나한텐 공부건 이념이건 다 주전부리야. 깊이 빠지기 싫어."

괜히 대답했다 싶었다. 오빠는 펄펄 뛰며 그런 게 바로 학문회의주의라며 나를 몰아세웠다. 내가 아무 반응도 보이지 않고 입을 다물고 있자 오빠는 나를 설득하려고 했다.

"나는 말야…… 저 풍납토성 밑엔 유물조각들보다 더 대단한 뭔가가 있다는 걸 믿을 뿐이야. 신교수님도 분명히 그렇게 주장하시고…… 아주 근거없는 얘기가 아니야, 제발 믿어줘 우영아. 이러다가는, 누가 나서지 않으면 또 몇천년을 기다려야 될지도 몰라. 그냥 역사에 묻히게 된다구, 영영 빛을 못 볼 수도 있단 말야. 그 시대를 잃게 될까봐 난 두려워."

오빠는 방으로 가서 보따리를 갖고 나와 내게 보여주었다. 곰팡이 냄새가 폴폴 나는 고서(古書)였다. 표지는 낡아서 해졌고 빽빽한 책장은 꽤 두꺼워 보였다. 다시 이게 무슨 책이냐고 채근해봤지만 오빠는 속시원하게 털어놓지 않고 웃기만 했다.

그러고 나서 며칠 동안 오빠는 그걸 싸들고 열심히 쏘다니는 듯했다. 이런 결정적인 때에 신교수가 미국에 교환교수로 가 있어서 너무 안타깝다며 낙심한 듯 보이기도 했다. 그뒤 며칠 꽤 잠잠하다 했는데 아마도 윤선배에게 그 고서를 건네주고 난 뒤라 그랬던 것 같다. 고서를 감정하는 게 간단한 일은 아닐 터인데 전공자도 아닌 윤선배에게 굳이 맡긴 이유가 뭘까 생각하다보니 슬며시 웃음이 새나왔다. 오빠가 정신나간 짓을 하고 있다고 치부해왔던 내가 어느새 말려들고 있구나 싶어서였다.

약속한 시간에 윤선배는 그 책꾸러미를 들고 연구실에 나타났다. 그리고 나를 보자 숨도 쉬지 않고 말을 건넸다. 그래 요즘 어떻게 지냈니? 논문은 잘돼가고? 그 주제로 계속해? 밥은 먹었니? 그러지 말고 나갈까?……

윤선배는 본래 이렇게 수다스런 사람이 아니었다. 나는 말허리를 싹둑 잘랐다.

"형, 그러지 말고 편하게 말해봐요. 왜 날 보자고 한 거죠?"

윤선배는 잠시 뜸을 들이다가 그 보자기를 풀었다.

"너도 물론 봤겠지?"

"보긴 봤죠. 근데 내가 뭘 알겠어요. 그게 골동품인지 가계부인지 알 수가 없죠."

웃으라고 하는 소리에도 선배는 웃지 않았다. 그리고 헛기침을 몇 번 하고는 이야기를 시작했다.

"이 책의 재질은 송죽지(竹松紙)라고 하는데 조잡한 황색지같이 보여도 아주 귀한 거지. 계선이나 광곽이 희미하고 줄수랑 자수도 불규칙하지만 전체적으로 제본상태는 양호한 편이지. 작자는 백남(伯南) 진능규(眞能奎)라는 사람인데 좌승지를 역임한 진세인(眞世仁)의 아들로 숙종 9년에 생원시 진사과에 합격한 인물이고 상당한 위치의 서인가문 후예라고 써 있어. 확인해봤더니 그는 실존인물이 맞더군. 그는 자기 조상의 옛기록에 특히 관심이 많아서 그걸 수집하여 집대성해서 남긴다고 서문에 써놨더군. 야담이나 문집류의 글도 있지만 꽤 특이한 기록도 많고 말야."

나는 말을 끊었다.

"그런데요? 내가 알고 싶은 건 그런 세세한 게 아니에요."

"우영아." 윤선배는 나를 똑바로 쳐다보면서 입을 열었다.

"너도 알다시피, 우인이는 한성백제의 마지막 역사에 대단한 관심을 가지고 있어. 한성백제에 대한 중요한 기록이 분명 남아 있다고 믿는 거지. 그런데 바로 이 책에서 작자는 당시 한성백제의 마지막 왕인 개로왕 시대에 자기 조상이었다는 진충숙(眞忠淑)이라는 인물의 행적을 기록해놨어. 그 내용이 상당히 구체적이야. 진충숙은 관직이 좌평에 이르렀고 의술과 학문에 모두 능해 왕의 신임과 백성들의 존경을 받았다고 나와 있어. 재국과 기백이 남달라 사람들이 함부로 상대하지 못했을 뿐만 아니라 곧잘 왕에게 직언을 했다고 해. 본래 왕성에는 지배자들만 살았는데 진충숙이 백성들을 위무하고 긍휼히 여겨 처음으로 거민성(居民城)을 이루게 했다는 거야. 그것만 해도 당시엔 대단한 일이었지. 그외에도 그가 농사기술에 관여하거나 죄수의 사면을 실시했다는 구절도 나와. 그러다가 개로왕이 점차 잡기에 빠지고 실정을 일삼자 역시 진충숙이 왕에게 충언을 했는데 개로왕은 간신들의 모함에 빠져 그의 관직을 박탈하지. 개로왕에 대한 기록은『삼국사기』에 나와 있는 것과 딱 일치해. 그 때문에 한성백제가 쇠퇴하게 된 거니까. 그후, 진충숙은 자기의 재산과 땅을 아끼는 이들에게 나눠주고 자신은 초야에 묻혀 살았다고 해. 아차산 기슭에서 사서(史書) 기술에만 매진했다고 써 있지. 그후 고구려의 장수왕이 도성을 공격하고 개로왕을 비참하게 찢어죽였는데 그때 아무도 왕의 시신을 돌보지 않았다는 거야. 진충숙은 용감하게 그 시체를 거둬 도성 밑에 왕의 무덤을 만들고 모든 백제인들이 남하할 때 따르지 않고 여전히 성 주변에 남았다고 해. 웅진으로 천도한 백제 문주왕이 거듭 그를 불렀지만 그는 혼자 쓸쓸히 죽었지. 그리고 그가 남긴 한성백제의 역사, 즉 온조 이래로 개로왕까지 20명의 왕력을 담은 사서는 그의 충복이나 누군가에게 넘겨졌다는데 그후 일은 알 수 없다고 해……"

"그래서요?"

"이걸 서지학에 일가견이 있는 선배에게 보였더니 상당히 흥미를 갖더라구. 저자 진능규도 분명 실존인물이라고 말야. 그런데……"

선배는 그 고서를 들어 휘리릭 펼치다가 책장을 반쪽 정도 잘라낸 곳을 보였다.

"이렇게 원종이를 잘라낸 곳이 몇군데 있어. 흔치 않지만 이런 경우는 있을 수 있거든. 작자가 뭔가 불만스러운 부분이 있을 때 극단적으로 내리는 조치야. 하지만 이건 아주 최근에 고의적으로 없앤 흔적으로 보인데. 선배 말로는 거기까진 그러려니 했대. 그런데, 아까 그 백제 역사에 대한 부분은 말야……"

선배는 그 부분을 펼쳤다. 하지만 별다른 점이 눈에 띄지 않긴 마찬가지였다.

"아무리 봐도 종이질이며 필적이 다른 부분과 틀리다는 거야. 종이질이야 현미경으로 봐야 확실히 알겠지만 필적이 다른 건 거의 분명하다고 하더군. 그 이상은 잘 모르겠다고 하면서."

선배가 마른침을 꼴깍 삼키더니 깍지 낀 손에 힘을 주는 듯했다.

"그래서 더 확실히 알아볼 겸 고전문헌연구소에 계신 다른 선배에게 찾아갔지. 작자의 집안 내력에 대한 부분은 웬만해선 알 수 없으니까. 그런데 며칠 뒤에 선배한테 연락이 왔어. 자기가 보학(譜學) 연구를 한 지 20년 가까이 되는데 이렇게 용감한 위서(僞書)는 처음 봤다고 하면서 말야. 일단 그 진씨의 집안 내력 자체가, 집필연도는 분명 17세기 것이 맞지만 작심을 하고 교묘하게 족보를 위조했다는 거야. 진능규 본인의 필적이 아닐 확률도 높은 거지. 거기에다 바로 최근에 손을 댄 부분은 의심할 여지도 없이 조작이 분명한데 그 노력이 너무 가상하대. 즉 17세기 위서에다가 가필로 덧칠을 해 이중의 위서가 된 격이지. 근데 필적이나 종이나 합본한 솜씨가 보통이 아니라는 거야. 당신 생각에 이런 위조 기술은 국내에선 보기 힘들다는군. 도대체 어디서 이런 걸 구했냐고 되레 내게 물으시더군. 물론 그 진충숙이란 인물 역시 완전한 허구지. 사료가 부족해서 신빙성이 없는 게 아니라 다른 사서에 나와 있는 열전들의 인물들과 소주(小註)들을 조합해서 가공해낸 티가 역력하다는 거야. 족보 위조야 다반사지만 이런 허무맹랑한 고대사 날조는 아무나 생각하는 게 아닌데 대체 이렇게까지 만든 의도가 뭔지 당신도 너무 궁금하다는군."

"………"

"벌써 우인이 만나서 다 얘기했다. 물론 내 말을 통 믿으려고 하질 않더군. 다시 알아봐달라고 하면서 가져가지도 않더군. 이미 다른 데서도 비슷한 소릴 들었던 것 같기도 하고."

"………"

"내 생각엔 고서적상에게 사기를 당한 것 같아."

"………"

"그러지 않아도 얘기를 할까 말까 했는데…… 우인이가 그동안 알고 지낸 몇명에게 돈을 꿔갔거든. 나야 카드 하나 긁어준 거밖에 없지만 은행 다니는 박가라고 있는데 얼마 되진 않지만…… 몇번 말이 나왔던 거 같더라……"

뭐라고 말하고 싶었지만 말이 안 나와서 나는 가만히 있었다. 그리고 그 자주색 보따리를 들고 집에 왔다. 초인종을 누르니 오빠가 대문을 열어주었다.

5

그날 집에 와서 무슨 일이 있었는지는 자세히 밝히고 싶지 않다.

나는 되도록 조용조용히 얘기하고 싶었지만 결과는 그렇지 못했다. 오빠는 나와 윤선배의 말을 조금도 믿으려 하지 않았다. 오히려 나를 안타깝게 쳐다보며 설득하려고 했다. 그 책에 씌어진 것말고도 풍납토성에 숨겨진 역사에 대한 추리는 열 가지 정도가 가능하다고 했다. 해박하고 장황한 오빠의 열변을 듣다 못해 나는 이제 그만 좀 하라고,

엄마가 불쌍하지도 않냐고, 소리를 질러버렸다. 그리고 급기야는 그 자주색 보따리를 벽에 집어던져버렸다. 오빠가 뭐라고 비명을 질렀다. 나는 억지로, 한마디를 더 했다.

"……오빠, 정말 미친 거야?"

오빠가 날 쳐다보기도 싫다는 듯이 고개를 돌리면서 중얼거렸다.

"너는 네 인생에 대한 분풀이를 지금 나한테 하고 있는 거야."

솔직히 그 순간, 나는 하하하 하고 큰 소리로 웃고 싶었지만 차마 그러지 못했다. 말로는 오빠를 당할 수 없다는 걸 난 늘 까먹었다. 그렇게 한참 전투적인 자세로 몰역사적인 나를 공격하고 울분을 토하던 오빠가 갑자기 입을 다물었다. 그러고는 혼자 피식거리며 웃기 시작했다. 그래, 그렇지…… 그래, 난 이해할 수 있어…… 이런 비슷한 말을 혼자 중얼중얼거렸다. 나는 오싹했다. 잘못 본 건지는 모르지만 오빠의 헛웃음 속에 물기가 어른대는 걸 언뜻 본 것도 같았다. 그걸 보고 같이 웃을 만큼 난 그렇게 사악하지 못했다.

뭔가가 정말 필요하다는 생각이 들었다.

사소한 순간들이 지나고 나면 오래 기억에 남을 때가 있다. 한번은 오빠가 나에게 이렇게 물었다.

"살 타는 냄새가 어떤지 아니, 우영아?"

나는 모른다고 대답했다.

"생각보다 역하지 않아. 돼지껍데기가 숯불에 그슬리는 것처럼 약간은 고소하고 누린 냄새가 나지. 그나마 다행이더군. 내 살 익는 냄새가 참을 수 없을 때쯤 정신을 잃었거든."

그때 오빠의 표정이 어땠는지 아무리 생각해도 떠오르지 않는다.

내 기억력은 형편없다. 오빠와는 다르다.

6

노래가 끝났다.

……90년대는 건너간다. 천박한 90년대가 건너간다…… 그렇게 정태춘은 노래했다. 오빠가 정태춘을 좋아했는지는 잘 모르겠다. 오빠에게 물어보고 싶지만 지금은 물어볼 수가 없다.

그날 밤, 정확히 언제라고는 말을 못하겠다. 그냥 그렇게 알아줬으면 한다. 나는 오빠를 땅에 묻고 나 혼자 밤이슬을 맞으며 집에 왔다, 라고 한다면 당신은 아마 믿지 못할 것이다. 하지만 난 분명히 기억한다. 오빠는 한밤중에 나를 깨우고 잠깐 도와달라고 했다. 우리는 함께 집을 나섰다. 나는 낡은 파카를 껴입고 오빠 뒤를 따라갔다. 오빠는 어두워서 어딘지도 잘 모르는 내가 혹시라도 기억해낼까봐 일부러 뱅뱅 도는 듯했다. 그러고는 딱 한명이 누울 수 있는 구덩이 앞으로 가서 내 손에 삽을 쥐여주었다. 그리고 오빠는 거기에 들어가 누워버렸다. 물론 구덩이는 이미 만들어져 있었다. 오빠는 나에게 흙을 덮어달라고 말했다. 꼭 이렇게까지 해야 되느냐고 내가 물었다. 어린시절 시체놀이를 하던 그때는 이런 말을 안했었다. 나는 울먹이기까지 했다. 그러자 오빠가, 잠자리에 들면서 내일 아침엔 차라리 눈을 뜨지 않았으면, 하고 비는 심정을 너는 아느냐고 물었다. 나는 대답을 못하고 한참 주저했다. 그리고 결국 오빠가 원하는 대로 해주기로 결심했다.

삽질은 생각보다 훨씬 힘들었다. 거의 몸뚱이까지 흙을 덮고 목만

292

남았을 때 나는 지쳤다. 왜 하필 나한테 이런 걸 시키냐고 따질 기운도 남아 있지 않았다. 죽죽 갈라진 화상투성이의 오빠 얼굴은 이제 사람처럼 보이지 않았다. 나도 짐승이 된 것 같았다. 순간적으로 나는 삽을 내던졌다. 그리고 바로 뛰었다. 오빠가 쫓아올까봐 나는 열심히 달렸다. 집에 와서는 얼른 방문을 잠그고 헤드폰을 끼고 이불을 뒤집어썼다. 오빠가 그날 밤 언제 돌아왔는지는 알 수 없다.

다음날 아침, 오빠는 엄마가 끓여준 곰국을 맛있게 먹고 있었다. 오빠와 나, 둘 다 아무 일도 없었다는 듯 곰국대접에 코를 박고 열심히 퍼먹으며 서로 얼굴을 쳐다보지 않았다. 엄마는 오빠 보약이나 한첩 해먹여야겠다며 오빠 국그릇에 몇국자를 더 퍼주었다.

그 며칠 뒤인가 오빠는 또 두둑한 용돈을 받아 집을 나섰다고 한다. 그리고 아직 돌아오지 않았다.

오빠는 어디 있어도 금방 눈에 띌 것이다. 푹푹 찌는 한여름에도 긴 팔 옷에 회색 마스크, 청색 게스 모자를 깊숙이 눌러쓰고 울퉁불퉁한 화상으로 뒤덮인 30대 중반의 남자란 흔하게 볼 수 있는 사람이 아니다. 오빠가 그 꼴로 어디서 뭘 하고 있을지, 이제 나는 별로 궁금하지 않고 걱정도 되지 않는다. 오빠가 좋다면 굳이 말리고 싶지도 않다. 윤선배와 달리 나는 오빠가 어디서 사기를 당하거나 속은 게 아니었다고 생각한다. 오빠는 역사를 새로 만들어보겠다는 거창한 꿈이 있었던 것이다. 그것이 안되면 자기 스스로 역사 자체가 되고 싶었던 건지도 모른다. 미라나 화석처럼 말이다.

사람들이 오빠를 이해하려면 아직도 멀었다.

오빠한테서는 가끔씩 전화가 왔다. 주로 돈이 떨어졌다는 얘기뿐이

었지만 엄마는 긴 말 않고 꼬박꼬박 돈을 부쳐주었다. 일년이 다 되어
가고 있다.

—『21세기 문학』 2002년 여름호

낯익으면서 새로운 한 소설가의 모색

임규찬

한 권의 소설집을 흥미롭게 읽는 방법 가운데 하나가 여러 작품을 관통하는 중심 뼈대를 찾아내는 일이다. 즉 개별 작품이 펼쳐내는 풍경 하나하나를 겹쳐서 보거나 혹은 늘어놓아 하나의 풍경화로 크게 재조형해보는, 연쇄들을 하나로 묶어 좀더 고차원적인 의미조직을 만들어보는 일이다. 그런데 이때 개별 작품이 서로 닮은 바가 많아 손쉽게 겹쳐지는 것일수록 재미가 별반 없다. 오히려 다양한 세계를 다소간 어지럽게 펼쳐 보이는, 그리하여 하나의 풍경화로 쉽게 모아질 것 같지 않은 소설집일수록 읽는 재미가 쏠쏠하다. 작품을 낱개로 읽을 때는 좋았으나 한 권의 소설집으로 읽으니 의외로 재미가 없다거나, 혹은 낱개로 읽을 때보다 모아서 한꺼번에 읽으니 훨씬 좋더라는 식의 반응이 그런 예에 해당할 것이다. 새삼 이렇게 말문을 여는 것은 오늘 이 자리의 주인공 김윤영이 후자의 경우를 잘 보여주고 있는 듯해서이다.

사실 김윤영은 1998년 제1회 창비신인소설상을 수상하면서 남다른 주목을 받으며 창작활동을 시작했지만, 이번 작품집이 나오기까지 4년여 동안 실질적인 평가와 관심을 받아보지는 못했다. 아마도 그녀의 등단작 「비밀의 화원」이 '당선작'이 아닌 '가작'이었다는 사실과, 또한 그 작품이 생각만큼 새로움을 내보이지 못한, 다소 낯익은 소설 의장(儀裝)을 걸쳤기 때문인 듯하다. 유년의 눈으로 이야기를 풀어간 「비밀의 화원」은 큰 틀에서 보자면, 당시 은희경의 『새의 선물』이 뚜렷한 표상으로 이미 자리잡은 상황이었기에 그것의 엇비슷한 변주로 여겨졌다. 물론 「비밀의 화원」에서 우리는 단순한 '세태성'보다는 '현실성' 혹은 '시대성' 등 역사적 차원의 숨결을 느끼게 된다. 심사평에서 적절히 지적했듯이 '80년대적 현실과 90년대적 일상의 미묘한 절충점에 독자적으로 둥지를 틀고 있'기 때문이다. 하지만 다소 산만한 구성과, 나아가 군더더기 묘사가 많다는 문제와 더불어 시대(역사)의식이야말로 보는 각도에 따라 '후일담류'라는 또다르게 낯익은 것으로 치부될 소지가 없지 않았다.

그런데 이후 작품들에서 상당한 실험과 변화가 이루어지고 있음에도, 첫 선입견이 이후의 평가에도 그대로 흘러들어가버린 것 같다. 그래서인지 막상 한 권의 작품집으로 이렇게 새로 만나니 개별 작품을 볼 때와는 전체적인 인상부터 확 다르다. 우선 무엇보다도 작품집 전체가 뿜어내는 살아 있는 현실이 기운차다. 작가가 그려낸 현실세계가 매우 다양하면서도 지극히 현재적인 문제영역들이기에 호기심과 함께 재미가 있다. 학교 문제(특히 '철가방'이 은유하듯 가출 청소년 문제까지 포함하여), 요즘 유행처럼 번지고 있다는 명품족을 환기하는 '루이뷔똥', 노래방 문화가 상징하는 '음치클리닉 학원', 젊은 세대의 생활공간을 대표하는 '코엑스몰', 끊임없이 사회 문제로 떠오르고 있는 '다단계 판매'(네트워크 마케팅) 문제 등등 그녀가 소설 속에 깔아놓은 배경 혹은 문제 공간들은 크게 보아 변화하는 오늘의 현실에서 가장 첨단에 위치해 있는 것들이라 할 만하다. 오늘, 우리가 발 딛고 있는 곳에 시간과 장소를 설정하고 그곳에 스스로 어떤 분위기를 만들어 문제를 제기하고 답을 찾아나서는 서사체의 기본적인 뼈대가 확실히 눈에 잡힌다. 그런만큼 문제적인 시공간을 발빠르게 담아내는 묘사력, 그리고 그런 소설적 육체가 펼쳐내는 다양한 동시대성이야말로 김윤영의 작품에서 새삼스럽게 눈여겨보아야 할 건강한 면모이다. 워낙 현실의 변화가 극심한 터라 최근우리의 문학계가 보여주는 일반적인 추세는——특히 신진작가들의 경우——사적인 세계에 갇혀 내면 탐구에 시종하는 '골방'의 문학이거나, 현실 변화의 구체적 실상에 손을 놓고 대신 방법론면에서 적당히 새로움을 찾는, '어떻게'에의 과민한 집착으로 실상 '무엇'의 약체성을 적당히 보완하려는 형국이라 할 수 있다. 즉 움직이는 현실을 좇아 그것을 부단히 자신의 소설공간으로 현재화하려는 적극적인 밀착 노력보다는 재현적 진리에 대한 부정적 인식을 확산시키면서 대신 상상과 가공의 세계로 손쉽게 비월(飛越)하여 실제 현실로부터 이탈하였던 것이다.

그런데 흥미로운 소재를 발빠르게 담아냈다고 해서 서사적 힘이 절로 보장될 리가 없다. 김윤영이 가지는 의외의 새로움이자 단단함은 삶의 이야기를 나름대로 새롭게 구성하려는 실험적 형상화 방법론과 그로부터 자연스럽게 도출되는 독특한 자의식에 있다. 좋은 작품이 산만한 현실과 의식을 하나의 온전한 작품구조로 나름의 질서와 조화를 부여하면서 총체적인 의미를 구현해내듯이 김윤영의 작품들 역시 나름의 서사적 노선을 이렇게저렇게 실험하며 조심스럽게 밟아나가고 있음을 볼 수 있다. 가령 등장인물 3인이 차례로 화자가 되어 동일한 삶의 공간에 누적적으로 밀도를 불어넣는 「루이뷔뜽」이나, 한 여자의 실종을 두고 그 인물과 관련된 사람들의 진술로 내용을 구성한 「유리동물원」, 마치 수사관의 수사일기 같은 형식으로 이루어진 「철가방추적작전」 등 특이한 방식을 구사한 작품들도 적지 않다. 또한 「음치클리닉에 가다」처럼 전혀 어울릴 것 같지 않은, 아니 상관이 없는 것 같은 현실을 결합시켜 예상치 못한 하나의 세계를 직조해내는 등 실험적인 면모 또한 만만찮다. 특히 이러한 다양한 형식실험과 변화가 단순히 외형적인 치장에서 멈춘 것이 아니라 내용과 서로 결합되면서 독특한 의미망을 구성하고 있다는 사실이 주목할 만하다. 개별 작품으로 볼 때와는 다르게 이렇게 한꺼번에 작품을 모아놓고 보자 김윤영이란 작가의 독특한 문학세계를 가늠케 하는 중심 지표가 확연히 떠오른다.

가령 「음치클리닉에 가다」를 보자. '음치클리닉 학원'이라는 이름 자체부터 다분히 해학적인 분위기를 띠지만, 그러나 그것이 매우 현실적인 새로운 생활공간이기에 그것의 실제적 행태에 대한 묘사 자체만으로도 우리의 읽기는 충분히 흥미롭다. 후반부에 들어와 새로운 희화적 인물이 등장하면서 그 흥미는 더더욱 배가되는데, 놀랍게도 그가 80년대에 학생운동을 하다 고문에 못 이겨 자해를 했고 끝내 정신이상자가 된 인물로 밝혀진다. 사실 서사체에서 가장 확실한 요소는 인물 혹은 행위자이다. 그 점에서 80년대적 그늘을 90년대, 혹은 그 이후, 바로 오늘의 상황에까지 하나의 지속되는 존재의 시간성으로 결부짓는 일이야말로 이번 작품집의 거의 모든 작품에서 엿보이는 공통된 속성이다. 물론 작품마다 관계맺기의 방식이나 정도는 다르지만, 기억의 역사로 오늘을 바라본다는 점에 김윤영 소설의 남다른 특징이 있다. 「음치클리닉에 가다」나 「풍납토성의 고무인간」의 경우, 80년대적 그늘이 삶 전체를 장악, 이른바 '과거적 인물'이 현재화한 형태라 매우 비극적이지만, 실제 작품 속에서는 적잖이 희화화된 인물로 다가온다. 이는 감상성을 배제한 유머러스한 문체에서 비롯되는 측면도 없지 않으나, 좀더 깊이 보면 작가의 80년대에 대한 시각과 긴밀히 연관되어 있다.

90년대 내내 정치적 무뇌아처럼 살았다고 내 입으로 떠벌리고 다닌 것은 사실이었다. 읽기도 힘든 『자본론』과 『사·사·방』을 겨우 떼고 나니 시대가 변했다며 알뛰쎄르, 발리바르, 그람시, 캘리니코스를 읽으라고 했다. 곧 문화와 문명 충돌의 시대가 온다는데 그럼 헌팅턴 하나만 읽어도 충분한 걸 무얼 또 읽으랴, 하고 투덜거리면서도 다 따라읽긴 했다. ……말은 그렇게 해도 넌 여전히 그때가 자랑스럽지 않냐고 누군가가 순진한 유도심문을 하더라도 나는 넘어가지 않을 것이다. 이런 젠체하는 포즈 속에 흔히 그런 아련한 그리움과 자부심이 들어 있다고 생각하기 쉽지만, 나는 말 그대로, 그 시대가, 정말로, 지겨웠다…… 그리고 그렇게 믿음으로써 남은 생이 더 진부해지고 있다는 사실을 애써 무시해왔다.

……하지만 오빠가 불구덩이 속을 뚫고 데굴데굴 굴러나왔을 때, 내 자신이 너무 섬뜩하게 느껴졌다. 마치 불구경에 몸을 판 창녀 같았다. 나는 창녀다,라는 관념은 내 90년대 후반을 관통했다. (「풍납토성의 고무인간」 280면)

단순한 긍정 또는 부정의 차원이 아닌, 그녀의 작품 속에 간혹 나오는 '좌파 떨거지'란 말에서도 느껴지듯이 그것은 '애증'의 묘한 복합의식이다. 이를테면 「풍납토성의 고무인간」도 형사에게 잡혀 이송되던 중 도주하다가 근처 파이프 공장의 화학약품을 뒤집어써서 자해를 한 결과 흉측한 몰골을 가지게 된 오빠가 1500년 전 한성백제 말기의 역사 유물을 발굴하려 애쓰는 과정을 다분히 희화적으로 그려나간 작품이다. 그런데 화자인 동생의 입을 빌려 작가는 "오빠는 역사를 새로 만들어보겠다는 거창한 꿈이 있었던 것이다. 그것이 안되면 자기 스스로 역사 자체가 되고 싶었던 건지도 모른다. 미라나 화석처럼 말이다. 사람들이 오빠를 이해하려면 아직도 멀었다"는 식으로 연민을 착잡하게 드러내 보인다.

그런데 사실 이번 작품집의 중심부를 이루고 있는 것은 이들 작품보다는 「거머리」「루이뷔똥」「유리동물원」 등 현재의 삶에 주안점을 둔 작품들이다. 아무래도 작가가 지금 세계의 어떤 모습을 드러내려 했고, 또 그를 통해 어떤 변화를 이 세계에 가져오려고 하는가 하는 좀더 근원적인 측면을 가늠해볼 수 있기 때문이다. 가령 '다단계 판매'라는 인간관계와 자본행위가 결합됨으로써 자본주의적 관계성을 잘 보여주는 작품으로 다가오는 「거머리」가 그 좋은 예다. 약물을 과용하여 심장마비로 죽은 한 착한 여자('신자')의 빈소에 모인 사람들이 주고받는 대화를 통해 말없는 주인공의 삶이 유추적으로 구성된다. 죽은 새댁과 어떤 관계냐는 물음으로 서로 모르는 인물간에 엮어지는 시작 부분은 빈소라는 비극적인 공간에서조차 서슴없이 이루어지는 다단계 판매, 그 자본주의적 집요함을 단적으로 보여준다. 작품은 이어서 다단계 판매망에서 엮어진 인물들간의 대화, 그리고 과거 야학시절에 만난 사람들간의 대화 등등으로 주인공의 인간관계망에 따라 구분되어진다. 그렇기 때문에 꽤 많은 인물들이 등장하고, 더구나 전지적 시점에 의해 이들에게 고루 시선을 부여함으로써 작품이 펼쳐 보이는 세계 역시 복잡하다. 그런데 이런 경우 선악의 이분법이 작동하여 등장인물들이 어느정도 유형화되기 쉬운데 이 작품은 그렇지가 않다. 한마디로 착한 사람도 그렇게 착하지만은 않고, 악한 사람도 그렇게 악하지만은 않다고 정리할 수 있을까. 자본주의적 세계 자체가 모든 사람을 이렇게저렇게 변모시킨다는 동일성의 원리가 가장 중요한 밑뿌리가 되고 있는 것이다. 작품 속의 한 독백 "왜 이렇게 다 추해졌지? 10년 세월이 별건가?"가 이를 단적으로 말해준다.

「루이뷔똥」 역시 이와 유사하다. 빠리로 오게 된 사연은 각기 다르지만 빠리에서 이런저런 관계를 맺게 된 세 인물이 있다. 멀쩡한 직장을 때려치우고 빠리로 날아와 '루이뷔똥' 수집상의 길로 들어선 세미, 그리고 '세상 사는 게 다 좆같다'고 생각하던 차에 무작정 빠리행 비행기를 탄 판수, 그리고 2년 전까지 중국에서 살던 조선족 출신의 영변댁. 아마도 이 중에서 영변댁이 보여준 행동양식이 다소 뜻밖으로 다가올 것이다. '조선족'이란 말이 일반적으로 환기하는 순진무구함과는 거리가 멀다. 세미에게 온정을 베풀어 환심을 사 끝내 세미의 돈을 갈취하는 데서 잘 보여지듯 자본주의적 삶의 양식에 자연스럽게 젖어버린 인물이다. 소설은 이들의 삶을 상호교차하는 시점으로 그렸는데, 우리는 이들 인물에 대해 선악의 윤리적 관점으로 섣불리 재단할 수 없을뿐더러 이 소설이 의도한 방향도 그게 아니라는 것을 쉬 알 수 있다. 「유리동물원」도 같은 맥락에 위치한 작품이다. 나름대로 현실에 잘 적응하며 살아온 사람이 어느날 사라졌다. 그런 주인공의 삶은 그 자신에 의해서가 아니라 주인공과 관계되는 주변인들의 발언을 통해 때로 모순적이고 이질적인 것들이 한데 뒤섞인 채 축조된다. 그리고 그 결과 유능한 직장인이면서 동시에 신경쇠약증과 만성적 우울증이라는 정신질환을 앓고 있는, 예측하기 힘들 뿐 아니라 단순하게 규정되지 않는 복잡한 내면의 소유자로 다가온다.

이처럼 멀쩡한 사람이 갑자기 사라지고, 부족함 없이 잘살 것 같던 여자가 갑자기 죽고, 순진한 사람으로만 여겨지던 사람이 어느날 사기꾼이 되는 오늘의 현실 자체를 작가는 과장된 포즈를 취하지 않고 때로 지리할 정도로 차분하게 펼쳐 보인 것이다. 그렇게 보면 인간을 시간적인 지속 속에서 역사화하여 바라보면서도 동시에 개별 존재간의 불가피한 간격과 차이를 인정하여, 현실 속의 인간을 폭넓게 담아내는 작가의 역량도 가벼이 지나칠 수 없는 점이다.

그러나 작가가 바라보는 인간관은 아직 주체적이고 창조적이기보다는 '세상이 죄지'라는 표현이 단적으로 환기하듯 환경에 의존하는 측면이 강해 다소간 비극적이고 비관적인 방향을 취하고 있는 듯하다. 대개의 인물들이 성격의 변화 없이 플롯의 변화하는 환경을 통해서 움직이며, 분명치는 않지만 어느정도 윤곽은 가늠할 수 있을 정도의 인물 해부에 머물고 만다. 그렇기 때문에 그들의 행위가 다소 활기에 차 있다고 하더라도 정적인 형태에 갇힌 결과 깊이 있는 의미 즉 자아의 표면으로부터 좀더 깊은 자아로의 움직임 같은 것은 사실 느껴지지 않는다.

　물론 애상적이거나 감상적이지 않고 현실 자체를 냉정하게 객관적으로 진술해가는 서술자의 힘이나, 때로 비극적 현실조차 해학적으로 반전시켜나갈 수 있는 문체적 수완은 이를 어느정도 보완해준다. 그러나 지나치게 외부 관찰자적 시각에 의존하여 주어진 세계를 펼쳐 보이려는 작품경향은 한번쯤 되돌아볼 필요가 있다. 가령 「거머리」나 「그때 그곳에선 무슨 일이 일어났나」 같은 경우 너무 많은 등장인물들에 시점을 부여함으로써 집중보다는 분산이 이루어지면서 방향성을 상실케 하는 역효과를 초래한다. 특히 대화나 묘사 등을 통해 하나하나가 개성적 인물로 살아나야 하는데, 엇비슷한 투로 반복 제시되면서 산만한 느낌을 주는 것이다.

*　　*　　*

　김윤영이란 신인작가는 확실히 재기가 번뜩이는 형이기보다는 차분하게 자기 세계를 모색해가는 노력형 작가라는 것을 알 수 있다. 흔히 '신인'이란 말에서 연상할 수 있는 즉각적인 새로움을 좇기보다는 낯익은 세계에서 조심스럽게 자신의 것을 새롭게 조성해나가는 길 위에 그녀는 서 있다. 무엇보다 현실을 품에 안고 그 속에서 하나의 발견적인 기록을 만들어내고자 하는 산문적 육체성이 건강하다. 또한 살아 있는 삶의 이야기를 구성하고자 하는 현실주의 정신에서

발원한 다양한 양식 실험도 상당한 신뢰감을 준다. 아직은 생성 도
중이라 자세히 들여다보면 깊이나 조직면에서 불안한 구석도 없지
는 않다. 그러나 작가는 결코 서두르지 않고 자기 나름의 길을 차근
차근 착실히 밟아나갈 것으로 기대된다. 무작정 새로워지려 하기보
다는 필요한 만큼, 또 감당할 만큼 새로워지려는 자세이기에 더욱
그런 믿음이 간다.

林奎燦 / 문학평론가, 성공회대 교양학부 교수